异人崛起
12
辰东 著
继《完美世界》后
辰东又一东方幻想之作
后文明时代的全新历程/突破想象力的极限之作
天藤复苏 圣师再现
营造精神梦境 同坠黑暗空间
世间的枷锁被打开
全新的世界就此揭开神秘一角
异人崛起
12
辰东
天藤复苏助力同阶对决
圣师再现演绎非凡场域
出尘仙子营造精神梦境
决战双方同坠黑暗空间
势如破竹 / 山雨欲来 / 炼狱重开
继《完美世界》后辰东又一东方幻想之作
定价：32.00元/册
《异人崛起》第1～12册
全国火热销售中
更多精彩，敬请关注《异人崛起》第13册！

完美世界11

PERFECT WORLD

Oriental Fantasy

辰东◇著

山東畫報出版社

图书在版编目（C I P）数据

完美世界. 第11册 / 辰东著. -- 济南 :山东画报出版社, 2016.5（2021.11重印）
ISBN 978-7-5474-1658-7

Ⅰ. ①完… Ⅱ. ①辰… Ⅲ. ①长篇小说 - 中国 - 当代
Ⅳ. ①I247.5

中国版本图书馆CIP数据核字(2015)第218428号

WANMEI SHIJIE 11

完美世界11

辰东 著

责任编辑 李新宇
总 监 制 梁洁
策划编辑 黄香春
统筹编辑 路培 蒋甜
装帧设计 杨洁
主管单位 山东出版传媒股份有限公司
出版发行 山东画报出版社
社　　址 济南市市中区英雄山路189号B座 邮编 250002
电　　话 总编室（0531）82098472
市场部（0531）82098479
网　　址 http://www.hbcbs.com.cn
电子信箱 hbcb@sdpress.com.cn
印　　刷 湖南天闻新华印务有限公司
规　　格 710毫米×1000毫米 1/16
20印张 300千字
版　　次 2016年5月第1版
印　　次 2021年11月第3次印刷
书　　号 ISBN 978-7-5474-1658-7
定　　价 34.80元

CONTENTS

目录

WANMEI SHIJIE

WANMEI SHIJIE

第396章 补天山寨

WANMEI SHIJIE

金烈倒下，化成一株金色的藤，溅出灿灿汁液，而黄金符文则瞬息暗淡。

石昊快速冲去，抓向藤上一条特别的枝丫，那是一条乌光流动的黑色的藤蔓，它蕴含有先天法则。

“嗯？”居然没有斩断，这让他惊异。

这一刻，所有人都脸色大变，石昊这是在截取神藤的先天宝纹，这相当于人族初代的至尊骨、重瞳等。

这种东西是上苍赐予的，独一无二，是此前并未有过的奇异秘术，故此也就有了初代之称。

有点燃神火的生灵目光炽热，悄然逼近，想行动起来，因为这条藤价值连城，蕴含有先天宝术！

“给我断！”

石昊喝道。他猛然用力，双手发光，竭尽所能要截取这条乌黑的神藤，也许能得到上面的符文。

最差，也能获取一件先天宝具！

可惜，在他发力的时候，这条乌金藤光雨点点，被一颗兽牙散发的符文包裹，一下子挣脱了出去。

“怪不得寻不到命符！”石昊自语。他一直想夺一枚命符，却始终无法发现，原来藏在先天符文印记中。

也正是因为如此，持有者的先天符文才不会被人夺走。

石昊拔下龙雀一根真羽，想观其原始真骨时，同样失败了，也是这个原因。

黄金纹路闪烁，一株太阳神藤在远处浮现，真身重组，而后化出金烈的样子，他无比怨毒地盯着石昊。

“我会除掉你！”

“是吗，你还敢进来吗？我很期待呀。”石昊大眼眨动，舔了舔嘴唇，一副很向往与渴望的样子。

金烈满头发丝乱舞，金光澎湃，又羞恼又震怒，脸上满是难堪的神色。突然霞光一闪，他被光雨裹着消失了。

“真遗憾！”石昊摇头。那兽牙命符与秘境有无法分割的联系，蕴含着这个小千世界的神秘法则，他阻止不了。

气氛很诡异，众人看着石昊，都觉得这家伙的实力不是一般的强。

严格来说，金烈是第一位被斩的初代，众人虽然与之交过手，但没有这么激烈。

人们知道，接下来秘境将充满危机，有了第一位被斩灭的初代，开了先河，就如同打开了魔盒，谁都不会留后手。

秘境出口，祭坛上。

光雨洒落，浮现一道人影。

这里大教人马很多，都在希冀教中的弟子在秘境中获得造化。

此外还有无穷无尽、没有机会进入秘境的修士，他们也在关注，挤满了天地，想了解里面的情况。

“这个人是……金烈，来自太阳神藤殿！”有人认出他，非常吃惊。

而其他人则哗然。金烈可不是寻常的强者，是一位真正的初代，拥有独一无二的先天宝术，居然被斩灭了。

可想而知，秘境中有多么残酷。神子大战，年轻至尊的争霸，已经拉开序幕。

许多人热血澎湃，恨不得入内去观看。那绝对是一场盛况，可惜外人不能进去，这让所有人都遗憾。

“一位初代被斩灭了，真是难以想象啊！”

秘境外，众人议论纷纷，难掩惊容。

金烈面色铁青，因为所有人都在谈论他，在猜测究竟是谁将他斩灭，作为一个失败者，这种滋味太难受了。

“小友，你在与谁对决？”一位老教主开口道。他盘坐在虚空中，身影模糊，睁开眼的刹那，如两道闪电。

金烈虽然狂傲，但是面对这等人物也不敢放肆，只得如实道出。

这一刻，犼族老祖紫蒙、不老山的秦长生等都露出异色，几位教主皆惊讶，居然又是他！

而群雄则愕然，不敢相信。

“又是那个少年魔王，他斩灭了一个初代？”

“这家伙先除掉火魔宫的人，再战犼族年轻王者，而今竟然开始斩灭初代了！”火魔宫的人泪流满面，为什么每次都要提到他们，真是受伤啊！

众人沸腾了，居然出了这样一位神秘强者，他应该没有命符，不然会被“登记在案”，可以知晓其身份。

显然，这是一个暗中混进去的年轻至尊，对自己绝对自信，根本就不用命符，这让人们越发感兴趣。

“真是期待啊，我看他还能做出什么惊天动地的事，难道会连斩天骄吗？”

“嗯，他可是斩灭了仙殿那位年轻大人的仆从啊，多半会有一场惊世大战，真期待他们立刻相遇。”

秘境外，所有人的情绪都被调动了起来，人们精神振奋，渴望秘境中的大对决。

秘境深处，湖泊成片，水雾袅袅。

石昊斩掉一位初代，让所有人都掂量了一番，尽管很多人无惧，但是也不想这般平白无故地去大战一番。

秘境中，有很多造化，一株银龙莲虽然珍贵，但也不至于为之去拼命。

不远处，魔女与月婵的大战还在继续，这两人实力相当，谁都难以击灭对方，不然也不会从下界纠缠到现在。

石昊以为会被群殴，现在看来，这帮人都很骄傲，不屑那样做。

也许是因为还没看到真正逆天的大造化，一旦发现元天至尊的传承，或者出现他的无上宝血，那个时候多半就不同了。

“天蝉衣可是至宝，你们都这么富有吗？居然不在乎。”石昊咕哝。

他的膝盖发光，露出一块透明甲胄，甲胄发出嗡嗡颤音，如同蝉翼在鸣，将其左腿全部覆盖住了，符文闪烁，异常瑰美。

这样的宝衣，也不知道比银龙莲价值昂贵了多少倍，二者根本不是一个数量级的。

“月婵仙子，既然送了我一块天蝉甲，就好事做到底吧，再送一块如何，让我拥有对称美。”石昊嘀瑟。

众人石化，这家伙得到了月婵的天蝉衣？而且是腿上的。

他是怎么得到的？绝不可能是月婵仙子送的！

“哎呀，月婵姐姐真是大方，连这种与晶莹肌体交融，最为珍贵的内甲都可以送人，豪放啊！”魔女轻笑，她眸波流转，适时出言打击。

月婵眉心印记闪耀，神魂攻击更强了，一道朦胧虚影扑出，要斩灭魔女。

“哎哟，仙子你这是怎么了，想杀人灭口吗？”魔女浅笑，出手与之对抗。

“你我这个级别的战斗，还妄想以言语干扰，根本没有意义。”月婵平静地道。她肌肤雪白如玉，气质空灵，并不受魔女言语的影响。

“再想扒一件天蝉甲，难度很大啊。”石昊自语。他围着两女转悠，一副要出手的样子。

众人发呆，这家伙是自己扒下来的？

所有人都露出异色！

“哈哈……”魔女大笑。她不顾形象，前仰后合，却不难看，反而有一种另类的美。

她秀发飘逸，身材婀娜，拥有一张倾城容颜，美眸若宝石般发光，加之肌肤雪白，如同一个精灵，使得她气韵出众。

“月婵姐姐，你的腿怎么了？虽然莹白若象牙，但好像有指印哟。”魔女嘻嘻笑道。

显然，她是在故意胡言乱语，想激怒月婵。

一群人都露出异样的神色，而后看向石昊。

还有人低语，道：“仙殿那家伙呢，不是同补天教的仙子走得很近吗？为何未出手？咦，他不在。”

“轰！”

就在这时，天际发出刺目的光，一场大战就此爆发。

天际出现一道身影，他手持虚空战戟，舞动天风，雄霸在天空上。他挥舞战戟时带动着无穷的符文运转，神姿慑人，简直要劈裂天穹！

另一边，有一盏金灯发光，立着一个同样魁伟的青年，两人针锋相对，将要展开大战。

那个区域仙雾袅袅，十分朦胧，有一块符牌冲起，两人同时出手，正在争抢。

“这是进入传承地的骨符！”

众人吃惊，全都冲了过去。

想进入传承地，必须有骨符才行。虽然骨符不止一块，但是抢先得到，早一步进去，自然能得到更多的造化。

在众人冲向那片区域时，石昊准备击灭月婵仙子，两人是敌对关系，他自然不想放过机会。

然而，就在石昊准备出手时，有人也瞄上了他。那人带着神火，从暗中疾速冲来，猛地拍了他一掌。

螳螂捕蝉，黄雀在后。

正在与魔女激战的月婵仙子疾速向一旁横移，躲避石昊的恐怖攻击。

而石昊也是一惊，迅速跃起，避开后方神火强者的奋力一击。

“赤凌空！”石昊终于看清是谁了。

“孽畜，你纳命来！”赤凌空与族中另一名神火强者一同袭击他。

“老东西，现在没空搭理你，我去取骨符，回头再收拾你们。”石昊说道。他目光闪动，看到魔女与月婵分开，冲向前方，于是也跟了上去。

后面，两大强者正在追赶。

但是石昊的速度太快了，鲲鹏法与闪电交融，掩盖他的踪迹。他风驰电掣，几个闪灭，就从这里消失了。

“走，我们也去，得到骨符要紧，若是能开启禁忌传承，那比什么都重要。”赤凌空咬牙道。

当众人进入这片区域，雾霭更重了，所有人都在争夺骨符，一场混战就此爆发。

“轰！”

石昊刚一临近，就有人跟他对了一掌，顿时霞光千道，神力澎湃。进入这片区域，所有人都是竞争对手。

“嗯？”他惊讶地道。对方竟然是秦昊，身着发光的长生战衣！

他并不想与这个弟弟生死搏斗，虽然被袭了一掌，但就此横空而过，没有再出手。

“爷爷来了吗？”石昊退到一边，在附近寻觅。他知道，如果那个人是祖父，进入秘境多半是为秦昊而来。

“那是……”他心头剧震。没有想到，真的在这里看到了那个特别的青年，那青年就在不远处的一座山峰上，正在凝视秦昊。

那个人神色复杂，有溺爱，又有距离感，更有痛惜，他很想要上前，却又止步了。

石昊见到这一幕，心在颤，他快速向青年接近！

第397章 祖孙重逢

WANMEI SHIJIE

石昊的身体在微微发抖，那是祖父吗？他很激动，也很紧张。

山体上草木丰茂，青年站在一块巨石上，望着远处的秦昊，嘴微张，想要说什么，却又闭上了。

“吼！”突然，一声急促而刺耳的吼声传来。在那山峰上出现一头金色的巨熊，高有十丈，一巴掌向青年拍去，满嘴牙齿雪白，犹若利剑。

这是一个尊者境的生灵，罡气浩荡，金色符文如火，澎湃而下。

石昊一惊，忍不住长啸，因为那个青年心绪不宁，在这种情况下很可能会被偷袭。石昊背后出现模糊的双翅，加速向前冲去。

他可不想出现意外，若此人是祖父，万一遭劫，那简直不可想象。

“哧！”

神光一闪，青年消失，速度快得出奇，避过了那头金色的巨熊。

石昊放心了，这个青年警惕性很高，并且身手超凡，只在原地留下一道残影，可见是个高手。

“砰！”

石昊到了近前，随手一挥，罡风浩荡，这头实力强大的金色巨熊便被他扇飞。

他看着那个青年，张了张嘴，想说些什么，却发现，对方在迅速倒退，与他拉开了距离。

显然，对方很警觉，对他抱着戒备之心。

在这秘境中，谁都不能相信，所有人都要相互防备，不然随时会被斩掉。

“请问你是……”石昊的声音在颤抖，他看着青年，情难自抑。

“轰！”

一道粗大无比的闪电劈来，击向石昊的天灵盖，十分壮观，宛若一挂天河倾泻。

石昊仰头，原来是闪电子出手。那枚骨符居然被打到这个方向来，闪电子速度很快，疾速追来。

显然，闪电子视他为竞争敌手，想先下手为强。

石昊大怒，刚遇到疑似祖父的人，就被这样干扰，他自然极度不满。

与此同时，他挥动一拳，轰向天穹，雷电伴着鲲鹏力，且有《原始真解》的奥义，逆冲向天。

这一拳击得虚空轰鸣，如破烂的画卷在稀里哗啦地抖动。

闪电子一惊，他有些无法理解这个人。石昊并没有跟他争夺骨符，只是因这一拳而发怒。

接着，数名初代冲过来，有人向下轰击。

这让石昊很不爽，他接连出手，甚至撑开洞天，想要拘禁下来一个人暴打一顿。

那个青年在倒退，他神色不定，戒备心更重了，因为看出了石昊的厉害与不凡。

骨符远去，这几名初代也随之一冲而过。没有了干扰，石昊跟上前去，在后面传音道："请问你来自下界吗？"

那个青年止步，露出异色。

石昊也知道，这样追来并且如此发问，显得很突兀，更加会让人生出戒备之心。

"我没有恶意！"石昊止步，神情无比坦诚，眼神清澈。他尽量让自己平静下来，声音不再发抖。

"你是谁？"青年一看便是久经风浪之人，非常镇定。

"我也来自下界。"石昊轻语。这样一说，他等于露出了一些破绽，冒了极大的风险，如果此人不是十五爷，那麻烦就大了！

青年目光深邃，不知道在想些什么。

石昊心中焦急，对方这是在戒备，还是有其他想法？如果不是祖父，情况将很严重。

"我不知道你是谁，但我能感觉，你没有恶意。"青年开口，他有一种敏锐的神觉，出自本能。

这一点倒是与石昊很像，直觉强大。

石昊希冀地看着他，这一刻竟然有些煎熬，他无比紧张。因为，他太在乎了，生怕错过，或者认错人。

"我的确来自下界。"对面的青年平静地说道，盯着石昊的眸子，观察他的表情。这一刻，石昊的心弦剧烈一颤，差点大叫出来，他强忍着冲动，道："你可是被称作大魔神的石族人？"

青年瞳孔急骤收缩，盯着他看了又看，没有说话。

"你进入秘境，是为了看秦昊一眼吗？"

“你有一子，名叫石子陵。”

石昊不断开口，看着不远处的人，他很激动。

“看来，你洞悉了我的身份，了解我是谁。”青年说道。他看着石昊，有些不解，也生出疑虑，露出戒备的神情。

因为，他实在想不出，这个少年会是谁，为何能知道这么多。恐怕就是秦族的人来了，也认不出他。

若非神觉敏锐，感应到眼前这个少年没有恶意，他早就出手或者遁向远方了，根本不会回应与理会。

“你在下界还有一个孙儿，是吗？”石昊说道。他清澈的大眼略微泛红，有喜悦，更有激动。

青年听到这句话，一下子沉默了，神情中有种伤感难以掩饰，道：“是，我的孙儿在下界，他无法上来。”

说到这里，青年望向天际，他心绪激荡，露出几许悲意。他尽量平复自己的情绪。

“他如果还活着，一定不会比上界这些初代差！”

说到这里，青年脸上有伤感，也有无奈，还有种凄凉，他最在意的孙儿，拥有天纵之资，却战死了。

显然，青年就是大魔神十五爷。

他想到往昔，积郁难消，自己的孙儿是天生的至尊，结果被人挖去真骨，受尽磨难，自幼流落在外。

最后，那个孩子靠自己崛起，然而怎奈命途多舛，英年早逝。

想到这些，十五爷心有大悲，道：“我的孙儿，不比任何人弱，本是天生至尊……但是他没有办法来到上界了。”

“有办法，他来了！”石昊再也忍不住，眼睛发红，冲到了青年近前。

“你在说什么？”十五爷目光火热，盯着石昊。

“他没有死。”石昊微笑，眼中有泪。

“我的昊儿如果没有死，一定可以呼啸天地间，可以对抗所有初代。”青年颤声说道，而后死死地盯住了石昊。

“会有那样一天的。”石昊落泪。

“你是谁，究竟是谁？”大魔神喝问。他不敢相信对方的话，因为他得到了确切的消息，自己的孙儿早已死去了。

“爷爷，我是你的昊儿啊，我还活着！”石昊冲来，并且不再掩饰自己的气息，释放出真正的血脉之力。

这一刻，大魔神震惊了，他也感觉到了，这个人很亲近，他们的血液仿佛可以共鸣。这是一个很亲近的人。

“我的昊儿！”他颤巍巍地伸出一只手，抚摸石昊的那张脸。哪怕这是一场梦境，是天国的猎杀者伪装的，他也很想投入进来。

“我的昊儿……不是死在下界了吗？”十五爷哽咽，想到这些，他的心脏一阵疼痛。

“没有，爷爷，真的是我啊。我没有死去，还活着。”石昊在一瞬间快速露出真容，让自己的祖父看清。

“什么，这是……”十五爷身体剧震，他看过石昊长大后的画像。此时他一个踉跄，难以置信地说，“这……是梦境吗？”

“我是谁？大魔神的孙儿，失去一次至尊骨都能挺过来。区区仙殿的一种诅咒，一块烂铜锈，能要我的性命吗？那不可能！”石昊微笑着落泪。

“哈哈哈……”十五爷大笑，一双眼中泪水不断滚落，有伤悲，也有畅快，还有无尽的喜悦。

现在是真还是幻，他甚至有点分不清了，他心绪波动剧烈，情难自禁，这个惊喜来得太突然。

“哪里来的疯子，在那里又哭又笑。”远处有人冷冷地说道，朝这里瞥了一眼。

石昊背对着那个方向，快速敛去真容，动用朱厌一族的七十二变神通，改变了容貌。

而后，他转过身，道：“走开！”

显然，这是一名初代，此前没有见到过，但是可以感知，其体内有蓬勃的生命精气，异常磅礴。

“让我走开?!”那个人冷冷地扫视过来。他身上穿着黑色甲胄，带着一股冷厉的气息，迫人至极。

“哧！”

他通体散发乌光，黑色甲胄变得晶莹了起来，手持一口黑色的神剑，向前立劈，并且斥道：“滚！”

这一道剑气绝世猛烈，扭曲了苍穹，将石昊与十五爷全部笼罩。

这已经不能用剑气来形容，更像是一片剑海，震慑人心！

“爷爷，你稍等！”石昊说道。而后他迎着这片剑海冲了上去，催动一身的精气神，毫不保留地出手。

他的洞天在发光，不断变大，阻挡住了整片剑海，并且他挥动拳头时，朱雀、真凰、狻猊、雷天雀等全部浮现。

万灵图与《原始真解》的符文结合，被他悟出极尽奥义，此时全力一击，震动天地。

“轰！”

天地剧颤，摇动了起来。

“咦，来自冥土的家伙遇到了对手？”

“那是冥子，绝世强大，居然被人挡住了。”

“是那个被称作魔王的家伙，不久前斩灭了金烈，现在又对上了冥子！”

这一战，引发很多人关注，人人都露出异色。

石昊承认，这个冥子极其强大，比金烈厉害不少，是一个可怕的敌手，在其周围，冥光沸腾，侵蚀神力。

“轰！”

“强大的冥子被震退了？”

……

两者激烈搏斗，很快就过招了上百回合，让人吃惊的是，那个魔王依旧没有露出自己的先天宝术。

“冥子可不是一般的人，曾灭过初代，极其厉害，居然遭遇了大敌。”

“咔嚓！”

电芒滔天，各种神禽猛兽浮现。石昊演化万灵图，将冥子体外的黑色冥光震散，一拳轰了进去。“噗！”

大战三百回合后，石昊将冥子灭在半空中。当命符将冥子重组，再现出来时，石昊只冷冷地扫了他一眼，道：“滚吧！”

“你……”冥子气结，对方将他的话原封不动地还了回来，不同的是对方先将他击灭，而后才这样说。

“不服气的话你尽管回来，到时候杀你真身。”石昊平淡地开口道。而后他转身快速来到祖父近前。

“你是我的孙儿……”十五爷震惊而又激动，这个少年竟如此厉害，直接灭了一名初代。

第398章 无上传承

WANMEI SHIJIE

所有目光都投向这里，冥子居然被灭了！

又一位初代被斩掉，这绝对是一件大事，尤其是被灭的冥子非同寻常，他来自冥土，实力强横至极。

就连追骨符而远去的初代也被惊动，隔着湖泊与秀丽山峰，透过朦胧水雾，向这个方向凝视。

“爷爷……真的是我！”石昊以神识传音。他扶着十五爷的一条手臂，眼睛发红，经历了那么多磨难，终与祖父相逢。

这一刻，他满是喜悦与感动，心中还有些酸楚。

“我的……昊儿！”大魔神本是一个铁汉，现在却在微微颤抖，盯着眼前这个可以立斩初代的少年。

当初得到噩耗，宛若晴天霹雳，让他无比遗憾与苦涩。白发人送黑发人，他的心脏剧痛无比。

这么长时间过去了，他内心中还是一片阴霾。他像是失去了精神支柱，这段日子苍老得很快。

他心如死灰，最渴望、最想见到的孙儿死去了，这对他的打击太大了。

“哈哈……”十五爷大笑，老泪纵横，今日的重逢太意外了，让他不敢相信。这是一个奇迹，慰藉了他苦闷的心灵。

两头黑色的神狮、五六只盘旋的纯血猛禽，还有几株古树，迅速从石昊所站立的区域消失，这些都是秘境中的强大生物。

很快，附近的修士退走，直到与他们相距足够远才停下来，不敢再靠近。

就连几位点燃神火的强者也都露出异色，看向这里，感觉这个少年是个棘手的生灵。

秘境出口，祭坛上。

黑雾弥漫，一道强大的身影出现，黑金甲胄散发冷厉的乌光，带着一股死亡的气息，他的一双眸子在黑暗中睁开，冰冷而无情。

他像是来自地狱的死神，让众人战栗。

“一个非同一般的修士又被击毙了，这个人是谁？气息怎么会如此可怕，我觉得比太阳神藤一族的神子还厉害几分。”

有修士低语，感受到了一股冰冷而无生气的波动，内心涌起一股不祥，生出惧意。

就是守护秘境的各教元老也都皱眉，这个人无情而冷漠，自从回来后一语不发，面目被黑色冥雾笼罩，让他们都觉得不舒服。

“是他，冥子！”

有人惊呼，终于认出了他的身份。

真相一出，引发一场大轰动，冥子是谁？他来自枯寂与冰冷的死地，也有人称那里为冥界。

被誉为冥子，意味着他身份超然，实力强大无比，绝非一般的年轻翘楚可以比拟！

外界有传言，他过去曾经灭过初代，拥有非常辉煌的战绩，所向披靡，自出世以来还没有人可以阻挡他！

“小友，你刚在与何人对战？”一位老教主问道，并不提他被灭的事。这样询问，也算照顾了他的颜面。

“一个少年……”冥子冷漠地说道。此时他已经平静下来，没有愤怒，也没有沮丧，冷酷得像是没有感情一般。

“又是他！”

这一次，不要说普通的人，就连几位老教主都眯缝着眼睛，眼中有神芒隐现，显然那个少年魔王令他们格外关注。

“超凡脱俗，少年魔王！”

“真是了不得，太厉害了，先横杀赤羽鹤一族数十强者，又败龙雀与紫金真犼，再杀太阳神藤金烈，而今又斩了冥子！”

众人议论纷纷。

火魔宫众人再一次泪流满面，为啥每次都要点到他们，真的太受伤了！

这是在秘境中被灭的第二位初代，都是由一人所为，不要说一直在关注战局的修士，就是不了解的人听闻后也知道，那个少年魔王绝非等闲之辈！

一时间，少年魔王成了人们议论的焦点，所有人都在猜测他的身份。

“这个少年真厉害啊。”石子陵夫妇也在谈论，言语间为秦昊而担忧。

“荒”这个名字再一次被人提及，近来出现在五行州的神秘强者非他莫属，在魔尊所立神碑上留名，力压秦长生，傲视十州。

“给我开启祭坛，我要回去。”冥子沉声说道。带着黑色的雾霭，伴着冥土的气息，他要再进秘境。

秘境深处，湖泊区域。

水雾蒸腾，山峰秀丽，烟霞朦胧一片，宛若仙境。

石昊与大魔神一同离开乱战之地，因为这里实在不宜叙旧，他们有太多的话想说，内心深处都难以平静。

此时，十五爷已清醒，畅快大笑，激动与喜悦到了极点。他早已认为孙儿死掉了，心有大悲，怎能想到，活生生的孙儿今日出现在眼前。

在一处偏僻之地，祖孙二人合力布下法阵，与外界隔绝，都露出了真容。

“爷爷，你的头发都白了。”石昊鼻子发酸，眼睛又红了。大魔神五六十岁的年纪，正是黄金时代，应该血气滚滚才对，可是而今却白发苍苍，眼角与脸上有很多细密的皱纹，非常沧桑。

“爷爷的外表虽然老了一些，但是精气神还在，如今得知你还活着，爷爷马上就会血气滔天，恢复过来，哈哈哈！”大魔神豪迈地说道。

他端详着石昊的容貌，越看越高兴，自己最在乎的孙儿不仅活着，还闯到上界，在这里斩初代，格外对他的脾气，有他的风范。

石昊虽然早已与大魔神的灵身见过，但再次重逢，依旧有那种战栗般的感动，心里有无尽的感慨与喜悦。

可惜，早先的那只是一道灵身，迅速殒身了，无法将消息带给祖父。

“祖父，你这是……”突然，石昊心头一震。他摸到了十五爷的一只袖子，是空的，十五爷依旧是断臂。

他快速掀开那截袖子，发现果然如此！

早先看到的青年双臂完好，而今恢复真容，怎么又失去了一臂？

看着大魔神满头白发，一脸沧桑，还断掉一臂，石昊心中一痛，非常不好受，自己的爷爷这些年经历了不少苦难。

十五爷安慰他道：“没关系，爷爷如今已经是尊者，随时都会点燃神火，到了这等境界已经可以重生断肢，要不了多久断臂就能长出来。”

大魔神一翻手，掌心出现一个玉偶，他告诉石昊，他只要与此偶融合，便能化成另外一个青年的样子，并且手臂毫无破绽。

这是他在恶魔岛被追击时，在一座古洞府中得到的宝具，是前人殒灭后所留。

石昊点头，到了尊者境就能血肉再生，祖父的断臂可以长出来。只是他最近一直颠沛流离，被天国追击，没有刻意去重组真身。

不过，他还是不放心，亲自为祖父检查，而后眼中流露出异色，十五爷的血气也太浓郁了，着实很惊人！

“服下魔尊真血后，无法炼化，全都封在我的血肉与骨骼间。”十五爷道。这是他在恶魔岛最大的机缘。

仔细检查后石昊惊喜地发现，那一团真血散在血肉中，在慢慢洗涤祖父的肉身，早晚会让祖父发生脱胎换骨的变化。

“爷爷，不要急于点燃神火，等你的断臂长好，我也得到更多的神圣宝药后，为你熬炼一炉神火丹，你再进阶。”

同时，他又一阵蹙眉，他在祖父的体内探到一股阴气，附在骨头上，这很诡异。

“这是什么？”

“你发现了。”十五爷一叹，这是服食魔尊真血的副作用。

魔尊真血，不要说拳头那么大的一团，就是一滴，常人也难以承受，直接吞咽的话，一定会殒命。

庆幸的是，魔尊留下的这团真血早已被化尽了先天毒素，所有的有害物质几乎都不存在了。

不然的话，就是一位真神服下去，也得形神俱灭。

虽然这团真血的毒素被化了个干净，但毕竟是一位殒身的禁忌人物所留，他已经死去了，整座岛屿都昏暗与阴沉，这团血自然也掺杂了一丝死气。

虽然只是一丝，但对后人来说也很麻烦。十五爷起初还能克制，但是被天国的光天使追击，他遭受重创，肉身出了问题，阴气迅速向全身骨骼蔓延。

尤其是天国的猎杀者行走于黑暗中，都是从打斗过来的，身上沾染着浓郁的死气与阴雾。

他们的剑更是最恶毒的利刃，这样劈中十五爷，一下子勾动得那丝阴气暴动了。

石昊得悉后，握紧了双拳，道：“我早晚会登临天国，掀翻这个道统！”

无论是自己的祖父，还是补天阁的鬼爷和自己，都与这个传承对立，有难以化解的仇，他早已立誓，要去走上一遭。

“这不是什么大问题。”十五爷安慰道。他取出一坛烈酒，咕咚咕咚喝了下去，对他来说，这种酒可以减轻阴气带来的寒意。

“烈酒有效？”石昊惊异道。

“有效。”大魔神点头。

“以后我为爷爷寻来神酿，想来那些点燃神火的猴儿以圣药酿造的酒，一定能彻底根除阴气！”石昊说道。

他曾经喝过普通的猴儿酒，滋味美到极致，已经觉得是神酿了，很难想象点燃神火的一群猴儿以圣药酿造出来的酒味道会怎样。

“魔尊的真血中蕴含有一些符文，我悟透了真义，发现是熬炼肉身的妙术，可以打磨躯体，慢慢蜕变，逐渐变强。”

十五爷为石昊演化一组符文，符文并不是特别繁复，却妙不可言，由寻常骨文组合在一起，化腐为奇，堪称一种无上传承！

石昊默默品味，深感惊奇。

魔尊崛起于动乱年代，起初被很多天才掩盖光芒，并不耀眼，但他却一步一步前进，慢慢变强，最终世上称尊。

因为他崛起于弱小，从最普通的骨文着手，所以连带着这一妙术也传承这种风格。

他借此秘术不断蜕变，让自己的体质越发强大，缓慢地脱胎换骨，一点一点地涅槃，所以最后可以傲视上界。

“同《原始真解》有异曲同工之妙，都是从最平凡的、最原始的骨文入手，而后让它升华，爆发最绚烂的火花。”

石昊感叹，取出《原始真解》，给爷爷观看，让他印证与参悟。

他觉得，自己虽然已经在认真参悟《原始真解》，但还是不够深入，应该继续观摩，悟个透彻，到了那时也许能以“无法”而胜诸多最强神术！

当然，鲲鹏、真凰等十凶宝术，也是不能丢弃的，因为这样的传承已经走到了世间极致，可以为自己护道。

了悟所有法并不等于可以放下一切，依旧要掌握几种最强神通，就如同仁者掌王剑一样，需以凶器护法！

“孩子，你要时时修行这则秘术，也许将来能让至尊血再生出来。”十五爷说道。

自己的孙儿先后两次失去至尊骨，让他难以释怀，心有遗憾，尤其是第二次，另一个孙儿不但没能救石昊，还取走了他的真骨，让十五爷心中发闷。

如今，石昊的至尊血彻底干了，已经不算什么初代。

十五爷在想，若是孙儿彻底恢复，那该有多强？

“我会修行的。”石昊点头，而后像是想起了什么，道，“爷爷，你体内有阴气，也许修炼一些至阳至刚的法门可以驱除。”

他想到了鲲鹏法的太阳力，而后又想到了纯阳的雷霆宝术！

“爷爷，先修雷法吧，我从仙坟上采摘来几株绝世宝药，服食一株便可以迅速悟透一种雷道神通！”

他有狻猊宝术，有雷天雀的神通，当然最强的还是龙㚱所留下的那页金纸。

这几日他都在琢磨这页金纸，它水火不侵，难以毁掉，却没有符文，偶尔会发出道音，也无法参悟，让他有点无奈。

“我们爷俩一起来参悟，看一看到底是怎么回事。”大魔神接过金纸说道。

两人尝试了各种办法，都没有用。

最后，石昊将这页金纸扔进了拳头高的丹炉内，丹炉里面有天河水，有仙坟的土，都蕴含着无尽雷霆，伴着仙道气息。

“轰！”

电芒闪烁，雷光无量，金纸发生了惊人的变化，它吸收仙道气息，在闪电中璀璨夺目，并且变得晶莹起来。

“这是……”祖孙二人都很吃惊。

金纸上密密麻麻地出现成片的骨文，居然都是闪电化成的，繁奥复杂到了极致，并有一股无上威压！

“这肯定不是龙㚱留下的传承！”大魔神说道。他目光灼灼，十分吃惊。

“这……我怎么感觉，像是有一次面对鲲鹏法时那样，这是无上禁忌神通！”石昊十分震撼。

“了不得！”十五爷点头。

“我们祖孙二人参悟透彻，然后联手，在秘境中横扫那群人！”石昊哈哈大笑道，“熊性”又上来了。

第399章 四绝天

WANMEI SHIJIE

石昊与十五爷眼神炽热，盯着这篇大道神书。

这页金纸很特别，它已腾跃而起，定在虚空中，熠熠生辉，以闪电构筑的骨文非常密集。

它璀璨夺目，散发的威压令人灵魂阵阵悸动，仿佛一位禁忌般的存在复活，在这里俯视着天下众生！

不用多想也可以知道，它这页金纸价值无量。

开启它竟然需要天河水、仙坟上的土所蕴含的仙道气息，这实在惊人，令人不可想象！

若非如此，石昊真不知道什么时候才能得见骨文。

祖孙二人都入迷了，沉浸在当中，努力记下各种骨文，体悟真经蕴含的无上奥义。

毫无疑问，祖孙二人都是武痴，得见这种至高雷霆宝术，心思全部投入了进去，看得如痴如醉，忘记了其他。

也不知道过了多久，金纸渐渐暗淡，两人才回过神来。

石昊二话不说，将它再次扔进丹炉中，金纸被浸泡在天河水内，它汲取雷霆之力，吸收着丝丝缕缕的仙道气息。

刹那间，金纸再次发光，晶莹通透，更为璀璨了，上面由闪电构建的符文发出绚烂神霞，谱写无上奥义。

“爷爷，给，吃掉这株药再参悟，我们可以在最短的时间内领悟雷道宝术。”石昊说道。

他取出一株尺许高的小树，小树通体鲜红，如红玛瑙雕刻而成，不过更为通透，如一轮红日在绽放神圣光辉。

小树通体都是纹路，缭绕着赤色的雷电，发出阵阵雷鸣声，还伴着少许雾霭，说不出的神秘。

这是他冒着生命危险从仙坟上挖下来的五株绝世植物之一。

当时，为了挖这几株灵根，石昊被雷电劈得死去活来，差点丢掉性命，这株小树费了他极大的心血。

大魔神神色惊讶，他自然能感应到，这株小树内有大道法则碎片，有仙道气息，单以悟道和修行来论，它比圣药都要珍贵很多！

“小心，每次只能吞食一点，慢慢炼化，不然肉身会承受不住。”石昊这是经验之谈。

“好，我们祖孙在此悟法，出关后合力去开启秘境中的最高宝藏。”十五爷大笑道。

“对，谁敢伏击我们，哪怕是凶兽与神禽，也统统烤熟吃掉！”石昊挥动拳头，霸气地说道。

“哈哈……”大魔神发现这个孙子越来越对自己的胃口了，不愧是他的后人。

石昊自己则取出一朵人头大的蘑菇，蘑菇整体为金色，四周闪电噼里啪啦作响，伴着一股馨香，只见闪电符文密密麻麻。

毫无疑问，吞食仙坟上的奇异植物得冒极大的风险，无论是石昊，还是大魔神都被闪电劈得很惨。

两人肌体焦黑，满头发丝倒竖，脸色乌黑，要多狼狈有多狼狈。

石昊龇牙咧嘴，他觉得这一株植物的药效比当初服食的那一株强了数倍，仙道气息异常浓郁，法则碎片也更多。

他很担心祖父，结果发现老头子虽然满身血迹，看起来跟焦炭似的，却一副很舒服与痛快的样子。

他吓了一跳，道：“祖父你没事吧？”

“无妨，这种阳刚之气对我来说最好不过，可以除去骨骼上的阴气，很舒畅！”大魔神答道。

很快，祖孙二人安静下来。一个抱着一株通体被赤色闪电包裹的、红玛瑙般的小树，另一个人身前则悬着一朵缭绕着金色电弧的大蘑菇。

他们不时吞食一点雷电奇药，参悟金纸上的宝术。

随着时间推移，出现了两个光团，两人都被大道碎片环绕，包裹在当中，越发显得神秘，流转出的气息也非常惊人。

大魔神那里，赤电如虹，符光冲霄，化成了一轮红色天日，而后又转为金黄色，仙道气息弥漫，最后仿佛出现了混沌气。

这是一种惊人的变化！

而石昊也同样收获巨大，他被仙道残文裹住，耳畔响起诵经声，在其周围，无数的金属文字烙印在虚空中。

时间流逝，一转眼就过去了两天两夜。

祖孙二人沉浸在悟道中，完全忘记了其他。

在这个过程中，他们偶尔醒来，也是因为金纸暗淡，需要再次投入丹炉中，让它汲取闪电以及仙道之气。

这是一种神圣的场景，一页金色的宝书定在虚空中，刻满了符文，散发出绚烂神霞，传递古代无上存在的奥义。

而下方，两个人寂静无声，默默体悟，周围都是法则碎片，将他们环绕。

越到后来，两人感悟越深，仿佛要融入进去，与金纸合二为一了。

这不得不让人惊叹，仙坟上长出的几株植物太过珍贵，可以让人在最短的时间内参悟出雷霆的高深奥义，理解繁复的符文。

大魔神背后浮现出一对翅膀，翅膀完全是雷电所化，赤红晶莹，两翅轻轻一碰，爆发无尽雷霆，恐怖滔天。

而后，他又被符文淹没了，那些符文融合在一起，如同茧一般将他包裹，伴着丝丝缕缕的雾霭，如同仙雾一般越发显得超凡脱俗。

另一边，石昊感悟亦极深，在他周围，一株又一株草木生长了出来，有金色的、紫色的、绿色的，全都荧荧发光。

这并非真正的草木，而是雷霆，全都是闪电所化。石昊体悟到了一种生命力。

雷霆不仅是世间最强攻击法门，蕴含毁灭之力，它还有生命，也能生死人、肉白骨。

雷道中亦蕴含着新生！领悟到这一层奥义，才算是在雷道宝术上登堂入室，真正进入高层次领域。到了这一步，雷法已经算是有所成！

石昊的周围，草木疯长，郁郁葱葱，惊人至极。各种鲜花绽放，无比娇艳，那是雷霆之花，美得惊心动魄！

随后，所有草木又都枯萎。

草木枯萎了又繁荣，如此反复，像是一个轮回，险些勾动起石昊自身的宝术——轮回。

最后，草木都消失了，呈现凛冽的金属气。在石昊的身前与背后，一根又一根金属战矛指向苍穹。

接着，剑气动天，铮铮而鸣。

显然，他现在又悟出了雷霆中的金属气，感悟越发深了。

“锵！”一根金色战矛在他的手中凝聚成形，这是金属气还是雷电，已经分不清了，两者交融，手感与真实的兵器毫无区别，但威力更强大。

石昊站起身来，手持这杆战矛，刺向虚空中，“轰隆”一声，如同汪洋倒悬，冲洗苍穹！

这一矛刺出，威力太强大了。天地仿佛都破烂了，除了有神矛的锋锐还有雷霆的暴烈，无坚不摧，神勇不可挡。

而后，石昊平静了下来，盘坐在地，战矛消失。

这一种感悟主攻伐，金属气摧枯拉朽，消灭所有大敌。

他周围都是大道法则碎片，与仙道之气融合在一起，仿佛蚕茧一般，让他显得格外不凡。

从仙坟上采摘下来的金色蘑菇蕴含着惊人的符文，拥有奇效，可以相助石昊参悟雷霆宝术，与闪电融合为一体。

那页金纸发光，上面的骨文十分神秘，竟有丝丝缕缕混沌气弥漫开来，惊人至极！

石昊继续参悟，雷道与自身相合，他在这一领域突飞猛进，收获巨大。

“哗啦啦……”

流水声响起，湛蓝色的液体出现在虚空中，液体在石昊周围流淌，晶莹透亮，当中甚至还有鱼儿游动，充满勃勃生机，活泼而灵动。

这并非真正的水泽，而是雷霆所化，是闪电变作了液体，可谓惊人至极！

闪电是什么？怎么能化作液体？难度不是一般的大，非一般登堂入室者可以做到，这需要理解透彻，参悟出最为繁奥的法则。

蓝色液体继续流淌，越来越多，很快化成河流，石昊盘坐河心，任湍急的水冲击身体。

最后，高空中也出现了蓝色液体，形成一道湛蓝色的瀑布，从虚空中垂落，冲洗他的肉身，一片透亮与灿烂。

最后，河流与瀑布化成湖泊，不断拓展，整片虚空都成为一片蓝色的海洋，异常美丽。

随着石昊一指点出，雷霆无穷，湛蓝色的液体全部狂暴了，向前方席卷！

这种力量，恐怖至极！

这是雷霆化作火、草木、金属气后的第四种变化——湛蓝水液！

修行到这一步，在雷道领域已经算是成就极高的人物了，很多比石昊境界高很多的人修行一辈子都难以踏足这样的领域。

在雷道领域中，这样的成就被称作雷道四绝天！

石昊还在尊者境就有了这样的领悟，算是世间罕有，随着他修为与境界的加深，四绝天的威力将会越来越大！

此时，石昊睁开了眼睛，金色大蘑菇都被炼化干净了。

而金纸也被他从头观看到尾，了悟于心，他心中充满了收获的喜悦。

然而，在这种巨大的满足感后，他也有一点遗憾，总觉得金纸上记载的禁忌宝术还没有完结，应该有后续才对。

就像是一曲铿锵仙音，到了高亢阶段，还差一点就可以登峰造极，却在最为关键处，突然停下。

这个时候，十五爷也醒转了，他那里很怪异，大道符文与法则碎片如同浆液般化成一个茧，将他裹住，一缕缕白雾弥漫，像是仙气，又如混沌雾霭，异常神秘。

“咔嚓！”

大道符文化成的茧顷刻碎裂，所有法则碎片都冲入了大魔神的身体内，他背后有一对雷翅，一黑一白，轻轻一振，雷霆如海！

他的领悟又与石昊不同，他体悟了光与暗对立，以及雷电显形为器物等，也是雷霆法则，却又不同。

十五爷将金纸上的骨文与自己早年所得到的神魔传承结合、印证，故此体悟出了不一样的刚猛宝术。

毫无疑问，他们都收获巨大！

“意犹未尽，感觉还差了一点。”十五爷也有同样的感觉。

“爷爷，你跟我的感受一样，只差一点，我的雷霆宝术就能登峰造极了。”石昊说道。

即便这样，祖孙二人也相信，这已经算是至强的大道宝术了，可以傲视天下。

金纸上所记载的骨文适合所有生灵修行，上面并无明显的种族印记。

“我们该出关了，去了解下那只龙夔到底是什么来头，它怎么得到了这页金纸。”

修行完毕，祖孙二人都觉得，金纸不是那只神夔所留下的道统。相反，它很有可能借金纸才得到了蜕变与进化的机会，成就了龙夔身。

这一猜想如果成立的话，那将无比惊人，越发显出这页金纸的珍贵！

不久后，他们真的了解到一些消息，五行州有关于元天至尊的一些传说，秘境内的修士在进来前都会竭尽所能去了解。

“元天至尊殒身前疑似进入过一处遗迹，得到过神秘的雷道奥义。”

“他养有一只闪电犬。”

这两则消息让石昊与十五爷顿时振奋，眼睛都亮了起来，他们无比期待，渴望打开秘境中的传承地！

“我们祖孙也该动一动了，去会一会那些人。”大魔神说道。

“好，去捉两只初代神禽或凶兽尝一尝，等待金纸的另一页出现！”石昊满脸希冀，大眼发光，战意高昂。

第400章 险恶古土

WANMEI SHIJIE

山地壮阔，草木丰盛，有些老树比山峰还高，粗大无比，从树上垂落下一根根发光的藤蔓。

一些纯血神禽在上面筑巢，银丝草编织的窝发出灿灿光辉。

数百丈的泰坦巨蛇在树上盘绕，不时对着那些巨巢吐蛇芯子，散发着异常恐怖的危险气息。

地面上，厚厚的落叶形成肥沃的土壤，脸盘大的紫色大蜘蛛、一米多长的银色蜈蚣、半人高的金色蝎子等熠熠生辉，不时出没。

这里有各种生物，非常危险，一旦踏进它们的领域，就可能会惹来杀身大祸。

石昊与祖父穿行在山林中，踩着厚达几尺的落叶，谨慎而小心，就在刚才，他们路过一座古洞时，惊动了神——蛤蟆神。

那是一只蛤蟆精，不过圆桌大，但是极度危险，比他们此前所见到过的那些点燃神火的生灵都要厉害。

若非他们足够强，并且反应迅速，驾驭闪电横渡那片山地，说不定已经被吃掉了。

他们很怀疑，这只蛤蟆精已经超越了神火境。

“呱！”

显然，蛤蟆精还没有放弃，依旧在寻找猎物，发出的声音如同雷鸣，震得人气血翻涌。

极目远眺，可以看见，远方的一座山峰上有一只金色的蛤蟆，它并不是很大，与一张圆桌相仿。

它如同黄金铸成，浑身金光灿灿，看起来很绚丽，张开巨口时，呱呱声让人心浮气躁，比惊雷还震耳。

“呼……”

蛤蟆张开大嘴，顿时狂风大作，如同十二级飓风，让那片区域各种古树全部折断，更有很多古树被连根拔起，景象十分骇人。

这巨响惊动了几条数百丈长的泰坦巨蛇和一些纯血神禽，它们全都不满，瞬间冲上高天。

“哧！”

一道红色匹练冲起，瞬间卷走了它们，没入那头金色的蛤蟆精的嘴里，原来那匹练是它的舌头。

“尊者境的凶禽和泰坦巨蛇就这样被吃掉了?!”连大魔神都倒吸一口凉气。

石昊却双眼放光，无比炽热。眼前的一幕证实了他的一种猜想，他道：“这只蛤蟆精很有可能超越了神火境，秘境并不能束缚它的成长。”

他觉得，漫长的岁月已经过去，元天秘境的规则发生了一些变化，允许更强大的生灵出现了。

因为，他已经几次感应到，山脉与大湖中有恐怖生物的气息，一闪而过。

“如果真是这样的话，我们不走了，就在这处小千世界内修行，直到足够强大了再想办法出去。”石昊握紧拳头。

在这里有圣药、古虫、神矿等，资源丰富，灵气浓郁程度更胜外界，相对来说还很安全，不用担心被教主追击。

他在见到魔血鬼神藤时就有过这样的联想，觉得它境界太高了，超越了元天秘境的限制。

“也不一定。”大魔神摇头。按照原计划，两人依旧继续采集各种灵药，捕捉银蜈蚣、金蝎子等各种上古异虫。

这些都是熬炼宝药的珍稀材料，祖孙二人很需要这些东西。

石昊点头，道：“不管怎样，小心一点吧，那只蛤蟆精，还有秘境中的另外一些生灵，到最后说不定会是最大的赢家。”

这处秘境灵物遍地，神虫遗种很多，放在外界都是稀有的东西，价值昂贵得惊人。

石昊的乾坤袋中老药成堆，芬芳无比，鼎中更是密密麻麻，都是各种奇异宝虫，此外还有发光的神性矿物等。

这是他不舍得出去的原因所在。

不久后，他们来到了湖泊群，看到很多残迹，意外得知一则惊人的消息。

那块出世的骨符是假的！这不禁让人愕然。

有些人留了下来，在被击断的秀丽山峰间、干涸的湖泊群中寻找残留的武器、神物等。

“好惨啊，有些初代遭遇重创，还有人被灭。”

“人心险恶！”

这竟然是一个局，有生灵故意散播谣言，并造出一枚骨符，引人争夺。

按照人们的推测，设局的人其实是想引起仙殿的那位年轻大人与肩头悬着金灯的那位青年纷争。

设局的人可能对那两人忌惮，想让他们爆发大战，最好两败俱伤。

第一块骨符最重要，价值远胜其他符牌，第一个进入元天至尊传承地的人得到的造化会最多。

然而，仙殿的年轻大人还有那位肩头悬着金灯的青年未能决战到底，最后竟分开了，追逐着其他东西消失了。

结果其他初代赶来，为争取骨符爆发大战，有人重伤，有人耗掉一枚命符，被斩掉了一次。

“够阴险的。”石昊说道。

“得小心一些。”大魔神点头，光以战力来论，他们两个走在一起，无惧他人，但有些手段却防不胜防。

究竟是谁设下的局，众人议论纷纷，一时间难以确定。

也有人觉得，其实就是仙殿的那位年轻大人或者肩头悬有金灯的青年设下的暗局，为的是清除各路竞争对手。

甚至有人说，设局之人是在为真正击败初代而做准备！

因为，有些初代失去命符后若是还敢进入秘境，一旦战败，那就是真的殒命了。

也有人说，这是秘境中的原住生灵所为。

“管他是谁，我们无所畏惧。”石昊说道。

两日后，真正的骨符出世了，而且一下子就出现了六七枚，令人惊愕之余又引发一场大战。

石昊与大魔神很遗憾，他们错过了，因为两人进入了一片古地，在采摘一株稀世圣药——金血草。

它通体金黄，足有一米多高，生有很多叶子。这是炼制金刚液与不灭金身液的主药之一，即使不萃取，直接以它炼体也拥有极好的功效。

当然，最重要的是，若加入到石村的丹方中，金血草功效就更高了，能熬炼己身，可以走肉身成圣的道路。

“虽然错过了骨符，不过总算还无人发现传承地在什么地方，并没有人进去呢。”石昊安慰自己。

“机缘会有的。”大魔神说道。

祖孙二人商量了一番，决定主动出击。

“真血出世了！”

“元天至尊的无上宝血出现了！”

就在这时，远方传来喊声，惊动了所有人。

湖泊群深处，光芒直冲霄汉，瑞霞澎湃，贯穿天地，让人怀疑，那里有一个池子。

据传，想要进入传承地，必须走仙池，也就是至尊涅槃的地方。

而今，光芒冲上云霄，意味着可能有人寻到了地方，将要开启宝地了！

许多人闻声赶去，引发轰动。

祖孙二人赶到时，已经有人深入进去。湖泊中有一座岛，仙雾弥漫，还散发曦光，雾霭深处还有一扇光门，灿烂无比。

“传承地！”有人惊呼。

“该不会有人与我们想到一块去了吧。”石昊自语。他与大魔神相互看了一眼，露出异色。

“精血是真的！”有人发现一块水晶，这样叫道，水晶当中封印有一滴真血，而在光门前还有一些水晶，绽放赤霞。

许多人眼睛立刻就红了，冲了过去。

其中两位初代最为迅疾，卷起几块水晶，并不停留，直接没入光门内。

“啊，他们是得到骨符的人，进入了传承地！”

见到这一幕，很多人的心一下子凉了半截，感到难以接受。两位初代最先冲了进去，意味着最大的造化将要被他们所得。

一些人甚至失望到捶胸顿足，进入秘境，最想得到的就是此地的传承，然而现在却被人捷足先登！

忽然，整座岛屿符文密布，发光，而后从光门那里向外蔓延。

“噗！”

岛屿上，十几人当即殒命。

此外还有一些人遭遇了难以想象的重创，都在飞快倒退，远离这座岛屿。

众人有点发蒙，开启传承地竟这么危险吗？居然波及了外面的人，着实让人胆寒。

“走，我们去看一看！”

就在所有人都远远退开时，石昊撑开了洞天，大魔神亦以黑白二气护体，两人在符文减弱时，强行登岛。

他们继续前行接近光门，见到了惊人的一幕，里面是一座惊世法阵，两名初代被困，其中一人被当场击灭。

他死不瞑目，都没有见到对手是谁，便被这可怕的法阵所斩掉。

他悲愤莫名，至死都在咆哮，被兽牙命符包裹着，从此地消失。

他是第一个进入传承地的人，结果却落得这样一个下场。

另一名初代浑身是伤，可想而知遭遇了怎样的重创，他晚一步进入门中，故此只受了重伤，但是未死。

他艰难退出，脸色铁青。

与此同时，光门内出现一个少年，看起来只有十六七岁，笑得很开心，他将第一位初代留下的骨符捡起，揣进怀中。

石昊与大魔神在不远处隐藏，彼此相视，都是一惊，这一切都是少年所为?

“嗯，我终于也得到了一枚骨符。”少年这样自语道。他与石昊年龄相仿，苹果脸，肉乎乎的。

“是你……”第二名初代刚离开光门，见到这一幕，怎能不明白是怎么回事，他与死去的初代都被人算计了。

这是有人故意引他们入瓮，只是为了谋夺一枚骨符。

“我要报仇！”这名初代恼羞成怒。身为一族年轻至尊，内心骄傲，却落入别人的局中，几乎身死，对他来说，这是一种奇耻大辱。

少年的脸很圆，胖乎乎的，真跟个大苹果似的，此时他的脸蛋红扑扑的，显得很腼腆，道：“对不起，我不是有意的。”

“纳命来！”第二名初代就要出手。

“既然如此，那我也送你上路吧。”这名少年轻语，眨着眼睛向前走来。

突然，他又止步了，望向石昊他们的藏身地，露出戒备之色，咕哝了一句，而后腼腆地笑道：“兄弟见面，一人一半，剩下这枚骨符送你们了。”

说罢，他毫不犹豫地快速转身，登上一座事先布好的传送阵，从此地消失。

大魔神道：“这小兔崽子真警觉啊，非常谨慎。”

石昊也一阵无言，这家伙是个狠角色，而且与他不谋而合。

原本，他与大魔神商量，想做个假局，化被动为主动，斩灭敌手，夺一枚骨符，结果刚商量好，这边就爆出了至尊真血出世的消息。

这片古土内越发显得险恶，竞争激烈，稍有不慎就会殒身。现在所有人都在施展手段，只是为了增加自己的机缘。

“这样也好！”石昊双眼发光。百舸争流，初代争霸，所有人都出手才能碰撞出最为灿烂的火花。

他在打太阳神藤金烈的主意，也在惦记那些凶猛的初代级神禽与凶兽。前者毫无疑问堪比圣药，后者的血则更是珍贵到难以想象。

“统统来吧，我期待一场大战！”石昊露出一嘴雪白的牙齿，一副唯恐天下不乱的神情。

第401章 巅峰对峙

WANMEI SHIJIE

“咦？”大魔神惊异道。他神觉强大，异常敏锐，发现重回光门内要去复仇的只是一道灵身。那名初代虽然喊得凶，真身却是在退后，隐在暗中，并没有进去。

这么做只是金蝉脱壳，显然他感觉到了那个苹果脸的腼腆少年很可怕。

与此同时，他也感觉不对，觉察到暗中还有其他人，于是将灵身留在光门内吸引别人的注意力，真身却在远去，想要遁走。

“道兄，隐形秘术不错，不过被我们看到了。”石昊说道。

这个人露出真身，他一头白发，头上长有一只独角，背后还有一对银白翅膀，他出身圣羽族，是一名非常强大的初代。

不过，这个时候他的状况很不好，身上满是污渍。

“滚！”他目光闪烁，脸色阴沉，直接对祖孙二人喝道。

“脾气不小，算计你的人走了，将气撒在了我们的头上，想死吗？”石昊没有动怒，只是冷漠地看着他。

“不想活的话，就过来。”圣羽族的初代语气森寒无比，眸子中射出两道银色光束，身后的神翅拍动，符文密布，爆发出恐怖滔天的气息。

“你很期盼我们动怒，立刻扑杀上去？”石昊平静地说道。

圣羽族的初代目光冰冷，一语不发，嘴角流露出笑意，笑容格外冷。

“我猜，你身上有件了不得的大法器，但使用次数有限，你不愿浪费，现在想引我们接近，给予一击。”

石昊觉得，这个人反应有异，分明受了重伤，还敢这样强势挑衅，不太对劲。

“既然害怕，那就滚吧！”圣羽族的初代冷漠地说道。

“你如果好言相对，我倒也不会为难你。我这个人恩怨分明，人不犯我，我不犯人，既然你这样不知好歹，那我就送你上路，你且留下骨符吧。”石昊说道。他浑身发光，撑开唯一洞天，径直向前逼去，终于出手了！

“不想活了我便成全你！”圣羽族的白发青年寒声道，“哗啦”一声抖开一幅画卷，当中日毁星沉，景象恐怖。

一瞬间而已，整张画卷便化为真实场景，大星坠落，太阳炸开，将石昊所处之地淹没。

“小心！”后方的大魔神脸色一变，提醒石昊。

这绝对是一件可怕的秘宝，是一件大法器！

若非石昊的洞天威能惊人，可以减弱攻击，磨灭各种符文，光这一击，石昊情况就会很不妙。

“轰！”

他没有犹豫，因为对方有禁忌法器，他也毫无保留，取出丹炉，掀开盖子，准备释放蕴含着诅咒与雷电的天河。

“咦？”

忽然，石昊惊讶地发现还没有倒出天河，丹炉的三足就开始发光，化出一条朦胧的虚影，吞噬那些星辰和炸开的太阳，化解了这一击。

丹炉的三足上，盘绕着一条真龙，此时竟在发光。

这让石昊十分惊讶，他曾经试过，但此炉很神秘，催动时也没有什么恐怖的攻击力，只是防御力格外惊人。

现在这丹炉又展现出了它奇特的一面，居然抵挡住了一件大法器！

打神石当初曾戏言，拳头高的炉体也许是以真龙骨刻成的，石昊并不认同，现在看来这丹炉的确应该是某种奇异宝骨刻成的。

画卷抖动，飞出的成片陨星以及那颗炸开的炽盛太阳全部消失了，竟是顷刻间被那道朦胧的真龙吞食了个干净。

与此同时，石昊出手，“锵”的一声，手中出现一杆金色的战矛，矛身缭绕着万丈雷电。这战矛是以闪电凝聚成的，金属气与雷霆结合。这也是他第一次施展！

“你可以上路了！”石昊说道。他化成一道虚影，背后金色电芒组成翅膀，扇动间，瞬间冲到了圣羽族初代的近前。

圣羽族天生有神翅，轻轻一振，速度极快，但是这一刻他没有能够拉开距离，被那道人形闪电无限接近。

一是石昊速度太快了，超越常理；二是圣羽族初代刚遭遇了重创，动作略有迟缓。

“啊！”

两人同时爆发大喝声，全都竭尽所能施展身手，一时间符文绚烂绽放。

“锵锵！”

圣羽族初代的先天宝术蕴含在他的一对神翅上，这个时候爆发无穷的符文，银白翅膀消失了，化成两口神剑，纵横劈斩。

“好强！”

石昊大吃一惊，这对银白的天剑无坚不摧，居然斩进了他的洞天内，虽然速度迅速放缓，但依旧可以伤人。

“轰！”

石昊全面爆发，将两柄银色神剑震飞，同时洞天也在扩大，磨灭圣羽族初代的符文。

“灭！”圣羽族强者大喝。他头上的独角淌血，落在双剑上，这是在以先天精血祭炼，让两口神剑威力暴涨。

毫无疑问，这种血相当于石昊昔日的至尊血，加持在凶剑上，恐怖无比。

“嗯？”石昊感到一阵凉风扫过，居然被斩落下一绺黑发，险些伤到太阳穴，脸上有血液滴下。

他负了轻伤，脸被剑气割破。

“上路吧！”石昊眼中寒光闪动，依旧没有动用鲲鹏法等秘术，而是爆发无穷雷霆，将前方淹没。

湛蓝的河流出现，化成湖泊，圣羽族的初代大惊，他的身体受到了极大的影响，要陷入进去了。

与此同时，石昊手中发光，金色的战矛气势滔天。他满头乱发飞舞，挟带无尽金色雷霆，俯冲了过来。

“锵！”

两者交手，不断碰撞，铿锵作响。

“噗！”

最后，金光一闪，石昊手中的战矛刺进圣羽族初代的眉心，他脸上的表情凝固了。

“咔嚓！”

与此同时，石昊手中的金色战矛重新化为闪电，在这里炸开了。

顷刻间，圣羽族强者解体。他满脸难以置信，号称无敌的他就这么被人击灭。

交战一百多回合，他被人一矛毙命，干净而利落！即便没有伤，估计两百多回合后他也会命丧当场。

“圣血燃烧！”他大吼。

显然，他十分不甘，还有禁忌大术想施展。可惜已经晚了，他已经被击中，无法展现。兽牙命符浮出，包裹住他与那幅画卷，同时向一块莹白的骨符笼罩而去。

“拿来，你且上路吧！”石昊冷笑，用手一点，湛蓝雷霆爆发，将圣羽族的初代淹没，并将骨符取来。

兽牙命符有灵性，疾速躲避，就此远去。

与此同时，大魔神也将圣羽族强者的那道灵身击灭了。

祖孙二人没敢耽搁，迅速远去，他们可不想为那个苹果脸的小胖子背黑锅。

再回头时，那里一片混乱，电闪雷鸣，人影闪烁，呼喝声与诅咒声不绝于耳。

众人发现，所谓的至尊血是假的，只不过仿制得太像了。

“那个看起来人畜无害并且有点腼腆的胖子真不厚道，不简单啊。”大魔神笑道。

石昊取出骨符，它温润晶莹，像是羊脂玉刻成，闪烁着奇异的符文，流动着神秘的力量。这就是进入传承地的令牌。

秘境出口这几日很不宁静，因为好几个初代殒身了，还有些人失去了命符又再次进去了。

所有人都觉得这次的对决会十分激烈，多半会有初代真正殒命。

圣羽族初代出现后，被一位教主问出究竟，再次引发众人哗然。

少年魔王又出手了，这是他斩掉的第三位初代！

“跟昊儿的风格有点像啊。”石子陵自语，一阵出神，他想到了长子，心中难过，心绪波澜起伏。

他等次子平安出来，便会离开。他要抛下一切，踏上一个人的征程。

“爷爷，我们要主动些，也该对那些仇敌动手了，他们过去总找我们麻烦，现在也该让他们经历一番了。”石昊说道。

在传承古地还没有被发现之际，他决定主动出击。

大魔神进入上界后，遭遇天国追击，又被秦族一部分强者追击，九死一生，遭受重创，险些没命。

在恶魔岛时，石昊就曾亲耳听闻，秦族的人差点活活勒死他的祖父，他当时怒气腾腾，几乎暴走。

他难以忍受别人如此待他祖父。

十五爷一阵迟疑，他是一个硬汉，重情重义，即便与秦族交恶，也没有想过去报复，毕竟自己还有个孙儿在那里。

虽然，他并不打算去相认。

用他内心的话说，就让秦昊姓秦好了，只要他能平安，在那里受到庇护，便是不认他这个爷爷也无所谓。

“先不说秦族，天国的人一定要解决。”石昊说道。

他知道，天国的一对天才男女进来了，他们一直没有放弃，还在寻他祖父的下落，想要除之而后快。

接下来，秘境中的战斗愈发激烈，仙殿的年轻大人出手，连败各路天骄，震动整片秘境，也在外界引发大轰动。

石昊与祖父寻找那对男女时，竟在路上遇到仙殿的年轻大人与月婵仙子。

“嗯？”

显然，对石昊来说这是一位绝世大敌！

双方刚一遭遇，就引起了附近生灵的注意，认出一方是少年魔王，而另一方则是仙殿传人。

仙殿的年轻大人身材颀长，修长强健，被朦胧的符文包裹，看不见真容，只有一双眸子如电芒般迫人。

他超凡入圣，两个瞳孔竟是两枚刺目的符文！

这是一个如同神王般的可怕天骄，号称上界最强大的几位年轻至尊之一，神姿超尘，周身符文璀璨。

他黑发披散，手中持一杆虚空战戟，傲视群雄。

在他的旁边，月婵仙子风姿绝世，白衣飘舞，美丽得近乎虚幻，莹白俏脸上眸子灵动，盯着前方。

这个组合宛若一对璧人，犹如神仙眷侣。

石昊不动如山，站在虚空中，他眸子清澈，肌体晶莹，唯一洞天将他笼罩，释放不朽的光辉！

在他旁边，十五爷身姿雄伟，气息迫人，如同一位魔神。

双方相遇，引发一场地震，周围的生灵全被惊动了，因为这意味着可能会爆发一场惊天大对决！

第402章 对决仙殿传人

WANMEI SHIJIE

这样相遇，注定难以善了，对石昊来说这也许将是一场激战！

仙殿的年轻大人单手擎虚空战戟，斜指南天，瞳孔内符文炽盛，满头黑发披散，有一股不可战胜的气韵。

在这上界，在这年轻一代中，他号称不可逾越的大山，只有几个古老道统雪藏的奇才方能与他争雄！

“哧！”

大戟划过虚空，爆发出最为璀璨的攻伐之气，向石昊这个方向斩落而来。

没有什么话语，大战就这样开始了！

大魔神一步迈出，挡在石昊身前，身体浮现黑白二气，形成护体神罡，要代石昊出手，因为他觉得这个人过于可怕。

“我自己来！”石昊说道。他取出丹炉，战意高昂。

“你才入尊者境，而他已经尊者大圆满，你不是他的对手。”大魔神皱眉，无比担心。

石昊摇头，执意要出手。他何尝不知道彼此境界上的差距，他知道这个人会很危险，但是他也不想让祖父冒险，因为老人只有一条手臂，且体内还有阴气未除净，更不宜作战。

“锵！”

就在这一瞬间，那条战戟杀到了，发出震耳的神音。

双方虽然相距很远，但是仙殿的年轻大人超凡入圣，傲视同代，手中虚空战戟发光，晶莹璀璨，倏地劈杀到眼前！

石昊执意出手，以丹炉硬扛了上去。

大魔神一叹，只得退后，谨慎地盯着石昊。无论如何他都不能让这个孙儿出现意外。

“当！”

天地轻颤，道音震乾坤。一抹凄艳的神虹绽放，宛若水花洒出，格外迷蒙。

虚空战戟可怕无比，斩落下来，击在拳头高的丹炉上，迸发出一束又一束瑞光，宛若水在流淌。

这第一击便让天穹如同倾覆了一般，符文绽放，一枚又一枚神秘符文烙印在虚空中，爆发出山崩海裂般的声响，震耳欲聋！

石昊剧震，他是手持丹炉迎击上去的，此时手臂酸麻，剧痛无比，令他一阵心惊，这个人果然厉害！

这是他出世以来遇到的不世大敌，不说其他，单在肉身上此人就恐怖无比，简直就是一条人形真龙，肉身不朽。

仙殿的年轻大人大为诧异，因为一击竟未能击伤对方。在他看来，对方境界比他低，应直接击中了才对！

这就是来自仙殿的传承者的自信，同阶无敌，这是他的自傲，也是他俯瞰同龄人的底气所在，只要境界低于他，便无法与他争雄，可快速劈中！

刹那的碰撞，没有任何的停留，虚空大戟变向，蒙蒙雾霭汹涌，它如天外飞仙，发出刺目的光，再次斩落下来。

这是一道惊艳的光彩，照亮了整片天穹。

很多人根本来不及反应，就会被击中。因为大戟以无价的虚空兽骨打磨而成，可以迅速斩开虚空，直接出现在眼前！

数百丈的距离，对此戟来说，就像是寸许远！

一抹凄艳的仙光绽放，大戟落下，似乎斩中了石昊的颈项，一时间赤霞洒落，震撼人心。

看来石昊的头颅将落！

所有人的呼吸都快停止了，都在想，若是自己同石昊易位，那会是怎样一种情景，也许早就被击中了！

赤光喷薄，似是雾在弥漫，迷蒙而惨烈。

“啊，分出结果了，仙殿的年轻大人击中了少年魔王！”

见到这一幕，有人忍不住失声喊道。太迅疾了，仙殿的传承者雄姿慑人，连续两戟劈落下来就斩灭了对手。

这是一种无敌之姿，让每一个人都心悸，谁能与之相抗衡？简直无解！

凄艳的赤光绽放，鲜艳的雾霭流转，惊人心魄，让人心惊肉跳。

“这也太快了，仙殿的年轻大人实在可怕，真正无敌了。”众人觉得后背一阵发寒，谁能与他对决，连强大的少年魔王都败了吗？

要知道，石昊此前可是击败了两三名初代，可现在却落得这样一个下场。

不过，有些人一直都在沉默地注视着，比如十五爷，比如月婵仙子，还有其他初代等。

“不对，你们看错了。”一个老者开口道。

赤光流淌，但并不是血，那个地方还有一道身影。

一些人惊疑，盯着那里，脸上都露出了异色。

“这是什么宝具？居然像是有血在流。”一位初代惊讶道，而后目光炽盛起来，盯着那座拳头高的丹炉。

丹炉造型古朴，炉体下方有条真龙盘绕，缠住三足。而炉盖上有一只真凰伏卧，栩栩如生，土黄色中亦带着赤霞，如血液在体内流淌，异常逼真。

石昊左手持炉体，右手持炉盖，正是以那盖子横阻在颈项处，抵住了虚空战戟。

大戟来得太突然了，换作是他人绝对要被劈中，这就是仙殿年轻大人的可怕之处，可在瞬间杀顽敌，神勇无对手！

只是，石昊挡住了！他迅若闪电，手持炉盖击在戟刃上，上面的凰鸟仿佛复活了，羽毛微张，周身赤霞绽放，雾霭迷蒙，宛若液体洒落一般。

“轰！”

就在这一刻，石昊爆发，主动攻伐，他右手持炉盖，向仙殿的年轻大人砸了过去。

这炉盖经过符文加持，快速变大，犹如一面盾牌，绽放朦胧光辉，随后赤霞喷薄，宛若一只真凰浴火重生。

这一击伴着道鸣，隐约间还有凰鸟的叫声，惊得人神魂欲裂，许多人都倒吸一口凉气。

这个少年魔王真的太不简单了，不仅毫发无损，还开始主动出击，要攻击仙殿的年轻大人，当真是骁勇傲世。

炉盖变大，化作晶莹真凰骨盾，被石昊抡动起来，狂暴如同一座山岳压来。

“哧！”

仙殿的年轻大人横戟，以戟杆阻挡，他动作非常快，远超常人。

“当”的一声，众人耳朵嗡嗡作响，天地扭曲，青天降下闪电，雷鸣声震耳欲聋，事实上这只是两人的一次大碰撞，是兵器间擦出的火花与金属颤音。

了不得，逆天了！

这是所有人的心声，众人都无比震惊，居然有人敢这样跟仙殿的传承者硬撼。

“轰”的一声，石昊再次抡动炉盖，真凰轻鸣，赤霞滔天，他被凤凰虚影所笼罩，仙光闪动，就要向前扑来。

这对战震动了人心。两人竟这样交手，猛烈无比，狂暴惊世。

两人都没有说话，见面后直接出手，无一句多余的话语，但是这种刚猛霸气的景象，足以震颤所有观战者。

“当！”

神音震耳，众人都觉得受不了，耳膜都要破裂了。对战处神霞不断冲起，伴着可怕的雾霭，宛若混沌气。

这是一场最为激烈的大碰撞，接连八九下，仿佛上苍降下了神罚!

事实上，石昊心中也在吃惊，他知道，遇上了难以想象的对手，对方双臂一晃，神力震世，最起码在年轻一代中难以寻到对手。

强大如他，也被震得手臂酸麻，阵阵疼痛。世间都在传言，仙殿的年轻大人可以俯视同代人，今日看来，绝非虚言。

金灯青年不出，几大古老道统雪藏的传人不现，谁与争雄?!

不过，石昊相信，对方的双臂也不会很好受，因为他捕捉到了对方那深邃的眸子中闪烁的符文，显然也很吃惊。

总体来说，两人的肉身应该都强到了极致!

“你很聪明，知道扬长避短。”仙殿的年轻大人轻语。他黑发披散，周身都被神圣符文包裹，宛若仙王降世，世间难有匹敌。

他接连几次迎击石昊的猛攻，眼中虽有惊异，但是依旧镇定自若，仿佛一切尽在掌控中。

石昊明白他的意思，因为刚一交手，他就选择拉近距离，以肉身比拼，而不是拉开距离，以符文法力对抗。

因为，他清楚地知道，对方境界比他高，法力雄浑如海，真要动用各种符文秘术，他会吃亏。

虽然对方神力盖世，但是他的肉身也不弱于人，相对来说，这是两者最接近、可以一较长短的领域，所以他进行肉身搏战。

“当！”

又是一声震天响，石昊手臂发麻，虎口裂开，这让他一阵吃惊，这个人果然不好对对。

他盯着对方的手掌看，想知道这个不世大敌是否也如此，不过那里一片金色的符文，包裹着对方，让人无法看透。

但是，他相信，对方的虎口多半也裂开了。

仙殿的年轻大人无喜无忧，面无表情，他虽然道出了石昊的处境与手段，但是并未拉开距离，依旧在肉身搏战。

当然，他们也在催动符文，周遭各种神秘符文绽放。

不过这种力量都被两件兵器承受了，在丹炉与虚空战戟间发出炽烈的光，而后又磨灭。

“好厉害，已经跟仙殿的年轻大人对攻十几招了！”有人赞叹。

从这句评价就可以看出，这座压在年轻一代心中不可逾越的大山有多么恐怖，只要有人可与他对攻，暂不落下风，就算非常惊艳!

月婵站在远处，白衣飘舞间尽显出尘之态，她风姿绝世，绝艳当场。此时她却很惊讶，一双灵动的眸子闪动神霞，盯着石昊。

她觉得此人有点熟悉，似曾相识，却看不透，但是此人以闪电、雷霆护体，此前并没有见过。

她的确很吃惊，这个人才进入尊者境，就敢与仙殿传人争锋，肉身有如此盖世神力，当真可以傲视上界。

她目光流转，五色神霞绽放，仔细盯着石昊，注意观察。

另一边，大魔神则蹙着眉头，十分担心。自己的孙儿毕竟境界稍低，他怕石昊受伤。

这一战，震动秘境，也不知道有多少生灵赶来，而那些自负而傲气的初代也得到了消息，能来的都出现了。

而且，这一战很快传到了外界。

秘境出口，当有人在祭坛出现，带回来消息时，所有人都惊愕，少年魔王敢与仙殿传承者争霸?!

第403章 仙魔战

WANMEI SHIJIE

“什么？他在与仙殿的年轻传人对决，展开了一场大战？”

“到底还是低估他了，没有想到他竟敢去挑战仙殿的年轻传承者！”

“错，不是挑战，是不期而遇，两人直接就爆发了激战，他根本就没有后退！”

秘境出口，一片喧嚷，所有人都在谈论这件事。这个消息非常惊人，调动了众多强者的情绪，让他们无比期待。

在他们看来，少年魔王简直是异军突起，一路高歌猛进，一战比一战惊人，他的上限在哪里？

如果说他可战初代，能与同龄人中的佼佼者争锋，甚至胜出，人们还能理解，毕竟这个世间不止一位初代。也许他是某一古教的神子，悄然潜入了进去，故此能有这么辉煌的战绩。

可是他现在在与仙殿的年轻大人争锋，这就不同寻常了！

在已知的年轻高手中，那是一个无解的人，绝对无对手，可以俯视一代人，不可力敌。

所以，这则消息传来，引发了大轰动，让人瞠目结舌。

“难道是那几个古老道统雪藏的奇才出世了？”有一位老者低语，神色凝重，因为世间一直有这种传言。

“应该是这样，听闻还有一个肩头悬有金灯的青年，应该也是来自这样的地方。”

一些人做出这样的猜测，认为接近了真相。

不然的话很难解释，这个少年魔王出现得太突兀了，此前根本没有听闻过，只有一直被雪藏的人才会如此。

到了这一刻，外界修士议论纷纷，全都很激动振奋，猜想若是成真，这绝对会是一场旷世大战！

几位教主盘坐虚空中，也在低语，相互交流。他们都神色严肃，提到那几个传说中的古老道统都很慎重。

“其实，我倒是希望他是一介散修，那样的话也算是破了一段不败的神话。”一位教主说道。

石昊若是一个散修，并非来自那几个古老的道统，一定会更轰动，恐怕很多大教都会赶来，抢着收他为弟子。

“希望是‘野生’在外的。嘿嘿……”一位老教主大笑道。他眸光闪动，神色异样，他很想收一名这样的弟子。

但是，他也知道，如果真是一个没有师承的散修，那多半轮不到他来收徒，会引来更厉害的老古董争夺。

当然，如果众人知道石昊的真正身份，估计很多人就会惊呆了，更没有几人敢收留。

因为他曾在下界横推了几个不朽的道统，还杀了上界一些巨头派遣下去的七神，坏了他们的大事。

就在这时，祭坛上浮现朦胧身影，显然又有人被杀了，出现在这里。

“我是被两人激战的余波所杀……”他羞愤莫名，当被问及时，低语道。他来自五行州的一个大教，并非什么初代。

但这也足够惊人了，无论是不老山，还是火魔宫等，都是了不得的传承，选出的弟子并不弱。

他带来一则消息，仙殿的年轻大人还未动用如海的法力，只是在与少年魔王进行肉身搏击，故此数十招过去还未分胜负。

“原来如此，仙殿以秘术震世，以法力称雄，他还没有动用底牌啊。”一位老者叹道。

但这也让人吃惊，少年魔王的肉身足以与仙殿的传承者比肩，这是多么厉害?

因为，仙殿走出的人完美无缺，便是肉身也绝对傲视同代，金身不朽，简直像是拥有不灭之体!

“我有预感，那个少年魔王的法力多半还不曾修行到家，他并不是出自什么古老的道统，会不敌仙殿的年轻大人啊。”有一位名宿轻叹。

“可惜了，我以为被雪藏的那几个人出世了，现在看来还不是。”一位老教主也这样说道。

即便这样，秘境外的众人还是很期待，想看一看少年魔王究竟有多强，可以在仙殿的那位年轻大人手中坚持多少招才会被击败。

众人虽然知道他强大，但是并不看好他，不认为他能熬过这一劫，最后多半会被斩灭。

秘境深处，铿锵音震耳，两人正在激烈搏击。

炉盖赤红，真凰飞舞，鲜艳羽毛绽放璀璨仙霞。石昊勇猛无比，一手持炉体，一手持炉盖，与这不世大敌激战。

他们之间不断有神力汹涌，但都被两件兵器化解掉了。

金属颤音震动了苍穹，两人激战已经有六十多招，对常人来说根本不算什么，但对仙殿传承者来说，这是少有的事。

起初，一些人认为，仙殿传人数十招就可以击灭对手，想不到今日居然遇到了这样一个深不可测的少年魔王。

当然，也有人看出了端倪，两者的秘术、法力还不曾爆发到极致，而今还是以肉身搏击为主。

便是如此，也无比惊人，足以让诸强神驰目眩！

“嗡”的一声，虚空轻颤，大戟割裂长空，突兀地出现在石昊肩膀处，要卸掉他的一条臂膀。

“当！”

真凰翱翔，赤红，泛着黄金光，异常瑰美与绚丽，挡在了那里，替石昊化解危局。

“嗖！”

神光再现，璀璨的大戟翻转，激射无数神芒，化成了一轮永恒的天日，镇压而下。

石昊目光慑人，他左手持丹炉，任无尽霞光落下，并且以炉口迎向这杆神秘的大戟，要将它收走。

仙殿的传人目光炽盛，浓密发丝飞舞，如同天神下凡，神勇无敌。他口中一声轻叱，猛力将大戟刺进丹炉内。

他爆发了，催动虚空战戟，想直接毁掉这座防御力惊人的丹炉，让这里发生大爆炸。

“天啊！”

“这是虚空大裂斩！”

众人惊呼，无比震撼。

许多人当即后退，如对洪水猛兽般，唯恐避之不及。

这就是虚空战戟的可怕之处，一旦祭出，将它发挥出极致威能，就可以造成无比恐怖的破坏力，切开虚空，引发大爆炸。

这样的破坏力令人难以想象！

因为，虚空炸开后足以灭掉神明，至于法器等更是会被震成齑粉，威力之强，让人胆寒。

故此，没有人认为石昊能活下来，他的这座丹炉虽然看起来很不凡，但恐怕也经受不住虚空大爆炸。

昔日，诸多神级法器都曾葬送在这杆无上宝戟下，被生生震裂，磨灭符文，化成废铜烂铁。

“好，大人斩灭了他！”有人喊道。那是一个男子，器宇不凡，但是此时面色阴沉，握着拳头，痛快地大叫着。

这人正是陈青，为仙殿传人两名仆从之一，此前他被石昊击灭过一次，命符已毁，但很不甘心，又进来了秘境。

在他看来，虚空大裂斩一出，无人可敌！

事实上，若无意外，此招的确无解，便是强大的初代也要被击杀。

晶莹透亮、散发无量光的虚空战戟刺入了丹炉内部，剧烈一震，虚空果然裂开，将引发一场大爆炸！

这一刻，所有人都避开了，唯恐因空间塌陷而遭劫，死于非命。

然而，让人吃惊的是，那里的虚空虽然裂开了，虚空大裂斩出现，将要爆出无穷威能，一道炽烈的闪电却先爆发了。

“嗯？”

这个结果令很多人都吃了一惊，丹炉内蕴雷霆，威能超乎想象！

“轰！”

巨大的电芒冲起，像是金蛇乱舞，又犹如紫凰横空，炉中各种各样的闪电，一瞬间全都爆发了。

毫无疑问，那是仙坟上的土与天河水蕴含的雷霆，还伴着一丝仙道气息，当初石昊收取时曾经被劈得只剩半条命。

现在大戟刺入丹炉内，搅动了天河，自然引爆了这种雷霆。

“啊……”

不要说战场中，就连远空都有几道身影因为退后得太慢，被闪电击中了，从半空中坠落。

“快退！”

众人吃惊，这是雷霆圣炉吗？好恐怖！

“大人！”陈青大叫。这是何等可怕的雷霆，他原以为可以很快击灭少年魔王，不承想还有这等变数。

雷霆沿着虚空战戟冲向仙殿传人，让他身体剧震不已。这一刻他身体爆发无尽符文，符文化作神甲，进行阻挡。

石昊心头震动，这个人果然厉害，法力如汪洋，并且身上有一层神秘甲胄，多半不次于天蝉衣，很难击灭他。

“给我开！”仙殿的年轻大人声音低沉，如同神王在下界，要崩坏这座丹炉，让对手与法器同时灰飞烟灭。

虚空战戟猛烈抖动，虚空撕裂，如同十字般的痕迹出现，竟是大裂斩绽放！

“轰隆！”

毁灭之气滔天，虚空之力爆发，这个地方将被毁灭。

“好，就凭你也敢与我家大人争锋，当被击灭！”陈青吼道，如同他在战场中搏击一般。

这股力量极为慑人，惊得远处观战的人通体发冷，生出一层小疙瘩，仿佛末日来临一般，让人神魂惊悚。

那虚空中有纵横两道裂缝交叉，化作十字，轰然炸开。

无尽的光汹涌，可怕的神能沸腾，什么都将不复存在，点燃神火的生灵进去也要被灭掉！

然而，让人惊愕的事情发生了。

丹炉发光，传出龙吟声，一条模糊的真龙浮现，盘绕在炉体上，真龙昂首而鸣，炼化虚空，禁锢无量神能！

石昊若有所思，这丹炉果然神秘，跟他料想的一般，可以对抗虚空战戟，这是一件价值不可衡量的宝具！

虚空虽然炸开，但又被禁锢了，无法向四方蔓延，既不能毁掉丹炉，也不能伤到石昊。

仙殿的年轻大人很果断，撤回神戟，迅速倒退，因为他不仅承受了可怕的雷霆，还感应到了一种诅咒之力，让他一阵心惊。

“啊！”

石昊大喝。他祭出丹炉主体，撞向那虚空战戟。

与此同时，炉盖悬在头顶进行守护，他自身则化成一道人形闪电，冲到近前，依旧是肉身搏击，以双拳轰向对方的肉身。

“当！”

仙殿的年轻大人以战戟对抗丹炉，而自身则伸出拳头，脸色冷漠，硬撼石昊的双拳。

他有这种自信，更有这种骄傲，要俯瞰世间同代人，如果不能轻易击灭同辈修士，他拿什么去征战无人禁区？

“轰！”

两人的拳头撞在一起，神光照耀四方，威势太大了，就在他们的脚底有一座山峰，随着拳风而炸开，恐怖无比。

这一刻，石昊的虎口全部崩裂了，拳头也有些伤口。

另一边，仙殿的年轻大人也色变，他的虎口也出现裂痕，手指也破了。

“什么，大人……竟然受伤了，这是生平第一次，从未有过之事！这个少年魔王到底是谁？”陈青震惊，忍不住自语道，“一定是那几个古老道统雪藏的奇才！”

说到这里，他的脸色一阵发白！

远处，月婵仙子灵动的眸子中绽放神霞，美丽得让人窒息的面孔上写满了惊讶，一双美眸盯着前方，这个人的肉体太强大了……竟可力敌仙殿传承者，而且，为何感觉此人有点熟悉？

远处，魔女也来了，她肌肤雪白如玉，如同一个精灵般，活泼而灵动，狡黠而明慧，她眨动大眼，自语道：“似曾相识。”

消息迅速传到了外界，预测石昊将被斩杀的人都愕然，而后满脸的震惊之色。

“一代魔主崛起，竟然力敌仙殿的传承者！”

几位老教主皆眯缝起眼睛，心中震动，越发吃惊。

第404章 仙王九封

WANMEI SHIJIE

一双手满是伤口，这是石昊出道以来与人对拳后果最严重的一次，指骨都出现了裂纹!

对面，仙殿的年轻大人双拳亦破损严重，他的血带着银光，很奇异，拥有特别而恐怖的力量。

若隐若无间，银光从血液中蒸腾而出，精气氤氲弥漫，如同仙雾一般，散发的波动竟让人忍不住战栗!

这是什么？所有人都吃惊。

相传，仙殿的人体内有“仙血”，这一道统无比古老，超越凡俗，蕴含着长生之秘，有不朽的造化!

“我的血不会轻易流。”仙殿传人说道。

他站在虚空中，被炽盛符文包裹，落下的血液银光蒸腾，而后他化成一具人身，散发不朽的气息。

而后，这具人身超越空间的束缚，瞬间移动至石昊的近前，要劈石昊。

这是银色精血聚成的人形生物，骨骼、筋脉都由符文构建而成，有一种莫名的波动，至强无比。

“镇压！”仙殿的年轻大人喝道。这是血脉之力，是世人口中所说的“仙血”雏形，银光中带着金纹，炽烈而强大。

第一时间，石昊撑开了洞天，减弱其符文攻击，在这里自成一域!

一声暴烈的声响发出，那具人形生物通体符文盛烈，犹若一团仙火在燃烧，散发着滔天的气息，轰进这口洞天。

“给我开！”

仙殿的年轻大人喝道。他猛力掷出虚空战戟，战戟如一道穿破九重天的长虹，刺进洞天内。

他这是要毁掉石昊的洞天，将他灭掉。

“嗡！”

虚空颤抖，石昊的唯一洞天发光，禁锢虚空，时间也仿佛停止了，像是超脱于上界之外。

炉盖发光，一头真凰长鸣，拍打着翅膀，抵住这杆大戟，两者僵持不下。

众人都惊奇，石昊身体外的那团光太璀璨了，防御力强得离谱，与炉盖结合在一起，居然抵住了这种冲击。

要知道，那血可不是凡物，是“仙血”雏形！

世间有传言，仙殿之人的血不可触碰，不然重者就会被焚成灰，轻者也会被磨灭一身的符文道行，其力量霸道无比。

“我的血不够纯净，还需进化啊。”仙殿的年轻大人轻语。

即便如此，他认为也足够了。他口中一声轻叱，那具银雾氤氲蒸腾的人形生物解体，化成一滴又一滴真血！

“哧！”

神光闪闪，符文漫天。

这些沾着银光的血珠排列在虚空中，化成密密麻麻的纹路，将石昊笼罩在当中。

“仙王九封！”他口中断喝。

蒙蒙银光流转，并伴着一些金纹绽放，仙道气息扩散，震撼人心。

这一刻，不要说战场中，就是远处观战的群雄也都从头凉到脚。这是一种莫名的力量，仿佛开启了一个新的世界，要将所有人封印进去。

这是一座牢笼，不可突破！

虚空中，一滴血对应一枚符文，银光与金纹迸发，刺目无比，若一团仙火燃烧了起来，将石昊包裹。

它们在演化，构建出一个有形的牢笼，符文直冲云霄。

“咦，这形状……像一座古殿！”

众人悚然，全都倒退，他们被一股神秘力量所惊，感觉如果靠近的话，神魂都会被吞进去。

仙殿的年轻大人双手结印，控制这片符文牢笼，它是如此清晰与盛烈，仙火燃烧，化作古殿。

有人眼尖，瞬间认出，这座形似殿宇的牢笼与传说中的青铜仙殿很像，应该是仿照它而构建！

“仙殿牢笼，好可怕的手段！”就是点燃神火的生灵也都眯缝起眼睛，露出惊惧的神情，不愿招惹这等力量。

这就是仙王九封的奥义与神秘之处。

居然可以结成一座青铜古殿，化作牢笼，将敌人镇封在内，最后敌人会殒命。

“你也不错了，可惜。”仙殿的年轻大人轻语，看着那座由符文构建成的铜殿。

“废话少说，你我若境界持平，你根本没有机会！”石昊说道。

这些话语听在旁人耳中，显得过于强势，少年魔王未免太自负了，竟敢这样说。

“同阶战中，也许有不出世的古老道统的传人能与我战平，但不是你。”仙殿的年轻大人平淡地说，他立身虚空中，俯视前方，道，“你自信过头了。”

他自认同阶无人可匹敌，并不将石昊视为最强对手。

虚空战戟沉浮，抵住丹炉！

银色真血符文闪烁，包裹着石昊与其洞天，所有纹路交织在一起化作青铜殿，将石昊封在当中，进行炼化。

仙殿传人双手不断结出繁复的法印，祭出一团又一团先天道火，焚烧这座铜殿。

“万法不侵！”石昊低语。他盘坐下来，以唯一洞天护体。

同时，他也在运转骨文，以《原始真解》为主，正在想办法汲取那一滴又一滴银色真血，想夺取传说中的“仙血”。

众人愕然，少年魔王当真胆大包天，分明处于生死危局中，还惦记着人家的真血！

石昊也知道，对方境界高过他，法力自然胜出一截，现在开始动用这方面的力量，让他的情况有些不妙。

但是，他生性倔强，自信而坚韧，绝不会服输，此时正全力对抗，甚至要反炼化对方的稀世“仙血”。

“什么，动用了仙王九封？”秘境出口，众人得到消息，莫不吃惊，那可是仙殿无上宝术之一。

就是几位老教主也闻之震惊，他们盘坐虚空中，身处昏暗间，神情晦暗，显然对这种古老的封印神通忌惮无比。

“料想那少年魔王危矣，难以逃过这一劫。”有人轻叹。

这种秘法一出，可以镇封同阶诸多大敌，甚至能跨阶镇压，就更不要说镇压境界比仙殿传人还要低的少年魔王了！

秘境外，群雄得到这一消息都大为震动，料想两人在肉身拼战中半斤八两，因此仙殿的年轻大人终于开始以法力镇压了！

“这个少年魔王还能熬过去吗？”众人猜测，而后皆摇头。

历代以来，与仙殿对抗，殒命在这一宝术下的天骄也不知有多少，无论怎样的天纵奇才都难以化解这一式。

现在很多人都觉得，石昊只要活下来就算是奇迹，根本不奢望他还能翻盘，将仙殿传承者斩伤。

秘境深处，气氛紧张，所有人都在关注着这场对战。

大魔神心中担忧，几乎要忍不住出手营救，但还是止住了身形。

魔女身段玲珑曼妙，平静时如同仙域中走出的精灵，睫毛很长，清澈的眸子盯着场中，嘀咕道：“可惜呀，这家伙很强，但是多半还是难逃一死。”

其他初代也都心头震动，见识了仙殿传人的可怕之处，每一个人心中都生出警兆，面色严肃无比。

“肉身很强，但法力与符文一般。就这样结束吧，开启至尊传承地要紧。先将你擒下，回头再查你根底。”仙殿传人说道。他不想再耽搁下去了，还有更重要的事要做。

说到这里，他用手一点，符文如海，全面爆发，如十万火山同时喷涌，绚烂与炽盛到让人震颤！

所有符文一起向前涌去，融入虚空中的那座铜殿中，共同镇压石昊。

与此同时，他的双眸也发光，眼白与常人一样，一双瞳孔却妖异而神秘，竟是灿烂的符文，璀璨无比。

那里，如同太阳凝聚，又如无数星辰融合在一起，绽放不朽的光辉。

这……竟是一个人的瞳孔！

这对眸子中射出无数银光和金霞，全部冲向铜殿，道火点燃，焚烧这座由符文构建成的牢笼。一瞬间，秘境内威能滔天，恐怖到了极致，很多人都忍不住发抖，连神魂都在战栗。

“到此为止吧，收你进镇魔殿。”仙殿传人说道。他一双瞳孔绽放的符文更多了，与此同时他的手中出现一座青铜殿。

此殿呈青色，不过巴掌大，古朴而自然，有一种道韵弥漫其中。青铜殿被他掷出，向石昊那里压落而去，同时快速变大，并与那里的符文合二为一！

符文与铜殿交融，释放惊人的光芒，如天火在燃烧，半边苍穹都变得刺目无比！

“嗯，这古殿……”

众人被惊得连连倒退，浑身汗毛炸立。这巴掌大的古殿迅速变大，仿佛可以镇压诸天万道！

石昊面露异色，对方果然动用了后手，要迅速镇压他，结束战斗。

他一叹，真不想动用底牌，因为众目睽睽之下被人发现的话，下次就不好用了。他“图谋甚大”，这里不只有初代，还有点燃神火的生灵，他想在关键时刻发难。

“那就先击灭吧！”他轻语。

“嗡”的一声，石昊催动丹炉，丹炉撞开虚空战戟，迎击那座铜殿！

而后它开始倾斜，即将向外涌出无尽天河，但他心头一动，又忍住了，那样声势太浩大了。他猛地一拍炉底，符文绽放，丹炉发出土黄色光芒，内部有一些黄土倒出。

这是仙坟上的土，很奇异，分量很重，沉在丹炉底部，此时一震，撒落出来一片。

“哧！”

黄土散发着惊人的雷霆，伴着诅咒，与虚空中的银色血滴相遇，快速将其吸收，不断吞噬宝血。

“嗯？”仙殿的年轻传人大吃一惊。这血是他的体内精元，还要收回的，居然被一些黄土给“淹”了。

“镇压！”他大喝，催动青铜殿，向前压落而去，并挥动大戟，向前斩落。

“开！”

与此同时，石昊也大喝。他催动丹炉，无论是仙坟中的土还是天河水都倾泻出来不少，顿时将此地淹没。

“轰”！

天地茫茫，雷霆爆发，整片长空全都是闪电，绚烂到让人近乎失明，瞳孔跟针刺一般疼痛。

这雷霆的威能恐怖惊天，并且伴着神秘而可怕的诅咒，让人难以想象！

第405章 他是荒

WANMEI SHIJIE

石昊龇牙咧嘴，尽管他以炉盖守护己身，挡住了九成的雷电，但还是被劈了。

他浑身毛发倒竖，电流刺啦作响，通体晶莹，毛孔口鼻不断向外喷薄电芒。

欲斩人先伤己!

这雷霆太暴烈了，蕴含着仙道气息，让人震颤，威能强大得超乎想象。

要知道，当初石昊耗时很多天，一点一点将天河水与仙坟上的土装进丹炉，便是那样，也被劈得死去活来。

而现在，雷霆突然在一瞬间释放，谁也受不了。这是一场大劫!

仙殿的传人第一时间遭遇了雷霆，被击了个正着，当场浑身漆黑，冒起一缕青烟，大口吐血。

但是，紧接着他的身体又发光，一种甲胄浮现出来，如同一根又一根银色羽毛闪烁，贴在他的身上，守护其身。

这雷霆本是冲着他去的，如同汪洋一般倾泻，但是这种甲胄一出，居然将雷霆防御住了大半。

“仙羽战甲！”有人吃惊道。这是仙殿秘制的瑰宝，外界无人能学会，难以仿制，号称教主级甲胄，防御力惊人。

这种神甲若是送去拍卖行，随便一件，都会让教主级的强者动心，是那个等阶的宝衣，价值连城!

传说，仙殿与真正的仙有关，蕴含长生之秘密，拥有至高无上的传承，甲胄的祭炼秘法也超越世俗界。

仙羽战甲可以发出羽化飞仙般的光芒，绚烂无比，防御力惊世!

可以说，这种甲胄能与上界最负盛名的天蝉衣并列，都是神级至宝，外物难以匹敌。

“这家伙不仅自身超凡入圣，身上的宝具也都很惊人，任何一件在外界都能引出大风波。”石昊自语。

“轰！”

不过，雷霆神威还是起作用了，仙羽战甲被其淹没，电芒炽盛，噼里啪啦作响，全部击在仙殿传人的身上。

这一刻，此地异常绚丽，仙羽战甲熠熠生辉，羽毛飞舞，晶莹透亮，如同光雨从天而降，又宛若羽化飞升一般让人目眩神迷。

“噗！”

不过，仙殿的年轻大人还是受伤了，雷霆如瀑布，从虚空中降落，全部浇灌在他的身上，光是这种震动就让人难以承受。

特别是仙坟上的土伴着雷霆落下时，竟让仙羽战甲暗淡了不少，此土竟蕴含有诡异之力。

“诅咒！”有人低呼。

仙坟上的土所蕴含的诅咒充满妖邪而神力逆天，实力越强大的人被染上后后果越严重，昔日就有一位老教主因此而殒身。

雷电如瀑，砸得仙殿传人面色难看，原来他中了一些诅咒。

“不行，得省着点用。他身上的法器太多了，就是将天河水倒出去大半，也杀不死他。”石昊心中一凛。

这个时候对方将那座铜殿收了回去，抵抗诅咒，更是将漫天雷霆都吸引向铜殿，自身持大戟，切开了虚空，想要远去。

石昊收起丹炉，停止倾泻天河水与仙土，让雷霆暂息，抖手将炉盖掷了出去，“哐当”一声砸在虚空战戟上。

与此同时，他背后浮现一对闪电翅，横空而至，双拳挥动，攻击仙殿的年轻大人。

“锵！”

两人瞬间对击了数十次，四只拳头全都破烂了。

双方势均力敌，肉身搏击谁也占不到便宜。因为他们在这条路上都走到了尽头，金刚不坏，肉身不灭。

仙殿传人眸光冰冷，催动符文，施展宝术，就要镇压石昊。

“轰！”

旁边，丹炉倾泻，再次向外垂落天河水、仙土，瞬间雷霆万丈，在这片虚空中炸开，重复刚才那一幕。

闪电无穷，诅咒弥漫，仙殿传人被劈得张口咯血，体表也出现不正常的颜色，那是诅咒在发作。

石昊又冲了过来，逼迫他肉身搏击，两者对击，拳拳到肉，异常惨烈！

“砰！”又是一击，两人双腿撞在一起。

石昊一叹，对方的仙羽神甲太厉害了，这一次撞击若非是自己腿上有天蝉衣，多半要吃大亏，还好旁边的炉盖防御力也足够惊人。

仙殿传人脸色不好看，诅咒之力继续蔓延，影响到了他的战力，而对方的血气却越发强盛了。

这一战，他难以放开手脚，空有一身法力，却不好施展，全被这无尽的雷霆给压制、挡住了。

“轰！”

最后一击，两人都横飞了出去，在远处彼此注视。

“以后再斩你！”仙殿传人冷声说道。他不想继续下去了，对方的丹炉很诡异，收有太多的诅咒与雷霆。

“过了今日，你就没机会了，等我境界上来，谁能与我争锋？”石昊很自恋，这般说道。

不过，这个时候却没有人笑他，少年魔王已经打出了赫赫威名。虽然他在取巧，法力不如仙殿传人，但是能活下来就已经算是逆天。

这一战绩注定要传向各教，轰动四方。

仙殿的传承者与人激战，无法灭掉对手，这是一则大事件，作为他的对手，会备受瞩目。

月婵身姿挺秀，青丝披散，一双眸子灵动闪烁。她一身仙肌玉骨，明慧空灵，此时她感觉很吃惊，这个人竟抵住了仙殿传人的攻伐。

虽然说是肉身持平，法力与仙殿传人还有很大差距，但是这个人体现出了惊人的潜力，境界一旦上来，多半会是一个无法想象的年轻至尊。

“你们注意到了吗？他倒出来的河水蕴含着雷霆，很像是出自恶魔岛啊。”有人轻语。

听他一说，所有人都恍然大悟，而后露出惊容。

“不错，应该是那条河中的水！”

“他居然敢去那里收天河，真是好气魄！”

世人皆知恶魔岛极度妖邪，实力越强大的人进去越危险，会沾染诅咒而亡。

实力弱小不代表安全，会被雷霆劈。可以说自古以来河中漂着很多神尸，但是没有几人敢去打捞。

而这个人却敢收天河，实在令人瞠目结舌！

“我怎么感觉那丹炉中还有些黄土。别告诉我，他是从仙坟上挖下来的。”有人嘀咕。

要知道，那仙坟是传说中的神圣古地，自古以来有几人走到过终点？骨书上并没有记载，据说不会超过一手之数。

“他这么厉害，难道是——荒?!”

有一些人惊醒，一下子想到了在魔尊所立神碑上题名的那个神秘人——荒!

少年魔王来历蹊跷，至今还不被人所知。更无人知道他的道统与出身，现在终于露出了端倪。

“不错，一定是他！”

许多人精神为之一振，此人去过天河，取过仙坟上的土，战力如此强大，非常符合“荒”的身份。

月婵仙子的一双眸子绽放神霞，她盯着石昊，觉得有些熟悉。她很是疑惑，即使此人是荒，也肯定不是他真正的身份，他到底出自哪个道统?

魔女肌肤莹白，大眼睛骨碌碌转动，道：“敌人的敌人就是朋友，这个家伙不错，我该找他喝一杯。只是……怎么越来越觉得熟悉了？”

其他初代也都很吃惊，他就是荒?

仙殿的传承者与石昊远远对峙，双方保持沉默，没有再出手。

“嗡！”

突然，虚空轻颤，一条枝丫抽来，扭曲了虚空，若一条神鞭横扫而过。

“砰”的一声，仙殿的年轻传人虽然躲避迅速，但还是被树梢末端扫中，横飞了出去，口吐鲜血。

这一幕让人震惊不已，怎么会突然发生这种事?

只见大戟发光，仙殿的传人切开虚空，一步迈了进去，从这里消失。

不远处，一棵黑漆漆的老树，将树根当作双足，撒开腿狂奔而来，竟然是它——魔血鬼神树!

这是何等的存在？所有人都蒙了，感觉太恐怖了，就是点燃神火的生灵也都飞速逃离。

石昊一惊，他深知此树的妖邪，它境界高得吓人，超出这片小千世界规则允许的极限，而这样一击却依然没有灭掉仙殿传人。

在这一刻，石昊将仙殿传人定位为最危险的人物之一!

便是法力相近的同阶一战，谁生谁死，也不好说。

他自然没有耽搁，招呼一声祖父，洒落一片天河水断后，而后开始狂逃，他估计魔血鬼神树多半是冲着他来的。

还好，天河所蕴含的诅咒有足够的威慑力，当年曾让一位老教主遭殃，而魔血鬼神树也知道厉害。

“嗖！”

石昊与大魔神驾驭闪电，从此地消失了。

秘境出口一片嘈杂，消息被传回，引发众人一片热议。

魔血鬼神树突然出现，并搅乱局面，让人心惊，也引人疑惑，它为何不受秘境规则限制?

当然，最令人吃惊的还是少年魔王的身份，早先虽然有人私下在议论，但毕竟没有得到证实，而现在各种线索都指向他，几乎可以证明他就是荒!

一个在魔尊所立神碑上留名的人，战力第一，傲视十州古今的少年强者，居然在这里出现了真身。

“荒，竟然是他，难怪可以横行秘境中，能斩初代，如果是这个人，一切都能解释通了。”

“所有人都在猜测荒是谁，天啊，他竟然出现了，就是少年魔王，真是震撼！”

这场轩然大波引发的轰动效应超越以往，是这段日子以来最让人震惊的大事。

少年魔王的身份泄露，他就是荒，这个消息简直是一场大地震，格外让人吃惊。消息传向诸多古教，吸引了一些不朽的道统关注!

很多人都望向秦族，因为荒在石碑上留下烙印，盘坐“秦长生”三个字上方，曾引发各教高手谈论。

现在，正主来了!

第406章 自己的路

WANMEI SHIJIE

秘境深处，低矮的褐色山体一座接着一座，却有紫色灵气蒸腾，看起来宛若仙山。

紫色山崖上，藤萝发光，赤霞灿灿，那是灵药——飘漾芬芳的赤蛟藤。

山脚下，一座石台上有头麒兽匐卧，尽显瑞气，周围还有金乌、仙鹤、寿猿等神禽异兽出没。

这是一片净土，祥和而宁静，没有毒虫猛兽，山壁的缝隙间扎根有灵芝、老药等，绽放蒙蒙紫霞。

不远处有一眼灵泉，精气氤氲袅袅腾腾，像洁白的仙气在弥漫。石昊盘坐在当中，冲洗污渍，以灵泉修复肉身。

“孩子，你没事吧？”十五爷在旁守护，见他终于睁开了眼睛，这样问道。

“爷爷不用担心，我很好。”石昊站起身来，一双破烂的拳头已经长好，握紧时晶莹而透亮。

“这个人法力如海，已经达到尊者大圆满境，如果不是故意压制，早已是神火级强者，你在修为没有增长前，还是不要与他交手了。”十五爷提醒。

“我明白。”石昊点头道。仙殿的传人的确可怕，手段过人，实力强横，即使是同级对决，也是一名生死大敌。

在外界沸腾般地议论荒时，祖孙二人躲在这清净之地准备开始潜修。

这些日子，他们采摘了很多灵药，都摆了出来，积成一堆，五颜六色，流光溢彩，药香浓郁得让人沉醉。

“爷爷，这些灵药很重要，能补全法则，重塑几大境界，对你有极大的好处。”石昊说道。

十五爷得到了魔尊真血，洗礼肉身，熬炼元神，但那些神性精华只吸收了少许，还有大量封在血肉与骨骼中。

这一次，石昊让自己的祖父重新修行几大境界，就是要进一步开启人体宝藏，引出魔尊真血的精华。

而且他自己也要重修化灵境！

虽然他曾说过，洞天境最重要，重塑这一秘境就足够了，但那是因为灵药不足，现在灵药充裕，为何不修行至尽善尽美呢？

“好！”

十五爷点头，来到上界后，因孙儿死去，他的心境变得沧桑。但现在见到活着的石昊，他又迎来了黄金岁月，志壮心雄，神盈气沛，有无穷的精气与力量。

他取出一个石鼎，向里面注入泉水，而后同石昊一起选灵药再不断投入进去，并放入各种银蜈蚣、金蝎子、紫晶蜘蛛等神虫，还有矿物。

“我石族的丹方真的很神秘，熬炼己身，有难以想象的妙处。”石昊说道。

他与十五爷探讨，又将不老山的涅槃法、火国的朱雀涅槃法、红凰教给他的古法都考虑了进来。

药香扑鼻，鼎中绿莹莹的蜘蛛上下沉浮，金色的老参流淌精气，一米长的银色蜈蚣如龙般发光……这是一炉大药。

可以说这药非常奢侈，因为当中还有黄金参等圣药，一般的大教也只能让核心弟子这样熬炼。

祖孙二人若是在外界，根本没有办法收全这么多的稀世植物和神虫，而这里却可以实现愿望，重塑道身。

十五爷盘坐鼎中，沐浴宝液，开始闭关。

而另一边，石昊也要进行修炼了，他取出了一口紫莹莹的骨鼎，这是从赤羽鹤一族那里夺来的，同样为神级药鼎。

各种灵药加入进去，古虫也是密密麻麻，漂浮在鼎内，这些都是神虫后代，并没有腥臭气，反而有精气喷薄。

半个时辰后，鼎中沸腾，药液化成了晶莹的浆体，石昊盘坐了进去，开始熬炼己身，重塑真我。

化灵境共分三个阶段，分别为：肉身成灵、再塑真我、洞天养灵。

这是从肉身到精神再到符文的全面锤炼，可以让一个人一步一步接近大道，登上自己的人生巅峰。

他心中宁静，默默运转《原始真解》中的骨文，盘坐鼎中，熬炼己身，重塑道身与神识。

一夜后，石昊一叹，在肉身修行方面，他走到了极致。这样重塑己身，的确让体质再次强了一点，身体也越发晶莹。

但是，并没有像过去那般再一次蜕变，宛若新生。

“是我太贪心了，人怎么可能总是涅槃呢，如果这样，天下谁可敌？”石昊笑了。

如果总能蜕变，不断涅槃，一次比一次强大，那么最后肯定能世间称尊，九天十地都再无对手。

这不现实！

如天蚕舍弃遗蜕般破茧化蝶，一次机会足矣。

“嗯?!”忽然，石昊一阵沉吟。他想到了一些手段，也许能再生，若蛇蜕皮、蛹化蝶一样。

“也不是绝对没有办法，只不过将会九死一生。”他轻语。

比如，斩掉至尊骨，待它新生，自身就会跟着实现一次涅槃，这种蜕变，价值之大难以估量！

而今，他没有至尊血，也失去了至尊骨，严格意义上来说他只是一介凡体，为何能战初代，原因就在于此，他曾因原始宝骨再生而涅槃。

“柳神曾说，至尊骨与真血失而再生，如同割韭菜，也如那草木枯萎了又繁荣，会更加茁壮，也许可以考虑从这方面入手！”

石昊心中振奋，眼中绽放神霞。

只是，这样做太难了，第一次失去至尊骨，他在一夜间开始衰竭，气血干枯，从一个聪慧而有天资的孩童变成一个痴呆的小迷糊，身体机能严重倒退，在石村调理了一两年才恢复。

等到体内原始真血再生，已足足耗时十年左右！

第二次遭受仙殿的绿铜锈诅咒失去至尊骨，同样可怕，他假死了一年多，举世都以为他殒身了。

到现在，原始至尊血还没有生机，依然干枯。

这样做危险太大了。他前两次熬了过来，并不代表第三次、第四次依旧能平安度过。这条路九死一生！

不过，这条路却很诱人，能让人不断涅槃，提升自己的体质、精神等，全方位地升华、蜕变！

“现在还不用考虑。但这是一个方向，将来也许能是一条成功的道路……要想人间无敌，唯有另辟蹊径！”石昊自语，心中埋下了一颗种子。

而后，他再次开始重塑化灵境。

他的肉身逐渐晶莹，的确在变强，虽然没有那么明显，但很让人欣喜。随后石昊的精神力也烁烁发光，在其眉心内有一团光在散发雄浑的力量。

当进行到最后一个阶段——洞天养灵，石昊的唯一洞天开启，释放出不朽的光辉。

这一刻，久违的鲲鹏浮现，在洞天中翱翔，释放盖世神威，自从来到上界后他一直没有真正动用这种宝术。

随后，狻猊、雷天雀、朱厌等一一浮现，全部处在同一口洞天。

事实上，这可以称之为一域。诸多灵身皆可养在这一域中。

化灵境最后这一阶段最是神秘，等于在造化生命，夺天地究极变化之奥妙，不过最后是要收回这些生命印记的，灵身也不再有。

显然，那需要到极高层次的境地才行。

究极变化，最终成就的是自己的真身！

“轰！”

石昊的血肉中，一缕又一缕神曦化形，变成小鼎、道钟、仙剑等，灿烂夺目。

这是他曾经做过的事，研究化灵境到极致，从最基本的符文神曦入手，凝聚纹路。

这一刻，不光是他的血肉中，就是洞天内也出现了鼎、钟、塔等，恢宏而沉凝，气势磅礴。

事实上，这已与下一个境界——铭纹有所联系，此时，他所处的正是一个承上启下的境界。

不过，下一个境界，所铭的都是骨文。

而此时他在化灵境所塑造的是各种法器。

他的身体在发光，由于如今境界更高了，所以走这条路比以前容易很多。

石昊的体内符文流转，血肉中出现一个又一个小鼎，无穷无尽，如同血液般在流淌，取代符文。

这是一种很诡异的变化！

随后，石昊的体表发光，小鼎密布在每一寸肌肤上，守护己身，而他自己也仿佛化成了一座充满大道气韵的鼎。

“重走这条路才发现奥妙无穷，我当年只走了一半啊。”石昊自语。

这是他昔年在化灵境最大的突破，打破常规，锤炼体内神曦与纹路，踏出自己不同的路，只是当年境界低，走得太艰难。

现在再回首，他发现这未尝不是法力运用的一种极致超脱之法！

“锵！”下一刻，石昊的精气神再次变了，从肉身到精神，全都熠熠生辉，血肉中与神念内，纹路变幻莫测，化成一柄又一柄仙剑。

此时，他的气韵变得凌厉了起来，锋芒毕露，举手投足间宛若一口天剑横空。

在他的体表与体内，无穷的细微小剑如同血液般在流淌，这是神曦与纹路的演化，他自身都仿佛化成了一柄仙剑！

而后，幽幽钟声从他的体内传出，小剑化成了道钟，无穷无尽的金色小钟汇在一起，在他的体内与体表流淌。

……

他在不断变化，事实上这可以称之为攻守大术！

比如说，当体内纹路皆化为剑后，他可斩灭万物，整个人都如同天剑般。

而体内纹路化成小钟后，无穷无尽，合在一起则防御力惊人，形成人体道钟便可发出钟波，将敌人震毁。

“这条路很好！”

石昊自语。这等于在创法，凝聚道则，开启进攻与防御宝术。

只不过，这条路很难，毕竟体内纹路无尽，谁能把握得那么精细，全部演化成有形之器物，这需要不可思议的掌控力。

石昊一遍又一遍地演化，他觉得法力有所增长！

数日过去了，十五爷已出关，他红光满面，人体宝藏开启，让他的白发开始变得乌黑！

不过，石昊还没有出关，他沉浸在自己的世界中，一遍又一遍地演化。

一只土黄色的小鸟落在十五爷的肩头，啾啾而鸣，禀告消息。

这是他们收服的异禽，他们怕错过进入秘境传承地的时间，降服了一些珍禽，监视秘境中的动态，随时禀报。

这么多天过去，外面虽然发生了一些大事，有初代殒身，有神灵死去，但传承地还是没有开启。

十五爷盘坐下来，为自己的孙儿护法，静候他出关。

终于，石昊也不知道演化了多少遍，将化灵境的这条路走到了尽头！

他可以化鼎、化仙剑、化天塔、化道钟……变化万端。

他睁开了眼睛，目光深邃而强大，瞳孔深处有道钟轰鸣，有仙剑劈斩，有古鼎散发混沌气，尽显天地规则与奥义。

此外，还有日月闪耀，诸天映现！

石昊的瞳孔化成了符文，映照出大道，显化出天地规则。

这是法力增强、体悟到乾坤规则与奥义的体现！

一瞬间而已，石昊眸子如虹，他俯视天地万物，仿佛能透视本源，可看清内里，异常神秘。

“嗯，难道是武道天眼要开启了吗？”石昊震惊。

这是他所渴求的，一直想实现，可惜太难了，武道天眼就是教主级人物也无法拥有，这与境界无关，全凭自身机缘与感悟！

第407章 强势追击

WANMEI SHIJIE

眼前的景物一阵模糊后又一阵清晰，天地万物的内里展现眼前，只是不太稳定。

最后，一切恢复正常。

石昊也平静下来，虽然没有真正开启武道天眼，但是已经初现端倪，他觉得有朝一日一定能开启。

祖孙两人起身，他们都收获巨大。

因为，他们来自下界，补全所缺失的法则后，重塑真身，会让自己与上界更契合，自身将强大一截。

“元天至尊的传承还没有出世，我们不如利用这段时间继续闭关，增强实力。”石昊建议。

在这个秘境中，灵气充沛，老药很多，正好可以重塑己身，将所有境界都修行一遍。

大魔神点头，这个秘境中有仙殿传人这样的初代，还有点燃神火的强大生灵，充满危险，一旦争夺至尊传承，必定会伴着伤亡，大战之中实力最要紧。

“咦，有生物靠近。”石昊忽然开口，十五爷也回头，他们感觉一个生灵在不远处活动，虽然隐藏了气息，但依旧给人不一般的感觉。

他们起身，悄无声息地走了过去，见到了一只……兔子！

这是一只巴掌大的雪白小兔，浑身没有一根杂毛，晶莹透亮，雪白如玉，眼睛跟红宝石似的，充满了灵气。

此时，它正抱着一根紫色的萝卜，错，应该说是紫金参在啃。

“哎呀，兔子……你真是暴殄天物，一株准圣药被你糟蹋了。”石昊顿足，相距这么近，居然没有发现那是一株紫金参，它足有万年药龄，已经快成圣药了。

显然，这只小白兔被吓了一跳，它扔掉“紫金大萝卜”，一蹦老高，小心脏怦怦乱跳，在那里拍着自己的胸脯。一双红宝石般的大眼眨巴着，望向石昊。

“这兔子不一般。”十五爷低声说道。

石昊点头，能将紫金参这样一株准圣药当成萝卜给啃掉，可以承受这么浓郁的精华，肯定不是一般的凡物。

“个头虽然不大，但是熬汤应该不错。对了，兔子肉好吃吗？”石昊问自己的祖父。

“要看是什么兔子，这只多半很好吃。”大魔神说道。因为这只兔子灵气太足了，肌体发光，并有淡淡白雾飘散，如同仙气一般。

“啊，你是魔王——荒！”

忽然，小兔子发出惊叫声，向后退去，一双红眼睛直扑闪，露出害怕的神色。

“我不好吃，很瘦，都是骨头，嚼不动。”它楚楚可怜地说。

“这兔子精怎么有点怪啊，我觉得比一般的尊者都厉害很多倍，不是想扮猪吃老虎吧？”十五爷道。

“我也觉得，难道它想吃我们？不如我先吃掉它。”石昊露出一嘴雪白的牙齿，吓唬这只小兔子。

“嗖！”

巴掌大的小兔子叼起坠落在草丛中的紫金参，扭头就跑，一溜烟没影了。

爷俩看得发呆，这也太快了。

“追！”

祖孙二人背后都出现翅膀，翅膀以闪电构建而成，如浮光掠过长空，不久后两人就看到了那只小兔子。

让他们目瞪口呆的是，这只小兔每次跃起都踩在一座山峰上，一纵就是好几千丈远，有时甚至能踩塌一座山体。

这简直是一头庞大的凶兽，实力着实强劲。

“哎呀，别吃我！”眼看就要被追上了，小兔子扔掉“紫金大萝卜”，红着眼睛，可怜巴巴地喊道：“我的肉真的不好吃。”它一副快吓哭了的样子。

石昊看得颇感兴趣，道：“你到底什么来头？”

“我……是太阴玉兔。”它小声道，同时化成了人形，成为一个十几岁的小姑娘。她白发如雪，眼睛红如宝石，清纯而楚楚可怜。

石昊一惊，这是一名……初代！

饕餮、黄金鸾、太阴玉兔、黑兰等都进来了，都是异族初代，想不到在这里与太阴玉兔相遇，但这个小姑娘也太柔弱了。

“我只是路过，采药而已，你干吗这么凶？”小姑娘皱着鼻子说道，很不满。

石昊一瞪眼，她立刻吓了一跳，快速蹦到了另一座山峰上，红红的大眼含着泪，道：“我只是拿着命符进来看一下，采点药，你要是对我不利，我只能用命符离开了。”

石昊与十五爷一阵无语，他们所见到的初代一个个都冷酷无情，手段狠辣，现在居然见到了这么一只可怜兮兮的小兔子。

“就你这样也敢进秘境争造化？”石昊说道。

“我是冒名顶替我姐姐来的。”小姑娘很不好意思，又补充道，“我只是进来看看，又不去争夺。”

“行了，继续吃你的萝卜吧。”石昊不想跟她多说了，这明显是一个单纯的小家伙，能活下来着实不易。

“我不吃萝卜！”小姑娘生气了，嘟着嘴，道，“我只吃紫金参、灵芝等。还有，你别小瞧我，我修为不比你弱，只是还没有学攻击的法术而已，还在巩固中，将来……”

“嗖！”

看到石昊龇牙，小姑娘吓得抱起“萝卜”就跑，撒丫子狂奔，逃出去一段距离，看到他没有追来才愤愤挥动拳头。

“走吧，像我这样的好心人不是很多，别人看到你，多半会把你吃掉。”

“呸，就你看到我要吃掉，别人都没注意过！”小姑娘不忿。

石昊十分尴尬，只得瞪眼吓唬她。

太阴玉兔这一族非常不凡，数量稀少，族中的至强者死后会化作月亮，在夜空中照耀大地，神力逆天。

小姑娘神觉强大，能提前感知危机，觉险而避，故此能在这里混得如鱼得水。

她已经确信，石昊没有恶意，白了他一眼，道：“看你人不错，就告诉你一个消息。我在另一边的山脉中看到了秦族的人，他们似乎要对付你，还有那个穿着长生战衣的人，更是扬言要击毙荒。”

说完后，她化成一只雪白的小兔子，叼着准圣药紫金参跑没影了。

大魔神一叹，有些无奈。

祖孙二人没有离开，继续闭关。

这一次，效果惊人，大魔神满头白发尽化黑发，脸色更加红润与晶莹了，根本不像是一个老人，倒像一个青年。

而且，他的断臂长出了一些！

而石昊自己也重修了铭纹境，收获巨大无比！

因为在这个境界，他将《原始真解》与万灵图结合，将这部骨文刻入了体内，这就是他的——铭纹。

“爷爷，你也可以这样尝试。”祖孙二人交流。

他们谈法论道。石昊从自己的祖父那里得到了魔神传承，那是在下界一处神秘古迹中发现的。

而他也将自己的宝术等演化给大魔神看，相互研究。

“这魔神传承果然了不得！”石昊惊叹。

当然，魔神传承还需要以后慢慢研究，这一次最大的成就还是铭纹重塑。将《原始真解》成功融入血肉与骨头间，让他有一种返璞归真、悟透万法原始本源的感觉。

随后，他轻轻一动，肌体顿时发光，原始骨文一一浮现，组成鼎、钟、塔、剑、戟等，与他自己所踏出的路相结合，威势大盛。

“爷爷，我们去山那边看一看。”石昊示意，要去山脉的另一边，那里有秦族的人。

自从他知道秦族将他祖父当作囚犯，送进恶魔岛去挖矿，害得祖父差点被勒死在那里后，就一直难以释怀。

“也好，我们就去看一看，不过秦昊……就让他待在那里吧。”十五爷说道。

“嗯，每个人都有自己的路，不要让他知道是我们来了，对大家都好。”石昊点头道。

这些日子以来，秦族一直在寻觅，想找到荒，因为荒在魔尊所立的神碑上留下烙印，居然盘坐在“秦长生”三个字的顶上，秦族对他抱着深深的敌意。

秦昊更是直接放言，要与荒一战，将他击毙。

秦族有很多位点燃神火的强者进入了秘境，这是一股强横的力量，毕竟兽牙命符是秦长生炼制的，自然会照顾本族人。

石昊与祖父来了，在远处观察秦族人，没有过于接近。

“来了，是这两人！”一日后，石昊目露精光，说道。

他见到了一对年轻的男女，他们如薄烟般浮现，进入秦族所在的栖居地，正是天国的两名年轻天才。

他早就料到，这两人会与秦族有交流，在这里会联手，如今看来果然如此，不枉他们守在这里，终于见到了。

天国的光天使曾带着这两人追击大魔神，斩了他一具灵身，更是险些将十五爷真身击毙，让他遭受重创。

无论是为祖父，还是为鬼爷，抑或是为自己，石昊都会对天国出手。

“天国血祭……如今先收点利息，将来待我成为天神，一定会闯进天国！”石昊自语。

他知道，凭天国与秦族的关系，天国的人一定有兽牙命符，即便将他们斩灭，他们也会在出口的祭坛上复活。

“不行，得弄个传送阵，通向出口那里。”石昊说道。

进入秘境很长时间了，他们已摸清了地理位置，知道出口在哪里。

“会不会太冒险？出口那里可是有高手守着。”十五爷道。

“无妨，没有人会注意，并且我不会接近，只在远处攻击。”石昊说道。

半个时辰后，两人摆出祭坛，布置好一座简单的传送阵。

“出来了。”

石昊低语。他并未发难，而是等那两人离开这片区域才悄然跟进。不得不说，这两大杀手警觉性极高，不愧出身天国。

他们虽然年轻，但经验老到，竟有所觉察！

不过晚了，这一刻石昊与祖父一起发难。他不惜动用了鲲鹏法，以雷电掩饰，疾速冲到了二人眼前。

“轰！”

唯一洞天撑开，禁锢此地。这名杀手身法诡异，竟然消失了，但是石昊却依旧对着虚空出手。

“砰！”

拳掌相击，那名男杀手大口咳嗽，露出行踪。

“你……”他大吃一惊，对方竟能看透他的行迹。

“雕虫小技！你们这些阴暗的虫子，只懂得背后伤人，这次让你也尝尝被偷袭的滋味。”石昊喝道。

他撑开洞天，让光芒更盛烈了，禁锢此地，并且爆发了最强战力，他不想发生意外，只想速战速决。

当初，月婵仙子陷入洞天中，都让石昊扒下一块天蝉甲，这名男性杀手全身陷入，自然无法逃脱劫难。

“噗！”

石昊一拳将他轰灭。

与此同时，大魔神也盯上了那名女杀手，动用雷霆，将其笼罩，使她无法逃脱。

石昊快速冲来，在两大高手的攻击下，她迅速败退，带着怨毒之色，被命符包裹着消失了。

“祖父，我去了，你等我！”石昊踏上那座传送阵，迅速消失。

秘境出口，祭坛上。

两道身影显化，脸色铁青，异常不甘，他们身为猎人，今日竟反被猎了，这是一种奇耻大辱。

并且，现在竟暴露在众目睽睽之下，这对他们来说很不好，毕竟他们平日都行走在黑暗中。

秘境外，光天使此时只是一个普通人，站在人群中，当时就变了脸色，这是天国内屈指可数的天才，随他出来历练，竟然在秘境中被灭了？

要知道，天国的人最会自保，一向都是攻击别人，而今怎么自己遭劫了？

“这是谁？两人的气息很不一般，是少有的高手，居然被灭了。”众人议论纷纷。

就在这时，祭坛后方无声无息地出现一道虚影，虚影迅速挽弓搭箭，疾速射向祭坛上的两道身影。

“哧！”

闪电乍现，箭光如虹，贯穿苍穹！

天国的两名天才刚“死”过一次，站在祭坛上，还没有回过神来，两支神箭就到了。

距离很近，而且太突然了！

谁能想到，有人敢这般行事，追击到此地，在万众瞩目之下射击祭坛上复活的人，这超出了所有人的想象。

所有人都愕然，这简直难以置信！

“噗！”

在众人震惊的目光中，两支神箭分别射中这两人，令他们毙命。

“这……”

“放肆！”

守护祭坛的几位元老震惊了，他们无论如何也没有想到，会有这样的变故。

在过去，从来没有发生过这样的事！

石昊转身就走，迅速消失。

秘境出口，一片哗然，而后群情鼎沸！

“天啊，这个人是谁，居然敢这样行事，太果断凌厉了。”

“你们看，他射出的箭是火魔宫的。”

听到此话，赤羽鹤一族的人脸当场就绿了，这也太可耻了，居然用他们的羽箭杀人。

“是那个少年魔王！”火魔宫幸存下来的几名尊者惊叫道。他们回来后，没有再进秘境，只有点燃神火的四大强者回去了。

“什么，他就是那个少年魔王，也就是荒?!”

秘境出口，这一真相引发大地震，激起轩然大波，所有人都叫嚷了起来。

少年魔王——荒！

居然是他，果断而神勇，来秘境出口斩灭敌手。

这两个人是谁？居然值得他这样大费周折。

此时，就连几位老教主也神色难明，他们也没有想到有人会这么大胆，来此斩灭敌手，而且竟然是荒！

守护秘境的元老检查两个死者的遗物，意外发现天国的剑，当即神色一变。

“啊，是天国的人！”

有人眼尖，发现真相，大叫出声。

此地更加热闹了，一下子喧嚣了起来，少年魔王荒居然在追击天国的人，真可谓胆大包天，不过同时也称得上惊艳！

“赫赫有名的猎人居然成为猎物，这两人如此年轻，一定是天国负有盛名的奇才，结果都被斩了！”

……

秘境出口人声鼎沸，群雄震动，议论纷纷，全都又兴奋又吃惊。

人群中，光天使脸色晦暗，愤怒无比，握紧了拳头。这个人太大胆了，居然这样高调斩灭天国的奇才，当着天下群雄的面做出这等事，像是抽了天国一记响亮的耳光！

因为，他们是猎人，现在反被攻击了！

第408章 曹雨生

WANMEI SHIJIE

荒，居然这么年轻，比仙殿的年轻大人还要小几岁，同其他初代相比也有年龄优势，让人难以置信！

“最年轻的应该是秦昊还有太阴玉兔吧？不过秦昊修为未成，能进去是依靠长生战衣，而太阴玉兔自身也有些问题。”

“说起来，少年魔王太过超凡脱俗，修行时间不是很长，却能匹敌那些初代！”

刚才的攻击引发了一场轩然大波，人们异常振奋。

几位老教主眸子如同星河，明灭不定，都在思量，这个少年有师门吗？这等良才美质，若能招揽进教中，他日必可俯瞰数十州，护佑一教大兴！

甚至，能傲视百州，得望长生，君临天下！

秘境深处，石昊平安返回，大魔神长出一口气，他着实为自己的孙儿担心了一阵，毕竟出口有至强者守护。

“爷爷，一切顺利，向天国收了一些利息。等我成为一代天神后，一定亲自去那里走上一遭！”石昊的话语十分强硬。

广袤的森林中，一些苍劲的老树足有上千米高，而有些古藤更是如泰坦巨蛇般将整座山体都缠绕上，散发荧荧绿光。

茂密的山林中，落叶厚达几尺，有各种毒虫猛兽出没。

“秦族人真可恶！”石昊说道。

祖孙两人在密林中监视，看出很多端倪，秦族降服了一些猛兽、凶禽等，让它们去探察，正在寻找荒。

这是两人仔细观察后得出的结论。等待一段时间后，两人又亲耳听到秦族人交谈，判断得到了证实。

秦族对荒充满了敌意，想在秘境中将他击毙，因为他在神碑上的排名与存在，对不老山来说是一种羞辱。

然而，那并不是石昊故意的，排位是神碑自行调整，并非以他人的意志为准。

“你们说那个少年魔王在何地，寻找了这么长时间都未曾见到，此人绝对不能留下，一定要除掉！”

在秦族的栖居地外围，有人正在巡视，并低声交谈。

“放心，我族来了多位点燃神火的大人。只要发现荒的踪迹，就可以立刻将他击灭。”

一个老仆人无声无息地出现，看着两人，道：“一旦有消息，先禀告我族的小主人，由他出手。”

“好！”

两人点头，全都很期待。双骨至尊在当世是一个神话，他的确已经放话，一旦有线索，立刻告知他，他要亲自出手去击毙那个荒！

不远处，石昊目光深邃，没有说话。

大魔神皱眉，看到秦族这些人，他的神色有些不善。

“爷爷，我们走吧。”石昊说道。他不想与秦昊决战，而且这里有神级强者坐镇，若是惊动了他们，不好应付。

十五爷点头，两人无声地退走了。

巍峨的大山上，长着很多灵木，散发荧荧宝光，银瀑如练，从崖顶垂落下来，洁白水雾缥缈，壮丽若仙境。

只不过一个少年破坏了这种美景，他光着屁股在冲洗身体，龇牙咧嘴地扑腾着水花。

“咦，是他！”

石昊与祖父来到这里，正好见到这一幕。

少年的脸很圆，样子像个大苹果，看起来很朴实，只是一双大眼有点贼亮，他的年龄与石昊相仿，只有十六七岁的样子，此时正在瀑布下的水潭中出没。

大魔神露出异色，这家伙正是曾经布下杀阵，偷袭两名初代的那个少年，他看起来很朴实，其实心机不浅。

祖孙二人悄无声息地向前潜行，包抄这个小胖子。

“哎哟，两位道兄，你们什么时候来的？男男授受不亲，别走这么近啊。”少年惊叫道。他很警觉，发现了两人。

石昊刚想说什么，忽然看到胖子的另半张被黑发挡住的脸，当场就乐了，这家伙好像是被人挠过，右脸有几道血痕，很不雅观。

“你这是怎么了？”大魔神笑问。

“两位道兄，一定要小心啊，秘境中有只兔子，法力高深，太厉害了。我一个没注意，差点被它干掉，你们看我这张英俊的脸，遭了重重一击啊。”胖子诉苦。

“什么样的兔子？”石昊笑道。

“巴掌大，浑身莹白，眼睛跟红玛瑙似的，看起来很可爱，但那是一头大凶啊。”胖子说道。

“胡说八道。”石昊瞪眼，觉得他说话很离谱。根据他的描述，那只兔子的外形很像太阴玉兔，可太阴玉兔胆小而怯弱，怎么成大凶了？

“你们别不信，这是铁证啊。”小胖子急了，手指着自己那张被抓花的脸，愤懑无比。

“你没干好事吧？”大魔神斜了他一眼。

“冤枉死我了，你们一定被它的外表给迷惑了，那小兔子太凶残了，一脚蹬出，将我踹得差点背过气去，更是将一座大山都给踹塌了。”

小胖子大吐苦水，走出水潭，指了指胸膛，上面果然有个脚印，像是被人狠狠踩过。

祖孙二人无语，这小胖子真被那只小兔子险些踹昏过去？这场面有点难以想象。

“你叫什么名字？”大魔神问道。

“我，大名鼎鼎，注定要呼喝天下，威震这个时代，我叫曹雨生。”小胖子眉飞色舞，自我介绍道。

“差点被兔子踹死的曹雨生。”石昊总结，点了点头。

小胖子的脸顿时垮了下来，没精打采地说道：“我是被偷袭的，谁知道那兔子这么狡猾，这么强大。”

随后，他千叮咛万嘱咐，告诫两人一定要小心，因为那只兔子太厉害了。

石昊斥道：“你少胡说八道，我们又不是没见过那只兔子。再说了，你身为初代，被挠了一下，这么小的伤口随时能复原，至于这样吗？”

小胖子曹雨生当时就急了，认真地指着自己的脸，道：“你们要看仔细了，这兔子的爪子在我脸上留下了法则之力，我的伤口很难在短时间内愈合。”

石昊与大魔神面面相觑，仔细探察小胖子的伤口，发现上面还真有莫名的力量阻止伤口痊愈。

两人有点怀疑了，那只楚楚可怜、眼睛如红宝石般的小兔子真有这么凶残？

“你在这里做什么？”十五爷问道。

“我在采药！”小胖子答道。

而后，他一个猛子扎进了水潭深处，也不知道过去了多长时间，水花一闪，他才浮上来。

小胖子手舞足蹈，一脸得意的笑。他的手中多了一株黄金菱角，清香扑鼻，散发刺目的金光，将他整条手臂与胖脸都染成了金色。

“一株圣药！”祖孙二人吓了一跳，这小胖子什么来头，居然能探寻到深潭下有如此稀世宝药。

“给！”

小胖子异常大方，自己撕下一多半的圣药，将一小半扔给了石昊，金色汁液流淌，浓郁的香气让人浑身毛孔舒张，感觉仿佛要羽化飞升。

曹雨生先吃了一部分，而后将剩余的金色汁液涂抹在脸上，让伤口愈合。

“两位，青山不改，绿水长流，我们后会有期。”说完，他“哧溜”一下跑到岸上穿上衣服，转身就跑。

“胖子你这么大方，是怕我们收拾你吧？”石昊说道。

小胖头回头憨厚一笑，而后撒丫子狂奔。

“轰！”

突然，水潭下爆发一股惊人的气息，火光滔天，一下子将深潭都给蒸干了，让瀑布倒流向天。

“跑！”

石昊与大魔神咒骂一声，也开始撒丫子狂奔，追赶那可耻的胖子。

这水潭下竟有一头异常强大的神灵，圣药原是它的，现在居然被那小胖子无声无息地给偷偷采摘了，那头生灵发现圣药已失，顿时暴怒起来！

“小兔崽子连我们也敢算计？”大魔神吼道，在后面紧追不舍。

“小兔崽子另有其人，我也是受害者。”小胖子狡辩，称不知道水潭下有神灵，本是好意，分他们一半圣药。

“吼……”这是一条碧蛟，形似真龙，体形庞大，一下子就腾上了高空，呼风唤雨，周围电闪雷鸣，景象惊人。

在它的周围，碧火滔天，神灵之焰焚得苍穹都一片青碧，可怕至极。

石昊心头一惊，这条碧蛟跟他此前见到的那只黄金蛤蟆一般，极度强大，超越了一般点燃神火的生灵，不可与之力敌。

三人狂奔，小胖子走的路很诡异，几次想甩掉祖孙二人，但都没有成功，最后不情愿地带着他们一起踏进一座传送阵，离开了此地。

从传送阵出来，进入另一片山地后，小胖子被石昊追赶个没完，吓得抱头鼠窜。

“救命啊，少年魔王抓人啦！”他鬼叫连天。

祖孙二人脸色一变，这死胖子竟然是向秦族那个方向逃，显然他也听到了风声，想在此借力摆脱他们。

“轰！”

突然，白光一闪，一只小兔子跳了出来，一脚踹出，正中曹雨生。曹雨生一声惨叫，整个人横飞了起来，竟是被踹上了高天。

“叫你偷我的萝卜，不对，是白玉参王！”小兔子只有巴掌大，雪白透亮，大眼如红宝石，气鼓鼓的，不过当它看到祖孙二人后，也转身就逃。

石昊与十五爷顿时觉得凌乱了。

“轰！”

秦族的人被惊动，顿时神焰滔天，一下子就出现五大强者，向祖孙二人扑杀而来。

“快走！”

石昊与十五爷一路疾驰，依旧选择对曹雨生紧追不舍。

就在这时，远方赤霞冲天，神光澎湃，蕴含着惊人的神能波动，散发恐怖的血气息，所有人都仰头看向那里。

“仙池出现了，元天至尊涅槃失败的池子开启了封印！”

人们一片惊呼，想进传承地的话必须走仙池，那里是必经之地。

石昊与十五爷疾速向那里赶去，曹雨生也发足狂奔，一双贼眼在发光，憨厚而朴实的苹果脸上写满了激动。

远远望去，那片山地中有一口池子，瑞气蒸腾，流光溢彩，伴着赤霞，弥漫惊人的雾气！

不会有错，就是此地。

显然这里才是真正的古地，跟那片湖泊群没有关系，虽然仅有一口池子。

很多人依据种种线索已经寻到了附近，有人不小心触动法阵而揭开了封印，导致仙池气息泄漏，出现惊天异象。

仙殿的传人到了，他长发披散，身体被符文包裹，熠熠生辉，手持一杆大戟，睥睨四方，有种唯我独尊的气概。

在他的旁边，仙子衣裙猎猎，青丝飞舞，一双眸子清澈无比，手持一把玉剑，静静伫立。

其他初代也到了，皆手持法器，严阵以待。

魔女、金灯男子也在那里，与仙殿传人对峙。

此外，还有火金族的藤一、闪电子、甄古等人，一个个散发滔天威能。因为此时已到了最关键的时刻，要一争长短，抢夺传承！

曹雨生撒丫子狂奔，快速到了这里。

“兄弟，慢点走，我们一起闯进去。”石昊在后面喊道。

一听到这话，小胖子的脸一下子就绿了，因为他扭头一看，发现周围有许多不善的目光，比如太阳神藤、冥子、紫金真犼，还有被他算计而丢了骨符的初代等都在，众人眼中皆散发怒气。

第409章 开天前的法阵

WANMEI SHIJIE

“我跟他一个铜子的关系都没有，他在追击我！”曹雨生脸色发绿，赶紧解释。

眼前的这群人眼中在散发敌意，他们都是曾经跟石昊有怨、被战败的生灵，此时都将矛头对准了他。

“胖贼，你设下局，引我等入瓮，夺取进入传承地的骨符，我曾亲眼见到你与荒走在一起，纳命来吧。”圣羽族的初代呵斥道。

他拥有一头银白长发，背生天剑般的羽翅，羽翅缭绕着神霞，被氤氲精气包裹。他挥动银翅，劈向小胖子。

这绝对是一个苦主，被曹雨生设计，遭受重创，最后又被石昊给斩掉，失去骨符，不得不再去寻找。

听他这样一说，原本还在迟疑的人皆目光不善，一齐盯着曹雨生，心中一下子想到了更早前的局。

早先，有人抛出一块骨符，吸引仙殿传人与金灯男子开战，结果两人不知因何离去，倒是导致一些初代爆发大战。

“贼胖子，还我骨符！”另有一人大喝，冲上前来。他比圣羽族的初代还惨，当日第一个冲进光门，结果被法阵直接斩灭，都没看清对手是谁，现在得悉仇人在此，自然震怒。

“惨了。”小胖子怪叫道，扭头就跑。

“兄弟别怕，为兄到了。”石昊大喊，站在远处作势欲出手相助，其实是在默默运转神力，形成一道无形气墙，阻止小胖子向回逃。

“轰！”

圣羽族的初代追到。他的神翅化成一柄银色法剑，斩得虚空模糊与暗淡，疾速劈落下来，带着滔天的法力波动。

小胖子如同游鱼，非常灵活，向旁一闪，避过这一击。

“哧！”

另一名曾经入瓮、被法阵绞灭、失去骨符的初代也到了。他张口吐出一道匹练，竟然是蛛丝，蛛丝化成大网，想将曹雨生收进去。

曹雨生再次移动身形，虽然微胖，但动作非常轻盈，他迅速滑了出去，避开这一击。

“有点意思！”冥子轻语。他也忍不住出手，掂量小胖子的斤两。

一瞬间，黑雾滔天，冥族独有的气息爆发，如同打开了地狱之门，要将胖子拉进冥界中！

“老虎不发威，你们当我是病猫啊！”小胖子大怒，只是他那张苹果脸很圆，即便生气，看起来也有点好笑。

他身姿矫捷，化成一道光，冲着喷薄瑞霞的仙池而去，举手就要轰击，这是一副豁出去的架势，非常凶猛。他在释放信号，谁再逼他，他便毁了此地，谁也别想进什么传承地！

人群中传来一声冷哼，有人不满了，原来是仙殿传人。

仙殿的年轻大人眸子深邃无比，眼白正常，瞳孔却发光，化作符文，恐怖无比，伴着日毁星沉的可怕景象。

他抬手阻止胖子，掌心喷薄银光，爆发了惊天一击。所有人都一惊，全都后退几步。

就连魔女身边那名肩头悬着金灯的青年也是目光灼灼，露出异色，他绝对是强大的初代，可以俯视同龄人。

闪电子、藤一、甄古、饕餮、青仙等亦惊疑，不光是对仙殿传人忌惮，还有对小胖子实力的惊讶。

小胖子显然被刺激了，见到仙殿传承者对他动武，他自身爆发无尽光芒，通体闪耀的符文，化作杀生大术。

到了列阵境后，可以在血肉中铭刻各种浓缩的法阵，提高战力，而小胖子显然就是在施展这种可怕的符文。

“咦，不对，这胖子太厉害了！”

就在这一刻，所有人都震惊了，小胖子爆发的气息太恐怖了，符光冲天，简直有神挡杀神的气象。

他的体外还有丝丝雾霭，虽然只有几缕，但是人们震惊地发现，那似乎是——混沌气。

这是什么人，竟能如此?!

“哧！”

剑光冲天，小胖子的身体散发剑气，如虹芒，又如闪电，斩得虚空扭曲，出现裂痕，攻击力威慑当场。就是仙殿的年轻传人都是一惊，露出不可思议的神色。

他掌心喷吐出的银色神光被挡住了，并且渐渐溃散，被化解于无形。

所有人都倒吸了一口凉气，真是人不可貌相，海水不可斗量，这小胖子看起来憨厚老实而人畜无害，一旦爆发居然如此厉害。

“第三法阵！”

仙殿传人盯着曹雨生，吐出这样几个字。在场每一个人都大为震动，心中涌起滔天波澜，满脸不可思议之色。

所谓的第三法阵，便是开天辟地以来，上界第三强大的混沌法阵，自古至今，凶名赫赫，专杀上界巨头，横扫一切。

这座法阵可以说震古烁今，它诞生在混沌中，是无上的法阵！

这个少年居然能够应用可在世间称尊的第三法阵，到底什么来头？实在让人有些怀疑，所有初代都心神皆震。

远处，石昊也愕然，这次碰上了一个坑货，这小胖子来历惊人，很不简单。

“这个小胖子很是了不起，他已经将一小角残阵刻进体内，攻击力十分可怕，以攻代守的话，多半能挡住仙殿传人的攻伐。”

魔女的身旁，那个肩悬金灯的青年说道。他的身体被宝光笼罩，很朦胧，但能看出高大魁伟，英姿挺拔。

众人都眯起了眼睛，这小胖子太不简单了。能够应用第三法阵，他背后的古教绝对恐怖，超乎世人的想象。

修士自列阵境开始，就可以在体内刻写各种浓缩的法阵等，而他选择的竟然是第三法阵，这有点让人惊悚。

“有意思。”仙殿的传人自语，向前逼去，要抓曹雨生。他对这种开天前的无上禁忌法阵格外渴望。

事实上，不止是他，就是各大教主得悉这个小胖子竟能应用第三法阵，也要疯狂。只是，便是教主来了也要先掂量一番，不敢轻易捉曹雨生，因为能有这种传承，代表他身后有一个无上的道统！

不过仙殿不同于其他大教，他们古老无比，有传言称，他们与真正的“仙”有关，故此可以无惧一切。

或许也可以说，仙殿本身就是上界最强大、最古老的几个道统之一，故此无惧其他任何大教。

“别惹我，不然我将这仙池乱剑劈碎，谁也别想得到。”曹雨生威胁道。

他只有十六七岁，圆脸肉乎乎，看起来朴实而憨厚，很难让人联想到，他是一个拥有第三法阵的天纵奇才。

所有人都不敢妄动，仙池至关重要，不容有失，这家伙若是一通乱劈，真可能会引发天大的麻烦。便是圣羽族的初代、冥子等也都罢手了，一是担心，二是忌惮。第三法阵一出足以让任何人心中凛然。

“嘿，真是好大的胆子，你还敢来此夺造化。”

两只赤羽鹤化作红色闪电，降落在地，立刻化成人形，将石昊堵在仙池这里，脸上露出敌意。他们正是火魔宫的两大强者，都是神火境的高手。

“关你屁事。”石昊睨着赤凌空，并不在意对方的出言不逊。

“放肆！”赤凌空一步迈出，抬手间，赤红神羽如箭般密密麻麻，向着石昊镇压而去，上来就是绝招。

石昊毫不含糊，直接祭出丹炉，开启炉盖，将天河水倾泻而出，对抗此人。

仙池出现，这里有至尊宝血，还有传承地的门户，此时此际必须要拼命了，不能留后手，不然进不去。

故此石昊毫无保留，动用大法器对抗此人。

“你……”

赤凌空刚一临近，此地便已是闪电横空，雷霆万丈，密密麻麻的都是电弧。他惊得连连后退，因为他才一触碰，就沾染了诅咒。

他脸色一阵发紫，快速炼化。

此刻他汗毛倒竖，心有惧意。

因为，他已经知道，石昊就是荒，这个人曾经去过仙坟，那里的诅咒连教主都能灭掉，此人却能全身而退，怎不让他心中打鼓。

其他初代也退后，不愿惹上这无穷的雷霆与诅咒。

“我当是谁，原来是你这不知天高地厚的小狗，居然袭击我族贵客，又前往秘境出口下狠手，灭掉两大天才，今日容不得你！”

秦族的人也到了，传承地的封印将要开启，各路势力与初代纷纷现身。

“简直恬不知耻，你们雇佣天国的人袭击外戚，也好意思站在这里耀武扬威、指点江山、乱定别人的罪。”石昊毫不客气地回应道。

“你可敢与我一战？”秦昊出现。他一身长生战衣，流转五色神霞，晶莹灿烂，将他衬托得如同神一般。

这就是拥有两块仙骨的少年？所有人都向他望去，就是那些初代也都很好奇，想了解他究竟有多么强大的神通。

“你可知道，他们在恶魔岛几乎勒死你的祖父，更是遣出族中高手一路追击，想将他斩灭，你莫要被人蒙骗！”石昊面无表情，沉声说道。

“你怎么会知道？休要在这里挑拨离间！”秦昊的眸子中射出丝丝缕缕的神芒，伴着雾霭，在长生战衣的加持下，他的气息恐怖无比。

“我是荒，曾去过恶魔岛，那里的人都知道，只有你不知！”石昊冷漠地说道。

这是他的弟弟，体内有他昔日纵横天下的至尊骨。此时面对面，他目光深邃，己身如同一座大道仙山。

“少废话，这些事我会调查，你可敢与我一战？”秦昊不愿作口舌之争，挺身向前逼来。

“你们在磨砺他吗？”石昊看向秦族的那些人，其中有几位早已点燃神火多年，法力雄浑，眼若神灯，血气如海。

“想灭我的话，你们过来吧，我与尔等一战！”石昊手托丹炉，平静地说道。他无所畏惧，却不想与自己的弟弟交手。

“哧！”

仙池中，霞光绽放，瑞彩蓬勃，有晶莹的血钻隐现，那是封印着至尊血的神秘晶石，让所有人都眼热。不过，没有人动手，仙池还在变幻，瑞气自泉眼中涌动上来，所有人都在紧张地盯着。

“过来一战，你逃脱不了！”秦昊走来。在传承地开启前，正好与眼前这人一较长短。

“呼！”

他蓦地向前踏步，竟伴着一股飓风，顷刻间电闪雷鸣，大雨倾盆，天地也随之而震！

“轰！”

秦昊出手，一拳向前劈去。

石昊眸光深邃，站在原地未动，探出一只手，迎了上去，与那一拳撞在一起！

随着一声轰鸣，天地战栗，虚空剧震不已，爆发出成片的仙光。两人终于交手了。

第410章 碰撞

WANMEI SHIJIE

双骨至尊大战少年魔王荒！

这一战震动四方，吸引了所有人的注意力，许多人都想看一看所谓的两块仙骨到底有多么逆天的能力。

与此同时，人们也很期待，要见证荒的终极表现。要知道这可是一个敢叫板仙殿传人、击败过数位初代强者的猛人。

“当！”

虚空中火星四溅，神霞滔天。两人的拳头撞在一起，如同真凰沐浴仙火，在天穹下重生归来，流转无穷无尽灿烂的符文。

众人耳膜感到刺痛，双眼如同被灼烧，五感模糊。他们全都眯起眼睛，闭住了听觉，不然定会受伤。

石昊长发披散，清澈的眼神摄人心魄。他的拳头发光，热气滚滚，挥动间如同推动着生死轮盘，整个人如同盖世神王临尘！

秦昊浑身充满金属光泽，绽放五色神霞，连拳头都被战衣包裹着。他的拳头与石昊的掌指碰撞在一起，神力澎湃。

仅一瞬间而已，两人就对轰了数十拳。金属颤音震天，绚烂的符文撞在一起，爆发出电闪雷鸣，顷刻间异象惊人。

秦族的人不禁色变。长生战衣是什么？那是不老天尊亲手炼制的无上法衣，可以强行将人的修为提升一个大境界，还可以保护肉身，使其坚固不朽，让人拥有最佳体魄，号称“金刚不灭”。

然而，对面那个少年魔王竟如此强横，能以纯粹的肉体对抗身穿长生战衣的秦昊，这是何等强大的体质？

当然，按照秦长生的推演，秦昊的体质日后也能如此。只要年龄到了，他将不需要战衣，境界到了，他将金身不朽。

因为他有两块仙骨，可以滋养其身，让他的身体超越其他初代，达到极致完美的境地。

“好厉害！少年魔王荒到底是什么来头？他不可能有两块仙骨，肉身为何能达到这等境地？难道是不坏之体吗？”

秦族的一名神火境强者自言自语道。他的双目开阖间，有银白光束射出，杀机隐现，仿佛随时会扑上去击毙石昊。

他认为这是一个大患，最好现在就扼掉，不然仇怨已结，将来会成为可怕的麻烦！

其他人也都大吃一惊。长生战衣威名震天下，对世人来说是瑰宝，谁得到都能令自己的修为再上一个大境界，最关键的是，它坚固不朽，这是何其恐怖！

可是少年魔王荒竟这般惊人，硬撼此不朽神衣。他的拳头与五色战衣碰撞，顿时火星四射，瑞光滔天。他竟然不落下风！

这是何等惊人！

秦昊双眼半眯，露出凝重之色。眼前这个人的战力果然可怕，难怪在魔尊所立的古碑上排名第一。

一击失利，秦昊并没有沮丧，依旧镇定从容，信心十足。因为他有两块仙骨，按照秦长生推演，他的肉身注定要被滋养到最强状态，不弱于任何人。

况且，他最强大之处是拥有无敌的宝术。两块真骨赋予了他足以睥睨上界的资本，可以傲视所有法与道。

“哧！”

秦昊拳头发光。他发现单凭肉身奈何不了荒，因为那个人的肉身达到了此境界的极致，难以超越，他不得不动用宝术。

轮回之力，剥夺岁月。这种盖世神通初步成形，在此战中绽放。

一瞬间而已，绚烂的符文扩散，向着石昊铺天盖地而去，如潮水般浩瀚，想要斩尽一切仇敌。

石昊目光深邃，心中了然。这原本是他的神通，不过秦昊的那块骨显然有缺陷，而今还未彻底长好，不及他当年的威势。

若是当年的他，这则神通一出，将笼罩近前所有仇敌，但现在秦昊一击之下还有空间不曾被封锁。

当然，对一般的人来说，秦昊这一宝术已经算是绝招，对方无处可逃，只能被击中。

“哧！”

石昊背后浮现出金色的雷电羽翼，他的双脚踩在虚空中，沿着莫名的轨迹，东游西荡，如一个钟摆般前行。他的动作看似很慢，但实际上快到了极致，只因留下一道又一道残影，让人误以为他还在原地。仅仅一瞬，他就走“之”字路线打到敌方近前。

他整个人微蹲，右腿横扫前方，爆发上百条电弧。雷霆炸开，包裹着这条金色的腿，劈向秦昊的头颅。

“嗯？”秦昊大为吃惊。这是他第一次动用无敌宝术，虽然宝术目前还有缺陷，但敌人不应这么快发现才对。

“轰！”

他不得不抬起一条手臂，挡在耳畔，护住头颅，同时爆发神光，对抗这一腿之威。

石昊熟悉轮回宝术，已经将这个宝术烙印在脑海中，铭记在血肉与骨骼间，自然知道怎么对付。避过符文后，他欺身到对方近前，爆发神光万丈，这条比宝具还可怕的腿，撞在对方的手臂上。

“砰！”

这一腿的力量太大了，震得秦昊的整条手臂都发麻。尽管有长生战衣保护，他还是一个趔趄，倒退了几步。

“轮回！”

秦昊凶相毕露，至尊骨的符文还没有熄灭，被他重新催动，向着石昊席卷而去。这一次他没有出现任何漏洞。

他坚信，在与同辈的战斗中，这种神通可以摧枯拉朽。要知道，当年那个人以弱击强，境界虽不足，却凭此招灭过神，就更不要说今日同阶一战了！

“轰！”

与此同时，秦族的人动了。有点燃神火的强者飞速扑来，封掉石昊的退路，且一拳轰出，要将他斩灭。

而且不是一人，是两大神火境强者同时出动。一个人眸子银白，几乎没有黑色瞳孔，眼中爆发刺目的白光。

另一人，周身赤霞迸发，神焰遮体，手持一柄骨剑，劈向石昊！

“哼！”

石昊一声冷哼，取出丹炉，毫不犹豫地开启炉盖，将天河倾泻了出来。

他没有选择攻击秦昊，毕竟这是自己的弟弟，而是转身迎向了那两个人。这一次的倾泻连仙坟的土都震落出了一些。

“轰！”

电弧交织，如同蛛网般密密麻麻，噼啪声震耳欲聋。

诅咒之力无孔不入，向两人席卷而去，令他们根本躲避不了。

“啊……”

银色眸子的神火境强者大叫一声，被电得头发倒竖。起先他觉得自己在神火境可以冒险硬接这一击，而后将石昊击灭，可根本不是这么一回事。雷霆可怕，但远不及诅咒。这诅咒当场让他浑身浮现神秘符文，只见他躯体颤抖，嘴唇乌黑。

“灭！”

石昊大吼。他怒发飞扬，手持炉盖砸了上去，与那人碰撞在一起。

“噗！”

对方因为中了诅咒，浑身乏力，行动迟缓，只能以一条手臂抵挡。他的手臂被炉盖拍中，当即鲜血直流。

石昊大喝，催动真正的丹炉向前镇压。伴着雷光与诅咒，丹炉压落下来。

“当！”

旁边那个手持骨剑、很谨慎的神火境强者前来支援，紫色的骨质法剑击在丹炉上，运用强大的法力抵住了这一击。

丹炉颤抖，倾泻出天河水，一下子浇在了此剑上，让此人如避蛇蝎一般快速倒退。

与此同时，石昊摆腿，“砰”的一声踢在了早先那个身中诅咒、行动迟缓的神火境强者的脸颊上。

不过，他终究是神火境的强者，即便中了诅咒，最后还是发出了护体神焰，守住了头颅，艰难地退了出去。

这实在是一种耻辱。他是点燃神火的生灵，居然被一位少年尊者踢退，实在让他恼羞成怒。

所有这些都发生在电光石火间，众人的瞳孔都急骤收缩。两大神火境强者强势袭击，都没能击毙石昊，其中一人还败得如此狼狈。

这很惊人！唯独秦昊目光炯炯，有些不满两大强者出手。

“丹炉很神秘，竟能装下仙坟前的天河！”有人低语，目光灼灼。

事实上，众人心中都不平静。

石昊看着两大神火境强者，奚落道：“还是神火境的高手呢，居然偷袭我，还要脸吗？恬不知耻！”

两大强者皆露出恼怒之色。这次他们做的事情的确不光彩，并且就算这么做了，还是未能拿下对方，实在是让人脸上发烧。

“不知天高地厚的小孽畜，你今日活不了了！”后方有人冷喝。原来火魔宫的人也围上来了。

“灭了他！”与此同时，秦族其他人也要动手。

大魔神上前，与石昊站在一起，面对众人。

“哧！”石昊抬手间，掌心雷霆符文闪烁，直接轰向仙池。

这一举动很突然，也很狂霸。因为他还引动了丹炉中的雷霆，这样融合，就算神灵都忌惮。

“轰！”

电光交织，惊得众人连连倒退。

“咦，真血晶石！”小胖子叫道，快速出手。

仙池被攻击，泉眼中不断向外喷涌灵物，有稀世神料，还有封印着赤红精血的神秘晶石，一时霞光绽放。

众人的眼睛都红了。既然仙池的平静被打破，就没有人会再等待了，所有人都上前抢夺。

就连闪电子、甄古、藤一、青仙等人也动手了，爆发出冲霄的符光。

“轰隆！”

只听得一声巨响，一道门户出现，门户内雾霭缭绕，竟是通向神秘的传承地！

先进去的人会占据先机，能得到大造化。此时，秦族与火魔宫的强者都疯狂了，顾不上围攻石昊，一起向前冲去。其他初代就更不用说了。

石昊与祖父相互看了一眼，也快速出手，抢到了两块神料，还有一枚封印有真血的赤红晶石，让周围的人眼红。

不过，这种争夺还不至于让人舍生忘死。人们只是顺手而为，不想在此耽搁，因此待泉眼中的神物尽失时，全都冲进了门内。石昊与十五爷也冲进来了。

“这就是传承地？”石昊大吃一惊。他看到了各种异象：符文烙印在虚空中，发出神音。

第411章 连斩初代

WANMEI SHIJIE

传承地石林密集，洁白的雾霭飘动，缭绕其间，虚空中布满符文，令这里如同仙境般。

可惜这里已经爆发了一场大战，有些强横的生灵被灭，连初代都死了几个，化作光雨离去。

这个地方很广阔，也很妖邪，虚空中密布着金属般的字符，有一种质感，但也禁锢了此地。

所有人进来后都仿佛陷入泥沼之中，行动迟缓。即便拥有疾速身法，在这里也速度锐减，移动起来如同老黄牛般。

众人从杀入此地到趋于平静，已经过去一天一夜，各大势力都找到了自己的领域，各据一方，相互对峙。

“爷爷，你没事吧？”石昊擦了一把嘴角的血。他负伤了，不过倒不是很重。

大魔神的胸口有伤，还好也无大碍。

回想一进来后突然爆发的大战，两人依旧难以放松。

这一战很惨烈。所有人都陷入泥沼般的石林中，为了争夺先机，人们都想第一个闯进深处，得到至尊传承，没有一个人保留实力。

毫无疑问，这一战是他们进入秘境后最可怕的一次大对决。初代争锋，神灵咆哮，各种禁忌宝术还有神焰碰撞，让人胆寒。

若非石昊有丹炉，内藏仙土，多半就危险了。因为他还被火魔宫还有秦族的几位神灵盯上了，遭遇了围攻。

此外，仙殿的年轻大人，还有冥子、太阳神藤、圣羽族的初代强者也不时出没。仇人见面，自然不会善了。

祖孙二人拼出一条路，才进入这片区域。

事实上，不光是他们，就连魔女与肩悬金灯的神秘男子也负伤了。闪电子、甄古、青仙、饕餮等也都流血了。

连仙殿的年轻传人也有一条手臂受伤，而他身边的月婵仙子的白衣上更是有点点殷红。

可以说，进入此地没有人能完好无损。

受创最严重的当属神火境强者。他们遭遇了伏击，死伤更甚。

关键时刻，黄金蛤蟆、碧蛟等几个超级恐怖的生灵出现，专门攻击最强一列的人，造成了数桩凶案。

这是秘境中的生灵，此前石昊曾见到过。今日它们也冲了进来。

值得庆幸的是，这片石林禁锢神力。黄金蛤蟆、碧蛟等虽然强大，似超越了神火境，但越向里走越被压制，最后境界仅相当于神火境强者了。不然的话，情况很不妙。

众人各处一方，都在感悟石林虚空中如同金属般富有质感的灿灿字符。这些字符很有可能是一种神秘的传承。

“很深奥，只是太过零散了，应该还不是核心传承。”大魔神说道。

祖孙二人调整好后，经过一番钻研，再次上路。凭着感觉，他们认为至尊的核心传承在最深处。

其他人休整后也上路了，大部分人之间都间隔一定的距离。第一战太惨了，众人在短时间内都不想进行第二场拼斗。

不过，经过这场大战，有些势力联手了，有些初代走到了一起，不然个人武力显得有点单薄。

这种联合造就了一些极其可怕的小队。

前方，石林减少，云雾弥漫，越来越看不真切。

众人的速度如同老牛行走，根本快不了。

“啊……”突然，前方传来惨叫声，无比凄厉，惊动了很多强者。

“小心，这是一片深渊！”有人低语。

石林的前方有一片深渊，被大雾笼罩，奇黑无比，不注意根本发觉不了。众人走到近前后发现那里出现一股可怕的吞噬之力，竟能将修士卷进去。

而且，这是一片禁空领域，他们根本无法靠飞行横渡深渊。

扔下去一块巨石，足足过去半刻钟都听不到触底的回音，让人无法想象下面是怎样一个地方。

仔细寻找后，终于有人发现了独木桥。说是桥，其实是很古老的乌黑古木搭在深渊两岸，形成简单的通路。

众人变色，这是要逼迫人们决战吗？

“咦，秦族的人已经动身，先过去了。”

有人发现秦族早已找到密径，抢占了先机。他们护着秦昊，背影很快就消失了。

“这边还有，独木桥不止一座！”

很快人们发现了其他通路。秦族不一定是第一批横渡者。

石昊与大魔神皱眉。这里总共有十几座独木桥，他们发现了一座，不知道是不是这条路上的第一批人。

踏上此桥后，他们发现此桥在发光，有神秘符文闪烁，下方的吞噬之力减弱了一些。

他们向下望了一眼，雾霭浓重，偶尔被吹散，又陷入漆黑一片，像是有一只史前巨兽在张着巨口，要吞纳一切生机。

“快了，我们也要到对岸了。”十五爷道。

“轰！”

突然，一股恐怖的气息爆发。竟然是有人在攻击此独木桥，想将它摧毁。

“该死！”石昊吃了一惊。

他们马上就要过去了，却见对岸有人目光冰冷地盯着这边，要趁此机会将石昊震落深渊。

“冥子！”

石昊一眼就辨别出那是来自冥土的神子。他是一个充满死亡气息的年轻强者，眼神冰冷无情，没有生机。

不过，独木桥很坚固，拥有神秘纹络，一时间冥子也难以将其毁掉。

突然，冥子拔出了一柄黑色的冥剑，向着深渊劈去。

“不好！”石昊大叫。

那漆黑的深渊被攻击后，冲起一股可怕的飓风，飓风旋转，化成一口黑洞，要吞噬石昊与大魔神，将他们拉扯进去。

“冥子，你等着！”石昊大喝。

可惜这个地方是禁空领域，他们都很难飞行，不好飞过去，只能硬战。

此时石昊与祖父遭遇了大麻烦。飓风的力量很强大，撕扯着他们，如利刃般斩在他们身上，令他们站立不稳，差点掉下去。

“吼……”独木桥对面传来一声咆哮，震得虚空颤抖。独木桥滚动，让深渊下的力量更狂暴了。

那是紫金真犼。

它与冥子走在一起，此时发出了该族的天赋神通——吼动天地！

太古一战中，该族老祖一吼之下，就有教主级人物被击灭，天上的星辰都坠落了下来，可见这种神通的恐怖。无论是冥子还是紫金真犼，都曾被石昊斩灭过，但他们又进来了，而且已经联手。

“开！”

关键时刻，石昊撑开了唯一洞天，抵住深渊的吞噬，护住自己与祖父。

“不用管我。”大魔神说道。他的肌体发光，黑白二气流转，化作神魔之力，守护己身。

“爷爷，那我先攻过去！”

到了这一刻，石昊眸子发光，怒气滔天，不再掩藏真身气息。他要一击即中，不给他们机会逃跑。

“轰！”

一瞬间而已，狂霸气息散发，背后出现一对鲲鹏翅。他化成一只人形鲲鹏，踩着独木桥向前飞奔，速度变快很多。

这个地方影响速度，能让人变慢。但是他撑开唯一洞天，将禁空领域的符文削弱到了最低，而后他施展鲲鹏法，竟然强行飞了起来！

速度虽然不快，但是他冲破阻挡，逐渐逼近了对岸。

“什么？”冥子震惊了。这个人怎么可以飞过虚空？真是超出预料。“这是什么秘法？”两大强者心头剧跳。对方竟然真的掠过虚空，冲过来了。情况很不妙。石昊身穿乌金战衣，浑身散发乌光，手持黑色的冥器，极力向前冲来。

与此同时，紫金真犼也发出长啸，紫气滔天，爆发最强神威，攻击石昊。

早知对方还能飞行的话，他们肯定会掂量一番。此时两人的心剧烈跳动，透过雾霭，他们见到了石昊的鲲鹏翅，露出震撼之色。

这是……传说中的鲲鹏？

他们有点难以置信。十凶宝术怎么会出现在此地？鲲鹏早已自上界消失，据传在下界的牢笼中。

“不对，有个人曾学会这个宝术。他是下界的一个少年，难道你……”

“我明白了，下界荒域，他是荒，他是那个人！”

他们都有非凡来历，自然了解隐情，知道下界发生过何等动乱，也听说过鲲鹏法出世的传闻。特别是冥子，他们冥土曾参与过下界之乱，了解得更清楚。

“是你……活不了！”他大吼。

然而，他只能喊到这里了。

石昊爆发了，体表发光，鲲鹏翅一展，施展最强战力，震动天地。

“姓石的，我也是初代，你灭不了我！”冥子遭受了极大的压力，艰难地吐出这句话，但他的声音依旧没有传出去多远。

石昊的唯一洞天撑开，不求绝对镇压，而是锁困天地，防止走漏风声。

“灭！”

这是一场热血大战！

冥子知道自己遇上了怎样一个敌手。一个传说中已经殒命的人再现，让他大为震惊，所以他一上来就动用了自己的初代宝术。一条黑色的锁链从冥子的掌心中浮现，这是他与生俱来的神通——冥神锁链，一股死亡的气息顿时弥漫开来！

他想捆住石昊，将其镇压，最不济也要突破此地禁锢，冲出去。黑色的冥神锁链贯穿虚空，哗啦啦作响，乌光惊天。

这条黑色的铁链是秩序规则所化，不断与石昊的手臂和鲲鹏翅碰撞，“当当”作响，火星四溅。

不得不说，初代独有的宝术真的厉害非凡，若非是鲲鹏法这种宝术，一般的法门根本对抗不了。

什么是初代？拥有独一无二的与生俱来天赋宝术，这样的人才配拥有这样的称呼。而且一般来说，初代的宝术很难传承下去，因为它是上天赐予的！

两者大战，转眼间八十几个回合过去。只听得“轰”的一声，石昊双翅对撞在一起，一翅金黄，一翅漆黑，相撞处爆发一丝丝混沌气。

“啊！”

冥子惨叫。他的冥神锁链被鲲鹏翅截断，一条手臂也断了，已然是遭受重创。

他驾驭秘宝，想要立刻逃脱。

“哪里走?!”

石昊大喝一声，鲲鹏翅一展，紧追不舍，速度比对方要快很多倍。

“爆！”

冥子大吼，他倒也刚烈，引动了自身的秘宝，想让自身爆碎，与石昊玉石俱焚。

“哧！”

石昊的鲲鹏翅一展，从冥子身边飞过，“噗”的一声将其击灭，自身一纵，身影快速飘逝。

“轰！”秘宝炸开，一时激起乱石穿云，身为初代的冥子竟当场殒命！

大魔神也过来了，正在与紫金真犼对决，令它不能走脱。“祖父，我来！”石昊冲向另一边。

“吼……”真犼咆哮。

事实上，石昊的洞天早已撑开，挤压满了这片天地，只不过扩散太远，威能下降了，只能阻止声音传递。

现在他腾出手，全力攻击紫金真犼。大魔神退后，将战场让给了自己的孙儿。

这一战毫无悬念，任紫金真犼咆哮，施展宝术，都无法冲破这口洞天。石昊掌刀落下，一只强大的纯血神兽就这样死于非命。

石昊现出真身，自然不会留活口。两大强者全都死于非命。

他们没有在此停留，快速向前赶去，因为传承已经开启，不快点的话会被人捷足先登。

“冲啊！”

前方混战爆发，有神灵在交手，还有各路初代在争锋。

“轰！”乱战中有人对石昊出手。

石昊眼神冷酷，到了这一刻，他已毫不留情，转身追了过去。

现在临近传承地，谁对他出手，他便攻击谁，决不手软。

“你是……”太阳神藤震惊了。他以天生的一条乌黑藤蔓刺穿虚空，想偷袭石昊，没想到临近对方时突然遭劫。

石昊的周身血肉发光，呈现绚烂符文。来到上界后这是他第一次施展自己的神通——轮回！

他虽然失去了至尊骨，却将符文记住了，将其烙印在识海内，铭记于血肉与骨骼中。这次面对一名初代，他果断将这一神通施展了出来。

仅仅一瞬间，对方的天生黑色神藤就已干枯、老化。石昊一记掌刀切下，将之斩落。

“轰！”

石昊的轮回力覆盖了对方，太阳神藤大叫一声，一下子衰败了。

他曾经看到过秦昊在仙池施展轮回力对抗此人，觉得很可怕。可是此时见到此人施展这种力量，他才知道什么是真正的轮回。这个人是谁？竟能剥夺他的岁月！

“是你……”他突然醒悟了。太阳神藤殿的老祖曾经干预下界，他也了解过情况，知道了这个少年是谁！

荒，这个名字印证了他的猜想。

这一刻，太阳神藤震惊了。他怎么还活着，竟然还来到了上界？

“噗！”

可惜他没有时间多想了，石昊冷酷无情，一掌将他击飞。而后他化成了一株黄金色的神藤，散发着浓郁的药香。

石昊面无表情地将神藤收起，继续前行。

此时石昊跟自己的祖父一起向前冲，已经临近了核心的地方。神挡杀神，佛挡杀佛，他对至尊传承志在必得！

一路上，他又接连击灭了两名初代。

可惜这两人的命符还在，逃过一劫，离开此地，出现在秘境出口的祭坛上。

前方，九座巍峨的大山上紫气蒸腾，磅礴无比，仿佛万古长存。

传承地到了！

“是你！”

紫色大山下，在一次大碰撞过后，圣羽族初代一惊。他攻击的人竟是老对手——少年魔王。

石昊露齿一笑，非常洁白，他嘴角虽有笑，下手却极其无情。

“轰！”

双方神翅对击，相互劈斩。

一击之下，圣羽族强者震惊了。他的一对圣翅破损了，而对方的那对翅膀安然无恙，竟还有一丝混沌气弥漫。

“鲲鹏！”

他咬牙艰难地吐出这两个字。

显然，知道这个秘密的人难以活命了。

石昊祭出轮回神通，将他打得横飞出去，圣羽族初代迅速衰败。

石昊一路上过关斩将，逐渐逼近紫色圣山！

第412章 圣山之战

WANMEI SHIJIE

远处紫气散开，九座圣山依次排列，恢宏而庞大，磅礴而壮阔。

这就是传承地！

群雄一起闯到了这里，很多人都在搏斗中负伤。众人各据一方，目光灼灼，仰望茫茫大山。

一群羽翼乌黑的火鸦振翅高飞，如同十几颗黑太阳般向前飞去。它们来自同一族，属于秘境中的原住民。

领军者是一个神灵，体外黑色神焰跳动，烧得虚空扭曲起来。它带着族群横空飞去，冲向古地！

“哧！”

一条紫色的蜈蚣，自地上一跃而起，向半空中扑去。它是神，虽然只有两米长，但是紫焰滔滔。

当即就有八只火鸦被蜈蚣喷出的毒雾击中，坠落在地。

领军的黑色神灵目光冰冷，展翅扑击，与紫色蜈蚣爆发大战。

飞舞的羽毛自空中飘零而下。

蜈蚣体表坚硬得如同紫金，被火鸦锋利的爪与喙击中，铿锵作响，被宝具打中也是火星四溅，却分毫难损。

神级大战很惨烈，很快就分出了胜负。火鸦遭受重伤，向远方逃遁，而它的子孙全被灭了。

紫色的蜈蚣被雾霭笼罩，毒气化作紫色符文向外弥漫，生灵触之都化为液体。

“轰！”

不远处，一头火红色的莽牛爆发，踩着岩浆狂奔而来，一对巨大的犄角绽放霞光，攻向闪电子。

闪电子腾起，心道，幸好这地方已经可以飞行了。

他的头骨发光，上苍赐予的雷霆符文显化。电弧成千上万道，全部劈向那头老牛。双方间闪电交织，火焰滚滚。

“找死！”千丈外，仙殿传人低喝。原来他也遭遇了敌手。

攻击仙殿传人的是一头猛犸象，虽然身体化作人身，但头颅还是象头。它高达十丈，力大无穷，手持数丈长的巨刀，抡动之处虚空都扭曲了。

这头象体外有淡淡神焰环绕，它即将点燃神火，手中巨大而洁白的刀很古朴，是象牙所化，爆发出惊世神力。

这是种族天赋。它可以轻易拔起巨山，踩塌平原。

“当！”

粗大的象牙刀发出刺目的光，与仙殿传人的一杆大戟撞在一起。

仙殿的传人雄姿伟岸，瞳孔化作符文。撞击的一瞬间，猛犸象的动作就放慢了。

这是他的天赋神能，平日很少也不屑对敌手用。此时为了对付这头将成为神的象精，他毫无保留。因为他不想耽搁时间，不愿被阻拦脚步。

大戟与象牙刀数次碰撞，骨文交织，释放出一阵又一阵大道伦音！

“噗！”

仙殿传人翻手一戟，将一颗硕大的象头斩了下来。

“啊……”五百步外传来一声惨叫，竟是一名实力很强的初代被灭。

他的对手是一只蓝钻般的蝎子，这只蝎子是一个神灵，强大而慑人，通体晶莹透明，闪烁着海洋般的湛蓝光泽。

它有磨盘那么大，蓝得近乎梦幻，尾钩寒光点点，锋利慑人。它伏在虚空中，关键时刻尾巴化成一道蓝电，刺向大地。

“噗！”

惨叫声凄厉无比。

蓝蝎的攻击狠、准、辣，尾钩比战矛还锋锐，洞穿那名初代的后背。

这是致命一击，即便没有剧毒，也足以要了此人的性命。

“啪！”

蓝蝎尾巴一抖，这名初代立即毙命。

战场上就是这么残酷，即便是一族的年轻至尊进来，也可能会殒命。

这里共有九座圣山，紫气弥漫，上面长满了各种老药。而这只是一座紫色大山前的战场，只是大战浓缩的一角。

另一片战场上，一座紫色大山脚下，魔女负伤，盘坐下来治疗。另一边，植物系的初代——黑兰，也是叶片凋零，显然已遭遇重创。

突然，虚空中传来金属板摩擦的声音。这是一群青铜甲虫，足有数万只，在一些尊者带领下，向此地俯冲。

众人头皮发麻，这青铜甲虫也太多了。这种奇虫什么都吃，包括金属、宝具等，数万只合在一起，威能惊人。

“轰！”

紫色大山脚下，一个青年黑发披散，手持一盏金灯。他仰头望天，发出一声长啸，迸发无尽气势。

他催动手中的宝灯，神火如飓风般冲起，将所有青铜甲虫笼罩，剧烈燃烧起来，只听得刺耳的尖叫声此起彼伏。

数万只甲虫都被点燃了，它们猛烈挣扎，最后坠落在地。

甲虫被熔化后，竟成为金属液体，将巨石、地面、古木等烧穿。

这是一场大战，混乱而残酷，可怕无比，不断有人殒命，连神火境的强者都会遭劫，死于非命。

石昊这一边同样也充满了危险。天空中各种宝具飞舞，战矛、法剑相互碰撞，只见电弧噼啪，火光滔滔。

这次石昊遇上了大麻烦——有神灵在攻击他。对方是一只异常强大的纯血神禽——毕方。

它形似丹顶鹤，藏青色的身体上密布红色斑点，鸟喙洁白，只有一足，每次振翅都有火焰腾起。这是火道神禽。

石昊与大魔神站在丹炉后，倾泻雷霆，释放诅咒，用宝具对抗毕方的攻击。

在雷光与火焰中，双方都神色凝重。还好炉盖也是神物，上面有真凰伏卧，可以吸收火光。

激战多时，毕方吃不消了。它身上的红色斑点释放出的神焰减弱，因为遭遇了强烈的诅咒，它有点萎靡不振。

“轰！”

突然，一道金色的鞭影劈来。毕方遭遇袭击，发出一声惨叫。

攻击者是一头黄金象，此时显化本体，高达数十丈。粗长的金色鼻子比神鞭还可怕，抽在毕方身上，当场让它骨折。

黄金象偷袭得手，而后又攻向石昊。

“哼！”

石昊一声冷哼。这座紫色圣山下最强大的几个生灵都露面了，除却他与几位初代外，都是神火境的高手。

电光包裹之下石昊悄然展动鲲鹏翅，速度惊人，与象鼻纠缠在一起。

这个地方不再是禁空领域，他们可以自由飞行。

石昊手中的丹炉发光，顷刻间雷霆如瀑，阻挡黄金象的攻击。突然，丹炉被象鼻卷住，眼看就要被夺走。

然而惊变发生了——丹炉猛地一震，天河倒卷，冲上半空，落入象鼻内。

仅这一下而已，黄金象一阵暴跳，猛地甩出了丹炉，化作一团璀璨的黄金神焰，咆哮着冲向远处。

它的鼻口焦黑一片。最严重的诅咒扩散，它的情况十分不妙。

重伤的毕方见此情形也向一旁躲避。

“哧！”

雪亮刀光惊天。亮出利刃的是一只螳螂，碧绿如玉，有一人多高。它双臂锋锐，爆发神灵火焰，正与一位初代激战。

“噗！”

寒光耀天，惊动这片区域的所有生灵。这只碧玉般的螳螂异常强大，将一名初代斩灭了。

唯一庆幸的是，这名初代的命符还未用过，他化成一片光雨从此地消失了。

石昊与十五爷开始登山。与此同时，黄金象、螳螂也上路了。三方并驾齐驱，谁也没有轻易出手。

在他们的后方还有不少生灵，有秘境中的强者，也有外界来的高手，都无法与这三方人马争锋，只能远远地跟着。

“哧！”

遮天蔽日的神火腾起，原来毕方不甘，从后方偷袭石昊，想取而代之。

“觉得我好欺负吗？”石昊不动声色，直到神禽快临近时，才与自己的爷爷同时催动丹炉。

“呼！”

丹炉突然急速变大，将毕方收了进去。

毕方曾遭黄金象一击，骨折筋断，实力下降得厉害，并且受了严重的诅咒，行动迟缓，这次竟未能避开石昊的攻击。

“哐当！”

炉盖闭合，丹炉内雷光万重，诅咒无穷。

少顷，石昊翻转丹炉，一只肉身焦黑干枯的神禽坠落出来。

“可惜了，这是一只神火境的纯血凶禽啊。”他无比遗憾。在他看来，这是稀世的大药，可惜被毁掉了。

其他生灵看得心中发毛，不敢靠近。

很快，石昊他们登上这座圣山，与其他八座圣山一样，云雾笼罩的山巅上有一座巨宫。

巨宫恢宏而雄伟，庄严而神圣，正是传承地。

进入殿中，大道神音震耳，令人身体摇颤，灵魂随之共鸣。

殿宇中刻满了符文与感悟，这是元天至尊的经验与心得，没有具体的法，只有他修行过程中的一些体悟。

“这是在择徒与择人，谁能与这些感悟更好地契合，谁就会被传送进最高殿堂！”有人低语，看出了端倪。

或许可以说这是最后的考验，元天至尊在挑选合适的传承者。

石昊与大魔神盘坐在地，聆听、感悟大道神音，身心大受触动。

恍惚间，他们经历了另一个人的人生——他崛起于一个小族，战各族强者，斩天骄，一路高歌，直至殒命。

石昊沉浸了进去，细细品味太古年间那位至尊突破各大境界时的感悟。

“这些感悟对我启发很大！”石昊轻语。

他在重塑境界，与这位至尊的感悟印证。突然他豁然开朗，目光也越发灿烂。这一刻他收获巨大！

第413章 损人不利己

WANMEI SHIJIE

至此，实力排在最前列的一群强人都已登山，分别进入九座巨宫中。

古朴的大殿中，无论是墙壁还是粗大的柱子上都是骨文，铭刻着至尊的感悟，熠熠生辉。

这不仅对石昊来说是宝贵的经验，对其他人来讲也是瑰宝篇章。至尊的悟道心得，任何一篇都是无价之宝。

但凡进入巨宫的人都露出喜色，收获极大。

进入殿宇后，众人都在打坐与感悟，体会那传承自太古的悟道篇章，一时间九座圣山安静了。

石昊精读这些骨文，从搬血境开始，一直到尊者境都很顺利。他正痴迷其中，然而到了神火境，内容没有了。

“不对，黄金象还有碧玉螳螂神焰跳动，显然还在感悟，它们分明得到了神火篇。”他露出异色。

“应该是修为到了哪一步，便能感知到哪一境的心得。”大魔神说道。

石昊思忖一番，觉得有理。元天至尊不想让人照搬他的经验，而只是让后人参考而已。如果还没有达到那个境界，直接去品悟他的道，多半会影响自身原本的路。

既然无神火篇，石昊也不强求，而是仔细揣摩起自己已经达到的各种境界。

仅两个时辰而已，他便睁开了眼睛，他已经彻底通透，与自己的道印证，心中的路更加开阔。

其他人发现了他的表现，都露出骇然之色！

因为许多人连门都还没入，连一个大境界都只是刚刚参悟一点，无法领会那种奥妙，而石昊却已彻底通透。这说明了什么？

荒一路走来，他的意境能与太古至尊比肩吗？

事实上，石昊重塑的几大秘境已接近完美，的确不用苦修。他只是在印证，两相对比，故此很快就透彻了。

而其他人不可能与元天至尊相比，每一个境界都有很多不足，还有路要走，因此还需要去继续体悟。

不过出乎意料的是除却大道神音停止了外，大殿中并未出现什么异常。石昊也没有被提前传送到至高殿堂。

他依旧盘坐在那里，为祖父护法，同时也在仔细观察整座大殿。

忽然，巨宫外响起了脚步声，传进空旷的大殿，显得格外悠远。

整座建筑物内的温度急骤升高。大殿门口三团火光熊熊燃烧，非常炙热。原来三位神灵走了进来，堵住了大门。

石昊眼皮一跳。这些人他全都认识，一个是火魔宫的赤凌空，另外两个是秦族的神火境强者。他们原本不是在另一座圣山吗？

“呵呵……”赤凌空笑了。他一头红色长发披散，紧盯着石昊，眼中有种狠辣，一闪而没。

秦族两位神火境强者也都露出冷笑，看着石昊，一起围了过来。

“你们什么意思？”石昊冷漠地开口。

“我觉得你这个位置不错，想让你挪一挪。”秦族的一位强者蛮横地说道。

火魔宫的赤凌空更是直接，道：“圣山虽然有九座，巨宫也不少，但是没有你悟道的地方，滚出去吧！”

瞬间而已，他十指齐张，赤色神羽浮现，随时要爆发。

石昊与大魔神同时站起，祭出丹炉，与他们对峙，不过双方倒也没有立刻出手。

因为旁边的黄金象、碧玉螳螂受到打扰而睁开了眼睛，异常不满。

“呵呵……年轻人跟我们走一趟吧，别在这里打扰其他道友修行。”秦族的一位神火境强者开口道。

“你们真是损人不利已！来此惊扰我，不让我参悟，而你们自己也失去了领悟至尊心得的机会。这么做只是为了阻止我进入最高殿堂？”石昊平静地说道。

事实的确如此。他们可不想让荒成功进入最高殿堂，得到终极传承，所以决定来此地攻击他！

“不劳你挂心，我等的同伴会将感悟铭刻下来，出去后我等自然会闭关领悟。”其中一人说道。

“让人不齿！”大魔神寒声道。这些人太下作了，为了阻止石昊，竟不惜放弃领悟至尊心得的机会。

他们如此做主要也是荒的力量太过惊人。双方已经结怨，他们深感不安，不想放任荒成长，要在秘境中灭掉他。

“对不住了，年轻人，老朽要在此灭掉奇才！”秦族的一位老者森然道。

“呵呵……”火魔宫的赤凌空更是发出恐怖的笑声，一步一步逼来。

“嗯，还有人！”大魔神一凛。只见殿门口出现了第四个点燃神火的强者，准备围堵石昊他们。

显然，他们对丹炉很忌惮。这一次准备充足，四大强者同时出动，料想就是少年魔王再逆天也得在此饮恨。

“两位道兄，不如与我等联手如何？解决了他们，此地就清静了，你们可以安心悟道。”

秦族的人开口邀请黄金象还有碧玉螳螂，请它们一起出手对付石昊与大魔神，要对二人进行围攻。

不要说是祖孙二人，就是殿宇中其他修士听到此话也都心惊。若是六大神级强者同时出击，石昊两人必死无疑！

“诸位道友，不如一起出手吧。”火魔宫的赤凌空微笑着看向所有人，邀请他们一齐出手。

黄金象、碧玉螳螂通体发光，想了想，还是婉拒了。它们不想掺和进来，由这些人灭掉石昊就好了，没有必要蹚浑水。

“走！”

石昊一声大喝，与祖父联手，催动丹炉。丹炉爆发无穷雷电，倒出大量天河水，二人强行开道，冲了出去。

“呵呵呵……”秦族的人笑了。这是一种冷笑，带着蔑视，更有一种畅快。逼石昊离开巨宫就意味着让他失去了得到传承的资格。

他们不认为在这么短的时间内，石昊就参悟透彻了至尊的所有心得与感悟。

“好了，既然要出手，我们也别耽搁了，将他解决掉吧。”火魔宫的赤凌空开口，向前追击。

“送他上路！”秦族的三大强者回应道。

他们不认为石昊有机会逃脱。这么多人围剿他，就算他有神秘丹炉在手，也必死无疑。

然而出乎他们的意料，石昊与十五爷并没有逃走，而是冲向第六座圣山，杀进了殿宇中。这里是秦族与火魔宫占据的地方。

“给我开！”石昊大喝。他与十五爷一起祭出丹炉，里面的雷光沸腾起来，瞬间席卷此地。

“你敢?!”有人大怒。除却少部分其他族的强者外，这里大部分是秦族的高手。他们皆在此地参悟，结果生生被打断了。

“既然你们损人不利己，那就来个彻底的，谁都别参悟了，大家一战吧！”石昊冷声说道。

秦族的人大怒，在这关乎至尊传承的关键时刻，怎容被打扰？石昊此举让他们全都动了怒气。

石昊冷笑道：“你们去惊扰我，很随意，也很平淡，现在轮到自己头上，反倒受不了了？”

“孽畜，找死！”秦族的神火境强者当即扑过来。

不过殿中雷霆太多了，石昊祖孙二人躲在丹炉后方，催动丹炉，让闪电与诅咒密布在大殿中，席卷所有人。

在这密闭的空间中，两人占了很大的优势。

“轰！”

秦昊原本盘坐在地，此时睁开了眼睛，从地上挺身而起，一拳轰向前，以长生战衣抗击雷霆与诅咒。

石昊眸子深邃，面对自己的亲弟弟，他几次想呵斥，但最终还是忍住了，不过心中却腾起一股火气。

石昊一声轻叱，他这次没有留情，暗中运转鲲鹏力，催动丹炉的盖子，劈头盖脸地朝着秦昊镇压而去。

“当！”

响声震耳欲聋，秦昊的长生战衣发光，迸溅出绚丽的符文，对抗石昊的神力。

“当当当……”

响声连在了一起，一时间，大殿中火星四溅。石昊神勇无敌，他对秦族极度不满，此时出手力道很大。两人又经过数十次交击，最后“哐”的一声，炉盖劈在了秦昊的头颅上，将他震得一个趔趄，倒退了出去。

说到底，秦昊年龄还小，战斗意识怎能与石昊相比？尤其是而今他境界不足，只是在借助长生战衣的力量而已。

“当！”

又是一声巨响，石昊一脸冷漠，挡住再次扑来的秦昊，摆动右脚，踹在他的胸口上。秦昊横飞而起，撞在了殿中粗大的柱子上。

少顷，秦昊再次扑来，目光冷厉，怒气滔天，他在运转至尊真骨。

石昊眸子半眯，他知道那是自己的轮回宝术。此时闪电爆发，石昊以雷霆遮体，掩盖了体表，但是内里已经能催动轮回宝术。他这么做不是想攻击自己的弟弟，而只是想化解对方的轮回神通。

果然，秦昊一惊。他没有料到，轮回祭出后，竟然没有将对方扫飞，让对方衰老，轮回居然无效了。

“轰！”

相反，一道闪电飞来，将他击飞。

与此同时，石昊凌空而来，一脚将他踢起，同时抡起手掌，“啪”的一声，一个响亮的巴掌扇在秦昊的脸颊上，将他震飞。

“强大的只是人，而非术！”石昊冷漠地说道，徐徐降落在地。

秦昊震怒，还想反击，结果被一个神火境的强者拉住。

“你比他小了三四岁，战斗意识还没有成长起来，空有仙骨，还不能有效施展。再有两年，你将同代无敌，灭他如斩草！”一个神火境的老者这样说道，制止了秦昊。

其他人都动了，各自祭出宝具，抵御雷霆，化解诅咒，冲向石昊。

交战处爆发了最刺目的光，极其耀眼。整座宫殿不断摇动，巨宫内所有符文都复苏了，进行守护。

这一战惊动了所有人，其他八座圣山上的初代、神火境强者都睁开了眼睛，吃惊地望向这里。

然而，就在这时，一个威严的声音响起，如同雷鸣一般，震动九座圣山。

“传承地一切争端都在擂台上进行，诸位请按照太古的规矩来。”

这声音非常洪亮，震得众人耳朵嗡嗡作响。

“这是某种无情的规则还是一个器灵在主持传承地？”有人低语。

“嗡”的一声，石昊被传送走了，来到半空中，降落在一座巨大的石台上。

同一时间，赤凌空和秦族围攻石昊的几名神火境强者也一起出现在石台上。

这是一个战场，确切地说是一座悬在空中的巨大的擂台。

众人站在九座圣山上，能够清晰地看到石台上的一切，人人皆可观战。众人都很吃惊。

“咦，不对！我的神火怎么暗淡了？它熄灭了。”赤凌空吃惊地说道。

秦族的几个人也都悚然，而后心中一阵发毛。

“这是怎么了？”

他们心中不安，站到了一起。

“元天至尊选择传承者，并不是看修为，而是要看天赋、同阶战力、毅力等。”那冷漠的声音再次响起。

“这不公平！”几人大叫，预感到大事不妙。

“前辈，我可以再选几个对手吗？”石昊笑了，牙齿闪烁着洁白的光泽。

“可以，但仅限于方才挑起纷争的人。”洪亮的声音响起。

“你、你、还有你，都上来吧！”石昊道。

一瞬间而已，台子上又多了三道身影，全都是神火境的强者。

“嘿嘿……”石昊笑了。

“你！”秦族的高手和火魔宫的赤凌空又惊又怒。

“哧！”

就在这一瞬间，石昊动了。他化作一道人形闪电向前扑，撑开唯一的洞天，当场禁锢了一个人，然后一拳轰出雷霆万丈。

“噗！”

这个人当场被击倒了！

第414章 魔王收割

WANMEI SHIJIE

一位神火境强者就这么消失了。这个场面很震撼，一个神灵竟然就这样被击灭了！

擂台形如一座被截断的山体，断面平整而开阔，悬在半空中。所有修士都可以观战，皆见到了这一幕。

仅一击而已，少年魔王——荒，便成功击毙了一位神灵？

即便进入秘境中的都是高手，没有庸才，也有不少人惊呼，内心大受震动。这等战绩太过辉煌！

“这是一个了不得的对手，再这样下去，谁能力敌？”有初代低语。

“这擂台可以熄灭神火，让神灵归于平凡，这些神火境强者的优势荡然无存。”也有人还算自信，语气很平淡。

很快，有人发现了不对。秦族的神火境高手被击灭后，骨块与血肉没有归于一体，未被命符包裹着离去。

就连石昊也很惊讶。这擂台有古怪，竟限制了这一切！

地上有些破烂的瓶瓶罐罐与武器，还有一枚洁白的兽牙，正是所谓的命符。

“咦，这是为我准备的吗？”石昊笑了，弯腰捡起兽牙，放在手心观察，只见它温润如玉，闪动柔和光泽。

这一刻，第六座圣山上的秦族修士们个个脸色苍白，心中翻起巨浪。命符出现意味着族中一位神火境的高手已经身死道消！

“师叔！”有人悲叫。

“怎么会这样？天尊所炼的命符居然失效了，啊……”与这名高手关系较好的一些秦族修士难以接受这样的结果。

“嘿嘿……”石昊笑了，此刻他黑发披散，大步向前逼去。他竟然一个人面对着巨大擂台上的所有神火境强者。

他看着众人，目光犀利无比，像是盯着一头又一头猎物。

赤凌空、秦族的一干高手无比愤怒，这个少年的眼神太招人厌了，像是在盯着野兽，一副要在此狩猎的样子。

对他们来说，这是一种羞辱!

“你们不久前还专程来找我，干扰我悟道，使我不能进入最高殿堂，何等猖狂与下作，现在怎么沉默了？”石昊说道。

他当面揭底，进行斥责，让一干人脸色铁青。

“秦族真是了不得啊，光神火境就进来这么多人。”有人低语。现在的擂台上有火魔宫的两大高手，还有秦族的五大高手。

“冲啊！”

这一刻，大战终于爆发了，台上的高手一起向前冲去。

秘境出口，祭坛外。

修士们都在等候，想了解秘境中发生的事，欲知道最终的结果。

几位老教主盘坐虚空中，身体很模糊。他们皆一动不动，仿佛淹没在岁月中的化石一般。

这几日来，秘境深处大战连天，非常惨烈。冥子、圣羽族初代先后毙命，都是被少年魔王荒斩灭的!

除此之外，还有其他初代殒命。有人被秘境中的神所灭，也有人被仙殿传承者这样傲视同代的年轻至尊击毙。

这接二连三的战斗引发了一场大地震。因为他们真正战死了——兽牙命符只能使用一次，再次被灭时，无法借助它逃生。

虽然除此之外，还有各教高手殒命。但初代被斩影响深远，涉及了不止数州的风云!

初代，浩瀚一州都不见得能出一人，稀少而强大。这样战死了数人，那些道统怎会甘心?

初代，意味着可以威慑一州，能让一教大兴，走向极致辉煌，可以庇护该道统昌盛漫长的岁月。

任何一位初代逝去，都是巨大的损失!

可惜被斩灭的几人都太过执拗，不听劝告，战败一次后非要再进去，怨不得秘境出口的守护者。

但是这件事显然不能这么善了。

秦长生盘坐在那里，脸色阴冷。因为这次是他发出的邀请，结果有初代殒命在此地，他注定要陷入是非中。即便那几个古教说不出什么，心中也会有怒火，难以平息!

那几人太倔强，被灭一次后在祭坛上复活，却根本不听劝阻，即便他们的长辈呼喝，也还是执意再次深入秘境中。

或许只因他们是初代，平日如众星捧月般被簇拥在中心，从未败过，所以一时难以接受这个结果。

也正是因为如此，他们连长者的命令都不听，选择再次进入秘境。

“秦兄，这不怪你。我那后人咎由自取，本身实力不足，怨不得别人。”紫金真犼一族的老者说道。

他身材瘦小枯干，盘坐在那里，根本不动怒。他曾呵斥过自己的后人，称紫金真犼这一代的年轻人太差劲。

听到他这样说，秦长生的脸色好看了一些，总算这一个强族没有怪他。

特别是眼前这只犼，可是从太古年间一直活到了现在，与饕餮族的古祖号称“古代大凶”，最是可怕。

而后他想到了冥土，该族最强的一些生灵都是由奇尸变异而成，并非正常诞下的生灵。

比如上古的天骄殒命，无敌的初代葬进黄土中，漫长岁月后通灵，被他们寻到，就会培养成惊世强者!

“该族底蕴深厚，难以揣测！”秦长生心中自语。他与冥主关系还算可以，应该不至于为此事交恶。

这样算下来，危机并没有他想象中的那么严重，几个古教还不至于翻脸，想到这里，他长出了一口气。

“秦兄，你不老山至今都没有重要弟子动用命符，显然都无恙，果然了不得啊。”

有人打破沉默，这样说道。

“看来这次秦族收获巨大，也许将会得到元天至尊的无上传承。”另有人点头。

秦长生听闻，微微一笑。虽然有几位初代殒命，影响到了他的心情，但这件事绝对让他畅快无比。

事实上，他一直在期待，渴望得到那位太古至尊的传承!

他淡笑道：“也不一定。至尊传承禁地最深处很古怪，有些禁制与战场非常可怕，也许我们也不能踏足。”

“秦兄说笑了，我看这次你们的收获将最大。”

“如果我族真有收获，能得到秘境中的禁忌传承，我愿与诸位道友分享，大家一同参悟。”秦长生说道。

他心中虽不愿，但是不得不表态，以此平息几位初代战死的风波，将几个古教的怒意减轻到最低。

“哈哈哈……在这里我们先预祝秦族成功。”有人大笑。其他人也纷纷附和。

秦族进去的神火境强者最多，至今连一人都不曾殒命，注定会有最大的收获。这些人的确很想观阅禁忌传承。

秦长生笑了，点了点头。他也觉得，这一次如无意外的话，秦族将会独占鳌头，得到最大的造化。

“希望这一战早一点结束，期待秘境中的天才归来。”这是他的心语。

秘境深处，九座圣山上。

所有人都在观战，都很不平静，尤其是秦族人，一个个脸色苍白，握紧了拳头。

“啊！”

擂台上，秦族一人的眸子中发出银色光束，这光束若是击在人身上，可以让其行动迟缓。这是传承于古代大能的秘法，不过符文残缺。

石昊一阵冷笑，他连真正的重瞳者都大战过，怎会惧怕这种残缺的瞳术？他撑开唯一的洞天，当即就将这种符文磨灭了。

他化成一道闪电，一冲而过，抬手间，掌心喷薄出雷光，“轰隆”一声将此人淹没。

这是他领悟雷道四重境后的威能，磅礴而惊人，连初代都可以对抗，一般的同阶修士又怎会是他的对手？

此人当即被雷光击中，半边身子焦黑，横飞了起来。

石昊速度极快，化成人形闪电跟了上去，将对方击灭。

“啊……”秦族其他四位神火境强者怒吼道。他们神火熄灭，心中正感憋屈，此时一起向前冲去。

“锵！”

石昊站立在场中，抬手间，掌心的光凝聚出一杆金色的战矛。战矛闪烁着冰冷的金属光泽，并缭绕着闪电。

“冲！”

他黑发飞扬，眸光慑人，疾速向前冲去。

“当！”一阵震耳欲聋的金属颤音传来，这闪电化成的战矛与神火境强者交击，迸发出万丈雷霆，神威惊人。

瞬息间而已，石昊震飞三人，他手持战矛前冲，“噗”的一声将此人击倒。

“轰！”

雷光炸开，战矛化作闪电。

同一时间，“锵”的一声颤音，石昊手中出现一柄神剑，神剑缭绕紫色电芒，依旧是雷霆所化。他持着神剑，向前逼去。

“我与你拼了！”有人怒吼。

此时，石昊化成了一个魔王，提着紫色的神剑，伴着雷光，俯冲了过去，攻伐这些敌手。

在铮铮的剑鸣声中，他扬起手，一剑劈出，将一人击飞。

“天啊，我秦族的前辈高手就这样一个一个殒命了吗？”秦族一些人的眼睛都红了。

这太可怕了，神火境的强者居然这般接连殒命，对该族来说是难以衡量的损失。

“哧！”又是一道雷光。

伴着犀利的绝世一剑，石昊冲天而上，将一人击倒。

“魔王……这是一个魔王啊！”秦族人大吼，握紧拳头，目眦欲裂。

“天尊知道这里发生的事吗？命符居然无效，快去禀报啊！”有人大叫，心中充满了不甘、怒火与恨意。

而秘境出口，几位老教主相谈融洽。秦长生如同磐石般坐镇此地，亲自守护出口，等待结果。

第415章 辉煌战绩

WANMEI SHIJIE

出口之处众人正在等待，他们知道秘境深处的征伐多半快要落幕了，这场大战终究要有个结果。

毫无疑问，很多人都认为秦族可能将会是最大的赢家。该族进去了多位神灵，结果一个人都没有战死，不曾被命符包裹着回来，秦族的收获注定将无比巨大。

几位老教主都与秦长生攀谈，希望能通过秦族而观摩太古至尊的传承。

所有的因初代被斩带来的不快都消失了，大家相处融洽，静等秘境探险落幕。

小千世界最深处，擂台上的战斗还在继续，但已经没有悬念。石昊黑发乱舞，双目如神灯般。

从登上擂台到现在，他已经击毙数名神火境高手，威慑四方！

“小辈，我与你拼了！”秦族一位高手披头散发，向石昊冲去。他被逼入绝境，已经难有活路，唯有放手一搏。

这位秦族高手周围符文绽放，一柄又一柄骨剑悬空，五颜六色，熠熠生辉。足有七八件宝具释放威能，而后化成神虹，全都向石昊罩去。

“我成全你，上路吧！”石昊睥睨众人，眼中精光爆射。他身躯修长，周围湛蓝色光泽流淌，顷刻间一片湖泊形成了。

细看才发现那是雷霆！雷霆化成了蓝色的大湖，剔透而梦幻，晶莹而湛蓝，美得让人心醉。

“冲！”

蓝色的大湖沸腾了。一瞬间而已，大湖化成了最可怕的闪电，在虚空中交织，挤压满每一寸空间！

那冲过来的骨剑等宝具全被击落，伴着符文还有烟花般的火光，在这里炸开。

即便是神火境强者，也不能将每一件宝具都祭成神灵法器，能有一件就不错了。这还是因为他们带着任务进来之前，得到了族中的法宝。

湛蓝雷霆爆发，威能无穷，粉碎宝具，将秦族高手淹没。

“啊……”

他只来得及发出一声惨叫，整个人就横飞了起来。因为他被可怕的电弧击中了，已经没救了。

这就是雷道四重天的神威，看得所有人都色变。它可以威胁到初代，自然能斩灭其他尊者境的高手。

“啊……”

第六座圣山上不断传来秦族修士的大叫。如此惨烈的场面让他们难以接受，他们没有料到族中的高手竟这样被击灭！

擂台上一片狼藉，秦族人全都趴下了。

“嗯，你还活着，命很大啊。”石昊流露出一丝揶揄之色，盯住了其中一人。

此人虽然倒在血泊中，但是其实还活着，只不过隐藏了自己的气息而已。

“我记得你不久前闯入我所在的圣山巨宫内，阻我悟道，非常下作，还要击灭我，不让我进入元天至尊的最高传承殿堂中。现在为何伏在地上装死？你曾经的威势与威严呢？”

话语一出，好比一记响亮的耳光，结结实实地抽在秦族人的脸上。

这个人铁青着脸从尸堆中爬起来，寒声道：“我与你拼了！小子，灭了你！”

“你这种货色还没资格跟我拼命，不想活就成全你。”石昊很平淡地说道。抬手间，他手中出现一柄骨刀，这是他从地上捡起来的。

“嗖！”

一道白光闪过，将他击灭。

九座圣山上的所有人都震惊了。

就连年轻的至尊，还有最强大的神，也都目光闪烁，露出一丝严肃之色。少年魔王荒强横而果决，将来必是劲敌。

“你们两个真是镇定。结盟者被杀，你们却安然站在那里，涵养真是不错。”石昊奚落道，眼睛盯着火魔宫的两大强者。

赤凌空面色发白，根本没有想到事情会发展到这一步，这一切太突然了。他一个堂堂神火境强者面对一个小辈居然发怵，心惊胆战！

石昊提着骨刀，迈着轻盈的步子走来。他不发威时，发丝晶莹，面庞清秀，看起来丰神如玉，很是俊朗。

此时他这种超凡脱俗的气质如同谪仙般！

“拼了！”火魔宫另一人喝道。他知道没有退路了，唯有拼命。

在此之前，谁能料到是这个结局呢？

火魔宫全军覆灭，只剩下他们两大神火境高手了。其余弟子都是被石昊斩灭，另外两大强者则被魔血鬼神树击毙。

虚空中，一片又一片花瓣飘舞，一株又一株草木扎根，它们快速生长，充满了勃勃生机，全部环绕着石昊。

一时间，擂台上植物丰茂，充满了生机。

其他人都十分诧异，唯有闪电子倒吸了一口凉气。对方居然将雷霆领悟到了这一步，让这毁灭性法则中尽显生之奥义。

他是此道大行家，深知做到这一步有多么艰难与恐怖!

“乱天动地！”火魔宫的强者大喝。这个时候，赤霞澎湃，数以万计的红羽浮现，化成神箭，轰鸣而出，全部冲向石昊。

可惜这终究无用，跌落下神火境后，他根本不是石昊的对手。

丰茂的草木全部伸展，阻挡住万箭。雷霆一道又一道地炸开，将漫天的赤红神羽击碎，化成齑粉。

“上路吧！”

一株巨大的古木从天而降，压落在这名高手的身上。

“啊……”他惨叫不已。

这是雷霆宝树，当场让他化成了一截干枯的焦炭。

“可惜没有控制好，毁掉了神灵的血肉。”石昊遗憾道，而后盯住了赤凌空。

赤凌空的眼睛都红了。之前他追击石昊，要取其性命，不久前还曾进入那座巨宫，高高在上，俯视对方，要阻挡石昊进入最高殿堂。

他怎能想到自己现在成为弱者，被这个少年低头俯视呢？这转变太快了，如今他自己成为了猎物。

“这次我要控制好！”石昊自言自语，小心翼翼地一步一步向前逼去。

“你……”赤凌空怒发冲冠。

“当……”

两人催动宝具，激烈对抗。响声不绝于耳。

石昊得到的这件战利品——骨刀，非常不凡，很快将对方的神级法器斩成十几截，坠落在地。

这一战毫无悬念。“噗”的一声，赤凌空带着不甘发出最后一声咆哮，倒了下去。

“轰”的一声，他化出了本体。他竟是一只浑身赤霞闪烁的仙鹤——纯血赤羽鹤。

至此，这一战结束。擂台上除却石昊伫立外，再无其他生灵。

石昊用乾坤袋将发光的赤羽鹤肉身收了起来。他从来没有入药神火境的凶禽，对此充满了期待，这是大药。

“啊啊啊……”秦族那里有人大叫，不能接受这个现实。

“唰”的一声，霞光一闪，石昊被传送到第六座圣山上，离开了擂台。

“爷爷！”石昊暗中传音，而后目光冷厉了起来。

他发觉秦族有人出手在对付大魔神。

不过没有了神火境高手，别人难以奈何十五爷。秦昊虽然很可怕，但已经被人拉走，不在此地。

“哧！”一道白光闪过。石昊一刀就斩掉了两名强者，其余的人见状全部退走，冲向四方。

整座巨宫都安静了，再无人敢靠近石昊祖孙二人。

秘境出口，祭坛上。

符文闪烁，两道身影浮现。他们的脸上没有一点血色，神色难看无比，带着哭腔大叫。

“秦兄，这是你的后人，不简单啊！这么久才殒身两人，神火境的修士依旧不曾殒命一个。”一位教主说道。

秦长生点了点头，露出一缕淡淡的微笑。若无意外，秦族将成为最大的赢家。

“你们被何人所灭？”秦族一位元老开口询问这两名弟子。

“长老、老祖宗，大事不好了！”两人撕心裂肺地大叫。

“慌什么？有话慢慢说。”那位元老斥道，目光严厉地扫视他们，问道，“究竟发生了什么？谁将你们击灭了？”

“少年魔王——荒！”其中一人痛苦地开口，揪住满头长发。

“又是他！”众人露出异色。这个年轻的魔王果然有气魄，连秦族的人都照杀不误。

“无妨，有数名神级强者坐镇，料他翻不出什么风浪。你们两人不用懊恼与自责，会有人解决掉他。”元老很镇定地安慰两人。

虚空中，几位教主亦点了点头。秦长生更是平静，他知道荒的厉害，但不相信荒一人可以对付多位神。

在他看来，就连仙殿的传人也根本做不到！

最有力的证据是，他派出去的那几人都还活着，因为没有人被命符传送回来。

这些神火境强者在一起的话，绝对可以横扫敌手。

“不是这样的，那些大人……他们……”回来的两名弟子哽咽道。

“他们怎么了？”一位教主亲自询问。

“他们都被灭了，被少年魔王击毙，没有一个人活下来！”两人大哭，跌坐在祭坛上。

“什么？”秘境出口的很多人都震惊了，这简直难以置信。

就连秦长生也难以平静了，脸上原本的淡笑一下子凝固，僵在那里，如同中了诅咒而石化一般。

“这是真的吗？”一位教主问道。

“是！”两人艰难地回应。

“哗！”

秘境外，也不知道有多少修士在这里，全都听到了。无人不震撼，众人瞬间哗然！

这等战绩已经不足以用辉煌来形容了。

这……跟虚幻似的，有些不真实！

“天啊，少年魔王是怎么做到的？不可思议，太强大了！”

“煌煌如日，战绩惊天！”

第416章 圆满

WANMEI SHIJIE

秘境出口，在众人惊呼、喧嚣与热议之际，秦长生面无表情地盘坐在虚空中，目光深邃无比。

所有人都感觉到了一股凉意，冰寒刺骨，如同被一截金属矛锋抵在背上，让人生出一层鸡皮疙瘩。

其他几位教主都露出异色，眸子内如有星河在流转，浩瀚无垠。虚空中沉寂与毁灭气息弥漫，让人生畏。

“荒到底是哪一古教的子弟？未免太过肆无忌惮了。”

一个身穿金色法衣的老妪开口。她是一只黄金鸾，连瞳孔都是金色的，盘坐在那里。

其他几位巨擘也都心有波澜，但他们看起来静如化石般，隐约间身体周围被混沌气缭绕，一时间气氛很微妙。

难道荒来自传说中雪藏弟子的几个古老道统之一？

可荒若是他们的弟子，应该会知会他们一声，怎么会不与此地的主人打个招呼？

那几个道统让人忌惮，而此事又让人惊疑。

“无论他是谁，总是要出来的。”紫蒙开口。

这个紫蒙为犼族古族，其身体瘦小枯干，在虚空中寂静如磐石，看起来很模糊。

他的语气很平淡，却令人生畏。很明显，一旦秘境的人出来，所有人都要接受盘查，无所遁形。

紫蒙是从太古活到这一世的大凶，真要出手的话，无论是谁，想来都要心惊胆战！

秦长生口鼻间喷出一股先天精气，目光冷漠无情。他认为荒这是在挑衅他的威严，必须要有个说法。

秦族进去的神多个被击毙，这像是一记记响亮的耳光，啪啪作响，打在了不老山所有人的脸上。

无论是谁，只要从秘境出口走出，都要被查个清清楚楚。所谓的少年魔王逃不了！

凛冽的怒气在空中弥漫，众人都打了个冷战。

整片天地的温度都急骤下降，这是不老天尊心绪波动的体现！

他心中有一股怒火，认为这是对他的折辱。

这件事注定要传遍各州，少年魔王——荒，必将名动大教间。

秘境深处，九座圣山。

大战结束，恢复宁静。所有人都回到了巨宫中，继续参悟元天至尊留下的心得与体会。

第六座圣山上的秦族人退走了，大魔神盘坐在此地，继续静静地参悟他的大道。

石昊已经领悟了那些经验与心得，不用继续闭关了。他四处转悠，让留下来的生灵一阵心慌，个个谨慎戒备。

山上紫气腾腾，老药飘香。石昊走出宫殿，找到一汪灵气氤氲的清泉，开始处理食材。

他手持神级法器——骨刀，动作麻利地处理一头紫金真犼，四周顿时精气滚滚。

不少人见到这一幕，都吃惊地睁大眼睛，觉得很不可思议，心想：他这是在做什么？

“天啊，紫金真犼一族的年轻翘楚就这样被处理了！”

众人眼睛都直了。

犼族何其恐怖啊！尤其是这一头，为该族年轻一代的领军人物，居然沦落至此了。

紫金真犼肉块晶莹，散发紫霞，瑞气汹涌，这是犼族血脉最纯净的嫡系。

“爷爷，我们一边喝酒，一边讨论太古至尊留下的心得与感悟吧。”石昊招呼自己的爷爷。

“好！”大魔神非常痛快地答应。

随后，大魔神豪爽地取出几坛烈酒，拍开泥封，空气中顿时酒香扑鼻，让人欲醉。

“太好了，大碗喝酒，这才痛快。”石昊嘿嘿笑道。

骨鼎中霞光乱冲，散发浓郁的香气。

石昊取出一株神藤，神藤上散发金光，断裂处有金色汁液流淌，带着清香，正是太阳神藤。

很遗憾，石昊没能从这种植物中得到宝术，因为那些符文意想不到地自行崩溃了。

“这一族虽然不是药草，但毕竟也是灵性十足的稀有植物，蕴含的药性估计不弱于圣药！”大魔神点评道。

石昊毫不犹豫地将这株金色的神藤扔进鼎中。

众人发傻，竟然还能这样，简直闻所未闻。太阳神藤是何其强大的种族，居然被人当作了药草！

“好了，开动！”

石昊祖孙二人大快朵颐，吃得非常尽兴。

他们一人又喝了一大碗烈酒，连呼痛快。

所有人都无语了。

这还是秘境争霸与探险吗？怎么看都觉得变成了野餐大会。这两人也太过分了。

“爷爷，尝一尝锅中的太阳神藤，味道鲜美得没话说啊！”

石昊闭着眼睛回味，而后“咕咚”一声又喝了一大碗酒。他浑身的毛孔都在喷薄精气，周身霞光绕体。

因为这一鼎大药实在药性过于强烈让他补过头了。

大魔神也同样如此，他的每一个毛孔都在喷薄霞光，身体似乎都被符文包裹住了。

“这样吃有点浪费，不如再加上一些灵药，熬炼成一鼎神圣宝药，用以修行并重塑秘境。”石昊说道。

这一鼎药性太强烈了，只要再加上一些药草，绝对是一炉稀世珍药。

“好，理应如此。”十五爷点头。

很快，石昊左一株右一株不断地向鼎内放灵药。黄金参、赤色玉莲、紫金菇皆被投入鼎中，一起熬炖。

只见鼎中药液晶莹，霞光冲霄，异象惊人。

他们祖孙二人一边喝烈酒，一边饮用药汤。

这个地方顿时被圣光淹没了，伴着香气与符文，无比惊人。与此同时，他们还在探讨太古至尊留下的经验与心得等。

所有人都傻眼了，心想：这么补不怕过头吗？神性物质也太多了！

当然还有很多人嫉妒，心想：这也太奢侈了，简直是没天理，一般人谁能这么做啊！

圣山脚下来了一只巴掌大的兔子，浑身雪白晶莹，眼睛红如宝石，它鼻子微动，闻着药香上山了。

兔子看到了鼎中的各种宝药，还有那株太阳神藤，火红的眼睛顿时瞪圆了。

“好多好吃的！圣药怎么煮熟了？应该生着吃！”兔子愤愤不已，两眼圆瞪，这般说道。

而后，它看了鼎中一眼，顿时一蹦老高，退后几步，拍了拍自己的小胸脯，道：“太可怕了，恶棍！”

“小兔子，你也来了，想不想吃太阳神藤啊？”石昊发现了兔子，便出言诱惑。

太阴玉兔气鼓鼓的，它的确很想吃那株金色的神藤，因为那东西对它有大用。但是神藤已经煮了，让它很纠结。

“来吧，尝尝。”

“我才不吃呢！”

“这可是好东西。你为太阴玉兔，如果补充太阳精粹，对你有莫大的好处。”石昊嘿嘿笑道。

小兔子更纠结了。

“尝一口，保你道行精进。”石昊循循善诱。

“我只吃素！”

……

然而，半个时辰后，雪白小兔瞪着通红的大眼睛，终于还是忍不住，尝了第一口，而后立刻张口结舌。

“咋样？”石昊问道。

“味道好怪。”雪白玉兔嘀咕道。

“就是这个味，再尝一口。”石昊嘿嘿笑道，递给它一片卷曲的金色藤叶。

“味道还行，就是……有点怪。”说到这里，小兔子瞪圆了眼睛。它看到金色叶子中居然卷着一条虫子，已经被它……吃了大半！

“啊，我要杀了你！”小兔子大叫，眼睛瞪得通红。

“少来，是你自己愿意吃的，刚才不是吃得很香吗？”石昊大笑。

“天啊，我吃肉了！天啊，我吃肉了……”小兔子眼睛通红，又叫又跳，不断重复那些话。

……

然而让所有人无语的是，一个时辰以后，这个地方多了一只醉眼蒙眬的兔子。它抱着酒坛，打着酒嗝，跟石昊他们抢肉吃。

“哎呀，肉肉真好吃，太香啦！”兔子在吃肉！

“完了，多纯洁的一只小兔子啊……就这么堕落了。”有人手按着太阳穴这般说道。

“拉倒吧。你知道它是谁吗？太阴玉兔，强大得离谱，别乱发同情心了。”另有人说道。

就连石昊与大魔神也都无语了。

他们本来是想逗弄一下小兔子，没想到最后这家伙居然喝醉了，跟他们抢肉吃。

还好，足够他们吃。

这是一个很有趣的场面——小兔子撒酒疯，乱蹦乱跳，差点没掉进鼎中被煮了。

最后，石昊不再理会小兔子。

吃了足够的宝药后，石昊闭上眼睛，开始重塑列阵境。此时，他浑身发光，照亮了四周。

大魔神也是如此，炼化药力，重新修行。

他们随时都可以苏醒，因此并不担心有敌来袭。

当年，石昊为了对抗七神，吃了一枚小涅槃丹，由列阵境突破进尊者境。他一直想回头重塑，将这一境夯实。

复活后，他一直在琢磨与研究，早已悟透了这一境所有的奥义。

现在重塑可谓水到渠成，异常顺利！

在铭纹境，石昊将《原始真解》的骨文烙印在血肉中，而到了列阵境后，他将万灵图一一刻入体内，对应这一境。

同时被刻入体内的还有石昊自己的感悟等！

此外，也少不了鲲鹏法、轮回等符文，它们一一显化，与石昊的血肉和骨骼交融，这极其惊人。

小胖子曹雨生拥有上界的第三法阵，此时借此机会将之刻入体内，同样也威力无穷。

石昊觉得刻入万灵图，再加上以前的《原始真解》骨文，长远来说，效果应该不会差，也许能化腐为奇。

当然，进入尊者境、神火境后，他还能继续在体内刻写法阵等，到时候若是能得到开天前的法阵，再刻入也不晚。

“轰！”

最后，石昊将自己修行过的几大境界全部重塑完毕，彻底圆满。尊者境，因为才步入而已，他可以循序渐进地进行修炼。

在噼啪声中，石昊通体莹灿，整个身体明净无瑕，此时整个人显得越发空灵了。

但是，每当石昊眸子开阖之时，都会有神光暴涨，并迸发出一股强大的气息来。

静若真仙，动若魔神，这是一种强大而又神秘的气息，并且在不断地壮大，令他看起来越发强大。

十五爷早已醒来，睁开了眼睛。

小兔子醉醺醺的，四仰八叉地躺在地上，身上压着一个酒坛子，醉得不成样子。

石昊和十五爷见此情形，都笑了。

“这只兔子熬一锅汤足够了。”石昊笑道。

听到他这句话，小兔子异常警觉，“骨碌”一声翻坐了起来，红着眼睛在那里磨牙。

接下来，大魔神继续将元天至尊留下的感悟等理顺。

时间过得很快，两日后，九座圣山发光，发出大道声音，很多人从这个地方消失。

“总共给了五日的时间，让所有人感悟。合格的人被传送进最高殿堂了。”有人惊呼。

大部分人都被留在了这个地方，只有少许人成功通过考验，并进入了最高殿堂！

第六座圣山上，石昊、十五爷、小兔子成功地被传送进一座混沌气弥漫的古殿。

一进入古殿，石昊的身体就是一震，他怀中的金纸在发热，有雷霆隐现，将他电得酥酥麻麻!

“果然，这里有神秘的下篇。这绝对是一种至高无上的禁忌之法！”石昊可以这样确定。

第417章 最高殿堂

WANMEI SHIJIE

“雷霆秘篇在深处！”石昊不动声色，按捺住心中的激动。

古殿非常大，混沌气弥漫，感觉像是来到了世界的尽头。

他们在这里能感受到岁月的气息，仿佛逆溯时间的河流，看到了千古更迭，万族兴衰，最后全部归于虚无寂静。

走出去不远，一块银色的金属古碑悬在虚空中，被混沌气缭绕，熠熠生辉，上面只有两个字：兵冢！

所谓兵冢，就是一座古坟，以水晶为坟土，葬着一件法器。当中有一副甲胄，呈淡青色，暗淡无光，布满裂痕。

“这是什么宝衣？”石昊惊异道。虽然感应不到它的强大，但是凭着直觉，他知道它肯定非常不凡。

“这是以天缺石祭炼成的法衣。这种神料是至宝！”大魔神眼光毒辣，认出了战衣的材质。

“天缺石号称可以补苍穹、炼青天，是无上仙料！”小兔子瞪大了的眼睛如红玛瑙般鲜红透亮。

石昊心中一惊。天缺石太稀有了，虽然号称为石，但更像是一种青色的金属，是祭炼宝具的至宝神料。

可惜它太罕有了，自古至今也没有发现几块。

这里居然有一件以它炼制的法衣，元天至尊果然了不得。

“能带走吗？”小兔子大眼滴溜溜转动，围绕这座水晶坟活蹦乱跳地转动。

石昊与大魔神也心动了，相互看了一眼，就要动手。

小兔子很机灵，“嗖”的一声吐出一道白光，将宝衣抢先夺走。

“哧！”

忽然，一道蝎子尾钩划出的湛蓝的光，向着太阴玉兔疾速刺来，正是曾经杀过初代的天蝎。

石昊出手，冲向水晶坟。

“锵！”

大戟横空，闪耀冰冷的光泽。仙殿的传人雄姿伟岸，手持战戟劈来，阻挡石昊的去路。

“当！”

石昊催动丹炉，两者碰撞在一起，颤音震耳，惊人魂魄。

一瞬间而已，其他人都现身了，一起冲向兵冢。

仙殿的传人身穿仙羽战衣，如同羽化飞仙般被光雨笼罩。他手持虚空战戟，神威凛凛。

在他旁边的是月婵仙子，她白衣飘舞，风姿绝世。两人联袂而至。

甄古、青仙、闪电子、藤一等也都出现了，此外还有紫天蜈、黄金象、碧玉螳螂等。

众人一进来，就要爆发大战。

“轰！”

一盏金灯悬浮，洒落下无尽的火焰。一个青年进行无差别攻击，用宝术覆盖所有人，只为得到天缺石战衣。

众人也予以还击，皆爆发宝术。一时间这里电闪雷鸣，霞光万丈。

“伴我一生，随我而终。”银色金属古碑上浮现出这样的文字，道出了宝衣的来历。这是元天至尊的战衣，被葬于此。

上面还有一些更小的文字，讲述了昔日的一段秘辛。

元天至尊之所以涅槃，是因为他曾经征战无人区，遭遇神秘生灵，最后九死一生归来，只能选择涅槃。

可惜他的肉身依旧没有恢复，最终只能坐化。

所有人都是一惊。昔日的元天至尊威震上界，横行三千州，他涅槃失败而亡，背后居然有这种隐情。

众人沉默了。那可是一位太古至尊，如煌煌天日，震古烁今，为一盖世人物，居然落得这般下场。

“哧！”

突然间，霞光万缕，瑞彩千道。这坟冢所在的区域变大，周围浮现出一副又一副甲胄，不多不少，正好九副。

银色金属碑上有文字：元天至尊的战衣已经破损，陪他葬在此地，不会留给后人。他将中年时收藏的其他甲胄放在这里，留待有缘之人。

众人的眼睛一下子红了。这可都是瑰宝啊！所有人都出手争抢宝衣。

然而这些甲胄都在释放神威，炽盛无比，加之拥有灵性，二者合在一起，如一轮又一轮骄阳让人难以接近。

“轰！”

众人大打出手，以手中的宝具进行镇压。奈何这些甲胄都是天神级甲胄，实在是太强了。

按照金属碑上所说，这些都是元天至尊中年时收藏的甲胄，这意味着他那时就已是天神！

众人无言，他们居然无法降伏一副甲胄，这些甲胄中的任何一件都比他们的实力高出一截。

“还有神料！”有人惊呼，顿时舍弃战衣，冲向地面，抢夺神料。

石昊与大魔神无语了，元天至尊的考验也太离谱了。这些天神战衣分明不愿离开，他们只能以蛮力降伏，可现场谁能做到？

他们也只得去寻找神料了。石昊发现了一副破烂甲胄，锈迹斑斑，千疮百孔。它悬在虚空中，应是第十副甲胄。

他尝试着捡起它，结果锈迹脱落一片。

原本还有人对它虎视眈眈，想要过来争夺呢，一看这破破烂烂的样子，当即就止步了。

“这破烂甲胄也放在这里？”石昊真不知道说啥好了。他轻轻抖动，金属甲胄上的锈哗哗地向下坠落，简直太离谱了。

小兔子蹲在地上，笑得前仰后合，一双红宝石般的大眼都快眯成月牙状，小腿都在抽搐。

“拿来！”

仙殿的传人轻叱，抡动大戟，指向石昊。他盯着这副甲胄看个不停，不想错过任何东西。

“滚！”

被一只兔子取笑也就算了，还被敌手逼迫，石昊当即就恼了。他直接催动丹炉，祭出雷霆，进行无差别攻击，打算引爆此地。

原本他还想扔掉这具战衣呢，现在则直接收了起来，就是不给仙殿传人看。

“轰！”

两人碰撞在一起，整个兵冢都摇晃了起来。

忽然，大道神音响起，竟然是前方混沌雾霭中有人讲经。

众人停止了征伐，向前冲去，来到了最深处。这是一座金色的道台，宏大而壮阔，被混沌气环绕，璀璨夺目。

这道台简直像是一座山，太高大了。

在黄金道台的周围有数百个蒲团，可以容很多人盘坐，在此聆听经文。

众人冲了过来，露出疑惑之色，因为无论怎么听，都捕捉不到真义，只隐约间觉得那是一篇至尊古经。

“吧唧！”

小兔子百无禁忌，跳到了一个蒲团上。初时它还很享受，紧接着神情变得庄严起来，像是在这里悟道了一般。

众人露出异色。他们都不是常人，立刻觉察到了什么，先后盘坐在蒲团上。

“嗯，经文！”

他们听到了一篇艰涩而难懂的古经，绝对属于绝学。

很快众人就明白了，聆听元天至尊的大道，入他门墙，需要参悟初始篇章才行。有成就者可以登上黄金道台，获得完整经文。

而且即便不能登顶，只要每次向上攀登一段距离，也能有所收获，得到相应的经文。

所有初代以及神灵都屏息凝神，认真感悟起来。很快就有人站了起来，接二连三，一时间道台上人影憧憧。人们彼此相视，发现初始篇章难不倒初代，彼此差距不大。

“轰！”

当有人开始攀登黄金山时，一股莫名的压力浮现，压得众人要窒息。

所有人都动了。石昊与大魔神也是一步一个脚印，一边顶着压力一边聆听经文悟道。

这个地方充满了危险，除却莫大的压力外，还有彼此间的征伐。这个时候初代与秘境中的强横生灵都出手了。

“轰！”

火金族的藤一双手结印，头顶上出现一个璀璨宝瓶。宝瓶释放不朽的神威，同闪电子碰撞在一起，两者间神光大盛。

“啊！”

仙殿的年轻传人与肩悬金灯的青年相遇，这两人是劲敌，一言不发便开始激战。

“噗！”仅一瞬间而已，仙殿传人的肩头就出血了。他连仙羽战甲都没有来得及祭出。可见对面那青年多么迅疾！那人吹了一口灯芯焰，就击穿了仙殿传人的护体符文！

不过仙殿传人的战戟发出呜呜声，也同步落下，震得那青年虎口崩裂。

所有人都在搏杀。就连月婵仙子与魔女也大战在一起，两人都已负伤。

“哧！”

石昊背后生风，一道湛蓝的蝎子尾巴向他刺来，让他心头一凛。他二话没说，抓起丹炉就迎了上去，要将它收进炉内。

炉口变大，蝎子尾巴刚一探进，雷霆就爆发开来。不过这只天蝎太厉害了，是一个强大的神灵，天蝎迅速倒退，放弃了攻击他。

虽然黄金道台很大，但是这么多人一起向上攀登，依旧不可避免地会遇到。很快黄金鸾与石昊就碰到一起，谁都不愿退让，两人就此爆发大战。

“哧！”

石昊没有保留实力，全力出手，将鲲鹏力蕴含在雷霆中，与黄金鸾交手。

“噗！”

最终，黄金鸾发出一声凄厉的长鸣。激战上百回合后，它被石昊用骨刀击灭，横飞下道台。

值得庆幸的是，它的命符还在，命符裹着它离开此地。

这个地方爆发混战后，众人要一边悟道，一边向上攀登，还要与其他强者交手。

“噗！”

黄金象不知在与谁大战，浑身是伤，显然已遭遇重创。它坠落到石昊这一边，随即睁着大眼睛攻向祖孙二人。

又是一场混战。随着“噗”的一声，石昊将骨刀刺向它。又是“砰”的一声，神级法刀断裂了。黄金象发出一声怒吼，仰头栽倒，死于非命。

黄金道台上充斥着刀光剑影。人们无法飞行，只能顶着莫大的压力向上攀登，转瞬间很多人殒命。

忽然，一道刺目的赤红光芒出现，让石昊难以睁开眼睛。他知道自己遇到了一个极其可怕的对手，此人的兵器太锋锐了。

“噗！”

两人擦肩而过。

石昊回头，终于看清这是一个浑身金黄、生有黄金翅的灵族强者，正是甄古！

甄古的左手中握着一杆赤红的战矛，刚才正是此矛将石昊的手掌刺破。

甄古手握凝血而生，是一个了不得的初代。那凝血最后化成了战矛，号称无物不破，什么都可以刺穿。

“名不虚传啊。”石昊自语。

两人很快就冲到了一起，再次爆发大战。

“噗！”

这一次，甄古的金色翅膀被石昊打掉一截。

“唰”的一声，双方错身而过。

石昊眼眸深邃，神情严肃起来。甄古是一个被严重低估的对手，实力超越冥子、黄金鸾、圣羽族初代等，与他交战稍有不慎，就会出问题。

“嗖！”

甄古被打掉一截黄金翅膀，没有再战，而是选择退走，从另一个方向攀登。显然他知道石昊不好惹，不想在此死战。

“嗯？”

石昊目光冷厉，看到了魔葵园的人。这是一位初代，身材高挑，发丝披散，双目射出阵阵乌光。

“轰！”石昊对冥土、魔葵园、天国没有一点好感，遭遇这几族的人，直接出手。

这个人很厉害，周身黑衣猎猎，出手之际只见魔葵族的黑日浮现，照耀虚空，扭曲空间，四周炽热无比，让石昊差点负伤。

“轰！”

此人终究不敌石昊，被他一拳轰飞。

毫无疑问，这是一条勇者的路。

大魔神、太阴玉兔也都受伤了。他们一路向上冲，与石昊呈犄角之势，破开一条路，不断接近最上方。

最后他们成功上来了，但压力更大了。到了这一刻，人们才发现道台上面符文密布。

道台的中心位置有一个蒲团，上面摆放着一块骨书，骨书流动着青色光泽，上面的符文密密麻麻。

这就是元天至尊的传承！

石昊看到在那蒲团下有他想要的东西。一页金纸被压在下方，他感应到了!

这次上来的不止一人，石昊、仙殿传人、金灯男子、小胖子曹雨生、甄古等，没死的人都登临而至。

“谁的战力第一，谁得经书！”仙殿传人冷声道。

“那你可以出局了！”石昊站了出来直面他。此时可不是谦虚的时候。

“你在跟我说话？”仙殿传人长发披散，目光冷漠无情，手持大戟遥指过来，对准了石昊的眉心。

“你算什么东西？”石昊回应道，大步向前走去，对上了此人。

第418章 巅峰对决

WANMEI SHIJIE

针尖对麦芒，两大年轻高手对上了！

一个是仙殿的年轻大人，压得上界同代抬不起头来。另一个则是新近崛起、接连击毙初代的少年魔王。

“铮！”

仙殿传人单手持大戟，雪亮的戟刃发出刺目的光，冰冷而森寒，在混沌气弥漫的古殿中尤其显得可怕。

石昊站在黄金道台上，双目深邃，平静无波。他左手托着丹炉，盯着这个号称不可战胜的年轻至尊。

这个地方气氛紧张，非常压抑。这样的两个人对上，牵动了所有人的心神。

“跟我这样说话的人都死了。”仙殿传人开口，声音十分冷淡，但有一种无形的压力。

他没有动怒，情绪始终如一，像是磐石一般。他精气神如虹，并不是单纯的自负，而是养成了无敌的心志。

“真当自己是年轻一代的至尊了吗？一会儿让你好看！”石昊说道。

他虽然知道敌人十分强横，名震上界，但此时已没有退路。他对那页金纸志在必得，不能错过这次机缘。

他有一种感觉：那页金纸关乎甚大！

“嗡！”

虚空颤抖，仙殿传人一抖大戟，向前劈来，像一道雪亮的闪电照耀虚空。

石昊发丝飞扬，目光清澈。他在这一刻空灵无比，身与道相合，将自己推向了巅峰，手持丹炉迎击。

“当！”

这天地中像是有一道仙雷炸开，震得古殿摇动，黄金道台嗡嗡作响。

两人交手了！

其他人全都倒退，为他们让开了足够广阔的空间。

一袭白衣的月婵仙子肌肤如雪，美目流动如神霞。她盯着场中交手的两人，眉心熠熠生辉。

另一边，甄古通体金黄，形成一层角质，背后更是有一对黄金翅膀。他手握赤红如血的战矛，令人敬畏。

通过与石昊交手，他证明了自己足够强大与可怕。他手握凝血而生——矛锋无物不能刺穿的战矛！

众人都虎视眈眈，目光如火，随时会出手争夺那蒲团上的青色骨书。

终于，肩悬金灯的青年第一个出手了，要去夺那青色骨块。在两大高手争锋之际，他怎能错过这样的机会？

魔女衣裙飘舞，如同一个从黑暗中走出的精灵，两人联手，向着蒲团进军。

“出手！”

月婵仙子等人轻叱，他们竟也联合了起来。甄古第一个阻击，手中的红色战矛发出凄艳的光芒，刺向金灯男子。

“轰！”

这一击竟爆发刺目的赤霞，如同惊雷般震动整座道台，虽然只是一记矛锋，却如同天庭降临尘世，发出轰然巨响。

“嗖！”

同一时间，秘境中的强横生灵也动了。蓝色的天蝎尾巴倒竖，贯通虚空，瞬间冲到了眼前！

“啊！”

闪电子亦爆发，扑了过去，想阻止他们得到传承。

青仙、饕餮、黑兰、阳子、藤一等同样浑身散发符文，光芒盛烈，第一时间出手抢夺骨书。

这个地方沸腾了，顷刻间发生了混战。

当然，若论最激烈处，还属石昊与仙殿传人交战的地方，两人都在舍命相搏。众人虽然在混战，但还都有保留，为他们两个留下足够的场地。

很多人希望他们拼个两败俱伤！

此时两人之间寒光闪耀，战气冲霄，彼此纠缠在一起，大战不停。

而其他人则抓紧时间，争夺传承。

“轰！”

不得不说，金灯青年很可怕。他张口一吹，灯芯中飞出成片的符文，比火更炽盛，比闪电还要刺目。

他与魔女联手，发出最强符光，抵住黄金道台的压力，疾速接近蒲团与骨书。

“哧！”

剑芒动天，带着丝丝缕缕的混沌气。关键时刻小胖曹雨生出手了，他的身体上刻有上界第三法阵的部分符文。

剑气与金灯撞击，火星四溅，异常恐怖。

“就这么一点本领吗？纳命来！”仙殿传人低吼。即便黄金道台上压力巨大，他也还是能跃起，手持大戟，立劈前方。

雪亮的戟刃发出光芒，将石昊的发丝斩断了一些，让他感到疼痛。这是无形杀气。

石昊很冷静，脚下横移，避过了这惊天一击。虚空战戟擦着他的身体劈在黄金道台上，“轰隆”一声，只见光芒爆发，将黄金道台都震动了。

一些人站立不稳，险些跌落下高台。

石昊撑开唯一的洞天，阻挡近在咫尺的光芒。他贴着大戟冲了过去，一拳轰向仙殿传人的面门，刚猛而霸气。

仙殿传人向后仰，如同一根在暴风骤雨中拥有可怕的柔韧性的青竹，避过了这一拳。

接着，他猛地一抖肩膀，符光爆发，他的右臂变得粗大无比，撞向石昊的身体。

这一刻，所有人都为之一震，忍不住回头。这绝对是一种可怕的宝术。

白虎臂！

隐约间，众人听到了一声虎啸。远处出现一只巨大的白虎，它挣脱虚空，张牙舞爪，简直要灭世一般。

白虎并非寻常凶兽，也不是指山野中的白色凶虎，而是指可与朱雀等并列的真灵之一，由天地怨气所化，组成魔身，最是恐怖。

现在仙殿的年轻传人肩膀抖动，右臂粗大无比，白光冲霄，爆发出恐怖的波动。这就是白虎的攻式之一，白虎臂。

石昊变色。对方的肉身显然被推向了极致，散发出刺目的白光。那手臂撞击而来，简直是无物不破！

显然，仙殿传人骄傲而自负，不信这世间有同龄人可与他争锋，哪怕是比拼肉身，也不能平局收手！

上次两人大战，他虎口崩裂，肉身未能压制石昊。这一次他血气滚滚，施展白虎臂，要在这一极致肉身领域镇压石昊。

近在咫尺，躲无可躲。

石昊长啸一声，身上爆发无尽雷霆符文，与他硬拼。

石昊的肉身在发光，一瞬间而已，内在的鲲鹏力疯狂运转，加持己身。尤其是肩头那里金色与黑色交织，气势滔天。

在闪电的掩盖下，众人一时间难以发觉这种符光的不同寻常。

“轰！”

这一击震得虚空如同破烂的战鼓般，发出奇异的轰鸣声，将黄金道台上的一部分人掀飞，跌落下高台。

光是波动就如此剧烈，让人无法抵挡。可见这一击多么恐怖。

此时，就连碧玉螳螂、天蝎等都变了脸色。这是传说中走肉身成圣路线的人吗？血肉与骨骼的修行竟然达到了极致！

场中，两人全都倒退几步，嘴角皆有血液淌出，足见这一次硬撼多么惊人！实打实的撞击让他们都负伤了。

这是巅峰对决，代表了尊者境的肉身极限！

这一世，此境界的最强肉身莫过于此。

白虎主杀伐，杀伤力何其大，但是这一次两人半斤八两，居然双双负伤，都吃亏了。

这让人震撼！

当事人则凝眸对视，全都露出惊疑与怒意。

“嗖！”

仙殿传人再次动了，比神箭都要快。他这次爆发了紫色的符文，脚踏虚空，扑向石昊。

神通变了，不再是白虎的宝术，而是另一种恐怖的力量。一瞬间而已，他整具躯体都化成了紫色，尤其是双足，踩得虚空要崩裂开了。

这是什么神通？许多人都倒吸一口凉气。

“麒麟足！”有初代轻语，露出凝重之色。

仙殿果然底蕴惊人，实在可怕！

无论是白虎臂还是麒麟足，都不是那两大种族的完整道统，只是两族名震天下的招式而已。

但是正因为如此，才显得仙殿可怕。

他们收集了一些真灵的招式，都是震动古今的奇术，这些招式组合在一起，太过恐怖，绝对让各教忌惮。

不然他们何以被称为仙殿？

他们藏有白虎臂、麒麟足这样无敌强族的招式，组合在一起，可称为禁忌宝术。

虚空轰鸣，仿佛要崩坏了。

仙殿那年轻传人的双足上出现紫色鳞片，变得巨大无比，从天而降，踩向石昊的天灵盖，狂野而霸道！

石昊目光闪烁，背后浮现出无尽的赤霞，与此同时一对鲜红透亮的翅膀展开。这是他从月婵那里学来的真凰招式，仅有一式。

不过这并非真凰一族的最强招式，只是起手式而已。

石昊熟读《原始真解》，最近收获巨大，掌握了化腐为奇的奥义。他以自身的感悟来弥补这一起手式。

他双手划动，各种飞禽走兽浮现，蕴含在那对显化出的鲜红神翅中，一时间恐怖气息滔天，“轰隆”一声与那麒麟足撞在一起。

两人再次被同时震飞，相继咯血。

两人都大感惊异！

肉身被加持后，两人都达到了巅峰，居然还是这个结果。他们的目光更深邃了，彼此对视间怒意弥漫。

“太阴指！”

仙殿传人大喝，右臂伸展，一指向前点去。这一指太阴之气十分浓郁，漆黑如墨，而后暴动，向着石昊压落。

他这简单一指，可以击穿诸多神圣之物，似乎能破灭万物。不远处，群雄在混战，有强者的法器划过，落入这片战场，结果“噗”的一声被这一指击穿，而后炸开。

“太阳拳！”

石昊大喝。他舒展身体，这一次则发动了鲲鹏阳刚的一面。太阳神力沸腾，他的那只拳头化成了金色。

“轰！”

两人撞在一起。太阴与太阳相遇，发生了奇异的变化，迸发出混沌气，就连虚空都裂开了一道缝隙，震撼人心。

显然这次两人又是势均力敌。两人都掌握着至高宝术的招式，碰撞后天地皆战栗。

“啊……”

石昊爆发，主动出手。一瞬间而已，他化成了三头六臂，通体金黄，他挥动太阳拳，有一股大战四方的架势。

“砰！”

两人拳指对抗。石昊浑身发光，整个人如同一座大火炉，压迫四方。

“砰！”

仙殿传人的肩头遭遇一击，若非白虎臂发光挡住了，他的整条手臂都要被废。

第419章 绝世宝术

WANMEI SHIJIE

“吼……”

仙殿的年轻传人打出了真火，他满头黑发披散，仰头长啸，发出如雷鸣般的音波，震得人气血翻涌！

瞬间而已，他生出一对黑色翅膀，化出九只凶禽的头，对抗石昊的三头六臂。

“九头鸟！”有人一惊。

这可是太古大凶，是一种罕见的鸟，跟朱厌一样，在某些领域仅次于太古十凶，凶威赫赫！

石昊的六条手臂挥动起来，全都是太阳拳。两人激战处金色神光炸开，打得这个地方沸腾起来。

太古凶禽的九只头颅全都在喷吐乌光，对抗朱厌秘术，与太阳拳抗衡。两人碰撞在一起，战意澎湃。

“砰！”

两人拳拳碰撞，掌指交击，只见黑色鸟羽纷飞，金色霞光也随之暗淡。

厮杀激烈，双方都不肯退缩一步，以一往无前的气势冲击。此战还是以肉身对抗为主。

仙殿传人十分自负，不相信有人可以在肉身上超越他，即使平局也不可。他坚信自己最强，不断攻击石昊。

“轰！”

他眸光冷厉，气息再变。九头鸟身隐去，他的一只手覆盖上了鳞片，发出可怕的气息，向着石昊抓去。

“嗯？”

石昊吃了一惊。这是真龙的气息吗？仙殿果然可怕。当然，这依旧是一着攻式，并非真正的真龙宝术。

可即便如此，这一击也无比犀利，震慑人心。仙殿传人的这一爪划出一道残影，石昊将地上的一块法器碎片踢起，试探这一击。

“哧！”

仅瞬间而已，法器碎片被这一爪震碎，成为齑粉。

要知道，这可是远处的神对决时毁掉的兵器，虽然残缺，但绝对坚硬难损，此时竟然就这样被震碎了。

“开！”

石昊大喝。这一次他没有动用其他宝术，而是发动了自己所悟的那些奥义。他的体表发光，符文凝聚成钟。

在他的血液中，无数细小到肉眼难以看清的道钟，快速流淌，最后他的整个身体上都出现了一股大道气息。

“当！”

钟鸣震天，石昊仿佛化成了一口道钟，肌体向外散发涟漪。这是化灵境时他悟出的东西。

结合《原始真解》，他将其演化出种种非凡妙手。

此时，他双手结印，发出灿烂圣光。随着“轰”的一声，一口大钟形成，罩在他的体外，这是他体内无数小钟融合的体现。

仙殿传人的真龙爪探来，击在道钟上，顿时轰鸣震天，让人血气翻涌，但这一击终究还是不能击穿石昊的肉身。

大钟虽晃动，并出现裂痕，但石昊以双手结成的道钟法印终究还是抵挡住了仙殿传人，将他震退好几步。

“这是什么法？”仙殿传人惊讶地问道。

“我创的法！”石昊轻叱。

“不过是符文的极尽演化而已，有点门道。”仙殿传人天赋奇高，看出了端倪，但心中依旧很吃惊。

“哧！”

石昊身体发光，体表与血肉中出现一柄又一柄炽盛的小剑，小剑在血液中流淌，那是符文的再一次演化。

随后，他的气息变得锋锐起来，如同一柄绝世仙剑出世，锋芒毕露，杀气腾腾。

“嗡！”

石昊跃起，身体像是变成了一张薄薄的纸，化作绝世战剑，劈向年轻的仙殿传人。

“这是什么？”

此时，所有人都吃了一惊。石昊的身体真的化为剑，璀璨夺目，绝世无匹。

“哧！”

不远处，月婵仙子出手，祭出一面骨盾，阻挡石昊。她这是有意试探与掂量。

“咔嚓！”

清脆的响声传来，石昊的身体化成的剑，一冲而过，将骨盾切开，分为两半。断面平滑无比，惊得众人瞠目结舌。

果然妖邪！石昊肉身成剑，秘宝都不能阻挡。

“啊！”

仙殿传人大喝，满头发丝飞舞，他的手掌变大，右手似乎变成了金属神碑，而且铭刻着各种符文，奇异无比。

“这是……摔碑手！”

众人的心剧跳。这可是人族赫赫有名的神通，可将手掌演化为一方黄金神碑，号称练到极尽时能镇压万物。

“当！”

黄金神碑与那剑体剧烈碰撞，发出阵阵金属颤音，让人耳膜生疼。

所有人都面露凝重之色。这两人交锋到现在，不断变化手法，都是加持肉身的极道法门，任何一式都是妙手，世间罕有流传。

这一系列的招式，能将他们的肉身潜能发挥到极尽，是一次最强碰撞。

众人暗叹，在这个境界，两人算是将肉身成圣的路走到了尽头，不可能再提升了。他们两个已经位列绝巅。

一番碰撞后，天剑终于化形，变成了人身。石昊倒退几步，步履有些踉跄，他并不是很好受，脏腑也在微痛。

仙殿传人也是如此。他低头看向自己的手掌，竟然破了，这伤势可不算轻。

双方都已负伤，以冷冷的目光逼视对手。

一股莫名气息流转，最后如山洪般暴发。双方气势更盛了，再次浑身精血燃烧，形成可怕的光芒，扑向对方。

他们不时横空而起，顶着黄金道台形成的巨大压力，在虚空中短暂滞留，演化成各种神禽、瑞兽，强势拼斗。

战到后来，仙殿传人无奈地接受了现实——在肉身领域，他难以压制对方，最多也就是持平而已。

不能再这样下去了。他为何而来？意气之争不行，现在他必须击毙对手，得到此地的无上传承。

这也是仙殿的要求，收录元天至尊的道统，增加本教的底蕴。

“轰！”

仅这一瞬间而已，仙殿传人的气息完全不同了。他法力暴涌，满头发丝如同瀑布般倾泻，眸子银光灿灿，化成符文。他的身体周围形成了无形的场域，地上的兵器碎块等跟着飘浮起来，围绕他旋转，而后又炸开。

这是一股惊人的气息。他宛若天神复活，睥睨人间。

“轰！”

仙殿传人抬手间，符文交织，瞬间电闪雷鸣。此时他被神圣法则包裹，简直无法力敌。

不要说同代人，就连不远处的几个神灵也倒吸凉气。因为他随时能破入神火境。

显然，他是为了三千州争霸，百川汇海，到时候会有一场惊世的大造化！

“我承认你的肉身已到了金身不坏、道体难腐的境界，可与我持平，一争高低。”他冷漠地说道。

这还是他出世以来第一次如此评价一个人。两者肉身都到了极致，不分伯仲。

石昊平静地回应道：“再打下去，你会明白谁的肉身更强横！”

“不必了，最多也只是两败俱伤。我没有时间跟你缠斗，该结束了。”仙殿传人冷酷地说道。

“轰”的一声，只见神霞飞起，电弧交织，仙殿传人出手了。他动用法力，手捏神印，身前浮现出一个巨大的仙人影迹。

这个人宝相庄严，模糊无比，但是散发的气息恐怖惊人。这是仙殿的禁忌秘法，号称仙道法则！

他双手结印，演化出了一尊人仙！

而这种宝术便是号称禁忌法则的——人仙印。

见到这一幕，所有人都震撼了——此人果然逆天。这种法则极其难学，一般情况下来说，仙殿不会轻易将其传给弟子。

“你拿什么来与我争？真正凭实力，我足以将你虐杀！”仙殿传人说道。他眸光冰冷无情，话语刺耳。

在其身前，那模糊的身影越发凝实。他快速拍出一只手掌，如同仙道法则浮现，神力震动整座古殿，要劈开黄金道台。

人仙印号称无上宝术，有人说是昔日禁忌人物修行到极致后开创的，也有人说这可能真是仙人的神通，被留在了人间。

“这不过是术而已，须知道人才是无敌的！”石昊说道。他浑身发光，体内符文沸腾。此时他血肉中的轮回符文复活了，形成一层光幕，密布在他的体表，并且加入了不少他近来的感悟，用以迎战不世大敌！

“嗯，这是什么？”有人惊讶地问道。石昊体表有很多符文，纹路诡异而神秘，还伴着雾霭和闪电。

“他在动用什么宝术？这是在与闪电还有其他符文融合吗？”人们怀疑石昊这次真正动用了自己的秘术。

不过石昊似乎还在掩饰，不愿直接施展禁忌神通。

都到这一步了他还如此自信，并不急着展示。

“轰！”

顷刻间电闪雷鸣，石昊周围全都是闪电。血肉中的轮回符文密布于他的体表，形成甲胄般的纹路，至强无比。

“轰！”

恐怖滔天的人仙印到了。然而石昊迅速地瓦解了冲击而来的法印。那只模糊的手掌没入雷霆中，逐渐暗淡，与石昊体表的符文接触时，更是相互抵消了。

石昊震惊了，人仙印果然厉害，超乎想象，竟能挡住他的轮回神通，彼此消融。

另一边，仙殿传人也莫名震撼。他动用了镇教宝术，居然被挡住了！

“不可思议！荒到底是谁？”在场的初代也都感到心惊。他们原以为石昊要殒命了，没想到他抵挡住了人仙印。

“啊！”

仙殿传人大喝。他到底还是法力雄浑，想用无穷的神力活活震死石昊。

与此同时，他身体发光，仙羽战甲浮现，让他如同羽化飞升般，散发圣洁霞光。无尽仙光冲霄而起，灿烂夺目。

毫无疑问，他此时耀眼无比，如同上苍之子，成为了天地间的唯一！

“灭！”仙殿传人大喝。

“做梦！有什么都施展出来吧，不然你没机会了。”石昊斥道。

第420章 斩仙

WANMEI SHIJIE

这个时候，仙殿传人已经动用了各种手段。他实在不想再耽搁下去，希望早点取到传承。

“锵”的一声，一座铜殿浮现，悬在他的头上，与他身上的仙羽战甲交相辉映。他身旁也出现了一杆大戟，对准了石昊。

当然，最可怕的是，他双手演化，重新结成——人仙印！

这一次不同以往，他动用了所有法力，确保可以将石昊震碎。即便双方的宝术奥义持平，他也可击杀对方。

毕竟他的法力更雄浑！

“轰！”

可怕的气息在道台上弥漫开来，一位仙人再次浮现，面目朦胧不清，但是那种波动让所有人都感到心悸。这一股难言的压抑气氛让他们臣服。

石昊看着对方的法印，再看看他的各种宝具，神色冷厉。他取出丹炉，悬在头顶上方，随时准备祭出里面的天河。

不仅如此，石昊还取出一副甲胄，将它直接穿在了身上。这副甲胄破破烂烂，千疮百孔，布满了锈迹。

众人愕然：这不是此前石昊捡到的战衣吗？难道它真是一件瑰宝不成？

很快人们就明白了，石昊这是在故意嘲讽仙殿传人，认为他是在凭借外物，算不得什么。

石昊穿着的这副甲胄，稍微一晃动，锈片便如雨点般稀里哗啦地往下脱落，让人啼笑皆非。

“我就是穿一件破铁衣，也照样灭你！”石昊说道，话语中有股傲气，还有一股痞气。他穿上这件战衣，的确是在嘲笑对方。

仙殿传人的脸色顿时阴沉下来。他与石昊在肉身上战平，但法力等却绝对占据优势，他坚信若是一战，就可以斩灭对手。

但是他不想等了，希望尽快结束战斗，避免夜长梦多，让此地的传承落入他人手中。

“轰！”大戟横空，撕裂虚空，向前劈去。

铜殿摇动着释放恐怖的力量，将仙殿传人笼罩，进行守护。

同时，他所结的人仙印已经完成，轰然向前按去，要击灭石昊。

此刻，仙羽战甲发光，他如同仙王转世般光耀天地。

而另一边则与他形成了鲜明的对比。石昊一身破烂甲胄，显得十分滑稽。

这一刻，石昊不会保留实力了，无论是轮回还是鲲鹏法，他都要施展，并且要辅以他自己开创的法。

石昊体内神光烁烁，化成一只一只微小无比的鼎，让他整个人变得如同一尊古朴的鼎。

不过这仅是一种错觉，他只是更加接近大道了！

石昊的血液中有鼎在流淌，双手则演化出另外的绝世神通——右手轮回。右手轮回，绽放炽盛霞光；左手鲲鹏，流转不朽的气息。

他以自身开创的鼎文进行防御，并撑开了唯一的洞天，再以轮回神通还有鲲鹏法入拳，进行攻击。

石昊的气息暴涨，一瞬间而已，他的两只拳头轰鸣作响，这是浓缩与糅合了至高奥义的拳法！

“啊！”他大喝出声。

人仙印到了，与石昊的宝术碰撞到一起。

道台上轰鸣震耳，符文冲霄，仿佛有太阳炸开，令人们难以正视。两人手段尽出，爆发的这种光芒太强烈了。

然而，谁也没有想到的是，在可怕的压力逼迫下，石昊身上的破烂甲胄发光了，那一个又一个破洞开始喷薄瑞霞。

到了最后，破洞中喷出的霞光竟如滚滚狼烟一般，将石昊包裹住了。

这是一个惊人的变故，超出了所有人的预料。人们不知道为何会有这种事发生。

就连仙殿传人也感到愕然。他动用了极尽手段，希望一击必中，迅速解决对手，但怎么像是惹出了麻烦？

那破烂甲胄变化了，虽然它依旧锈迹斑斑，但是上面的破洞仿佛成为了法力的泉池。法力汩汩而涌，将石昊淹没。

轰鸣声震耳欲聋。在仙殿传人的头顶上方，那铜殿变大，他身前大戟发光，同时向前镇压而来。

正是因为这些压力的逼迫，让那破烂法衣复苏，变得完全不同了。

原本石昊还想动用丹炉呢，因为对方的宝具都太强了。现在竟有了这种转变，所以他没有释放天河。

“纳命来吧！”石昊感觉相当好，因为破烂甲胄喷薄的瑞光没入他体内，让他法力暴涨，瞬间强到绝巅。

这神秘的战衣很诡异，它喷薄出的瑞霞太过惊人，居然向他体内灌注神圣法力。

若非石昊还在尊者境，不曾突破，有屏障抵抗，法力会持续注入！

现在他的肉身晶莹透亮，蕴藏着的法力比之尊者境大圆满的人不会弱分毫，这等提升全拜这件战衣所赐。

这绝对是一件稀世瑰宝！

“轰！”

丹炉发光，炉体与盖子分离。石昊用神念催动，控制炉体撞向对方的铜殿，而盖子则迎击虚空中的战戟。

至于他自身，则披着破烂战衣，抖落一地锈块，向仙殿传人扑去。

“不管发生了什么，你依旧要死！”仙殿传人手中结成的法印更璀璨了，人仙印大显神威！

此时，这尊人仙开始与他的肉掌融合，凝结为一体。伴随着他的拍动，天地暴动，仿佛要崩坏了。

想修炼人仙印，起初是诵经，构建出这尊人仙，然后才是融合，使之化入法印中。

他已经做到这一步，而今融合，法印威力又提升了一截。

然而石昊现在法力汹涌，与刚才完全不同了。他自信不需要动用丹炉，也可以傲视黄金道台上的所有人。

“轰！”

他右手的轮回奥义内敛，可以称得上是轮回拳，这是他将自身的天赋宝术浓缩为此拳！

没有符文迸发，也没有神光闪现，只有一种可怕的气息弥漫开来，令人战栗。

同时他的左手上黑色与金色出现，一闪而没，很快又恢复正常了。原来鲲鹏奥义同样浓缩，内敛在左拳内，积蓄神威！

这是一次惊天的大碰撞。两人间神威爆发！

仙殿传人震惊，那件破烂战衣果然了不得。它将石昊的法力推向了尊者绝巅，已经可与他并驾齐驱了。

这很不妙！

果然，他的人仙印遇阻。

那对拳头太可怕了，没有迸发符文，暗淡无光，直接冲击而来，却击穿他的各种符文，就要到近前了。

他知道，对方这是有意为之，依旧是在嘲笑他。

到了这一刻，对方还是故意不使用真正的宝术，而是这样攻击，彰显霸气与自负。

仙殿传人身体各部位皆发光，白虎臂、麒麟足显现，此外还有一对凰翅在背后浮现。这些招式经过仙羽战衣加持，威能浩瀚，让他身体爆发无量符文。

然而，任你有千般神通，万种法则，石昊只以一对拳头破之！

这是他第一次同时演化两种最高法门，他双拳挥动，击破苍穹，一手轮回拳，一手鲲鹏拳，无物可挡。

“破！”

果然，这两种神通这样合在一起施展，生生击穿了人仙印，让符文不断磨灭。

“给我灭！”仙殿传人大喝，他震动宝衣，燃烧法力，催动一身的精气神。

“轰隆”一声，人仙印再次发光，而且这一次那融合进去的仙人又从他手掌中飞了出来，化成正常人大小，向石昊扑去。

这是显化、融合、超脱三个层次中的第三阶段，他做到了这一步，的确称得上是罕有的奇才。

“轰！”

石昊以右拳相应，这代表了轮回。他的右拳与这道身影撞在一起，“嗡”的一声，宝术奥义尽显，轰入人仙体内。

他的拳头剧痛，像是要崩碎一般。

但是，那尊人仙也四分五裂，逐渐模糊，不断暗淡，直至消失。

众人以为人仙是被此拳震散的，唯有仙殿传人明白，并非如此。石昊的右拳仿佛充满一股吞噬的力量，剥夺了人仙的精气神！

事实上，石昊展开了轮回，让人仙老化，致使模糊的人仙衰败而终。

不过轮回奥义也被耗尽了，石昊的拳头受伤，可见人仙印的恐怖！

不过，他的鲲鹏拳依旧在向前挥动，没有与那法印对轰，而是震在对方的护体符文上，“轰隆”一声，太阴与太阳之力爆发。

“噗！”

仙殿传人咯血，他这次吃了大亏，踉跄着倒退好几步。

“你敢小觑我？！”仙殿传人第一次发怒。对方居然没有暴露是何种法，符文依旧内敛拳中，不显化异象。

他知道，那是一种阴阳交融、拥有盖世威势的法。

不同的人修鲲鹏法结果也会不一样，石昊修完后，贯通了太阴与太阳，并不意味着他人也如此。

至于石昊的轮回神通，刚才则是直接轰灭了那尊人仙，并未与仙殿传人的本体碰撞，更不好判断是何法。

战到这一步了，仙殿传人都不知道对方究竟用了何种神通，故此震怒。对方这是在故意轻视与折辱他吗？

“仙王九封！”他大喝，催动另一种至强宝术。

随后，他的瞳孔发光，银色符文交织，化成两条银色的绳索，这是秩序神链，居然从一个人的眼中飞出。

“噗！”

石昊未曾注意，被神链击中，脸颊受伤。

“轰！”

最为激烈的大战爆发了，两者留下一道道残影，如同闪电交织，纠缠在一起。

谁也没有想到，这一战竟如此艰难，两人大战了上千招，还没有分出输赢。

主要是仙殿传人太可怕了，手段无穷，奥义惊世，还有一两种不弱于人仙印的盖世神通！

自始至终，石昊都是以一对拳头迎敌，破灭万法，击穿一切阻挡。

只是，轮回神通还未臻至化境，虽然比过去强了不少，但也不能时时施展，用过一两次就要间隔一段时间才能再用。

在此过程中，不远处其他人也在混战，可是谁都无法接近蒲团，不然会被围攻。同时，人们也在关注石昊与仙殿传人的大战。

“轰！”

大战到三千回合时，仙殿传人大口喘气，他很难相信，自己会经历这样的苦战。

他已经遭受了重创，感觉不妙。

石昊的嘴角也在淌血，没有催动丹炉中的天河，大战到现在，他也负伤了，身体情况有点不妙。

不过，他越发平静了，因为经过这样一场最艰苦的大战，与《原始真解》印证，与自身的法和道对比，他更加明确了自己的路。

慢慢地，石昊挥动拳头时带动起天地的力量，这力量简直快要形成汪洋，笼罩了整片道台。

“噗！”

仙殿传人再次咯血，但他的目光更炽盛了。他一咬牙，决定进行终极一战。

他将人仙印等几种镇教宝术一一施展出，最后进行叠加，想要一举轰灭石昊。

然而，这一刻，石昊空灵无比，不断发现对方的破绽，向前逼迫他。

仙殿传人忽然色变，感觉大事不妙，他动用了超过自身极限的力量，这几种镇教宝术太过可怕，他已经承受不住了。

“噗！”

他面如金纸，咯出一口心头血，竟是伤了元气。

“轰！”

石昊却感觉很顺畅，舒展身体，盖世拳力恰在此时——出击！

“砰”的一声，仙殿传人被一拳砸得横飞而起。

接着石昊跟进，凌空一脚将他踢起，而后一拳轰落！

第421章 千钧一发

WANMEI SHIJIE

一拳惊神！

这一拳太霸道了，击中了仙殿传人。

谁也没有想到，石昊这么迅疾与霸气，他凌空而来，一拳轰中对手，神勇盖世！

“啊……”

仙殿的年轻传人大吼，浑身发光，尤其是额骨，依旧在绽放符文。

他怎么甘心这样被击灭，如此落幕！他竭尽所能反抗，阻止那只拳头进入体内。

他的双手瞬间结成至强法印，爆发无量光，想挽回这一败局，他实在不甘心这样殒命。

一瞬间而已，符文无穷，圣光普照，千百道瑞霞将黄金道台都笼罩了，神圣而惊人。

然而，面对这一切，石昊冷酷无比，他黑发披散，身上满是伤口，继续无情发力，将这一拳加重！

这一场景无比可怕，惊得所有人脊背发寒，浑身生出一层鸡皮疙瘩。

这是何等霸气的场面，一个少年，将号称力压年轻一代、让人喘不过气来的仙殿年轻至尊击毙了。

这一拳贯入，仙殿传人的眼神开始涣散，一下子失去了一身的精气神。

便是真神被击中头颅，也无力回天！

仙殿传人的肉身修行到了极致，与石昊不相上下，坚固难坏，有“不灭体”之称，石昊这一拳能轰进去着实不易。

石昊的拳头在流血，有自己的，也有对方的。

这一击，他的拳头看似暗淡，但是却将鲲鹏法与道内敛于五指间，爆发出太阴与太阳融合而成的极致力量。

故此，无坚不摧！

所有人都惊呆了，无比心惊。看着仙殿传人额骨被击中，而后倒了下去，众人心中震撼无比。

这则大事必将化成一股风暴，传遍各州。

显然，少年魔王——荒，一战成名，用其果敢、铁血、霸气以及辉煌的战绩，告诉世人，他正式崛起！

仙殿的年轻传人，绝对惊艳，而今遭此一劫，这将是一场轩然大波，注定要让各大古教剧烈震动。

所谓不可战胜的神话，而今被打破！

而这个出手者还很有可能不是来自那几个雪藏奇才的古老道统，种种迹象显示，他多半是一介散修。

光在这一战分出结果时，倒下的仙殿传人被神圣光辉包裹，洒落一阵光雨，快速离开了黄金道台。

“可惜啊……”石昊自语。对方有命符守护，终究是逃过了一劫，没有真正死去。

他没有阻止仙殿传人离开，因为以前曾经试过，他知道这样做只是平白做无用功。

石昊站在原地，静静思索，总结这一战的得失。他显然收获巨大，印证了自己的法与道，心中的路越发清晰，更加广阔。

同时，他也意识到，仙殿传人真的很可怕，再换一个战场的话，他们孰胜孰负，难以预料。

最初，仙殿的年轻传人太自负了。他若一上来就全力以赴，战局将非常不明朗，胜负难以说清。

此外，石昊自身境界还未臻至巅峰，若非身上的破烂战衣莫名暴动，法力如泉般汩汩而涌，他只能借助丹炉了。

最重要的是，这一战竟持续了这么长时间，足足三千多回合，太过艰苦。他这是熬下来的。

也正是因为如此，双方损耗过巨，仙殿传人在最后关头融合几种禁忌法门时才出了大问题，导致自身难以支撑。

不然，他的肉身应该能够承受得住。

总体来说，仙殿传人大意了，太过自负！

“嗯？”突然，石昊心头一跳，内心生出一股不祥感。他快速作出反应，竭尽所能对抗。

不要说是他，就是其他人也都没有料到还有这种变局发生。咫尺间，一个人形生物显化，扑向石昊。

这是他最放松的时候，他刚经历过一场大战，以为只要注意远处的其他初代、神就可以了，无论如何也没有料到身边还有危险。

人仙印！

居然是它，这个时候还可以发威。

所有人都愕然，难以置信，这一禁忌法门果然深不可测，让人心中发毛。

仙殿传人临死前发出的最后一击，便是结成了此印，可惜刚发出，石昊就将他击倒。

这法印自然也暗淡了，只剩有一股神秘力量散在虚空中。

谁能想到，它此时再次显化，化作一位人仙，轰在了石昊的身上，这是无法预料的惊变！

“轰！”

石昊大口咯血，因为等他警觉时，已经挨了一击。他没有办法躲避，人仙太近了，就在身边。

“啊……”他乱发如瀑，嘴里不断咯血，身体遭受了难以想象的重伤，随时会解体，将殒命在此。

人仙印，号称世间最强的几种神通之一，震古烁今！没有几种宝术可与之并论，它为上界的极致禁忌法门。

真的大意了，他没有料到人仙印竟能如此。

其他人也都凛然，这个时候终于明白，这种禁忌法门三种境界的含义：显化、融合、超脱，很有讲究。

最后的超脱，竟是如此神秘，不仅仅是再次显化，还有这种意义上的超脱：即使施法者被杀，它依旧能凝而不散。

如果向深处想，这让人毛骨悚然，若是有一天，仙殿的人修行到极致境界，是否真的会以此法印凝聚出一位永不消失的人仙？

也许这是一条路，将来可以借此成道，舍弃自己，将道果寄托于人仙。

这让人产生了无尽遐思，仙殿果然恐怖，令人敬畏！

所有这些都发生在电光石火间，太快了。眨眼间，众人做出了不同的反应，宝术横空，有一些人出手了。

“你敢！”大魔神怒吼。他满头发丝乱舞，疯狂地向前冲去，守护石昊。

因为，其他初代、神等一些人出手了。他们要在此灭掉石昊，灭掉这个异常可怕的对手。

现在石昊异常虚弱，即便无人来袭，他的身体也快瓦解了，毕竟那是人仙印，击中了他！

那法印全面爆发，石昊在不加防守的情况下被结结实实击中，面对这样的攻击，在尊者境几乎可以说无人能硬扛下来。

“轰！”

伴着雷霆万道，闪电子第一个到了。在这些初代中若仅以速度而论，没有人比他更快，他驾驭电弧而至。

“滚！”

大魔神怒吼，他一直在密切注视自己的孙儿，故此在惊变发生的刹那，他就已动了，准备先行出手。

他背后一黑一白的双翅拍动，阴阳二气流转，伴着雷霆横空而至。他燃烧精血，含愤而击。

这天地间雷光万重，两者间爆发炽盛璀璨夺目的光，一下子淹没了此地。

“哧！”

一条湛蓝的蝎子尾巴，如梦似幻，贯穿虚空。蝎尾飞快刺来，逼近石昊，直指他的眉心。

天蝎出手了，它在现场的几个神中是数一数二的生灵，非常强大，此时这样一击可以说毒辣而刁狠。

这是要一击毙命！

石昊眉心发光，他催动神念祭出丹炉，“当”的一声挡住蝎子尾钩，差一点他就被刺穿。

“嗖！”

不远处，一个浑身漆黑的女子出手，她的掌心浮现一条黑色的植物长茎，化成一杆战矛，飞速刺来。

她是黑兰，为植物系的一个初代，她选择无情出手，要灭掉这个竞争对手。

事实上，不光这几人，还有其他人也是蠢蠢欲动。机会难得，若是让石昊恢复过来，太难对付了。众人可是亲眼看到，他击灭了仙殿传人！

大魔神发狂，东挡西杀，阻击敌手。

“你们太坏了！”

一只雪白如玉的小兔子蹦入场中，瞪着红玛瑙般晶莹透亮的大眼睛，张开小嘴，“吭哧”一口咬住了黑兰的植物茎蔓化成的长枪。

它喷吐出浓郁的太阴之气，嚷嚷着：“兰草最难吃！”

“吼……”饕餮咆哮，疯狂扑击了过来。它盯着石昊，心想这可是一次难得的机会，若是吞食了这名少年，对它有极大的好处。

因为，该族可以吞食万物，连法则都能吞噬与炼化，只要吞掉石昊的一部分先天精血，它便能悟透很多东西，夺其造化。

“胖子，你欠我的，还来！”小兔子叫道。

小胖子曹雨生不满地咕哝，但还是选择出手了，因为他明白太阴玉兔的意思。

曹雨生的上界第三法阵爆发，阻挡饕餮。

然而，还是有其他人冲来攻击石昊，因为谁也不愿错过机会!

石昊眸子闪烁不定，盯着这些人，可是现在他真的难以动弹，他的肉身满是裂痕，随时会解体，只能催动丹炉阻挡攻击。

他以这种状态接连避过几次攻击，终于出问题了，此时他浑身喷血，将要爆碎。

一对年轻男女扑来，正是仙殿传人的一对仆从。一人为陈青，另一女子不知其名，号称不比一般的神子与圣女弱，她被仙殿传人庇护，带进此地。

这个时候，两人疯狂扑击，原本俊美与清丽的面孔此时扭曲了。

“虎落平阳被犬欺。”石昊自语。他在对抗了几位初代的攻击后，真的无力了，已经支撑不住。

而且，就在这时他看到了月婵仙子，她化作一道长虹，疾速冲来，果断而无情地向他出手。

石昊一惊，在她的眼中看到了一种特别的情绪波动，他心头一跳，月婵仙子那种复杂的恶意，让他警觉。

“嗖！”

魔女果断出击，出乎所有人的预料，她居然是在阻拦月婵仙子。她目光奇异，在望向石昊时，有点古怪。

石昊心头凛然，他明白了，这两人多半……辨认出了他的身份!

第422章 出局

WANMEI SHIJIE

月婵仙子衣裙飘舞，展动一双藕臂，伴着一声凰鸣，从她背后冲起一头仙禽，展翅击天！

火红的霞光洒落，映得宏大的黄金道台红艳艳的。真凰横空而来，扑击石昊。正是月婵主身施展了真凰招式，也就是不全的宝术。

魔女一声轻叱，她如同一个精灵般，飘逸而空灵。抬手间，她的掌心喷出一片符文，交织在一起，阻挡真凰。

石昊双目深邃，盯着这两人，心头很不平静，自己这是要暴露了吗？不过也无所谓！

“轰！”

一只土黄色的大手探下来，抓向石昊。闪电子动了，他化出的手掌遮天蔽日，厚重如土山，压向石昊。

大魔神披头散发，浑身是伤，因为他在东挡西杀，跟很多人碰撞，阻止他们接近石昊。这个时候见状，他不顾一切地腾空，迎向那只土黄色的大手。

刹那间，万道电弧，千重闪电，如同大浪般爆发。

那只土黄色的大手，看着如同山体般，其实是雷霆汇聚、闪电交织而成，只是与大地的气息凝结在了一起。

就如同石昊可以在雷霆中悟出生之奥义，可以在虚空中演化雷霆草木一般，闪电子的这招最是可怕。

大魔神同时遭数位敌手攻击，大口咯血，尤其是土黄色的大手化成的雷霆有部分侵入其体内，震得他口中吐血，肌体焦黑。

还好，他学过雷霆秘术，化解了大半。

此时，他四面受敌，身陷乱局中，却仍舍生忘死，阻挡初代、神，不让他们接近自己的孙儿。

“爷爷……”石昊暗中呼唤。他已催动丹炉，倾泻天河，但依旧难以奏效。因为众人避退出去后，等待雷霆与诅咒散尽，还会冲上前去。

主要是石昊僵在了原地，难以移动，不能追击。

“你们这帮狗东西！”大魔神呵斥道。他披头散发，不肯退缩，决不允许有人伤害石昊。

“斩我仙殿年轻的大人，你也去死吧！”陈青大喝，面容也变得狰狞。他扑杀到了近前，手持一柄黑色的骨刀，立劈向石昊。

“噗！”

在这间不容发的时刻，石昊张嘴，喷出一口精血，精血化成赤霞与符文，撞在这柄骨刀上。

精血震开黑色骨刀，但并未就此散开，而是化成一片赤色的光雨，密密麻麻地射向陈青。

陈青迅速躲避，但即便如此，他还是被红雨擦中，左腹被击中，让他发出一声闷哼，但这并不能逼退他。

陈青抬手，隔空轰出一拳，只见一头白虎咆哮着，伴着符文，扑击石昊。

石昊难以动弹，勉强撑开唯一洞天，挡住了白虎拳，但是遭遇了冲击，洞天不稳，他的身体剧烈摇动。

他的肉身上伤口增加，身体进一步解体，马上就要崩开了。

“灭！”

仙殿另一名仆从攻来，这个女子抬手便是太阴指，这乃是仙殿不世秘法，她有幸学到，法力超凡。

也正是因为如此，她与陈青才被外界看重，认为他们不弱于一些大教的圣子等，天赋与战力极其出众。

这一指落下，石昊一阵摇动，更加难以支撑了。

“你们都给我滚开！”大魔神怒发冲冠，拼命搏斗，他左冲右突，来到石昊近前，帮他对抗仙殿传人的两大仆从。

“哧！”

闪电子出手，他手中出现一杆银色的战矛，刺向大魔神的后心，这战矛显然依旧是雷霆所化，威力惊人。

“去死吧！”天蝎目光冷厉，背后的蝎子尾钩闪动湛蓝光泽，刺穿虚空，向石昊的天灵盖刺去。

还有其他人也接连出手，此时此刻石昊随时会被击灭，情况十分危急。

“看不惯你们！”小兔子叫道。“嗡”的一声，它那如红宝石般的眸子发光，射出一枚又一枚赤色符文，阻挡众人。

并且，它化成了一个粉雕玉琢的小姑娘，抬起玉腿，“轰”的一声一脚踹出，这一脚快速变大，挤压满了天空。

太阴玉兔对抗黑兰，阻击饕餮，展现出非常可怕的修为。

“这是传说中的兔子蹬腿吗？”有人取笑，语气中带着杀意。

“当！”

曹雨生的法阵显化可怕神威，他劈出一道道剑芒，剑芒伴着丝丝缕缕的混沌气，击中天蝎的尾巴，让它一震。

“噗！”

大魔神接连咯了几大口血，他同时对抗闪电子、阴阳学院的阳子等，自身遭遇重击。

但是，大魔神不肯后退一步，冲到石昊近前护着他，不让任何人伤他，自己则浑身是伤。

“爷爷，你退走吧，我们暂时不要这传承了。”石昊暗中传音。他绝不能让祖父发生危险，不忍让他这样拼斗。

“唰！”

一道雪亮的刀芒劈来，斩进石昊的洞天内，几乎擦中他的身体，原来碧玉螳螂也出手了。

“吼……”大魔神咆哮着，爆发无尽雷霆，扑了过去，撞开那只浑身绿莹莹的可怕螳螂。

“哧！”

小胖子的剑气到了，帮助大魔神化解危局，阻止螳螂扑击，不然石昊危矣！

“爷爷，速退！”石昊暗中喊道，不让他如此拼命。

“死吧！”陈青和那名女子又一次攻来，发出全力要斩掉石昊。

“轰！”

与此同时，正在与魔女交手的月婵出手了，她祭出一个黄金小鼎，镇压石昊。

“当！”

石昊被逼无奈，不得不再次祭出丹炉，迎上了那个鼎，两者碰撞，爆发绚丽的光芒。

此时多人围攻，将要击穿石昊！

与此同时，月婵仙子施展出了赫赫有名的补天术，与魔女对抗时，她瞬间“从头再来”，刹那脱身，她的真身却扑向石昊。

石昊神色一滞，而后又看到了远处的金灯男子。那人极度强大，可与仙殿传人比肩，他一直没有表态，敌我难分。

石昊轻轻一叹，他的肉身支撑不住了。他想留下来取走金纸，也难以做到。

“纳命来！”

这个时候，一群人都攻到了。大魔神、太阴玉兔等虽然阻挡，但毕竟人太少，不能化解这种危局。

仙殿的两名仆人脸色铁青，目光吓人却带着快意，随同其他人攻破唯一洞天。

丹炉撞击黄金鼎未回，石昊马上就要毙命了！

“爷爷，丹炉给你，留着自保！”石昊暗中传音。他震飞黄金鼎，让丹炉飞向大魔神那里。

与此同时，他自己也动了。他浑身剧痛，却不管不顾，全力出手！

“哧！”

雷霆如瀑，是闪电子冲来。

“去死吧！”仙殿的两名仆从狰狞大笑，他们原本气质超凡，现在看起来却很可怕。

“冲啊！”

饕餮眼睛火红，不求吞掉石昊全部，只要吸走一部分先天血精，那便足矣！

黑兰发出一条茎蔓，缠向石昊的颈项！

天蝎、碧玉螳螂等亦扑向石昊！

……

情况危急，石昊却在大笑，他眼神冰冷，任肉身解体，依旧施展出了自己的最强奥义。

他挥动双拳，一手轮回，一手鲲鹏，两种禁忌宝术浓缩在双拳中，轰向对手。

“噗！”

仅一个照面而已，陈青便惨叫一声，黑色骨刀崩碎，一条手臂也跟着受创，接着横飞了出去。

“你……”闪电子大为吃惊，此时他的胸口亦发闷，竟不能与石昊力敌，被他震得咯血。

同一时间，石昊手臂一带，绕在其手臂上的黑兰的茎蔓，被生生扯断。

“嗷……”饕餮嘶吼，想吞石昊血精，结果却被他一拳轰得横飞。

“噗！”

一瞬间而已，石昊一拳击向仙殿那名女仆从的头颅，将她打倒。

“哧！”

月婵仙子的一柄玉剑无声无息地没入石昊的胸口，他难以躲避，因为他的身体在崩裂。

“你们这群人，等我归来！”石昊大吼。他最后一次挥动双拳，只听得天地轰鸣，震得很多人喉咙发甜，想要吐血。

而他自己则再也支撑不住，因为他不管不顾，不再在意肉身。

不过，他并未形神俱灭，而是被一枚兽牙命符绽放的霞光包裹，冲向远方，这枚兽牙命符是他在擂台上击灭秦族高手时所得到的战利品。

同样，仙殿的那名女仆从也从此地消失了。

其他人沉默，但不管怎样说，少年魔王消失了，这个可怕的竞争对手退出了争夺战。

“希望他来不及赶回来。”有人低语。

也有生灵不满，饕餮终究是没有吞到一口精血，地上虽有血迹，却不是他所需要的先天精血。

大魔神怒吼，他手托丹炉，发出长啸。

秘境出口，仙殿传人站在祭坛上，一动不动，他被符文包裹着，散发滔天神威，这一次他震怒无比。

他居然被人击灭，回到了这里，这是耻辱，仙殿走出的人何曾被如此击败过!

外界所有人都震撼了，祭坛上的年轻人是谁？虽然被符文包裹，不能看清真容，众人却知道他的身份。

所有人都难以置信，他居然被灭了，在此祭坛上复活。

这是要翻天了吗？是何人所为，简直令人不敢相信!

就是几位老教主也是目光热烈，心头震动，他们无论如何也没有料到，仙殿的传人会出局，会被人击灭。

“这是真的吗？他居然被斩了，在秘境中遭遇败绩！”

外界有修士发出颤音，打破宁静，道出这一实情。

人们哗然，一片沸腾。

祭坛上，仙殿传人脸色铁青，仙羽战甲瞬间铿锵作响，发出刺目的光，将自己包裹，让别人难以直视他。

几位老教主神色忽明忽暗，脸上的表情极其精彩，他们都被惊住了，很难想象，仙殿传人会落败，被人斩掉。

“究竟是谁？”有人问道。

可是，仙殿传人一语不发，不予回应。

后来，就连一位老教主亲自开口询问，他也是沉默以对，不曾开口。

场面有点僵，仙殿传人立在祭坛上，他黑发披散，被符文包裹着，一动不动。

外界，除却几位教主外，其他人早已沸腾，大家议论不休。

片刻后，祭坛上突然出现一个女子苗条的身影。又有人被弄出局了，她露出真身，正是仙殿的女仆从。

“轰！”

突然，一阵恐怖的波动传来，还有一名少年跟着出现，太快了，竟直接出手，姿势张扬而霸气，飞跃着出现在祭坛上。

“噗！”

石昊凌空一脚，将仙殿传人的左膀右臂之一——那名女子，踢得爆碎！

那名女子眼睛睁得很大，仅来得及回头看了一眼石昊，眼神里充满了惊恐与绝望。这少年魔王跟到了此地。

石昊太快了，他的攻击一气呵成，在还未落下时，就已经一拳轰向仙殿传人，喝道：“本座追击你来了！”

这太突然了，仙殿传人回头只看到自己的一大臂助——那名女子被轰倒，而后就看到一个拳头到了眼前。

匆匆对抗，他自然吃了大亏，身子横飞，被轰出祭坛，向远方坠落。

第423章 奇葩

WANMEI SHIJIE

所有人都呆住了，这就是将仙殿传人斩掉、让他出局的人？此人竟追击了出来，何等的霸气与自负，让人瞠目结舌！

群雄震惊，这超出了他们的想象，这是怎样一个人，竟敢如此！

仙殿，人数向来不超过五个，这是一个与世长存的古教，走出的传人可以镇压当代年轻天骄，号称不败的神话！

该教传人被人横扫出局，必然要轰动上界，引发各大古教地震，注定是一场轩然大波。

出手者肯定要成为各大古老道统关注的焦点与风云人物，所有人都在猜测他会是谁，究竟为怎样一个人，没有料到，他自己出现了！

而且以这种张扬霸气的姿态强势追击到这里，他凌空一脚，将仙殿传人的左膀右臂击毙，更是将正主震落祭坛。

“太自负了，他敢这样做，是艺高人胆大，还是来历足够惊人？”

“多半真的来自那几个古教之一，不弱于仙殿！”

众人心颤，此人注定要崛起，凭借今日一战，其霸气以及辉煌的战绩，注定要名动上界。

不要说是别人，就是几位教主也都怔然，眸子幻灭不定，这让他们都很惊诧，甚是不解。

这个少年究竟得多么疯狂才敢如此自斩己身回到祭坛，来追击仙殿传承者？令人觉得有点古怪。

“咦，人呢？”

众人愕然。那道身影果决出手后，动作一气呵成，借助与仙殿传人的对决，反震之下，身体向后飘去，落进秘境内。

但是，他没有再出来，并未进行所谓的“追击”，一个闪灭，远离了这片区域！

许多人张嘴，觉得有点不解。

“嗖！”

一位老教主快速探出一只大手，遮天蔽日般伸进秘境内，道：“小友，你负伤了。老朽帮你疗治，先行出来吧。”

“不必了，我只为追击仙殿的手下败将。”石昊说道。他的身法催到了极限，一瞬间而已，没入雾霭笼罩的山地间。

那只大手虽然探了进来，但显然受到了秘境的强烈禁锢，威能锐减。

那位老教主蹙眉，终究是晚了，他收回了手掌，没有再继续深入。

所有这些都发生得太快了，从石昊出现，到他雷霆般击灭仙殿仆从，再到借仙殿传人的反震之力离开，这一切都在瞬间完成。

别说其他人，就是几位老教主当时都发怔。事情太突然，在迟疑与愕然的瞬间，他们没有轻易表态。

故此，石昊从容退回了秘境。

外界其他人更是发蒙，见他进入秘境，站在雾霭中，不禁面面相觑。

“你纳命来！”仙殿传人咯了一口血，一半是刚才被偷袭导致的，还有一半是被气的，这个敌手太无耻了。

他清楚地知道，对方多半遭人围攻，被迫回来。但是，这家伙居然如此大喊，叫嚣为追击他而来，太可耻了！

对方这样做，一是为了麻痹所有人，在人们惊愕的瞬间，从容退进秘境；二是为了折辱他，告知世人，胜利者是谁。

“击！”仙殿传人大喝，扑进秘境，征伐敌手。

“手下败将，还敢与我争雄，今日我便是为追击你才出来的。斩你！”石昊意气风发，指点江山，一副唯我独尊的样子。

仙殿传人简直要吐血，这浑蛋的脸皮太厚了，他分明是被人击杀才来此地，还这么厚颜无耻地给自已脸上贴金。

“轰！”

仙殿传人攻到了，他俯冲而来，直接就是白虎臂，只见洁白圣光汹涌，一头白虎爆发怒气，扑向石昊。

“雕虫小技，你不是我的对手，还有师姐吗？让她来跟我一战。”石昊负手而立。

在他身前，形成一片湛蓝的湖泊，那是雷霆所化，他以此阻挡对方的招式，看似轻松，带着蔑视，但绝对可怕。

外界所有人都被镇住了，一愣一愣的，这个人真的如此强横吗？

“仙殿还有一位师姐吗？”

“显然他强势到了极点，自认为同代无敌了，这多半是想挑战仙殿上一代人。”有人说道。

只有几位教主露出异色，他们虽然不知秘境深处发生了什么，但现在却明白了，这个小子在吹牛皮！

仙殿传人脸色铁青，若非被符文包裹，浑身光芒炽盛，这种难看的神色一定会让人惊异，他居然被气得颤抖。

不过，换作任何一个人都要气得吐血，脸皮这么厚的敌手，也算是少有，堪称奇葩。

“轰！”

白虎臂与湛蓝的雷霆湖泊相遇，爆发无尽电弧，将秘境当中的诸多草木、石山等摧毁，化成灰烬。

这天地间，圣光闪耀，无比炽盛，让人难以睁开眼睛注视。

两人大战，这一刻形成了鲜明的对比。

仙殿传人体外仙羽战甲璀璨夺目，将他护得严严实实。而那个少年身上的甲胄破破烂烂，有很多大窟窿，太难看了。

他究竟出自什么样的古教，才会这么穷，连件像样的战衣都拿不出，这让人看得直发呆甚至石化。

特别是当石昊剧烈动作时，身上的甲胄哗哗地向下坠落锈块，掉得满地都是，令人一阵无语。

“荒，你纳命来！”仙殿传人战到发狂，人仙印显化，他再次动用了最强禁忌绝学，爆发绚丽的光。

“什么?!”众人一呆，而后很多人大叫。

他是荒？又是他！

这一次，石昊穿着破烂甲胄出现，戴着有数个大窟窿的破烂头盔，隔绝了气息，竟没有人认出他。

或许，这是破烂甲胄唯一显化出的不凡之处——可以阻隔气息。

“天啊，居然是少年魔王，他有这么强大的战力?!”

这个地方沸腾了。所有人都知道了他是谁，他早先就已有了赫赫战绩，现在更加惊人，让人难以置信。

“竟然是他！将仙殿的传人都给斩了，还追击了出来，好强横的魔王，不愧为在魔尊神碑上留名的荒！”

这些话语一出，仙殿传人目光更冷了，心中窝火得很。即便被斩了一次，他也自认为战力强过荒，只是早先太过自负与大意了。

“战绩辉煌，注定要震动各教！”

“谁也无法阻挡他的崛起，少年魔王，将要名震上界！”

秘境外，群雄议论，都很振奋。他们亲眼看到一个年轻至尊的崛起，此人将在三千州大放异彩。

几位老教主目光深邃，全都盯住了石昊，其中有人怀着深深的敌意，因为不久前石昊在秘境中做的事激怒了一些人。

可惜，他们无法进去。

“老祖，还有命符吗？给我一枚，我去斩了他！”秦族一位神暗中开口，向秦长生索要命符。

秦长生盘坐，寂静如同一块磐石，并没有答应。他知道，强者进去后也会被压制，一般来说，神火境是极限了。

他手中只剩下两枚命符，如果派遣两大强者进去的话，不足以改变什么。

毕竟，秦族进去的神灵可是不少，结果都被击灭了。

“轰！”

受到人仙印的刺激，还有仙羽战甲的压制，石昊身上的破烂甲胄再次爆发，自那些大窟窿中喷出狼烟般的光芒，滚滚沸腾，将他淹没。

这一次，众人心颤，终于明白，这破烂甲胄也很恐怖，尤其是几位老教主更是心惊。

自太古年间活下来的老犼，瘦小干枯的躯体一颤，目露奇光，道：“我感觉了那个地方的气息，这甲胄来头不小。”

秦长生闻言，点了点头道：“不错，这具破烂的甲胄来自无人区，沾染上了那种特有的气息！”

秘境中，两强大战，光芒冲霄，二人战到沸腾与狂暴！

众人看不真切，却能感受到那种意境，阵阵心颤。这根本不像是两名尊者，他们的实力过于恐怖。

“荒，真是一代强人，年岁不大，到现在为止，却接连斩了几名初代，更是将仙殿传人灭了一次！”

“我记得，最先招惹少年魔王的是火魔宫，火魔宫将他当作鱼腩，送进了自己族人所在的区域，结果惹出大祸。”

有人议论。

火魔宫众人脸色难看，每次提到少年魔王，都要点到他们，真是太受伤了，让人泪流满面。

“你太弱了，根本不是我的对手，去喊你师姐来跟我切磋。”

石昊张扬的声音传出，他所在之处雷霆阵阵，符光冲霄。

仙殿传人脸色阴沉，明明势均力敌，短时间谁也奈何不了谁，而且对方借助了那件甲胄，弥补了法力的不足，还敢这样说。

显然，这脸皮奇厚的浑蛋，这是在故意埋汰他，当着众人的面奚落他。

外界的众人大惊，真的如此吗?

“轰！”

又是一击，不过战场已经转移，向着秘境深处而去。石昊可没时间跟他缠斗，他要重新赶回黄金道台。

一是担心自己祖父的安危，二是他真的不想错过那页金纸。

渐渐地，外界众人失望了，因为看不到那一战了。两人消失，让人无法感应到他们的气息。

“生死一战，你敢否？”仙殿传人喝道。

“早就分出生死了，你被我灭了。”石昊很淡定地回应，而后一路向远方进发，道，“我没时间陪你，我要去夺传承。”

事实上，仙殿传人虽然有怒火，但也渐渐压制了，他也明白，目前最紧迫的事是赶回去，争夺最高殿堂的道统。

就这样，两人一路走一边激战，冲向传承地，最后终于分开了。

石昊取出半截圣药——黄金菱角，他快速吞咽，黄金棱角的金色汁液流淌，发出炫目的光，融入他的肉身中。

这一次，他在道台上遭受了致命的创伤。兽牙命符将他带走后，竟奇异地让他的身体恢复了大半，但还是元气大伤了。

故此，他不计代价，直接动用了圣药，为的是在最短的时间内恢复元气，好去进行最后的大战。

这一路上，他边走边疗伤，从毛孔中冲出热气，将他包裹，淬炼其体，弥补其元气。

两个时辰后，他再入传承地，登上一座座圣山。石昊有点担忧，但仍在这里静心打坐与参悟。

值得庆幸的是，那个洪大的声音出现了，竟允许他再次入内，将他传送进最高殿堂中。

“嗯？”

这里果然很惨烈，众人围绕着那蒲团厮杀，不时有人将手探上去，抓取青色骨块，可是它只发符光，并不能被撼动。

“啊，你……”

陈青大叫。他还未死，躲在角落中，此时见到石昊，跟见了鬼一般，脸色苍白。

“本座又回来了！”石昊一招手，从地上捡起一柄失去主人的骨剑，“嗖”的一声劈出，剑光太迅疾了。

仙殿传人的仆从——陈青，在石昊离去前就被击成重伤，此刻怎能抵挡？

“噗！”

陈青脸上写满惊恐，他飞了出去，立时毙命。而此时伴着石昊的话语，场面非常震慑人心。

石昊大步前进，盯着那些曾经对他出手的敌人，冷声道：“本座回来了，送尔等上路！”

第424章 传承宝术

WANMEI SHIJIE

少年魔王——荒，又冲回来了！

所有人都大吃一惊，太快了，他竟这么迅速，才两个时辰而已，又出现了。但凡曾对他出手的人都是心头一跳，深感不安。

要知道，他连仙殿传人都战胜了，早已证明了自己的战力。

闪电子、黑兰、饕餮、天蝎等，所有生灵都是目光闪动，发出灿灿神霞。大敌再现，气氛一下子紧张了。

“你过来受死！”石昊指着前方的一名初代，同时在寻找祖父大魔神，他现在最担忧的便是祖父。

然而，他寻了一遍，竟没有发现十五爷，心当即一沉。

“灭了他，一个人而已，还能强大到哪一步。”有人开口，建议众人联手击毙石昊，除掉这个祸患。

石昊通体发光，目光冷厉地盯着那些人，随时要爆发。

“昊儿，你回来了！”就在这时，十五爷暗中传音，欣喜无比。

石昊回头，见到十五爷从黄金道台的另一侧攀了上来，他浑身是伤，伤势不轻，身上有被雷霆击中留下的焦痕，还有一截茎蔓。

此外，他身上还有一些伤口，情况很不乐观。

石昊的眼睛当时就红了，在自己离去后，大魔神经历了一场苦战，很多人都针对他，让他遭受了重创。

身体焦黑，显然是闪电子出手所致。而那一截藤蔓，明显是黑兰所为。

石昊剑眉倒竖，目光犀利，见到祖父满身是伤，他不能容忍！

“轰！”

石昊出手了，这次他主动出击。他盯住了初代中的一人，决定杀一儆百，震慑所有人。

“不好！”黑兰一惊，疾速倒退。

她一身黑衣，身材婀娜，倒也算是美貌，更有一种出尘的气质，所谓“空谷幽兰”正是她的真实写照。

不过就在刚才，她曾无情出手，与人一起攻击十五爷，那截茎蔓就是她留下的。

石昊盯着这个黑衣女子。在他最危险的时候此女曾经无情出手，这次回来他们必有一战，就更不要说她曾经还与人围攻过大魔神了。

“哧！”

乌光闪动，她一退数百丈，到了黄金道台的边缘，但是石昊依旧跟了过来，驾驭闪电而行，速度比她还快。

“轰！”

石昊一拳向前轰去，简单而直接。此刻他的破烂甲胄发光，让他如虎添翼，法力雄浑，同阶谁敢撄其锋？

“你……”

黑兰色变，窈窕躯体摆动，如同暴风骤雨中的柔韧青竹，她避开雷霆，随势而动，化解这一攻伐。

“嗖！”

刹那间而已，石昊变得模糊了，整个人薄如纸。只听得剑鸣动天，他的血液中有无数的符文化成小剑，而他自己的气质也因此大变样。

现在，他简直就是一柄仙剑，连肉身都扁平了，他化作剑光俯冲了过去，速度太快了。

这是他在化灵境悟透的法门，由此可以开创一种神通，自身可以化鼎、道钟、仙剑，强横无匹。

人形利剑，斩破虚空，劈到黑兰的近前！

黑兰长啸，虽然为一女子，但是她战力惊人。这个时候她发狂了，一改空谷幽兰的气质，如同一个女疯子般。

她满头发丝乱舞，而后暴涨，化成一根又一根兰草的枝条，延展而出，绷得笔直，如同一根又一根黑色战矛。

“当！”

火星四溅。石昊肉身成剑，斩在黑色战矛上铿锵作响，爆发出一缕缕霞光。

最后，一杆又一杆黑色战矛被削断，化成了一根又一根兰草枝条，满地狼藉，黑衣女子迅速倒退。

她神色变化不定，看向其他人，道：“你们还不出手吗？”

此时，有人在抓取蒲团上的青色骨书，也有人在注视这一边，情况很复杂。

“嗖！”果然，有人出手，袭击石昊。

“挡我者死！”石昊大喝。他显化真身，撑开唯一洞天，目光发冷。

他再次快速出手，依旧是扑向黑兰，整个人如同一座大火炉一般，因为他体内血液中流淌的就是这种符文。

这一刻，他整个人都仿佛化成了一座神炉，与体外的洞天结合，融为一体，爆发恐怖的气息。

“不好！”

黑兰色变，她被克制了。这种灼热的光芒笼罩其植物躯体，让她仿佛要燃烧起来。

她张口喷吐出成片的黑色符文，化成水泽，此外虚空中生出各种兰草，向着石昊镇压而去，要在他的身上扎根。

植物系的强者，攻击方式很古怪，稍有不慎，就可能会落入他们的陷阱中。

但是，石昊不在此列。“轰隆”一声，他浑身血气滔天，符文更为炽盛了，自身凝结为一座金色的火炉，焚烧天地。

“啊……”黑兰大叫。

虚空中的兰草在干枯，顷刻间化成灰烬，虽然她的本体无恙，却也陷入危局中。

“轰！”

石昊爆发，唯一洞天扩大，与神炉结合，要将她禁锢在此地。

黑兰艰难挣扎，她幻化出了一株黑色的神兰，爆发浓郁的雾霭以及恐怖的乌光，对抗石昊。

“很不凡！”石昊暗自点头。

但是，这依然难阻他的威势，唯一洞天禁锢一切，镇压了这株黑兰，它逐渐难以动弹了。

然而，就在这一刻，一道刺目的光飞出，黑色的中心部位，一朵可怕的魔花绽放，当中有一柄银色神剑，熠熠生辉，猛地劈了出来。

“嗖！”

剑光太犀利了，出人意料，它切开虚空，快速到了近前，擦中石昊的躯体。

惊世一剑！

这是黑兰的天赋宝术，属于她的秘密，在其花朵中孕育有一柄宝剑，关键时刻，可以瞬间斩杀敌手。

这一柄剑很可怕，铭刻着与众不同的符文，汲取天地精华，刹那爆发，可引动天地共震。

石昊就是因此而吃了亏。他感觉整片天地都压在他的身上，故此一滞，就在这一瞬，肌体被银色剑气擦中。

此剑太锋锐了，不然何以能斩动他的不坏金刚身。

然而，也只能到此了。石昊横移，双手发光，一手轮回，一手鲲鹏，夹住了此剑。

“开！”

“嘎嘣”一声，这条银色神剑折断，被这双手生生毁掉。顿时符文绽放，刺目无比，淹没天地。

所有人都震惊，那双手的力量得多么强大?

黑兰惨叫。这是她的底牌，也是最强神通，结果竟败在这双手掌下，让她惊惧不已。

不过，若是她知道，这是鲲鹏法与石昊的先天宝术，就不会如此沮丧了。

“轰！”

唯一洞天封闭，再次禁锢此地，黑兰失去了最强的先天神剑，等于是被人折断了至尊骨，自然元气大伤，无力抗衡。

“噗！”

石昊出手将她击毙，原地出现一株断成两截的黑色兰草，药香扑鼻，散发宝辉。

她此前曾被斩灭过，命符无用了，这让石昊露出喜色，他将黑色兰草收起，显然它的药效不次于稀世圣药。

时间不是很长，一位初代就此殒命!

“先得传承，一会儿再出手。”此时，有人传音，稚声稚气，正是雪白的小兔子。它瞪着一双通红的眼睛，联合曹雨生，向石昊招手。

“昊儿，先得宝术！”大魔神也暗中开口。青色骨书就在前方，很多人都去抓，皆无法撼动，但是每次都能得到一段符文。

骨书发光，手只要触碰，就能有所得。

在这两个时辰，收获最大的就是金灯男子与魔女，还有天蝎等，他们都曾数次握住青色骨书。

“好！”

石昊大步向前走去，手持祖父递过来的丹炉，一往无前，神挡杀神，佛挡弑佛，与很多人交手。

金灯男子正在消化所得，他才触碰过骨书，退到一旁默默体悟，没有阻拦。

还有其他人在眼前，特别是几个神，神火熊熊燃烧，无比慑人。

“哧！”小胖很猛，第三法阵一出，攻击力无匹，连神都忌惮，需要避其锋芒。

“轰！”

这个时候，石昊可不会考虑什么公平一战，他将丹炉倾斜，倒出大量天河，冲击众人，冲向前区。

果然，四人联手后是一个超级组合，一路冲到了近前。四人全都伸手触碰青色骨书，一时符光爆发。

“嗯？”

一瞬间，石昊露出惊喜之色，一段符文沿着手臂流淌进体内，烙印在他的心中，让他得到了一种秘术。

而且，是一种无价宝术——缩地成寸！

这绝对是一种大神通，号称速度的极限，与鲲鹏法并列，为人族所开创，从某种意义上来说更适合石昊。

他瞬间明白了，青色骨块是元天至尊留下的道统，绝不止一种宝术。身为一代至强者，一生所收录的宝术岂会少！

太阴玉兔、十五爷、曹雨生也都有所悟，皆得到了神通。

符文完整地印在石昊的心中，他得到了盖世宝术——缩地成寸，这不仅是速度法门，也可化作攻击宝术。

下一刻，石昊缩手离开骨书，想掀开蒲团，将下方压着的金纸取出。

然而，他竟没有撼动，金纸如同青色骨块一般，仿佛生根了，扎根在这里，难以移动分毫。

“不太妙！”石昊蹙眉。

“还不快参悟！”小兔子咕哝。她心里美滋滋的，因为得到了一种大神通。

石昊一叹，再次将手放在青色骨块上，这一次没那么顺利，得到一种神通后，骨块有些排斥他。

“轰！”

其他人向这四人攻来，因为众人不可能眼睁睁地看着他们得秘法而无动于衷。

石昊一手放在骨块上，一手轰击对手。

“咦，又有了！”他心头惊喜，真龙印记浮现心头，让他震撼。这绝对是一种非常实用、并且震世的法门。

真龙爪——这是名动古今的一记散手，不是无缺的真龙宝术，而只是其中一个赫赫有名的大招式！

很快，符文印记没入心海，石昊充满了收获的喜悦感，不过却不能耽搁了，敌手的攻击太猛烈了。

他收手，让其他三人继续参悟，而他则开始迎敌。

“嗡！”

当催动丹炉，倾泻天河时，他发现蒲团下的金纸发光，隐约间与之共鸣。

石昊大喜，他知道，也许有办法了，祭出仙道雷霆气息，也许能引出神秘金纸。

不过，眼下攻敌要紧，对面一头恐怖的凶兽扑来，张着血盆大口，居然能吞噬符文，炼化神光。

正是饕餮，号称古来最可怕的种族之一！

“哧！”

石昊出手，现学现用，一边感悟真龙爪一边动用此招，一时间龙吟震天，一只可怕的龙爪浮现在前方，向饕餮抓去。

“砰！”

饕餮身体剧震，血盆大口无功而返。

接下来，连拼数十次后，它有点惊悚了，对方依旧是这一招，但是威力在迅速增强。

“噗！”

不久后，光芒闪烁，竟是那只龙爪抓伤了饕餮的皮肉。

终于，石昊、大魔神、太阴玉兔、曹雨生他们被众人冲击得只能退走，他们不可能总是占据在那里，因为敌人太多了，谁都守不住。

石昊没有急着取金纸，而是享受这种攻伐的快感，开始强势出手，追击饕餮。

众人看出来了，不能轻易惹这个少年魔王，不然他不死不休，逮到一个就疯狂攻伐，绝不停下。

“噗！”

饕餮饮恨。在石昊撑开的洞天中，它先是被轰击了一记轮回拳，而后石昊又是一记真龙爪落下，将它抓伤。

“该你了，上路吧！”石昊喝道，盯着闪电子。

众人倒吸凉气，这家伙不是说说而已，曾经对他出手的人，果然都要被清算了吗？

第425章 天戈

WANMEI SHIJIE

闪电子气质出众，伴着雷霆，整个人都沐浴在金光中，如同一位战神。他是初代中的佼佼者，拥有赫赫威名。

“轰！”

在他的头顶上方，出现一座骨塔，伴着恐怖气息，垂落下一缕缕丝绦，守护其身。

“锵！”

接着，他的掌心发光，一杆金色的天戈浮现，被他抓住，天戈斜指南天，锋利无匹，慑人至极。

一枚又一枚符文在天戈上出现，神秘而复杂，这并不是真正的金属兵器，而是雷霆所化！

“轰！”

闪电子出手了。他主动冲向石昊，因为他知道，两人这一战避免不了，既然如此，不如抢占先手。

他手持天戈，向前挥去，带起蒙蒙雾霭，同时伴着刺目的黄金光，这片天地都随着共鸣，一齐震动。

这一击，威势惊人！

石昊没有小觑，这个人在雷道一途上得天独厚，他在暴雨雷霆夜中降生，天雷轰顶却不死，得上苍赐予无上符文。

“锵”的一声，石昊的手中出现一杆方天画戟，晶莹灿烂，戟刃雪亮，这也是闪电化成的，但带着金属气。

“轰”的一声，他抡动方天画戟，迎向那杆金色的天戈，针尖对麦芒，不肯退让。

此时此际，耀眼的光芒横空，整座道台都亮如白昼，光芒刺目，所有人都忍不住闭上了眼睛。因为这时的光芒太炽烈了，这两种兵器都是闪电所化，在碰撞的刹那，一下子爆发了，金色闪电淹没虚空。

“轰隆隆！”

像是天崩地裂，如同鬼哭狼嚎，天地间茫茫一片，到处都是电弧，每一寸虚空都是闪电，如同金色大海翻滚一般。

许多人呵斥着，大声诅咒。

这两人的对决，波及面太广了，众人不得不对抗。唯一庆幸的是他们都远离雷霆中心地。

即便如此，也有不少人遭遇袭击，被雷霆震得浑身焦黑，须发倒竖。更有部分人跌落下黄金道台，嘴里咯血。

“嗯？”石昊目光一凝，他觉察到了蒲团下的变化，那页金纸在吸收雷霆之力，轻轻颤动。

同一时间，闪电子也露出异色，不经意间向那个方向瞥了一眼。

石昊心头一跳，心想此人果然灵觉敏锐，居然也发现了那一神秘传承，也在留意与等待机会！

金纸被压在蒲团下，一般的人根本不可能发觉。石昊能有所感应是因为他怀中有另一页金纸，两者互感，他才有所觉。

“当！”

闪电子目光盛烈无比，双眼如同两轮太阳，寒声道：“光以雷霆法则来说，你还不行！”

他手中的天戈更璀璨了，锋利无匹，被他以双手握着，挥向石昊，有横扫千军之势，发出呜呜声。

在此过程中，金色霞光刺目，伴着雷霆，还有神魔虚影，让这杆天戈宛如神话传说中的战神之兵。

“当！”

石昊迎敌，手中的大戟爆发瑞光，与这杆凶兵碰撞在一起，光茫刺目无比，兵锋交击之时声音震耳欲聋。

不仅有金属颤音，还有雷霆绽放。

此外，一枚又一枚可怕的符文出现，全都是雷道法则，符文在虚空中交织，将两人染成了金色的神灵。

“啊！”石昊喝道。不需要多语，他挥动战戟再次攻了过去。

与此同时，虚空中密密麻麻地出现各种植物，此外还形成了湛蓝的湖泊，将石昊环绕，如同一个真实的世界。

另一边，同样如此，虚空生宝树，飘落雪白的花瓣，环绕着闪电子。与此同时，他的脚下形成了土黄色的浑厚大地，厚重而磅礴。

显然，两人的雷霆宝术修行到了极其可怕的层次，这种显形、入道，超出一般人的想象。

“咔嚓！”

两人相撞，这个地方发生了大爆炸，虚空都模糊了，此地成为毁灭之源。

“受死！”闪电子喝道。他真的很强，天赐符文，雷霆绕体，号称“闪电之子”，在雷道一途上造诣高得让人心颤！

在其身前，出现一百零八条天龙，都是符文所化，天龙发出震耳欲聋的龙吟声。并且，他头上的骨塔开始发光，垂落下的神圣气息注入这些龙身内，让它们越发显得真实。天龙一起睁开了眼睛，如同有了生命，扑向石昊。

他为闪电子，法器自然也与雷霆有关。

“嗷……”

龙吟大作，天地竟然在战栗，气息慑人。这是雷霆化成的天龙，摇头摆尾，只一瞬间，一百零八条全都扑了过来。

“轰！”

石昊也催动法器，将丹炉悬在头顶上方护体，不过他并没有倾泻天河，只是用丹炉防御，对抗对方头上的骨塔。

这个时候，他背后浮现一对闪电翅，闪电翅注入了鲲鹏力，两者法则交融，让石昊气息暴涨，而后他向着闪电子冲了过去。

“当！”

兵器交击，伴着天龙咆哮，大战越发激烈了。

隐约间可见石昊陷入生死危局中，一条又一条粗大的龙身翻滚，将他淹没。龙鳞寒光闪烁，龙爪锋锐无匹，张开的龙嘴，几次都要将他吞掉。

“噗！”

石昊催动鲲鹏法，将其蕴在闪电中，他舍生忘死，与天龙大战。他在此屠龙，将几条天龙震倒。

闪电子双目发光，眸子中飞出两条特别的闪电，一黑一白，击穿石昊的护体符文，威能惊人。这让很多人都大吃一惊，闪电子的实力被严重低估了，没想到他手段可怕，战力惊人。

“轰！”

石昊目光一凝，太阴与太阳之力分别涌向两只手，他开始结印，而后猛烈击出，一瞬间而已，至阴与至阳碰撞，爆发丝丝混沌气。

“噗！”闪电子咯血，横飞出去很远才稳住，立身在雷霆中。四周一片电弧噼啪，他目光冰冷，盯着石昊。

“该结束了！”石昊喝道。两人已经大战上百回合，他不能再耽搁时间了，决定开始爆发。

“取你性命！”闪电子虽然负伤，却依旧自负，不肯服输。此时此际，他的天灵盖突然发光，贯穿霄汉，极为刺目。

“什么?!”

所有人都吃惊，全都侧目，就是正在大战的人也都回头看向这里，眼前的景象太惊人了。那是一道雷霆，从闪电子的天灵盖冲起，贯穿苍穹。那种威能让人惊悚，最可怕的是雷霆中竟有丝丝缕缕的仙道气息。

“恐怖啊，不愧是上苍赐予的符文，居然有这种波动！”

人们相信，就是闪电子自己，也只能靠天灵盖这块骨才能施展出全部奥义，只靠血肉，不借助这块原始真骨，他很难有这么大的威能。

刹那间，冲霄的雷霆浓缩，化成一片璀璨夺目的纹路冲向石昊，想要镇压他!

这是初代的宝术，为上苍赐予的雷霆符文，真实显化，威能无量!

“嗡”的一声，石昊体表发光，轮回奥义浮现，同时他的拳头上发光，那是鲲鹏法浓缩其中。他相信，两种宝术同时施展，必定可以击灭闪电子。

突然，令人吃惊的事发生了，闪电子天灵盖发出的雷霆，伴着仙道气息，竟改变了方向，迅速朝着蒲团飞去。

石昊大感惊讶，居然是那页金纸将这种雷道宝术吸收了。吸收了雷霆的金纸越发灿烂，并且，它在震动，似乎要掀翻蒲团，挣脱出来。

“不！”闪电子心惊，大叫不好。他的宝术失效了，而对方已经扑了过来。

石昊自然不会放过机会，猛然爆发，向前冲去。“轰”的一声，他一拳击穿雷电光幕，而后打倒闪电子。

这一拳的力量太大了，鲲鹏法浓缩拳意中，聚而不散，虽然不显化，但是那种神力无坚不摧。

“轰！”

接着，石昊自身的天赋神通也浓缩在掌指间，隐而不显，击穿闪电子的身体，将他震得四分五裂。

“嗯？”石昊一惊，想去抓取那蕴含雷霆符文的天灵盖骨，结果那骨塔发光，包裹着闪电子的躯体，疾速远去。

石昊想追，但又忍住了，因为此时发生了另一件更为重要的事。

那金纸摇动，竟要掀翻蒲团，结果导致那里符文绽放。青色骨书也不再稳固，几乎要跌落下去。

天蝎出手，碧玉螳螂也出手，秘境中的几个神灵动用极致力量，合力要将骨块抓走。

那金纸的震动将禁制触动，而后想要将蒲团顶起，故此青色骨块也要解封了。几大神灵趁机合力竟将骨书撼动了！

突然，一道符光飞来，裹住了青色骨书，瞬息带着它冲到空中，眼看将要脱离黄金道台。

“该死！”

“是你！”

众人吃惊，尤其是几个神灵更是震怒，他们费尽力气才将青色骨书抓起，居然有人半路截取。

那是一个浑身光芒盛烈的男子，周身仙羽战甲发光，护其躯体，此人正是仙殿传人。他消失的时间太长了，一直在等待机会。

“大挪移符！”有人吃惊道。那道浮光是一枚符篆，流转神秘气息，那是仙殿的巨头炼制的神符。

拥有这枚神符，可以挪移山川，移走汪洋，瞬息远去。

石昊目光深邃，他就知道此人早来了。对方有虚空战戟，比他还快，能先一步赶到，之所以隐忍不发显然是一直在等待机会，等禁制松动才果断出手。

“轰！”

大挪移符没有能冲出去，撞在了一层光罩上。

竟是金灯男子祭出神灯，神灯竟然似一轮太阳般，发出绚丽的光彩，形成光幕，禁锢那枚符篆，使它不能逃离。

“等你多时了！”金灯男子说道。他如同一头史前凶兽般扑了过去，轰击仙殿传人，要夺那青色骨书。

与此同时，其他人也都纷纷出手，因为争夺元天至尊的传承到了最为关键的时刻。

石昊目光灿烂，直接扑向蒲团，对他来说，那页金纸比青色骨块更重要！

第426章 第二页金纸

WANMEI SHIJIE

石昊动用一身力气，居然无法撼动蒲团，它太沉重了，仿佛一颗大星，牢不可破。

“这下面有东西？”小兔子跑来，竖着一双雪白的耳朵，红眼睛骨碌碌转动，一副小财迷的样子，道，“我帮你忙，你分我一半！”

“轰！”

有人发起攻击，一枚黑色的大印拍落下来，砸向石昊的后背。此时，他满头大汗，都快力竭了，依旧无法撼动蒲团。

“你答应不？”小兔子对那黑色大印视而不见。

石昊这个气啊，这只财迷的兔子有空跟他讨价还价，也不出手相助一下。他只得自己转身，一拳轰在大印上，将其击飞。

大魔神冲来，阻挡众敌，让石昊快速行动。

灵觉敏锐的不只石昊一人，还有其他人也发现了蒲团下有古怪，即便没有察觉，见他这么卖力地搬蒲团，也猜测到有异常。

“行不行呀？”太阴玉兔问道，红玛瑙般的大眼水灵灵的。

“行，只要你能撼动！”石昊道。

“胖子，过来！”雪白小兔召唤曹雨生，与此同时大魔神也出手了，四人一同硬撼蒲团。

可惜，任他们汗流浃背，符文燃烧，蒲团依旧纹丝不动。

“多半只能靠丹炉了！”石昊自语。

“嗖！”

天蝎出手，尾钩蓝汪汪，一看就有剧毒。尾钩袭来要灭掉这几人。

石昊四人退后几步，避过蝎子尾巴，在旁恢复元气，任其他人冲上前去撼动蒲团。黄金道台上一片混乱，众人都想得到青色骨书。他们不断激战，喊声震天。还有一部分人在打蒲团的主意。

当然，最激烈之地当属金灯男子和仙殿传人那里，二人正在进行生死搏杀。几个神灵也加入了进去，争抢青色骨书。

“噗！”碧玉螳螂的一双锋锐的长刀，连续劈斩，将大挪移符的光芒减弱了不少。

当然，这里的初代也都很不凡，因为他们身上有秘宝可以守护己身，不然早已被几个神加害了。

“当！”

虚空大戟与金灯撞在一起，顿时圣焰燃烧，火光沸腾，出现虚空大裂缝，惊得神火境强者都要避退。

虚空裂开，化成大裂斩，此时最是可怕，神若是涉足当中都极其危险！

“该死的天蝎，不去争夺青色骨书，总是盯着我们这里作甚。”石昊咬牙说道。他一直在等，可是最强的神之一居然盯上了他。

“轰！”

忽然，只见圣光澎湃，一幅画卷横空而来，在这个地方炸开，将大挪移符毁掉，使青色骨书坠落了下来。

与此同时，一个自信的女子出现，她抬手间就是一道剑光，逼退一名初代，而后抓向青色骨书。

众人心头一震，能轻易毁掉大挪移符，那画卷绝对是重宝，定是上界巨头亲手炼制的。

人们认出了来人是谁，她正是天仙学院的凤舞，是天仙州的初代！

她一直没有出头，直到将要分出结果才出手，想要争夺这最后的大造化。

道台上一片沸腾，青色骨书脱离符文禁锢，真正成为无主之物。所有人都疯狂了，一起扑向前去。凤舞虽然厉害，但是被一条蝎子尾巴所阻，没能第一时间抓到骨书，功亏一篑，陷入乱战中。

就是现在！石昊动了，因为天蝎等几个神都被吸引走，去追逐青色骨书。

“轰！”

他不再保留，将丹炉倾斜，用天河浇灌蒲团。一时间蒲团上雷霆爆发，仙道气息弥漫，诅咒之力蔓延。

不要说是敌手，就是大魔神、太阴玉兔等都要避退，不敢轻易临近。

金纸发光，汲取仙道气息，越发晶莹剔透起来，上面各种符文流转。金纸爆发天雷音，“轰”的一声，将蒲团震偏。

接着，它化作一道金光，挣脱了出来，冲霄而起，宛若一轮发光的太阳。

“不好！”石昊吃惊地叫道。他竭尽所能腾空，抓向这页金纸，终究是没有抓住，它太快了。

众人惊异，这蒲团下果然有古怪，被少年魔王给鼓捣了出来。许多人眼红了，冲了上来。

“挡我者死！”石昊大喝。这页宝书不能有失，他拼命出手，与众人进行抢夺。

“嗖！”

一支银色神箭射来，被他震开，羽箭在虚空中寸寸断裂。

“嗷吼……”

凶兽嘶吼。这些都是秘境中的生灵，竟也有隐伏的，现在才现身，扑杀到了高空中。

“滚！”

石昊费尽力气才取出金纸，怎能容忍他们劫走。

这一刻，他不会保留，鲲鹏法浮现在他的双拳中，他轰然暴击，接连有四大强者在他的拳下毙命。

“哧！”

一道绝世犀利的剑光劈来，刺向石昊！

石昊猛地回头，一眼看到攻击他的人正是月婵仙子。她头上悬浮着一座黄金鼎守护己身，手持一柄仙剑，直指石昊的要害。

石昊一声长啸，全力出手。

“你的命可真大，竟然还活着，并来到了上界。”月婵仙子暗中传音，绝世容颜上带着异样之色。

“你在说什么？”石昊装糊涂。

“石昊，化成灰我都认得你，别掩饰了！”月婵仙子冷笑，美眸中有炽盛的光绽放，不过她依旧是以神识传音。

“嘿嘿，老夫老妻了，你果然敏感，能够第一时间认出我。”石昊一副痞里痞气的样子。

“乱说什么！”月婵仙子白衣飘舞，仙肌玉骨，美丽而空灵，此时她眸子大睁，全力出手，顿时一股热气弥漫。

“你的次身都与我洞房了，如今已生下一个娃，叫石小蝉，如果相见，她也应该叫你一声娘亲。”石昊说道。

“胡说！”月婵仙子美眸大睁，像是挨了一击，身体一个踉跄，差点被石昊一拳击中。

“不信就算了，我与次身会养大她，跟你没关系。”石昊平淡地说道。

“啊……”月婵主身大叫，顿时失去了空灵气韵。她虽然不太相信，但还是感觉有点害怕，想到那些可能，简直是一场噩梦。

“那其实也是你的孩子，跟我走吧，去见一见。仙殿传人不过如此，我的手下败将而已，你不用与他联姻……”

石昊叽叽歪歪，嘚瑟个不停。

“我杀了你！”月婵仙子目光冷厉，她虽然害怕与愤怒，但很快恢复了冷静。

石昊也全力出手，不久前他之所以被灭，前往祭坛复活，就是因为挨了月婵仙子一剑。

“你不养娃，我自己养。”石昊脸皮厚得堪比城墙。不过，他可没有手下留情，既然对方知道他是谁，那他就不用再掩饰。他掌中轮回符文出现，打向前方。

“补天术！”月婵色变。她直接动用最强禁忌秘法，而后自身果断倒退。

“哧！”

先后有几道神光冲来，金灯男子、仙殿传人、天蝎、紫色天蜈等，一起抓向金纸。石昊目光深邃，他催动丹炉，祭出天河，而后又震出仙坟上的土，以此对抗这些人，并且想方设法去收那金纸。

“啊呀，不好！”

另一边，有人大叫，因为青色骨块被人抓住了。竟然是曹雨生，他将青色骨块揣进怀中就跑。

“轰！”

众人一起出手，截断他的前路，就是仙殿传人也折返了回去，挥动大戟，镇压小胖子。

“浑蛋！”曹雨生咒骂，只得抓出宝书，认真参悟，最后实在顶不住压力，将青色骨块扔向太阴玉兔那里，道：“这骨书大家轮流领悟！”

半空中，石昊一咬牙，取出怀中的金纸，扔进丹炉中，而后催动此炉，金纸汲取雷霆，与天空中的那道金光产生共鸣。

“哧！”

金光一闪，这样的一次尝试居然成功了，半空中的那页金纸没入丹炉中。

这一瞬间像是火山喷发，此地几乎暴动！所有人都看出来了，金纸比之青色骨块，只强不弱，是无上传承。

“冲啊！”

所有人都大喊，一起向前扑击，包括几个神灵，都恨不得立刻毙掉石昊。

“咔嚓！”

丹炉中，两页金纸相遇后，突然电闪雷鸣，金纸引动天河，震动仙土，爆发无与伦比的雷霆之力。这一刻，它进行无差别攻击，横扫四方，刹那间带着仙道气息的闪电密布虚空中。

不要说别人，就是丹炉与金纸的拥有者——石昊也都遭殃了，被电得毛发倒竖，浑身焦黑。

还好，两页金纸喷发出的雷霆，是从丹炉口冲向四面八方的，而且金纸似乎知道是石昊提供了仙道雷霆气息，并未主攻他，只是对他有所波及而已。

远处传来惨叫声，一些人被击穿躯体，还有人冒着轻烟向下方坠落。

人们迅速倒退，再也不敢临近。

石昊从空中降落，此时丹炉发光，不断爆发雷霆，将此地笼罩。他只能盘坐下来，不敢妄动。

两页金纸在疯狂汲取天河与仙土蕴含的闪电与神力，补充己身，它们越发显得晶莹与灿烂了。

“雷皇！”

石昊在第二页金纸上见到了这样两个古字，因此洞悉了这无上宝术的来历。

他心头震动，内心涌起滔天波澜！他在恶魔岛修行闪电之法，出来后曾经详细了解过雷道法则的各种道统以及种种传说。

“雷帝，号称雷道成就最高者。”

就是这么强大的一个人，居然只有那么简单的一句话传说，再无其他。

石昊当初听闻时，觉得古怪，后来经过详细打探，才了解到一些不确定的消息。

有传说称，雷皇是仙，来自广袤无垠的无人区，根本就不是上界三千州的生灵，古人避讳，不提其来历，致使有关他的传说越来越少。

“元天至尊探索无人区，重伤归来才殒命的。这金纸难道是他从无人禁区中带出来的？”石昊心中嘀咕。

“嗡！”

就在此时，石昊身上的破烂甲胄也发光，流转诡异气息，令他一阵吃惊。

“它难道也来自广袤的无人区？”石昊摩挲着身上锈迹斑斑的甲胄。他在秘境出口处，曾隐约间听到几位老教主的话语，所以这样猜测。

第427章 传承地落幕

WANMEI SHIJIE

石昊挨着蒲团盘坐。

丹炉内，银色电弧、赤色雷霆、金色闪电、黑色雷光……交织在一起，充满仙道气息。

两页金纸在丹炉中沉浮，金纸吸收天河中的雷电，越发晶莹灿烂，最后竟映照出一方模模糊糊的小千世界。

石昊大感惊异，他觉得没有看错。他看见电光中浮现一片残影，映照出一片遗迹。

那里有很多巨大的黑色山岳，只是都断裂了，还坐落着成片金色的巨宫，可惜大半都已倒塌，还有快干涸的银色的河流。

那是一片废墟，瓦砾遍地，闪电缭绕，看起来神秘而朦胧，常人不可接近。

“雷帝宫！”

石昊倒吸了一口凉气，他见到了废墟中一块匾额，上面写着这样三个字，只是早已蒙上尘埃。

“这是无人区深处吗？”他自语。因为依据传说，雷帝不属于上界三千州，而是来自更为广袤的神秘禁区。

突然，石昊旁边的蒲团震动，发出蒙蒙光辉。他身上的破烂甲胄也是如此，也开始与金纸共鸣。

“咦？”他惊讶道。他看到的模糊景象发生了变化，废墟中有生灵出现。

一瞬间而已，石昊感觉一股浩瀚的气息扑面而来，面对它仿若在对着整片宇宙，无力抗衡，它的气息压迫得人要窒息。

这只是一个人形生灵，它站在雷帝宫废墟外，宛若洪荒时代的主宰，俯视九天十地。它整个人被雾霭缭绕，但是那种气势太慑人了。

即便隔着千古，相距无尽岁月，不在一个时空中，石昊也一阵心悸，他有种蝼蚁对上苍龙的感觉。

这个生灵太强横了！

“元天至尊？”石昊轻语。他认出了此人身上的甲胄以天缺石炼成，天缺石呈淡青色，能补苍穹、炼青天，是无上仙料。

他在兵冢曾见到过这副甲胄，它布满了裂痕葬在水晶坟墓内，不可撼动，陪伴古代至尊在此沉眠。

很快，另一道身影出现了，这身影从广袤的无人禁区深处走来，步入雷帝宫废墟，对上了元天至尊。

两人起了冲突，快速大战。

画面模糊了，但那种战斗光是气息就足以让诸神惊颤。混沌气冲击仿若灭世一般，太恐怖了。

石昊脸色苍白，急忙运转《原始真解》守护心神！

这是金纸记录下的投影吗？

随后，蒲团发光，上面浮现一片骨文，骨文上记述了一段秘辛。

元天至尊重伤垂死，艰难闯出禁区遗迹，带回来两页金色纸张，那是雷帝的传承，而后他开始闭关。

“雷帝，相传为仙，连元天至尊都想钻研其法。”石昊惊异。他竟得到了这样的信息。

很可惜，元天至尊涅槃失败，重伤不治，最终身死道消。

他养有一头闪电犬，得到雷帝上篇传承，最后进化成龙夔，足见这一宝术多么惊世，绝对震古烁今。

“嗯，我身上这破烂甲胄也是从禁区深处带出来的？”虽然石昊早有猜测，但是从蒲团上的印记得到证实，还是有些惊异。

可惜，骨文里只是一笔带过，并没有详细的解释。

“什么，雷帝可能是十凶之一？”当看到这段骨文记载，石昊着实被镇住了，大感匪夷所思，一时心神剧震。

所谓“太古十凶”，乃是后人的说法。

事实上，十凶存在的岁月极其古老，太古已是他们的末世，很难说清他们源自何代。

当然，也有人说，十凶现在还有活在世间的，他们从来就不曾消亡，为真正的——仙。

“神道、仙道，我怎么觉得，此中有天大的秘密？”石昊自语。而今一般都讲神道，连修行境界也是如此。

可是，若提到古老的过去，总会扯出仙。

不管怎样说，他知道了金纸的来历，并且洞悉了它的无上价值，连元天至尊都想在涅槃后修改此法！

石昊没有耽搁时间，继续观摩金色纸张上的骨文，因为这些骨文唯有在吸收仙道雷霆气息时才会显化。

黄金道台上，各方厮杀，争夺青色骨块。还有部分人盯住了他，不肯离开，静等雷霆之力消散。

这是一场大战，各方争雄，全都是为了抢夺秘境中的最高传承。

“坏了！”石昊一惊，因为两页金纸终于慢慢平静了下来。天蝎、碧玉螳螂和几位初代虎视眈眈，扑了上来。

“老虎不发威，你们当我是病猫啊！”石昊大吼，站了起来。

“昊儿，不要莽撞，这边走！”大魔神暗中传音。他们收获不算小了，得到金纸比什么都重要。

此外，他们还从青色骨块上领悟了一些神通。

特别是太阴玉兔与小胖子，刚才虽然被群雄打得抱头鼠窜，但分别攥着青色骨块很长时间，着实得到了天大的好处。

“还想走吗?!”手持金灯的男子终于对石昊出手了，他神色冷漠，是此地最强初代之一。

他气魄惊人，灵魂之力如汪洋般汹涌，此时他龙行虎步，向着石昊逼迫而来。

他的头上有一盏发光的金色宝灯，灯芯处飞出一片光雨，光雨化成一颗颗火红的大星，镇压石昊。最为惊人的是每一颗大星上都盘坐着一位神祇，神秘而恐怖！

“哧！”

与此同时，甄古出手了。他手握凝血，化成赤色战矛，竟刺穿了虚空，发出呜呜声。矛锋处带着一群神魔虚影，杀到近前。

此外，碧玉螳螂等也出手了，一时间道台上杀气沸腾。

这是一场大战，石昊纵横搏斗，但很快身上就有伤了。这么多强敌围攻他，当中还有神灵，他没有立刻殒命就很惊人了。

湛蓝蝎尾无声无息地出现，刺穿石昊的护体符文，若非唯一洞天阻挡，他绝对要被活活刺死了。

这天蝎尾太厉害了，不久前就曾直接刺穿一位初代，简直是一根最锋锐的毒矛。

石昊险些遭劫，他的洞天削弱符文，令蝎子尾巴减速，但他的肩头还是破了，当场淌出黑血。

“轰！”

他快速运转骨文，当即将毒血全部排净，肩头更是失去一块血肉。

要知道，石昊号称拥有金刚不坏之身，即便如此，还是被蝎子尾巴刺了一个小洞。

“这破烂甲胄！”他自语。甲胄肩部有个大窟窿，正好被天蝎尾巴穿入。

这虽然是一件神秘的瑰宝，但有时候真的有点不太靠谱。

其他所有人都色变，就是仙殿传人、金灯男子等也都凛然，这天蝎果然是秘境中最可怕的神火境强者之一。

“如果是在同一境界，让它刺也刺不穿，但它现在已为神灵，我的肉身难阻其尾刺。”石昊目光寒冷。吃了这样的亏，他开始反击。

“嗡！”

蝎子尾巴横空，肆无忌惮，再次刺来。因为天蝎观看过石昊与仙殿传人的大战，觉得可以将他镇压，毕竟自身为神灵。

“噗！”

下一刻，蝎子尾巴刺中了石昊胸口。部分人震惊了，表情各不相同。

“少年魔王……就这样被干掉了？”

“居然成功了！”

然而，一声凄厉的惨叫让所有人的表情都凝固了，这叫声是天蝎发出的。

石昊的胸前有一块黄色的烂泥，他的胸口被天蝎尾巴刺中，结果那剧毒的湛蓝蝎尾迅速化成了泥。

不仅如此，这种趋势快速蔓延，从蝎子尾钩迅速向上，顷刻间整条蝎尾都发黄，化成了一摊烂泥。

“啊……”

天蝎惨叫。它一身的神通都在这条尾巴上，现在尾巴被毁，就等于摘掉了人族的至尊骨一般，不说神通尽废，也差不多了。

这是一场惊人的变故。

很多人都色变，这是太阳神藤带进来的妖邪黄泥，出自广袤的无人区，当时被石昊以丹炉收走，现在竟展现了出来。

“轰！”石昊毫不留情，一冲而过，一双拳头发光，轮回与鲲鹏奥义内蕴其中，轰击天蝎。

同一时间，其他人也都露出异色，怕天蝎复原，众人纷纷出手，也想除掉这个可怕的神灵。

可叹天蝎神威凛凛，最终被众人打倒，形神俱灭。

见石昊以丹炉盖托着黄泥，所有人都凛然。没有人敢轻举妄动，众人都认为那是极大的威胁。

“接着！”

太阴玉兔被人追得四处乱蹦乱跳，将青色骨块扔给了石昊。“嗡”的一声，青色骨块发光，一组符文映入他的心中。

“金蛇腿。”

石昊当即就有点发蒙，蛇有腿吗？很快，他明白了，这种秘术是人族的法门，观蛇龙而受启发，开创宝术。

不过，最终未取“龙”字，直接命名为金蛇腿，这名字真的不算惊人与霸气，可是稍微一琢磨，这神通很不简单，甚至可以说非常恐怖！

不然，绝不会被一位至尊收录在宝书中，而且还算是秘法！

这个时候，黄金道台上所有人都出手了，全都围攻石昊。因为他惹了众怒，不仅得到金纸，还夺了青色骨书，让人不能容忍。

石昊逃遁开，想继续参悟，可惜这骨书很怪，同一人每得到一种宝术，就会寂静一段时间，难以立刻悟出其他神通。

石昊抖手将青色骨书扔了出去。此时得有所取舍，不然所有人都向他轰来，即便丹炉中还有天河可用，也招架不住。

“爷爷，我们走！”石昊暗中传音。他利用这个机会，朝相反方向而去，开始突围。

祖孙二人跃下黄金道台，疯狂冲击，离开了这里，身后足有一半人在追击，另一半人则留下来争夺青色骨书。

“怎样才能离开这座混沌气弥漫的古殿？”石昊自语。他是被传送进来的，出去时难以发觉退路。

祖孙二人向前飞奔，两人满头大汗，有些焦急。

“前辈，我等如何离开？”石昊吼道，对暗中那个主持传承地的规则或者是器灵开口。

“你确信要离开，不争夺至尊道统了吗？”那洪大的声音问道。

得到回应后，石昊大喜，道：“确信！”

人当有所取舍，也当知足，得到金纸后，还有什么可留恋的，如果过于贪心，必然会死在此地。

“唰！”

符光出现，将石昊与大魔神笼罩，下一刻符光裹着他们离开了此地。

“还有我，还有我！”雪白小兔叫嚷，不断踢腿表示非常不满。

其他人则一下子犹豫了，若是这样追出去，那么将彻底与青色骨书绝缘，实在让人纠结。

“哧！”

只见各种霞光闪耀，最终有部分人跟了上去，还有部分人跑回去争夺青色骨书。

这次，石昊他们直接越过九座圣山，出现在传承地外，从仙池的那道光门中钻出。

“轰！”

刚一出来，他们就遭遇了偷袭。一只金色的蛤蟆伸出舌头，如一挂瀑布般卷来。

“着！”

石昊祭出黄泥，还伴着部分天河，以此护体。金色蛤蟆灵觉敏锐，迅速避过，露出警觉之色。

“啊！”

下一刻，惨叫声传来。金色蛤蟆舌头一卷，将从光门中追出的一条神火境的蜈蚣给吞食了。

“噗！”

与此同时，一条碧蛟也出手，将从光门内追击而来的碧玉螳螂拦腰绞断，吞进口中。

石昊大吃一惊，金色蛤蟆、碧蛟等是秘境中最强大的生灵，他早先遇到过。它们疑似超越了神火境，恐怖无比，不承想它们守在这里。

传承地有限制，这几个生灵也曾进去过，但还没有到九座圣山前便又退了回来，因为它们的境界被压制了，只能达到神火境，担心在里面遭劫，如若那样太过憋屈。

“小友，莫急，我们可以坐下来谈一谈。”就在这时，有生灵开口。

石昊觉得自己能突围，但是回头看到这个生灵，却有点没底了，他就是有丹炉与天河以及黄泥也有点悬。

这是一株古树，通体焦黑，像是大病了一场。它以树根当作双足，迈步而来，正是魔血鬼神树。

“前辈，想谈什么？”石昊稳住心神，问道。

“你我有缘，我无加害你之意，但请放心。”魔血鬼神树开口，声音平和。

石昊可不怎么相信，当初他将天河水的诅咒引入老树体内，让它咳嗽个不停，拔足狂奔，现在它能不收拾他吗?

“上界三千州之外是我的故乡，而你身上的战衣也出自那里，这是缘分，我们不是敌人。”老树说道。

石昊闻言震动，他很想知道三千州外，那广袤的无人区是怎样的地方。他一下子来了精神，很想了解清楚。

第428章 离开秘境

WANMEI SHIJIE

石昊在戒备，虽然有猎奇的心理，但也不可能放松警惕，毕竟双方曾经冲突过。

老树而今通体焦黑干枯，有一种岁月的沧桑气息，不知道活了多少年。它的确没有敌意，平静地跟石昊交谈。

“说够了没有。”旁边，那条碧蛟冷笑，朝这边望了一眼，眼睛盯着石昊不放。

“大人说话，小朋友一边玩去。”魔血鬼神树沉声道。

“你在跟我说话？”碧蛟浑身莹莹发光，鳞片如金属铸成，锃亮而冰冷，此时眸子大睁，怒气腾腾。

它有足够自负的资本，因为它已超越神火境，是这秘境中最强大的几个神灵之一！

魔血鬼神树气息暴涨，它可不是什么善茬儿，在秘境中默默无闻是因为一直被封在那座大阵中，不出世而已。

“咔嚓！”

一条黑色的枝丫冲起，如同神鞭般抽了过去，那条树丫乌光大盛，并且伴着闪电，雷鸣声震耳欲聋。

碧蛟色变，它从来没有见到过这株树，在这秘境中它已经是统领之一，而如果是外界来的生灵，最高也不过神火境才对。

“吼……”它咆哮出声，奋力一击，顿时碧绿符文绽放。它蛟爪裂天，迎向那条枝丫。

“噗！”

一声轻响，那条锋锐的蛟爪当即就被抽得断落下来。

魔血鬼神树随意一击而已，就斩落下它的一条蛟臂，让碧蛟震惊而恐惧，这是何方神圣，怎么进来的？竟超越了这一秘境允许存在的极限！

“呱！”

旁边的金色蛤蟆也受到了惊吓。这株老树太厉害了，轻而易举就将碧蛟击伤了，是什么境界的？

碧蛟、金色蛤蟆全都倒飞几丈，不敢靠近这里。

石昊也心中发毛，这老树如此强大，若非当日中了诅咒且刚复苏，简直可以轻易地干掉他。

“别紧张，我没有恶意，咱们好好聊一聊。”魔血鬼神树说道。

光门内，有初代追击出来见到这一幕，莫不震撼，全都倒退几步。还有不了解情况的人赶到，向魔血鬼神树出手。

结果，“噗”“噗”两声，一条紫色的天蜈神火熄灭，还有一名初代大叫一声，化作光雨，飞向秘境出口的祭坛。

“自我封印这么久，力量才慢慢复苏，没有控制好，我其实根本不想取他们姓命。”魔血鬼神树解释。

一群人都无言了，这主儿一看就出手果断，还会留情？

“我相信。”石昊点头，没有拆台。

传说，这种树蕴有魔血，可以化成树，也可以化成人形的鬼神，最是可怕。此树数量稀少，唯有广袤的无人区深处才有。

“我们说到哪儿了？”鬼神树询问道。

“说到我们有缘，这甲胄……”石昊提醒。

“当年，我只是一粒种子，出生时落在你身上那副甲胄的缝隙中，可惜那时我只有些许意识。”魔血鬼神树说道。

这些话语让石昊一愣一愣的，这株老树活多少万年了？太古老了！

要知道，这副甲胄还是太古年间的器物呢，被元天至尊从无人区带出到现在，这都多少年过去了。

“我们魔血鬼神树的种子生长很缓慢，我在秘境中积蓄了漫长岁月才生根发芽。”老树解释道。当年它有些许意识，知道自己被带出禁区了，但很多东西却不了解。

它只传承了该族的天赋神通，对于禁区的情况就知道得太少了。

当年，它只是随风而飘，作为一枚种子落在甲胄缝隙中，被元天至尊觉察了，看出了它的稀有，将它带了回来。

“这样也行……”石昊不知道说什么好。

“这样说就是想告诉你，你身上的甲胄曾经承载我，我们也算是有缘。一般的人可穿不上它，既然你能，我也就不为难你了，曾经的旧账一笔勾销。”魔血鬼神树说道。

石昊长出了一口气，对方的修为比他强，就此翻过这一页最好不过。

“不过呢，既然有缘，你也得帮我一个忙。我对你那丹炉中的河水内蕴藏的仙道气息颇感兴趣，你要帮我炼化一些，去掉诅咒。”

大魔神当时就色变了，因为丹炉中还有秘密，两页金纸都在里面。

石昊也为难了，一阵沉思。老树嘿嘿笑了起来，道：“难道你得到了雷帝的另一页金纸？”

石昊一叹，感觉逃避不过。

“你取走我一页金纸，而今让我观另一页，也好扯平。”魔血鬼神树说道。

它知道这里有什么，漫长岁月以来，也曾进去过，但进去会被压制境界，它难以撼动蒲团。

它可为鬼神可为树，故此主干上有眼睛显化。

“好吧！”石昊想了想，而后答应了。魔血鬼神树，只能为友，不能为敌，不然自己多半会很危险。

“我也不白取经文，到时候会送你一场善缘。”老树说道。

“什么善缘？”石昊惊讶道。

“带你们平安离去，走出秘境。”魔血鬼神树笑着说道。它可是知道，眼前这个少年灭了不少竞争对手，想离开秘境，在出口必要遭遇阻击。

“我根本就没打算离开啊。”石昊咕哝。他早就跟大魔神商量好了，秘境内资源丰厚，宝药遍地，正是修炼的圣地。

如果出去，危险太大了，出口那里的教主肯定不会放过盘查他的机会，到时候真身必然要曝光，难以活命。

“你想留下来？”魔血鬼神树惊讶道。

石昊道：“这里天材地宝遍地皆是，远胜外界，为什么要出去？在这里破关，到时候境界到了再出去，谁还能难为我。”

“这里压制生灵，难以超越神火境界，而且每过百年就会有一次大劫，斩灭因意外而超过神火境的生灵，规则秩序非常可怕。”

老树说道。这话顿时让石昊色变。为了保护秘境不被破坏，必须要限制此地的生灵境界。

“那你……”

“我能活着，那是因为，我是被元天至尊栽种进这个秘境中的，并且我偷天换日，封在大阵中，与那闪电夔遗骨凝结一体，可以逃过规则，你们也想这样吗？”

十五爷与石昊相视，皆心情沉重，原本的打算要落空了。

“不过，以你们的天资，若是抱着那龙夔，也能熬下去，但是会很惨。”老树笑道。

这么多年过去，它早已探清了秘境。相对金色蛤蟆、碧蛟等超级强者来说，它更加恐怖，是一个老古董。

最近，魔血鬼神树发现秘境中有处不稳定的空间节点，可以从那里出去，逃脱这片牢笼。

对它来说，这地方简直就像是一座监狱。

“太可惜了！”石昊无比遗憾。他真想留下来，上哪里去寻找这种修行圣地。

“喂，你们看我老人家和善可欺是吗？”魔血鬼神树望向远处，看着众人，道，“在这里鬼鬼祟祟，乱打主意，当我不存在吗？”

“嗖！”

一条枝丫冲起，横扫了过去，碧蛟当即惨叫，又一只蛟臂落下，而黄金蛤蟆的肚皮被戳了大洞，吓得亡魂皆冒，逃之夭夭。

石昊屁颠屁颠地跑了过去，将前后斩落下来的两只蛟臂收了起来。

“还有你们……”魔血鬼神树指向那些从传承地追击出来的生灵。

“噗，噗……”

当即就有几头秘境中的生灵被击中，还有外界的生灵被斩灭，凭借命符复活而离去。

转眼间，这里几乎就被清场了！

太阴玉兔吓得小心脏扑腾扑腾直跳，稚声稚气地嚷道：“自己人！”

不过，它没敢凑近，瞪着一双红水晶般的大眼睛，一溜烟逃了。它可不想靠近这种怪树，对小兔子来说，真是太可怕了。

“终于安静了。”

接下来，石昊不得不取出丹炉，为老树炼化了部分天河，当中的诅咒对修为高深的人是致命的。

实力越强，面对这种诅咒越危险，当年就曾有老教主因此而殒命。

老树得偿所愿，非常满意。它体会了那种仙道雷霆气息，久久未语，随后它看到了丹炉中的黄泥，当即大感惊悚。

“原来只是沾染了真正黄泥的一点气息而已，并不是那种东西。”它长出了一口气，刚才竟受到了惊吓。

石昊眼睛冒光，赶忙请教，真正的黄泥到底是什么，要知道上界巨头在禁区深处触之都立刻熔化了，迅速殒命。

“我也不太了解，据传那是仙古时留下的东西，不能碰。”老树神色凝重地说道。

石昊吃惊，道：“那是怎样一个时代？”

“那是一个辉煌与不朽的年代。”鬼神树摇了摇头，它也不知。毕竟当年它还只是一粒种子，这些还是元天至尊对龙獒讲的呢，被它听到了而已。

“神道，仙道……”

石昊轻语，果然有大秘密，而今只论神道，可是提到遥远的过去就总会扯到仙。

接下来，魔血鬼神树、十五爷、石昊一同观阅雷帝经文，三人盯着金纸看个不停，将经文默默铭记在心中。

这是无上秘法，传出去的话，会惹来杀身大祸！

因为，无论是哪个古教，都会眼红，非要得到它不可。

也不知道过了多久，魔血鬼神树才抬头。它耗费漫长时间，也只是将符文记在心中，不可能这么快就领悟。

“好了，前辈，我兑现了承诺。”石昊说道。

“那我就带你们离开。”魔血鬼神树点头。

“别急，我们守在这里，静等青色骨块被带出。”石昊笑道，但笑容有点冷酷。他可是被人围攻了很长时间，现在打算在这里算账。

“那块骨书无人可以带走，只能在这里参悟。”魔血鬼神树摇了摇头。

石昊愕然，还有这种事？

“算了，我们也该知足了，得到雷帝最高秘术，还领悟了青色骨书上的一些神通，该离开了。”十五爷很稳重。

魔血鬼神树亦点头，道：“走吧，那处空间节点很不稳，要不了多长时间就会消失了，不能耽搁太久。”

“便宜他们了。”石昊咕哝。

他们一路东行，发现那节点位置距离秘境出口不是很远，这吓了石昊一跳，这样出去该不会被捉到吧？

“放心，从这空间节点离开，有可能会出现在数千万里外，甚至横跨数州。虚空通道可没你想象中的那么简单。”魔血鬼神树说道。

路过秘境出口时，石昊驻足观看，隐约间能见到那座祭坛，甚至能听到外界的一些声音。

“天啊，又死了几人，传承地争夺大战到了白热化。”

“那少年魔王得到了一页金纸，已经离开了古殿？真是大造化啊，就是不知道他怎么走出秘境。”

外界，群雄都在议论。

几位老教主神色平淡，全都默然，但是每一个人眸子中都精光流转。无论是谁得到金纸与青色骨块，想从秘境离开，都得先过他们这一关。

无论怎样，他们都要得到那种传承，领悟一番。

尤其是，如果那少年魔王——荒，只是一介散修，背后没有可怕的大教，那么对不起了，金纸你休想带走。

“太嚣张了，他跟一株老树联手，加害了一些俊杰。我看他如何出来，老身要向他讨个说法！”一个身穿金色羽衣的老妪开口。

她是黄金鸾族的巨头，与几位老教主平起平坐，只因该族初代一只年轻的黄金鸾被石昊斩灭，她大感愤懑。

“嘿，老家伙，你是在说我吗？”石昊身穿破烂甲胄，很张扬地在秘境中挥手，距离足够远，他倒也不担心什么。

“嗯？”老妪眸子射出两道金光。

她早就感应到那里有人，只是这秘境太诡异了，压制他们所有人，即使只是以神识探进去，都会被削减到令人发指的程度。

“是他，少年魔王荒！”

“天啊，真是他，敢对一位教主如此挑衅，这家伙什么来头！”

……

秘境外一下子就沸腾了，所有人都张目观看。

“年轻人，你太狂妄了，不要忘了，你终究是要出来的。”秦长生平静地说道。

火魔宫的人更是跳脚，这个少年魔王让他们丢尽了脸，他们愤恨无比，恨不得立刻冲过去，将他斩灭。

天国的光天使躲在人群中，眼中更是精光闪动，他在考虑，是否要潜入进去，直接将此少年干掉！

除此之外，冥土、太阳神藤、黑兰、真犼、圣羽等族与古教的人马都怒气腾腾，有太多的人目光森寒地盯着他，想要将他立刻击毙。

可以说，石昊往这里一站，吸引了一大群生灵的注意力。众人仇恨值暴涨，全都怒气腾腾。

“我说，诸位，你们这样看着我，我会很不好意思的。这样干吗，在欢迎我吗？当真是万众瞩目，天地间唯一的焦点啊。”石昊自恋地说道。

一群人顿时黑了脸，更有人在磨牙。

“年轻人不知天高地厚，我看你如何出来！”黄金鸾族的老妪冷声说道。

“嘿！”还有教主也冷嘿了一声。

“谁说我要出去，这里面挺好的，爷不走了。”石昊大大咧咧地说道，对教主级人物根本不在乎。

“我去灭了他！”

“我也去！”

当即就有一群人忍不住了，有火魔宫的人，还有冥土、黄金鸾族的生灵，更有不老山的强者，苦主可谓太多了。

“谁怕谁，有种你们进来，我将你们全部灭了！”石昊大言不惭地说道。

“灭了他！”

终于，有强大的生灵忍不住了。一些大教的强者联手踏入秘境内，他们虽然被压制了，但依旧可发挥出一定的实力。

“灭你们全部！”石昊说道。

魔血鬼神树等到这群人临近，果断出手！它是秘境中唯一一个超脱了的生灵，不受影响，可以发挥出恐怖的战力。

“噗！”

只见一群人被横扫，全部殒命，这一幕震惊了外界所有人。

几位老教主见状，心头剧跳，居然有人不受规则限制，这个生灵一定与元天至尊有关！

“我说，诸位，你们还进来吗？来多少都行啊，我接着！”石昊在那里笑得很贱。

秘境外鸦雀无声，很多人都被镇住了。

“既然如此，我去修行了，各位，五千年后再见，下次秘境开启，我等你们。”石昊挥了挥手，很潇洒地转身。

“浑蛋！”

“孽障，我灭了你！”

……

后方，一群人咒骂，实在被气坏了。

“再叫，我去秘境深处灭你们的徒子徒孙！”石昊威胁道。

当即，一群人更怒了。

不过，石昊没时间可耽搁，他跟随着魔血鬼神树一路飞驰，快速冲向节点，怕错过了时间。

终于，随着“嗡”的一声轻颤，他们踏进那处奇异之地，离开了秘境。

第429章 魔州

WANMEI SHIJIE

秘境出口，一群人愤怒不已，那个少年魔王太可恨了，恣意行事，气焰嚣张，浑然不将他们放在眼中。

不要说其他人，就是几位教主也都脸色阴沉，恨不得一巴掌拍死他，真是岂有此理！

“他敢留在里面？纯粹是一派胡言！想引诱我等进去攻击他，未免太幼稚了。”一个身穿金色羽衣的老妪说道，她是黄金鸾族的族主。

几位教主目光深邃，被少年魔王——荒当众奚落，大加讽刺，他们倍感颜面无光，身体被雾霭笼罩，怒气弥漫。

群雄都在热议，今日所发生之事太劲爆了，一个少年而已，竟敢挑衅各教，怠慢权威，太彪悍了！

毫无疑问，这是一场风暴。在接下来的日子里，少年魔王荒将成为各教议论的焦点，会成为上界风云人物。

每一处空间节点都意味着内蕴一片混乱虚空，非常危险，如果贸然闯进去，动辄会形神俱灭！

还好有魔血鬼神树一路同行，它道行高深，可人可树，此时他化成一个黑衣老叟，撑起一团乌光，对抗空间乱流。

这样穿越空间，通道非常不稳固。

“嗖！”

在这里，空间是扭曲的，有各种大裂缝，一个弄不好就会被斩断躯体。

“嗞！”

石昊倒吸了一口凉气。他们在不稳固的通道中前行，看到一条长达千丈的青蛟，它绝对超越神火境，可是此时尸体冰冷，显然是被虚空大裂缝斩断，上半截躯体早已不知在哪里。

他们快速前行，周围飘浮着蒙蒙雾霭，宛若进入了混沌中。

“小心！”

前方光刃成片。那是规则所化，可将神灵斩碎，附近有一堆残骨，都是横渡虚空而发生意外的强者留下的。

一刻钟后，石昊一惊。他居然在虚空大裂缝中看到一艘黑色的古船，古船染着血，在漫无边际的虚空中漂流。

不知道为何，见到古船的刹那，他们一阵心慌，几乎要窒息。

太压抑了！强大如他们都宛若被死亡阴影笼罩了，仿佛马上就要死去。

“那是什么？”十五爷蹙眉。

“噤声！”魔血鬼神树紧张得汗毛根根倒竖，小心地在虚空大裂缝中横渡，一语不发，带着两人快速远去。

也不知道过了多久，他才长出了一口气，身上竟冒出了冷汗。

“我曾听元天至尊说过，横渡虚空，若迷失在一些大裂缝中，最怕的就是遇上染血的黑色古船以及雾霭笼罩的混沌殿，还有可怕的飞仙的奇景。”魔血鬼神树解释道。

那三种东西与景象，亘古长存，极度诡异，便是老教主闯进去也必死无疑。

而他们今日竟见到了一艘染血的黑色古船，这实在是撞了“大运”，还好他们离得远，不曾临近，不然危矣！

“亿万生灵，没有几人能见到，我们也算是经历了一段不凡的旅程。”

接下来，没有什么意外发生，虚空虽不稳固，但他们有惊无险，沿着这处空间节点所连着的“路”，冲到了尽头。

很快，白光一闪，他们从另一处不稳固的节点脱困而出，来到了外部的大世界。

赤红的岩浆映入眼帘，灼热的温度简直要将人化成灰烬，这是一片火山群，热浪汹涌，硫黄味浓重刺鼻。

显然这是一处绝地，没有植被，缺少生机，有的只是冒着黑烟的火山口以及流淌岩浆的巨山。

“两位，告辞，这个地方不适合我久留。”魔血鬼神树说道，它毕竟是一株植物，在这里很不自在。

“前辈，别过！”石昊抱拳，看着它破空远去。

“就这么出来了。”大魔神自语，觉得有点不真实。前一刻他们还在五行州的一方小千世界，现在多半已在数千万里以外了。

这是什么地方，还是在原来那一州吗？祖孙二人两眼一抹黑，根本没有一点地域概念，不知身在何处。

“我感觉这个地方不错，对我来说，感觉很舒服。”大魔神说道，而后一个猛子扎进一座火山口内，顿时红色岩浆四溅。

石昊一惊，自己的祖父还真是彪悍，直接就投身火山口内了。火山口内赤红一片，热浪滚滚，红色浆液正在沸腾!

“爷爷，你没事吧？”

哗啦一声，岩浆被分开，大魔神从火山口内冒头，像是在泡澡一般，他脸膛发红，发丝中热气蒸腾。

“我很好！”十五爷开口说道。他吞食了魔尊真血，一直有阴气蛰伏体内，只能以烈酒等压制才会好受一些。

在秘境中，他修习雷电法门，更进一步缓解了痛苦，但终究是没有根治，现在泡在岩浆中，反倒很舒泰。

“爷爷，我一定为你寻来神灵级的猴儿酒！”石昊说道。也许只有那种级数的宝酒才能去掉大魔神的阴气。

“无妨，我觉得修行雷帝之法后，身子越来越轻灵了，我早晚会好的。”大魔神说道。

石昊点头，道：“也对，我先去探一下这是什么地方，而后我们闭关，将第二页金纸上的秘法修成。”

接下来，他与大魔神开始探索这片区域，要弄清楚到底身在何方。

这是一片很荒凉的高原，面积广大，方圆足有十几万里，人烟罕见，他们寻出去数万里，才见到一些凡人。

这里生活条件艰苦，几乎看不到强大的生灵。因为这里没有湖泊青山，缺少灵药，根本就不是什么修炼圣地。

土地贫瘠，实在太荒凉了，浩瀚高原上没有什么修行的道统。

“魔州！”

原来他们身在魔州，真不知道距离五行州有多远，仔细打探了一番，那些凡人根本不知其他大州。

在凡人眼中，一州之地就已经广袤无垠了，走上百世都不可能到达尽头。

最后，二人好不容易遇到几名修士，不过修为都不高，两人从他们嘴里了解到了一些情况。

所谓魔州，是因为此地古代出魔，是乱战之地，杀伐不绝，凶气滔天，才以此命名。

而这方圆十几万里都是黄土高原，缺少植被，就是古代大战波及而形成的，一位远古大能曾张口喷出一道火焰，烧光了一切。

祖孙二人闻言震惊，那是何等的修为？一道火焰，焚烧十几万里！

此外，这里之所以称为魔州，不仅仅是因为古代此州总是出魔，不断征战，还有一个重要原因——魔葬园坐落在这一州。

石昊闻言，顿时露出异色。

他跟这一脉的仇真的很大，在下界时就曾大战，不死不休，而七神下界更是因为有该族操控。

此外，他在元天秘境中还曾击灭过魔葬园的一位年轻翘楚！

这片区域很荒凉，并不代表整片魔州缺乏灵气，相反这里有很多大教与数不清的神秀山川，特别是魔葬园所在之地，终年流淌天精与瑞华。

这方圆十几万里，相对魔州来说只是一隅之地，没有什么强大的生灵踏足。

祖孙二人非常满意，因为这片荒凉的高原真的太适合闭关了，不管弄出多么大的动静都不用担心。

“可惜啊，距离五行州太远了，相隔数十州，想回去有难度！”石昊叹道，这是他多方打探才了解到的消息。

一州之地比下界八域加起来还广袤，有数千万里，难以想象。

最近几日，火山群内雷光闪耀，电芒交织，景象惊人。

祖孙二人在闭关，根本不担心有人打扰，因为这里只有滚滚浓烟、沸腾的赤红岩浆以及刺鼻的硫黄味。

两人都已闭目，各自盘坐在一座火山口。伴着红色岩浆，他们头上闪电缭绕，正在参悟第二页金纸。

在大魔神的身前，有一株紫色的草，灵气氤氲，爆发出无穷闪电将他环绕，噼啪作响。

在石昊的身前有一株翠竹，只有筷子粗细，两尺多高，通体碧绿，带着绿芒，同样雷霆滚滚。

这两样植物可以说是无价，都是他从仙坟上采摘下来的，吞食它们，可以在最短的时间内修成一种雷道神通。

这不是石昊第一次受益了，而今与祖父一起参悟第二页金纸，一下子动用了两株，而他身上也只剩最后一株了。

雷帝，神秘而强大，有人说他是仙，一生所学，浩瀚莫测！

而两页金纸神力惊世，一旦传出去，足以让各教疯狂，因为上面记载了雷道最高之法！

接连几日，紫草与翠竹都在快速变少，祖孙二人身上电光腾腾，最后被符文包裹，如同涅槃了一般。

他们化成了两只茧，那茧是由闪电凝聚而成的！

又过了两日，雷霆冲霄，电芒惊人，将成片的火山都劈得崩塌了，岩浆喷溅，地上赤红一片，景象十分骇人。

“成了！”石昊睁开眼睛，双目精光闪烁，眸子中射出的是闪电符文，犀利而迫人。

在他的脚下，土黄色气息凝聚，宛若一片大地成形，其实是闪电。随后他的身后又有光与暗分别浮现，化成光暗之翼，同样是雷霆！

他对雷道的领悟达到了一个骇人听闻的地步，雷帝的宝术尽在心中，千变万化，各种奥义皆在掌握中。

石昊觉得，如果再入元天秘境，他根本不需动用鲲鹏法，仅以雷霆出击，便可以灭各路对手。

这种法可与鲲鹏法比肩，堪称震古烁今的至高神通！

不久后，大魔神也出关了，他同样收获巨大。

“爷爷，我想参加三千州的奇才大战，据传有无上大机缘。到时候百川汇海，各族精英，包括所有初代，都会前往。”石昊说道，他想去争夺造化。

“孩子，我就在这里隐居，日后你如果想找我，就来这片火山群吧。”大魔神说道，他想在此继续修行。

第430章 要变天

WANMEI SHIJIE

魔州，火焰高原。

远古大能喷出一口火焰，造成方圆十几万里寸草不生，使此地成为死地。

漫长岁月过去，此地依旧是生灵罕见，植被稀疏。

枯寂的高原上，有一个人在行走，他一步数千丈，缩地成寸。他的速度太快了，如一道浮光在移动，正是石昊。

他离开祖父，要去闯天下，争夺属于这个时代的天才的大造化。世间早就在传，百川汇海，将有惊世大战。

他一边走一边体悟“缩地成寸”这种人族大神通，这是他从元天秘境中得到的宝术，一路琢磨与钻研下来，他理解更深了。

大风卷起黄沙漫天，远远望去，如数十头黄龙咆哮，在大地上席卷而过，十分壮阔。石昊一路疾驰，带着风沙，他已经贯穿十几万里，即将离开这片高原。

“不知道什么时候才能见到打神石还有皇蝶。”石昊自语。

首先，他要离开这片荒凉的地域，先探明那场天才盛会究竟什么时候开始，而且他不曾进行选拔赛，还不知是否可以参加终极一战。

然后，他得尝试横渡数十州，去找打神石还有皇蝶。

“那头银凰应该醒了吧？”石昊心头火热，那只鸟应该就是银发女子，它身上有极大的秘密。

魔州真的很乱。

石昊离开这片荒原不久，刚一进入生灵渐多的山地中，就遇到了一些杀戮，有各种魔禽，还有流寇。

数日后，他了解到不少情况，进入一片草木丰茂的地域，但是魔头与匪患等依旧层出不穷。

“嗷……小子！身上如果有灵药、宝物，便交出来，我可以让你过去。”随着一声咆哮，一头黑色的猛虎出现，拦路阻击石昊。

“啊……”只听得一声惨叫，虎吼震天。

“原来这场天才盛会比我想象的还要重要，竟与仙古有关！”石昊轻语。

地上，多了一堆灰烬。他慢慢思索，消化之前得到的各种信息。

所谓的仙古，竟然是一个纪元!

这让他震惊，那到底是怎么回事，它为何消逝了?

而他所在的这片天地、这个时空，若有一天也走向灭亡，也注定会是一个纪元的终结。

也许到了那个时候，才会有一个名称来阐释他们这一纪元的意义。

无论是仙古纪元，还是这一纪元，都可分史前、太古、远古、近古、现在等，这是多么漫长的一段岁月啊。

“究竟是何等造化，让上界所有天才都疯狂了，各教都在眼红?”

石昊越是了解越是惊异，因为很多人分明早已该点燃神火了，却强行压制，只是为了参与进来，争夺盖世造化。

据传，唯有尊者境才能进入那片天地，才能有所获。

有外界传言，群雄征战，初代争霸，谁若是能胜出，注定照耀万古，改写古今!

“还好没有进行所谓的选拔，只要足够强大，最后也能踏上那条路，得仙古造化。”

半个月后，石昊了解到了更多。他在魔州游历，寻找巨型传送阵，想去与打神石、皇蝶它们会合。

“咦，怎么回事?”

石昊敏锐地感觉了异常，甚至有种危机，导致他没有敢接近那些传送阵。

魔州很乱，自古以来，便是群魔乱舞，打斗不断。

可是，他没有想到会这么乱。他走访了两座巨城，皆有超级传送阵，可以跨州远渡。但他发现有人盯着他，有杀机隐现。

“不对劲!”

不久后，他感觉了魔州有些异常，气氛很不对。

那种超级传送阵，一州也不过四五座而已，居然都有高手守护，暗中盯着。若非他以重瞳提前预警，洞悉了一切，若是贸然上去，必将要被盘查个彻底。

石昊暗呼大事不妙，难道他来到魔州后走漏了消息，被人知道了，故此布下天罗地网，等待他出现?

他发现，不走这些超级传送阵，想要横跨数十上百州，那想都不用想，定会活活累死，飞行百年也到不了目的地。

“我还是去相邻的天州吧。”

石昊自语。他发现自己离魔咒边界不是太远，再有数十万里，就要进入天州了，也许可以从那一州借道。

天州，天人族的发祥地，是上界最强大州之一，有几个古教在那里，极负盛名。

很快，他了解到了这些情况。

“也好，魔州太乱，并且有魔葵园这个对头，我在这里出没，的确不算保险。”

石昊准备跨州，反正不远了。不过他有点狐疑，那几座传送阵被神守护，进行戒备，真是为了防他吗?

按理说，应该不至于!

因为，消息不该走漏才对，在这一州他不曾曝光过。

红色平原，这是魔州与天州的交界地区之一，方圆足有数十万里，看似广袤，但是相对两州来说却算不得什么了。

在古代，这里曾经是战场，百族大战，群魔争霸，也不知道死了多少神灵，妖魔鬼怪横行，血流成河。

“这都过去多少年了，怎么还没有改进，依旧魔头横行啊。”石昊快无语了。

自从进入红色平原，他最起码遇到了八九次截击，这片地域凶人很多，雇佣兵也不少，简直像是一个犯罪的天堂。

方圆数十万里的平原，整体为赤红色。

其中，就有饕餮、真犼两族的老祖曾在此发威，前者吞噬教主，后者吞下过月亮、大星等。

不过，当年那一战，他们虽强，但也不是最疯狂的魔头，此地还有更恐怖的传说。

石昊刚走过万里，就多次遭遇截击。可想而知，这里多么危险。

不过他收获不菲，面对想要杀人越货的强人，他直接反击，黑吃黑，收缴了不少的战利品。

当然，也有几次，他将鲲鹏法与缩地成寸大神通结合起来用，将速度发挥到超越极限，进行逃遁。

因为，他遇到了极其可怕的神，他们的有些境界难以想象!

若非他速度奇快，必死无疑。那种力量的存在一巴掌落下，就足以将他灭了。

“真是太变态了，一座红色平原而已，怎么会有这么多强者。各种魔神显化，太混乱了。”石昊不解。

就是一些不朽的道统，在其所统治的地域，估计也不过如此吧。此地高手也太多了，有点吓人。

两日后，“嗡嗡”的颤音传来，整片红色平原中心地的天穹上都有符文闪烁，神秘无比，隐约间有混沌气浮现。

“天啊，这是怎么了？发生了什么？”一些人惊呼道。

在这块中心区域有一座巨城，各种魔头、凶兽、猛禽等出没，生灵种类众多，是红色平原上一座很出名的罪恶之城。

“虚空禁锢大阵开启了，无人能穿越空间了！”

红色平原上有古老的大阵，现在被人开启，这意味着是在封禁这片区域，显然有大事要发生。

石昊越发惊疑不定，难道自己真暴露了？

“有多少年没有发生这种事情了，想要让红色平原的十二路魔王全部同意，共同出手，开启虚空禁锢大阵真的太难了。是谁有这么大的面子，到底要做什么？”

红色平原，而今被十二路魔王联合掌控！

“诸位，谨慎小心一点吧，不要光想着截击、缴获战利品了，这里可能不是什么犯罪的天堂了，而将成为一处战场！”

“豹老六，你是不是听到了什么风声，赶紧跟大伙说一说。”

红色平原有十二座巨大的罪恶之城，这里是其中的一座，此时一座酒楼里坐满了各种生灵，都在议论。

“我的一位结拜兄弟透露，他的一位叔祖，也就是轮回佣兵团的一位主力成员，曾经告诫他不要乱走，因为要变天了！”

“什么变天？”

“不要多问了，我也不知道。你们只要明白，连轮回佣兵团这样的组织都卷进来，就明白有多么可怕了！”

众人倒吸凉气，轮回佣兵团太有名了，不仅在红色平原，就是放眼魔州，也排得上号。

因为，这个佣兵团的团长已经接近天神境界了！

而这样的组织不止一支，他们都受雇于人，要在红色平原出手，这绝对是一件大事，影响深远，极其可怕！

“到时候多半会有天神大战，会有教主拼斗，诸位要小心啊！”

不得不说，这则消息让石昊都震动了，他预感到一场暴风骤雨将来。

他也知道，这多半跟他无关，是他多想了。

“嗯？”突然，石昊心头一震。他在街道上看到一道背影，觉得有点眼熟。

那是一个女子，背影袅袅娜娜，发丝晶莹而柔顺，一望之下便知是一个美人胚子。

这是谁？石昊疑惑，他相信自己的直觉，暗中取出重瞳，仔细凝视。

这座罪恶之城很宏大，街道宽阔，各种生灵都有，非常热闹，但也很不太平，时常发生争斗。

石昊很低调，在暗处谨慎观察。他的重瞳发光，映现出那个少女的真身。

“是她！”

他立时一震，吃了一惊。没有想到会在这里遇到她，一别数年，居然还能相见。

要知道，上界三千州，地域太广袤了，想要走遍一州都很难，加之道统林立，种族无尽，想寻人就更难了。

“变天，难道与她们那一族有关？”石昊心头剧颤。

这个美丽的少女曾给他留下过太深刻的记忆，要不要过去一见？石昊目光深邃地思忖。

第431章 可怕的路途

WANMEI SHIJIE

"算了。"石昊轻语，摇了摇头。他现在的身份真的太敏感了，一旦曝光，天下都将无他容身之地。

忽然，石昊发现少女的身边有人在保护她，若非他拥有重瞳，根本不可能察觉到那些看似无关的人。

这样一来，他就更有顾虑了。

"有些人的修为真的很高。"石昊轻语，拥有重瞳都看不出深浅，他只能感觉那几人如星空般深邃。

"找死，走路不看道吗?!"有人呵斥道。这是一个象头人，人形躯体很高大，黄金鼻子很长，两根雪白的象牙如刀锋般。

"滚！"石昊瞪眼骂道。这罪恶之城还真不太平，分明是这个家伙主动来撞他，想要讹人。

"撞了我还想走，不拿出二十株灵药或者一件秘宝，别想离开。"象头人说道，黄金鼻子一卷，缠绕住了石昊的手臂。

它是黄金巨象与人族的后代，拥有两族的优点，神力惊人，远超一般的种族。可金色的象鼻刚一缠绕上石昊，就被他揪住，抡动起来，"轰"的一声将象头人砸在地上。

众人一惊，同为尊者，这个人类居然有这么大的力气，单臂将黄金象头人掐翻，他的臂力绝对超凡!

石昊动作麻利，迅速将这名尊者洗劫干净。他这完全是按照红色平原上的规矩来，这里恶徒居多，都是如此。

前方的那名少女回眸，看了这边一眼，有点惊讶，而后又向前走去。

石昊一路闲逛，有意无意地接近前方那名少女，想了解一些情况——到底是怎么回事，她为何会出现在此地。

少女身材很好，容貌也不错，但是若与其真正姿容相比，那就差得太远了。

想到昔日的一幕幕，石昊的心思仿佛一下子回到了下界，回到了几年前。

他走得不快不慢，与少女擦肩而过时，石昊觉得周围有几股气息不经意间扫过他，他判断出其中最起码也有真神级的高手！

常人难有所觉，但是石昊神觉敏锐，修有两三种盖世宝术，在这方面已然通灵。

“云曦。”石昊心中默念这个名字。

昔日，他与紫衣少女在百断山大战，满地打滚摔跤，最后更是咬了对方晶莹的耳朵，彼此记忆超级“深刻”。

很长一段时间，云曦简直恨死他了。她美丽出尘，为各大太古神山年轻一代心中的神女，谁不敬她，唯有一个熊孩子每次见到她都张牙舞爪，咬了她不止一次。

“她现在身份很不一般。”石昊心中自语。她这样出行，居然有神灵守护，而且都是强者中的强者，让人感觉岁月变化太快。

别说是曾经的下界故人，就是对头，也会让他心中产生波澜。毕竟是不同的世界了，想要遇到一个下界的生灵太难了。

石昊与云曦早些年时很不睦，相互敌视，但后来关系则不同了，渐渐改善。

云曦将要离开下界前，曾与石昊一路结伴而行，还被带到过石村，改变了敌对立场，曾让石村人误以为她是石昊带回的媳妇。

特别是当石昊与二秃子去天神山相助，帮他们修复了那座可以离开下界的太古传送阵时，更是发生了一些事。

二秃子做主，要石昊与天人族联姻，交换信物，却意外发觉，石昊早年咬云曦莹白耳垂时，早就抢到了那枚意义非凡的吊坠。

虽然当时双方有些尴尬，但天人族也没好意思索回那枚坠子。

“从某种意义上来说，她是我媳妇？”石昊心中嘿嘿笑道，感觉很怪异。他们就这样重逢了，只是无法相见，他只能默默瞥一眼。他的身份太敏感了，不知道下界所谓的那段交情还是否靠谱。

在这复杂的上界，他不敢去冒险，万一天人族翻脸无情，他将有大难。

“二秃子怎样了？”石昊很想知道孔求己的现状，当年它跟着天人族一同进入了上界，两人分别数年了。

他没有回头，就这样远去，与紫衣少女云曦相逢不相认，两人擦肩而过。

“诸位，最近红色平原上可能有大乱，我白狼佣兵团在招募人手，谁想加入，报酬丰厚啊。”

这座古城中，有不少人在招募人手。

显然，整片红色平原都气氛紧张，各大兵团都在行动，想要壮大自己的实力。

石昊只在城中歇息了一晚，第二日便要继续上路。虽然得知有故人在此，却不想去相见，只能错过。

城门口有一些商队，还有一些散修等，更有不少佣兵团，大家都即将动身穿越红色平原。

“小兄弟，想要佣兵保护吗？雇佣我们，只需要几株灵药而已。”城门口有人上前，与他套近乎，这是一个老佣兵。

“不用。”石昊摇头。

“我说小兄弟，你真是艺高人胆大，而今都在传要变天了，你还敢一个人上路？”老佣兵露出惊讶之色。

“什么是变天？”石昊问道。

“红色平原将有大战，有天神出世了，此地会天翻地覆。”老佣兵神秘兮兮地说道，可是具体情况，他也不了解。

石昊站在城门外，愕然发觉果然如老佣兵所说那般，气氛不对，佣兵团生意爆好，很少有人独自上路。

并且，很多佣兵团也联手了，要结伴而行，共同保护一批人，彼此抱团取暖。

石昊不想特立独行，最后也加入了老佣兵的队伍。显然这是一个小佣兵团，名字叫飓风，只有十几人，头领为一名神火境高手。

石昊咂舌，在这红色平原上混的生灵，果然都不简单，即便是小佣兵团也有神灵坐镇。

当然，他们不可能只接了石昊一笔单子，足有上百人都是被保护的对象。

这还是一个小佣兵团而已，就已如此，此地的恐怖气氛可见一斑。

果然，先后有几个大佣兵团上路了，队伍更庞大，排成了一条长龙，颇为壮观。

石昊所在的这个小佣兵团——飓风，跟在大部队的后方，沾了几个大佣兵团的光，让人感觉很安心。

他惊讶地发觉，云曦也在这个飓风佣兵团中，也是被保护的对象。

“她怎么会选了一个实力很弱的队伍？”石昊不解，以重瞳观察。忽然地心头一动，他发觉守护云曦的神秘强者有躲在附近的，也有藏身前方那些大佣兵团中的。

“有古怪。”他心头一震，对方这是有意拆散队伍，不显露踪迹，难道他们在躲避什么？

上路后，石昊吃惊地发现，一个又一个佣兵团出城。所有队伍加上被保护的对象，足有数万人。

“真是该死，我有要事要去天州，结果红色平原被封锁了。传送阵无法动用，连飞行都受到了极大的影响。”路上有人抱怨道。

“少说两句吧，天大的事情要发生了，别将性命丢在这里就好，真不该在这段日子远行。”有人懊恼道。

路上，各个种族的生灵都有，有羽族人、有灰蛟、有银色的灵藤，还有庞大的猛犸象，更有大批的人族。

“所谓变天，到底是怎么回事？”

“谁知道，路上小心点吧，轮回佣兵团的人传出来的消息，这片乱战之地多半有大战，还有天神降世。”

路上，人们谈论着，有点紧张，但也没有太恐慌，大家总觉得谣传不太靠谱。

突然，天空中出现一杆银色的战矛，粗大无比，如同山峰般顶天立地，震撼人心，战矛带着滔天的威势，镇压而下。

这种气息太可怕了，让每一寸虚空都在颤抖，天地中所有生灵都悸动，数万人几乎要软倒在地上。

“轰！”

银色的战矛，高足有数千丈，“砰”的一声插在大地上，爆发无与伦比的威势，顿时银光照耀九重天。

“啊……”

当即就有人惨叫。成片的呼唤声响起，并且大地崩碎，像是纸糊的一般，不堪一击。

一个规模很大的佣兵团，守护着两千多人，竟然全都被灭。原来矛锋插入大地上，银光交织，震死了那里所有人。

这是一幕惨烈的景象，各族生灵一个接着一个地倒下，两千多名生灵眨眼间就殒命。

石昊在远处看得清清楚楚，心中震撼，倒吸了一口凉气。这是多么强大的人物，不曾出面，只是祭出兵器而已，就直接毁掉数千强者。

那杆银色战矛耸入高天，周围缭绕着云朵，它散发的气息太恐怖了，大半的生灵都被压制得瑟瑟发抖。

“天神！”

“天神出现了！”

有人恐慌地大叫，这也太不将人命当回事了。

“你是谁，为何无故杀生，阻挡我等去路？”有人开口说道。这里也有极其可怕的高手，毕竟人数足有数万。

“变天开始，躲藏在暗中的人出来吧，我为你们而来。”冷漠的声音响起。

一个身穿银色战袍的中年人无声无息地出现，他站在巨大的矛杆顶端，俯视着下方，眼神冷漠无情。

“与我等无关，我们并不是你要找的人。”有些佣兵团的统领开口道。

“噗！”

身穿银色战衣的天神，威风凛凛，怒气滔天，他一指点出，“噗”的一声，一名强大的佣兵团团长死于非命。

太强势了，根本不容人辩驳。

“我自己找，何需你来解释。”他冷漠地开口道。

石昊心头一凛，因为他发现，云曦刚才不自禁地握紧了拳头，眼神中有点紧张，虽然很快又放松了，但她的反应绝对有问题。

他觉得惹上了大麻烦，所谓的变天多半与他们一行人有关！

而此时他跟云曦相隔不远，多半要受到牵连。

第432章 天神

WANMEI SHIJIE

这根银色长矛太粗大了，如同一座笔直的山峰，插入云端。那银袍人站在长矛上方，俯视所有生灵。

天地寂静，众人不敢妄动。

忽然，他抬起了手，遥指另一个佣兵团那里，“哧”的一声发出一道银光，银光所到之处又一位强者被毁掉。

“团长！”一群人大叫，这太憋屈了，一个佣兵团的头领居然这样被人斩灭。

“我与你拼了！”有一些人大叫。他们非常有血性，向前冲去。

“为团长报仇！”宝具浮现，符文冲起，这些人尽最大力量出手。

然而，很可惜，双方境界差距过大。天神出世，有几人可阻？除非真正的教主来了，不然何以是对手。

那根银色的战矛摇动，拔地而起，而后“轰隆”一声扫来，那个佣兵团包括他们所保护的上千人在内全部被灭。

“不出来，我就灭了你们全部。”银袍天神冷声说道。

这里有数万人，而他却扬言要斩灭所有人，冷酷而无情，根本不将这些生灵放在眼中，像是俯视着一群虫子。

石昊心头冷意浮现，这红色平原上果真充满了杀戮，残忍的景象太多。

“轰！”

下一刻，银色战矛拔地而起，迅速变小，化成丈许长短，但是威能不减，依旧压得虚空扭曲，让众人战栗。

银袍人一招手，长矛落入他的手中。他单手擎矛，遥指大地上所有人，将要出手。

这一刻，数万生灵脸色苍白，都要窒息，这种力量太霸道了。

“哧！”

终于，有人忍不住冲天而上，快速遁入远方，想要逃离这片是非之地。

有人打头，就有其他人效仿。一瞬间而已，密密麻麻的人影冲上了高空，飞向四面八方。

人们不相信，仅凭他一人就能斩灭所有生灵，令他们全都亡命而逃。

可惜，这片红色平原被禁锢了，不要说不能穿梭虚空，就是飞行都很艰难，比以前慢太多了。

“呼！”

罡风浩荡。天空中的银袍男子单臂挥动银色战矛，宛若舞动天风。虚空中一具又一具身体倒下。

这种神威简直不可想象！

他随意一挥，成片的生灵倒下，即便逃到远空的人也都如下饺子般噼里啪啦地坠落下来，顷刻间倒下一片。

这种景象骇人至极，天神出手，转瞬间上万人毙命。

石昊没有遁走，而是选择站在原地，他随时准备穿上破烂甲胄，并祭出那口丹炉。

说实话，这种景象让石昊也震撼，这就是天神之威吗？

他也不是没有见过更高层次的战斗，只是天神对这么多下位者出手，这种景象还是显得过于可怕，这是一种绝对的压制！

难怪他号称天神，高高在上，对神火境等强者来说，他根本无法战胜，遥不可及！

云曦也没动，最起码表面看起来还算镇定。她在等待机会，她知道，这样冲出去，根本逃不走，只能枉死。

“你们还不出来吗？”

天穹上的银袍人冰冷无情地开口说道。他高举银色战矛，缓缓向着大地上划去，因为刚才想逃走的人都死了，碧空上除却他外，没有一道身影了。

“哧！”

他轻轻一划，一道银光从矛锋上飞出，如一条大河般向着地面扫去，发出震耳的隆隆声。

“轰！”

下一刻，大地崩开，如同破纸般被撕裂，大裂缝纵横交织，宽也不知道有多少丈。

“啊……”

无数惨叫声传来。银光扫过的地方直接炸开，那些生灵岂能存活！尽管竭力对抗，但还是在第一时间被灭了。

“砰！”乱石穿空，景象恐怖。

飓风佣兵团也受到了波及，值得庆幸的是，不在银光笼罩范围内，不过即便如此，他们也有一些人送命，更有大批人负伤！

石昊气血翻涌，强大如他的肉身也一阵剧痛，还好他无恙，并未负伤。

很不幸，一块巨石砸在云曦的身上，将她震飞，她顿时口中咯血。

巨石虽大，但本身并无什么力量，只因沾染着天神的一丝银白神光，故此让而今十分强大的云曦也遭劫了。

石昊目光一闪，双手在虚空中划动，将她接引了过来，而后帮她疗伤。他血气蒸腾，迅速阻止她的伤势恶化。

还好，这并不是致命伤，只是天神之力太强横了而已。

石昊心惊，仅一缕银白神光就让他感觉了危险的气息，若是全部扫落到这里，谁与争锋？

变强，他心头只有这样一个念头，一定要成为天神！

“谢谢你！”云曦浑身霞光流转，血气内敛，从地上站起，盈盈一拜，向石昊表达谢意。

此刻，她没有露出真身，但是石昊有一枚重瞳，却能看透她肌体洁白如玉，眉目如画，如同一位神女。

“举手之劳，不用谢。”石昊说道，露出凝重之色，看着天穹。他知道大难马上就要临头了，不知道能否抵挡得住。

让他奇怪的是，暗中保护云曦的几道身影，虽“蠢蠢欲动”，但是并未出手，显然他们还不是天神。

就在银袍人再次举矛，准备将剩下的一万多名生灵全部灭掉时，远方传来长啸声，并且腾起惊人的神圣符文。

就在这一刻，大地尽头，一片山脉深处的很多山峰炸开！

“天神大战！”

众人心头一下子浮现出这四个字。此地竟爆发了这个等阶的大战。

“金蝉脱壳，竟然脱离了这支队伍，往那片山脉中逃遁，幸好被我截住了。”

这是银袍男子留下的残音，因为当这些话传到众人耳畔时，他早就消失了，没入了大地尽头，冲向那片山脉中。

地上，一片惨不忍睹，宛若修罗场般。

场面寂静，很多人都震颤，这也太残酷了。即便为修士，也没有经历过这种惨祸，实在是可怕至极。

“走！”

“不去天州了，太可怕了，简直是一场噩梦！”

……

还有万余名生灵存活下来，一个个大叫着，疯狂地冲向四面八方。对他们来说，刚才这番经历实在恐怖。

无论是佣兵团还是其他散修等，全都分开了，化作数十上百股人马，冲向各地，选择的路径各不相同。

原本众人听到一些传闻，想抱团取暖，相互支援，没想到，遇上这样一个不通人情的天神，为了除掉目标人物，竟不惜这样下狠手。

对他们来说，这是一场大劫！

“谢谢你相助。”云曦再次表达谢意。

她与石昊一样，选择继续上路，赶往天州方向。事实上虽然很多人离去了，但还有半数人继续前进，足有数千人马。

只是，彼此都分开了，不想扎堆了。

“你们说，到底发生了什么，惊动了一位天神出世？”

“你说少了，没看到远方的大战吗？最起码还有两位天神，真是太悚然了！”

这一路上，人们议论纷纷。

石昊选择上路，他觉得既然那位天神走掉了，应该不至于再回来吧，相对来说，这条路更安全些。

“所谓的变天，究竟为何？最近有什么消息吗？那位天神到底在找谁？”

这是很多人的疑问。人们想不通，是什么让一位天神不顾身份，要这样灭掉一个目标。

“难道是五行州的风波席卷到了这里？”

“你是说，元天秘境的事，少年魔王荒惹出的乱子吗？”

石昊闻言，心头一惊，连这些人都知道了他的事。

“少年魔王荒是谁，发生了什么？”也有小部分人还不了解。

“横跨数十州，距离太远，消息还没有完全传过来……”有人说道。

“快说说，到底是怎么回事？难道那个所谓的少年魔王还影响到了魔州不成？”

“你们太孤陋寡闻了，不少消息灵通的人都知道了。一个名为荒的少年，在魔尊神碑上留名，力压秦长生。并且，在一方小千世界中，横扫群敌，没有对手，惊动各方教主。”

“什么，能具体点吗？”

众人议论纷纷，就是云曦也惊讶地仔细聆听。因为他们刚从一处禁地中出来，对外界近来发生的事情还不算了解。

“少年魔王荒在一方小千世界中，斩灭与击败多名初代，包括冥子、太阳神藤、闪电子、紫金真犼等，震动各教。”

“一个人而已，斩灭多名初代？这也太离谱了吧！他是谁，难道是这一代真正的至尊吗？难不成可与仙殿传人比肩？”

“你说对了，此人了不得，据传已经击败了仙殿的年轻大人，在那方小世界中横行无阻，演绎了不败的神话！”

“这……是真的吗？”

显然，这样的消息让众人沸腾。

魔州，属于乱战之地，自古以来都出大魔，生灵好战，听到这样的传闻，即便众人刚遭遇一场大劫，也还是热血沸腾。

云曦也吃惊，还有这样的人？一个少年而已，突然崛起，居然横扫诸多年轻翘楚，连仙殿传人都战败了。

这让她深感震撼，要知道，她们天人族这一次所图甚大，就是想造就出这等无敌奇才，而有人……仅靠自己就有了如此成就！

“天人，由人而天，太艰难了。”

这次，她是种子之一，也算成功了，需要立刻赶回族中。

云曦心思飘动，她想到了下界。也曾有一个少年，可以横扫同代对手，一路无敌，难逢敌手。

可以说，那个人在下界创下了赫赫威名，战绩辉煌惊世。

可是，若是那个少年来到上界，多半会失去昔日的荣耀与光彩吧，毕竟上界太大了，每一州都差不多有一名初代，号称天纵奇才！

而且，她听闻，那名少年在下界战死了。

“那少年魔王荒得到了那方小千世界最重要的传承，守护出口的几位老教主想生擒他，结果失败了，故此大怒。”

“据传，很多大教都在行动，欲找到他。有人想击灭他，解决后患，也有人想夺其宝书。总而言之，自五行州席卷而出一股狂暴，震动四方！”

“难道天神出世，真的是为那少年魔王荒而来，在魔州发现了他的踪迹？”

……

众人议论纷纷，讨论变天的因由。

云曦收回神思，她知道，昔日那个号称不败的少年应该永远葬在了下界，不可能再出现了。

她目光一闪，看到了前方的石昊，刚才正是这个少年帮助她，化解了可怕的天神光，才让她迅速复原。

“还未请教你的姓名，刚才真的很感谢！”云曦看向石昊，对这个少年感觉很好奇，此人年岁不大，可是实力却很不凡。

第433章 变天

WANMEI SHIJIE

“魔曦！”石昊说道，报了这样一个名字，并告诉她不用客气，不过是举手之劳而已。

云曦惊异，羊脂玉般洁白的俏脸上有些不自然，鲜红的小嘴微张。她觉得甚是古怪，因为这个人的名字与她相近。

“少年魔王荒这么了得，难道这种风波真是因他而起？”

其他人还在议论。不说其他，单是他斩灭初代、打败仙殿传人，这等辉煌战绩就足以引发轰动。

这样的人注定要在上界崛起，成为风云天骄！

许多人认为，这次的劫难与他有关。

“不知道那两页金纸有什么来头，让天神都觊觎，想必一定是无价之宝。”

“你我就不要惦记了，连初代都照灭不误的狠人，有朝一日将会搅动上界风云，而现在就已令数十州地震了。”

石昊静静聆听，他也没有想到，风波影响竟会这么大，传得这么广。

这一路上，诸强都十分紧张，谁也不知道接下来会发生什么。众人都已经横穿进红色平原深处了，还隐约间可见大地尽头冲起阵阵符光。

这就是天神，一旦出手，山崩海啸，伴着各种天地异象。

“一个银袍人，只手遮天，将数万强者都压制，真是太厉害了。”石昊自语，轻声一叹。

“因为他是天神，功参造化，高高在上，可以俯视众生。”云曦说道。

天神，这等强大的存在，平日一般都在闭关，不会轻易干预尘世，旨在参悟长生之道，寻求不灭之路。

红色平原广袤浩瀚，方圆能有数十万里，即便众人早已来到最深处，也还有漫长的路途要走。

数日后，他们看到了一座巨城，巨城以红色巨石筑成，巍峨而带着岁月的斑驳印记，矗立在地平线上。

这片平原共有十二座巨城，由十二路魔王掌控，也正是他们掌控着虚空禁锢大阵，封锁了平原。

能影响十二路魔王，让他们做出这等决断的人，显然来头惊人。

“你要进城吗？”云曦问道。

石昊点了点头。他觉得在此停留一段时间也许更为安全，不然的话说不定还会被人在路途中盯上。

“我也进城。”云曦说道。她预感到了这场风暴的可怕，绝不可能就这样善了，接下来的路多半会有危险。

到了这座城池，很多人选择继续前行，希望早一点离开这片红色平原，还有人心惊胆战，长住了下来。

数日后，石昊再次上路。因为他听闻到一些消息，天神大战，两败俱伤，大战似乎落幕了。

即便如此，出城时众人依旧很谨慎小心。这段时间里雇佣兵的价格暴涨因为他们全都不愿轻易去涉险。

还好，在接下来的半个月里，相对来说还算平静，并没有什么危险发生。

数十万里红色平原，由于被大阵封锁，连飞行都很困难，故此直到现在大家还没有走出去，注定还需要一段时间。

“我觉得你有点熟悉。”云曦看着身旁的少年说道。一路同行，他们现在也算“熟识”了。

“难道我们此前见过？”石昊故作讶然。石昊告诉她，自己为魔州人，一直随同师父在深山中修行，很少出来。

“经过这段时间相处，我觉得你似曾相识，以前好像见过一般。”云曦摇头说道。她发丝如瀑，并没有露出真容，可即便如此也很娇美。

石昊心中异样，云曦的神觉果然超凡，他担心再这样一路走下去，很可能会被认出。

“你是出来历练的吗？三千州的天才盛会再有一段时间就要开始了，你也想加入吗？”云曦问道，一双大眼显得十分灵动。

石昊点头，道：“在山中修行，缺少历练，师父让我出来走一走。此外，这样一场举世都在期待、注定要震动上界三千州的盛会，我怎能错过。”

路途上，石昊见到了一些散修，还有不少佣兵，在红色平原上出没。

这是一片上古战场，土地之所以发红，传说就是葬下了太多的生灵，甚至有一些禁忌人物。

所谓的乱战之地，可不是说说而已，这里曾经群魔乱舞，大战不休。

也正是如此，这个地方因阴气的滋养，长有一株珍稀的血魂草，可以壮大人的神魂。

故此，即便有些区域终年阴雾缭绕，鬼物横行，十分危险，也有大批修士前来寻找与采摘那种宝草。

相对来说，赶往天州的这批人走的都是坦途，根本就没有进入那些可怕的战场遗迹，一路上并未见到妖邪的事。

“还有十几万里路，我们就要到天州了，千万不要出事了，老朽的心脏可受不了，有生之年居然遭遇天神阻击。”一个老头子说道。他身穿黑色羽衣，声音嘶哑，如同一只公鸭。

“老乌鸦，你又开口了，千万不要应言。我发现你们这一族简直是丧门星，说什么倒霉的事都会发生。”有人紧张，半开玩笑地说道。

“怎么会……”黑色羽衣的老头刚说到这里，表情僵硬了，望向远空。

而周围，众人更是神色凝固，心头惴惴不安。一道可怕的身影在飞快地接近这里，景象太惊人了。

那个生灵在低空中飞行，剧烈的波动让大地崩开，地面随它前进而出现大裂缝，快速向前蔓延，并且它还带起一股飓风，扭曲了天空。

声音未传到，人早已先一步赶来，恐怖的气息压得人要窒息。

它到了附近后，蓦地止住身形，飓风不停，依旧向前刮来，许多人大叫着，被卷向天空。

并且，大地上也有一道道裂缝蔓延到了此地，这都是那个生灵飞行引起的强大波动造成的。

直到这时，才有一股可怕的轰鸣声传入众人的耳中，如雷鸣般，让天地摇动，这实在过于可怕。

天神！

显而易见，又一位天神降世，出现在这里，情形异常恐怖。

这是一个奇异的生灵，长有三颗头颅。正中的头颅为一个女子，面容姣好，相当美丽，拥有一头金色长发。左肩上长有一颗牛头，漆黑光亮，就连牛角都是乌黑色的。而右肩上则长有一只象头，银白如金属，鼻子卷动时带着电光。

这位天神长相怪异，但气息比那银袍人只强不弱，十分慑人。她仅仅站在那里，就让虚空扭曲，大地龟裂，一阵恐怖的波动扩散开来。

她只是飞来而已，正常带动而起的神力飓风就将近千人卷飞，并在天空中殒命，可想而知其实力有多么吓人。

“有意思，居然瞒过了银袍，依旧留在这支队伍中，不过这次你没那么幸运了！”这个生灵中间那颗美丽的头颅开口，金色长发发光。

“前辈，这与我等无关啊，还请饶恕。”

“天神在上，不知道您究竟在寻找什么人，我等愿意效劳。”

一些人被吓坏了，当场这样开口说道。不久前那位银袍天神可是灭了数万生灵，他们可不希望悲剧重演。

而这位天神同样恐怖，光这样飞来就造成了千人死亡，谁敢与之争锋。

“我找天人族的年轻人。”虚空中的强大生灵冷漠地说道。

石昊暗中轻叹，这个生灵果然是冲着云曦他们来的。

许多人愕然，她要寻天人族麻烦？

须知，天人族极其可怕，很久以前曾经位列十大强横族群之内，傲视上界无数种族，是三千州真正的皇族之一。

当然，那是太古的事了，唯有排名最前的几个大族才有资格成为帝族、皇族。

当世，天人族虽然不复盛况，但也依旧可怕，底蕴深厚，没有人愿意招惹。据传太古前的一个老天人一直活着，还在该族内，可以威慑三千州！

那个老天人经历过该族最辉煌的皇族时代，是一个活化石。

“天人族，可以由人而天，而今还想再现太古时的辉煌吗？这次不可能！”虚空中的天神声音冰冷。

众人心颤，想到了一则传说。

天人族之所以拥有这个名字，是因为进化到极致，可以由人而天，实现生命层次的极致蜕变。

但是，自古以来，又有几名天人可以真正由人而天呢？

相传，太古年间，也就是天人族可以称之为上界皇族的时代，一共出现过六个这样的人物，故此傲视群雄。

原本，多少世能出一人就不错了，而那一次是因为发生了一件特别的事。

该族一群天赋极高的年轻人进入了一个特殊的地方，得到了六块天命石，最终六人进化到极致，造就了该族无敌的神话。

此时，虚空中的天神这般说道，意有所指，难道该族又寻到了昔日那个地方？

“这一世，那种辉煌不可能出现了。便是真的再次进入了那片古地，得到几块天命石，也不可能让你们进化！”

这名天神的话语让众人心头震颤。

果然，传说是真的。而这一世天人族又去探寻天命石了，想要造就出几位绝世高手，由人而天。

所谓的变天，与此有关。

对天人族来说，他们要再现辉煌，成就皇族传说。

而对与该族有仇的道统来说，绝对要阻止他们，颠覆他们的计划，这就是所谓的变天行动。

第434章 大逃亡

WANMEI SHIJIE

“还不出来吗？”红色平原上空，天神独立，俯视下方。说到这里时，她的气息完全变了，如一座大山压在人们的心头。

“前辈，不关我等的事！”有人恐惧地喊道，怕她迁怒他们。

“哞……”

半空中，一声低沉的莽牛吼发出。随着黑色气浪翻涌，音波如天雷般震世，响彻平原。

天神左肩的那只黑色牛头睁开眸子，发出吼声，竟有黑色的涟漪扩散，震动虚空，恐怖无比！

“啊……”

许多人大叫。下方的平原上有数千人，可是在这一刻，许多身影在这莽牛吼下殒身。

这种景象太吓人了，黑色涟漪扩散，音波震天，转眼间而已，就有不少人死于非命。

还有部分人活着，他们全都在极力对抗，有不少都是神，但结果依旧不行。

这里如同人间地狱一般，点燃神火的生灵也不能抵抗，他们体外的神焰暗淡，最后熄灭，而后形神俱灭。

石昊原本要穿上破烂甲胄，施展缩地成寸的大神通，并且祭出丹炉中的天河诅咒，结果发现周围符光腾起。

有几名强者手持秘宝，守护住了这片区域。云曦拉了他一把，将他带入符文守护的中心地。

“曦儿，你拉他作甚？”一位老者皱眉，将一个外人拉进来，容易出变故。

“他曾救过我。”云曦说道。她让石昊站在符光中，不要走出秘宝所笼罩的范围。

几名强者没有说话，在他们看来，那怎么能算救。不过他们也不想在这件事上纠缠，皆神色严肃，看向高空。

“呵呵……这条路上真有漏网之鱼，看来我来对了！”虚空中的天神开口道，声音带着冷意。

早先她并不能确定目标是否在此，现在得到了证实！

“前辈，你这样无视无辜生灵，就不怕有干天和吗？！”天人族一位老者开口。

“你们若是早点站出来，不就没事了吗？”拥有三颗头颅的天神冷冷地说道。到了这等境界，她可以随心所欲，根本不在乎什么。

她盯着云曦，淡淡地笑了起来，冷酷无比地说道：“天命石在你身上，与你融合了，但应该还能提炼出来。”

在场的人莫不色变。这位天神很无情，要夺造化，坏人根基。

天人族绝不能容忍，要知道，由人而天，太艰难了，而今将要出现这样的人，怎能允许她被外人杀害。

“这一次，你们天人族收获不小啊。太古前收获六枚天命石，让六人的生命层次进化到极致。这一世，居然得到了四枚，同样惊人。只是结果将完全不同了，不给你们时间成长，天人皇族难现！”

“前辈，你这样截击，以大欺小，就不怕遭到报应吗？我天人族的一位古祖还活着！”一位老者喝道。

“你在威胁我吗？你是说太古年前进化到极致层次的六大天人还有一个遗存到现世？不要唬人了，哈哈……”女子大笑，而后目光转冷，道，“我已得到消息，他不可能出现了，无法威慑天下。”

“我族古祖会复苏的！”一名老妪大声道。

石昊闻言，心头震动。天人族昔日开创皇族神话的六大天人中，竟有一人活到当世，但听这话似乎出了问题。

“天命石只能与年轻的躯体融合，近日内若不除掉这四名年轻的天才，来日便会造就出四大无敌天人，这种情况不允许出现！”女天神声音森冷，道，“其他三路人马或许不好对付，但你们这一路，注定会被轻易斩灭。”

说到这里，她抬起了手掌，缓缓向下压来。莹白的玉手散发霞光，震动得整片大地都在崩裂，一时间乱石穿空。

“啊……”剩余的数百人，体外神火熄灭，死于非命。

这种景象非常可怕！女天神平静无比，只是一只手掌轻轻向下压来，就造成了大地沉陷的恐怖景象。

并且，她只手灭群神！

天人族这里，秘宝龟裂的声响传出，几大高手显然支撑不住了，根本不是她的对手，毕竟他们还不是天神。

“师叔祖，你在何方，请快快显圣！”几名老天人大喝道。

“轰！”

远方，一道瘦小的身影扑来。他比常人矮一头，却提着一把磨盘大的铜锤，抡动开来，砸向虚空中的天神。

“你寿元将尽，却跟我拼斗，早晚会被活活耗死。”拥有三颗头颅的女性天神冷漠地说道。她右肩上的象头嘶鸣，银色的鼻子甩了下来，跟天刀似的，“当”的一声撞在铜锤上，铿锵震耳。

“纳命来吧！”天人族的强者咆哮道。他虽然瘦小枯干，但神力盖世。他抡动铜锤，砸得虚空破烂，轰轰作响。

这一刻，在这种惊世神力波动下，远处的一些山峰跟稻草似的飞上高天，显得轻飘飘的。

“轰！”

拥有三颗头颅的天神反击，她探出藕臂，浑身爆发神圣光辉，镇压天人族的天神。

“你们快走！”天人族手持神锤的老者开口，他挡住了女天神。

“没用的，除非你们另外三路人马成功突围出去部分人，不然的话四路人马可能会全军覆没，最起码你们这一支完了。”女性天神冷声道。

“不错，这一路的天人可以灭掉了。”一道无情的声音传来。银袍天神再现，手持一根锃亮的战矛。

以他为中心，银光向外扩散，此时他气息恐怖，神威惊世。

“我天人族再没落，也是一个不朽的道统，不是什么人都能打主意的。”就在这时，远空又出现一道身影，这是一个紫发中年人。

“有意思。这一路人马有两名天神，但依旧不行，你们还是要死！”银袍天神吼道，迎了上去。

“轰！”

天穹被刺穿。他单臂持银色战矛，攻向那名紫发天神。

惊世大战就此爆发，两组天神，生死对抗，全都在力拼。

“快走！”天人族的两大天神命令道。他们预感到不妙，远方魔影幢幢，竟有一大群强者包围而来。

这些人干预不了天神级大战，但是实力强劲，灭天神以下的人足够了。

“嗡！”天人族那位手持大锤的天神，一边与拥有三颗头颅的女子大战，一边拍出一掌，震死一片魔影。紧接着他大手一抓，将云曦等人送出，抛到了远空。

这是一场大逃亡!

石昊一阵无言，他居然被裹挟了，想要独自离开都不行，因为他听到了不该听到的秘密。

守护云曦的几名强者神色不善，显然有要灭口的冲动，却被云曦阻止了。

“快走，必须要活着回去！”天人族一名老者回头看了一眼，脸上充满焦虑，他不知道族中的两大天神能否赢。

必须要将与天命石融合的云曦送回去，不然一切的努力就白费了。

“不知道其他三路人马怎样了……”他们也在担忧其他三名与天命石融合的奇才，如今看来他们也生死难料。

“轰！”

后方，天地同颤，光芒万丈。四大天神打出了真火，有人燃烧己身，要进行自爆。

“我天人族能否辉煌崛起，再次成为上界皇族，成败在此一举啊。若是四名年轻人都能活着回去，日后还怕谁！”正在逃亡的天人族老者低沉咆哮道。

“族老，请放心，我族一定能再现昔日荣光。”云曦说道。

可惜，现实很残酷，不久后后方传来怒吼声，天人族一位天神自爆，以这种惨烈的方式落幕与收局。

天神大战结束了，一人自爆，足以波及敌手以及己方天神，使附近的强者遭受重创。

“活下来的天神伤势极重，都觅地疗伤去了，短时间内不会追过来了，他们也担心被人干掉。”云曦身旁一名老者说道。

“噗！”

只见天人族的一名老者右臂差点被斩落下来。

他们抬头望去，只见天空中出现一群凶禽，种族不同，但是都极其强大。

“逃！”

这是一场大追击，石昊暗叫倒霉。原本没他什么事，现在居然被裹挟逃遁，实在有点不情愿。

“族老，放下他吧，随便丢在一个地方，别让他跟着我们了。”云曦说道，因为现在带石昊在身边，等于在害他。

两日后，几名守护者先后在被追击的过程中遭劫，全都战死了。

云曦也负伤了，差点被一只凶禽口中喷吐出的光刃斩中要害。

而原本被裹挟的石昊反倒无恙，恢复了自由身。

石昊一叹，这次真是倒霉透顶，莫名地卷入到了这样一场纷争中，他显然不可能看着云曦被灭。

“你对红色平原了解吗？”他轻声问道。他背负着云曦，动用缩地成寸的大神通，风驰电掣般疾速奔跑。

“如果实在没有办法，我们只能闯进那些阴气滔天、鬼物横行的红色战场了。”云曦轻语，非常伤感，保护她的强者竟然都战死了。

她不知道族中另外三名天才是否逃脱，天命石太重要了，却也惹来了这样的大祸。

接连数日，他们都在生死逃亡中度过，怕后面的追击者寻到，特别是如果天神出现，他们必死无疑。

最后，没有办法了，石昊选择进入绝地，他背着云曦，冲进滚滚阴雾中，与外界隔绝了气息。

第435章 肉身

WANMEI SHIJIE

这片平原十分广阔，方圆数十万里，全为赤红色。

虽然有些路是坦途，常年有人行走，但还有许多区域终年被红色雾霭笼罩，自远古到现在始终不散。

“嗷……”

石昊背着云曦，刚冲进滚滚阴雾中，立时见到一个狰狞的生灵。它看起来像只人猿，但身上覆盖着乌黑的鳞片，眸子赤红，散发出一股死亡的气息。

“嗖！”

它当即就扑了过来，速度极快。它十指齐张，那锋利的指甲长达一尺，跟铁钩子似的弯曲着，乌光点点。

石昊站在原地，右拳发出淡金色光彩，向前轰击。

“当！”

两者相撞，如金石交击，声音十分刺耳。

这头生灵发出号叫，整个人倒飞了出去，在虚空中留下一道乌光。它的速度非常快，远胜一般的尊者。

此时，它的手臂却在痉挛，尺许长的乌黑指甲折断大半。他一脸惊容，盯着石昊。

“这是一头猿魔！”云曦吃惊道。在这样的上古战场中有各种凶残的生灵，猿魔数量非常少，却异常强大。

有时候，一座方圆上万里的战场也发现不了几只。

它们的肉身坚如铁石，不可撼动，可以躯体对抗兵器，更能徒手击断宝具，破灭各种大神通。

云曦露出异色，这头猿魔的肉身等同于神火境的强者，难以对抗，最起码尊者不是其对手。可是，背负她的这个少年却一拳将其击伤，实在惊人。

“轰！”

这头猿魔张口一啸，赤红色的雾气汹涌而出，顿时阴气滔天。它留下一道残影再次攻来，乌黑的双爪将虚空扭曲。

它太快了。身体如弧形闪电，瞬息而至，远胜尊者境的高手，刹那间到了石昊的背后，向着云曦的后心抓去。

石昊一凛，没有回头，但是右腿如同蝎子尾巴般向后倒踢，发出刺目的光，与猿魔的爪子撞在了一起。

猿魔闷哼，它快速倒退了回去，露出不可思议的神色。

“你的肉身真是令人吃惊！”云曦说道，露出怪异之色，眼前的少年之强大超出她的预料。

“这家伙是神级高手？”石昊露出凝重之色。他无惧对方的肉身，却怕遭遇强横的法力攻击。

“上古战场阴气浓郁，所诞生的生灵都很古怪，这猿魔肉身强大，的确在神火境，却不修法力。”云曦说道。

“还有这样的生灵？”石昊惊讶道，而后彻底放松了。若是如此，还有什么可担心的，在肉身领域他连仙殿的人都不怕！

“不过，它也可以抗击法力，近乎免疫，走的是纯炼体路线。”云曦进一步解释道。

“这么厉害！”石昊吃了一惊。

有一种炼体者，不修法力，却对各种符文攻击近乎免疫，肉身强大到极致。

“轰！”

猿魔咆哮，动用了极致力量。它肉身微微发光，浑身黑色鳞片翕张。它握拳袭来，拳头近乎晶莹。

“砰！”

石昊迎击，拳头顿时微微酥麻，有点疼痛，但是对面那头猿魔却一声大叫，只见它拳头受创，横飞了出去。

石昊想追，结果发现猿魔几个闪灭就消失在了古战场中。

“肉身这么厉害，吃我一拳都没有崩碎。”他自语，很不满意。

云曦无言，就是初代来了也不敢说一定能击灭这么一头强大的猿魔，眼前这个少年真是太自负了。

“你这样的战绩很惊人，要知道，它是走上极尽炼体路线的猿魔，其他生灵在肉身上很难与它抗衡。”云曦道，一双美目中绽放神霞。

她有点怀疑，眼前这个少年可能是一个了不得的初代，不然绝难有这么厉害的体魄。

要知道，猿魔走的可不是寻常的炼体路线，而是一条极境造化路!

“走吧，反正已经进来了，得小心一些，这样的古战场很妖邪。”石昊自语。

“谢谢你。”云曦感谢道。她负了不轻的伤，若非石昊背着她逃到这里，她肯定难以活命。

即便过去了很多万年，这片战场还有腐烂的长矛、盾牌以及神魔遗骨，伴着阴雾，一派凄凉与可怕。

忽然，石昊转身向着后方看去，他听到了振翅的声音，道：“追过来了。”

他说的是那群凶禽，一路追击他们，当中不乏神级强者。若非他修有缩地成寸这种大神通，并借助复杂的地势躲避，早就被追上了。

石昊快速前进，留下一道淡淡的残影，而后消失，蛰伏进古战场深处。

“走不了！”

为首的凶禽浑身金黄，火光腾腾。它是一只三足金乌，种族天赋强大，阴气难以接近它的躯体。

在其身边还有火云雀，赤红如血，同样伴着可怕的神焰，烧得虚空都模糊了，逼退各种阴雾。这群凶禽中不乏神级高手，它们属于百禽佣兵团，得到了丰厚的报酬，只为捕捉天人族的后代。

它们在魔州很有名，也许算不上最强一列的佣兵团，但是速度奇快，若是追寻线索等，少有势力可与之比肩。

“轰！”

一只雷鸟发光，张口就是一道闪电，将战场中一座矮山劈得崩塌，顿时烟尘四起。

“不太妙，难以摆脱他们。”石昊蹙眉道。

“咦，这是猿魔在号叫。”云曦惊异道，而后色变。

“怎么了？”石昊不解地问道。

“方圆万里内，虽然仅有几头猿魔，但是它们很团结，现在看来它是在召集同伴，想对付我们。”云曦解释道。

前有敌手，后有追兵，情况很糟糕。

半空中，一群凶禽在盘旋。

“他们应该朝那个方向去了。”一只凶禽开口道，它的头颅形似一只獒犬，但身体其他部位却为猛禽。

它有天赋神通——鼻子通灵，即便敌手隐藏气息，它还是能以特别的符文神通感知到对方在哪里。

数十头凶禽展翅冲向古战场深处。

“嗷……”

一头猿魔咆哮着，它目光赤红，浑身鳞片张开，竟从一座山头上跃起，迅速向半空中的一只凶禽扑去。

这很突然。猿魔力大无穷，肉身无匹，它速度极快，落到一只黄金雕身上，猛地爆发，一下子将之灭掉。

“当诛！”

为首的金乌大怒，张口喷出火道符文，攻击这头魔物。

“嗖！”

然而，这只猿魔太快了。虽然它被符光擦中，但是无恙，因为它的肉身对法力免疫。它又落在了另一只凶禽的身上。

它非常凶残，一拳挥出，击中那只凶禽的头颅。

接着，它快速向着大地跳去，“砰”的一声，踏裂地面，转眼消失在雾霭中。

石昊与云曦在暗中将这一切看得清清楚楚，全都惊叹不已，这头猿魔太厉害了。

“这一头更可怕，绝对在神火境巅峰，肉身强得离谱。猿魔领地意识很强，不允许外人闯入，这下有好戏看了。”云曦微笑着，长出了一口气。

石昊露出异色，不承想，还没等他驱狼吞虎，双方就已经交战了。

“灭了它！”一群凶禽震怒，展翅击天，疾速追了过去。

“嗖！”

地面上，一头头发灰白的老猿魔突然跳起，冲起数百丈高，迅疾若一道黑色的闪电，“噗”的一声将一只凶禽抓住，眨眼间将它灭掉。

“找死！”金乌大怒，喷吐着火焰，老猿魔俯冲而去。

“嗖！”

下一刻，地面上魔影幢幢，居然一下子出现八九头猿魔，全都如离弦之箭般冲天而起，爆发神威。它们浑身晶莹，肉身发光，体魄之强大让石昊都凛然。一片古战场而已，居然出现这样一群可怕的炼体者。

“噗！”

天空中轰隆隆的，双方才一交手，就有七八只凶禽被击毙，鲜艳的羽毛凋零，尸体坠落而下。

当然，其中一头老猿魔被凶禽的头领金乌盯上后，也负伤了，所谓的法力免疫也是有极限的。

“吼……”

一头特别高大的猿魔长啸一声。它腾跃而起，周身乌光暴涨，迎击金乌，靠肉身震散了对方的神火与符文。

这是一场大战，百禽佣兵团的凶禽吃了大亏，它们在这片阴气极重之地很不适应，转眼间被击灭十一位强者，其中还有两个神级生灵。

而猿魔竟奇迹般没有一头死去，只是一头重伤、两头轻伤而已。

“走！”

金乌与火云雀震惊，遇上了这样的怪物，对法力免疫，让它们生出一股无力感，虽然愤怒，却也选择退走了。

现场安静了下来。石昊藏身远处，将这一切看得清清楚楚，他双目发光，心情澎湃，感觉有股热流淌过全身。这种极致炼体路对他来说太具有诱惑力了，如果法力免疫，符文难伤肉身，可以让他的实力暴涨！

“这是怎样的一条路？”

突然，一声凄厉的号叫打断了他的思绪，九头猿魔化成九道黑色的闪电，瞬间冲了过来，将他包围。

“快走！”云曦脸色苍白，对上这种生灵，就是神火境的人都要头疼。它们肉身强横，法力对其无效，最是难惹。

石昊神色凝重，却没有害怕。既然被包围，那就冲出去！

即便这九头猿魔相当于神火境的高手，他也无惧。光比肉身的话，他的体魄不弱于这九头可怕的生灵。

至于对方的法力免疫，对他来说没什么意义。

“别管我，你自己逃吧。”云曦脸色发白，她知道，就是一名初代在这里遇上九头猿魔，多半也得殒命。

“别担心，我怎会弱于人。”石昊将她放下，对她笑了笑。

一刹那间，云曦的心一颤，看着这灿烂的笑，洁白的牙齿，不知道为何，她竟一阵心神恍惚。她觉得有些熟悉，曾经在下界，也有一个人从来都这般自信。

“我要弄清法力免疫的秘密，于我来说，这是一条至强路！”石昊自语。

第436章 法力免疫

WANMEI SHIJIE

九头猿魔，肉身强横，此时它们周身全都散发乌光，身体晶莹了起来。它们走的是极致炼体之路，气息十分恐怖。

“嗖！”

一瞬间而已，它们就扑了过来，速度惊人，要镇压石昊。

下一刻，石昊动了，将云曦收进一口紫莹莹的骨鼎中，去掉后顾之忧，而后全力应战这些对手。

“砰！”

一声剧震。他的拳与一只猿魔的掌撞在一起，顿时罡风大作，气浪滔天，将这片远古战场都震得摇动起来。

这是一头神火境的猿魔，专修体术，肉身之强超乎想象！

然而，这样一击，石昊却承受了下来，且毫不落下风。他发丝飞扬，目光湛湛，体内血气滚滚冲出。

“好强！”猿魔嘶吼，对它来说这不可想象。

顷刻间，其他八头猿魔全都到了，竭尽所能镇压石昊，顿时魔气滔天，一场大战。

强大如石昊此时也陷入危局中，虽然不是法力对决，但也是一场生死大战就此展开。

他的肉身的确可怕，达到了极境，单以体魄来说，便是对上神火境强者也无惧，可是这九头猿魔太不一般，本身也是走极致肉身路线的。

这九头肉身恐怖的神火境猿魔，对其他人来说，绝对是一场噩梦，无法战胜。

石昊也陷入险境中。

仅一次交手而已，他就被震得血气翻腾。因为九头猿魔同时出手，他速度再快，也难以全部抵住，挨了一拳！

若是法力对抗，漫天符文就可以阻挡成片的攻击，可现在是肉身搏斗。

他境界过低，能这样挡住，已经算是一个奇迹！

“灭！”

石昊使出缩地成寸神通，速度变快了。虽然符文会被免疫，无法作用在对方身上，但是自己却可提速。

这是一场生死搏斗，他毫不保留，浑身血气澎湃，杀到沸腾。

“轰隆！”

上百回合后，石昊眼中精光暴射。他一拳轰出，将速度提升到了极致，追着一头老猿魔轰击。

在与金乌、火云雀等凶禽的对决中，这头老猿魔受伤最重，战力锐减，现在成为石昊的目标。

“砰！”

石昊挨了其他猿魔一掌、两拳还有三爪，但他依旧一往无前，冲到这头老猿魔的近前。

他的拳头发光，晶莹得近乎透明，带着淡金色。他将力量提升到了极限，轰然击出。

“咔嚓！”

老猿魔格挡时臂骨折断，被那一拳击中，横飞而起。

石昊跃起，扑击而至，他舒张筋骨，右臂如同利剑般斩落，“噗”的一声将老猿击飞，顿时蹿起很高。

“嗷……”

其他八头猿魔大叫，疯狂厮杀，比刚才更恐怖了。

“啊！”

一百五十回合时，石昊轻叱，一拳击向另一头猿魔的胸膛，将它击毙。而他自身也遭了两爪。

……

第三百回合时，石昊摆腿，如同鞭子一般，踢在一头猿魔的头颅上，猿魔当即殒命。

这是一场恶战，石昊浑身是伤，每灭一名强敌，自身也要遭创。

相对来说，他刚进入这片古战场所遇到的第一头猿魔绝对是最弱的，其他八头明显强大很多。

显然，那一头已经在刚才的大战中被击毙。

拼到最后，石昊浑身是伤，他虽然遭遇重创，但始终没有倒下去，这让其余的几头猿魔心里都发毛了。

……

也不知道过了多久，云曦觉得身体一震，从紫莹莹的骨鼎中脱困而出。

看到眼前的景象，她大吃一惊——足足有六头猿魔被人击灭，横尸地上，其他三头不知去向。

而不远处，一个少年躺在那里，浑身是血，显然已遭受重创。

“你怎么了？”她快速冲了过去，将石昊扶起。眼前的这个结果让她震撼，都是他一人所为吗?

“我没事，休息下就好了。”石昊精疲力竭地说道。没有想到，在一片古战场中竟会遇到这么强大的几头猿魔，实在超出预料。

光以肉身来论，九头猿魔绝对算是罕见，堪称劲敌。

“你一个人灭了六头猿魔？”云曦真的被惊住了，这样的战绩如果传出去，一定会引发轰动。以尊者境灭掉六头走上炼体极尽路的神级猿魔，简直跟天方夜谭一般，这是一个神话!

“勉强灭掉，可惜跑了三头，我力气不足了。”石昊被她扶起后，摇了摇头。

“这……太惊人了，便是初代来了，也不见得会有这种战绩，甚至多半会殒命。”云曦真的不知道说什么好了，他也太生猛了。

她睫毛轻颤，大眼中写满了不可思议，莹白俏脸上满是惊色，这一战绩太过辉煌。

“我也是一个走上炼体路的人，自然有些手段，它们虽强，还奈何不了我。”石昊故作轻松地说道。

他没敢耽搁，快速盘坐下来，开始疗伤，一时间浑身发光，遍体都是神圣符文，将他笼罩了。

两个时辰后，石昊睁开眼睛，感到气血充盈而旺盛。虽然伤势不可能立刻痊愈，但是战力恢复得差不多了。

云曦也利用这段时间进行疗伤，并吞下一枚宝丹，一下子好多了。

“走，赶紧去抄猿魔的老巢，趁着它们被惊走的这段时间，看一看能有什么收获。”石昊非常期待地说。

古战场很大，雾霭缭绕，他们在一座石崖前停了下来。这里就是猿魔的巢穴，断崖上有几个石洞。

而在断崖下则有一些红色的药草，如同红珊瑚般，晶莹透亮，散发着一股浓郁的香气。

“血魂草！”云曦惊异，竟然一下子发现了数十株。这种宝草极其珍贵，能够提升人的魂力，是红色平原的稀有特产。

“这种药草怎么用？”石昊问道。他是来寻找猿魔那种法力免疫的秘密的。

“需要跟很多种灵药熬炼在一起，取其精华，服食下去可以滋补神魂。”云曦说道。

石昊点了点头。他腾空而起，进入崖壁上的石洞内仔细搜索，虽有一些器物，但并不是他所需的。

“你知道猿魔为何能法力免疫吗？”石昊问道，这才是他最关心的。

“与它们常年服食血魂草、金菩果有关。”云曦将所知讲出。

“就是这种草？”石昊目光一亮，走到石崖下，仔细打量。

血魂草总共有五十几株，每一株都有一尺高，赤霞闪烁，晶莹如玉石雕琢而成。

云曦进一步解释道：“这种东西，对其他种族来说，没有想象中那么大的效果。因为猿魔是直接吞食的，我等只能与其他药草一起熬炼，取出部分精华服用，有八成的药效不适合其他种族。”

“还有这种说法？”石昊惊讶道。

猿魔体质特殊，可以直接服食血魂草，但是其他族就不同了，无法获得那种药性，只能吸收部分有益的精华。

云曦道：“所谓的糟粕，也就是另外八成药效，对我等来说是致命的，但对猿魔来说却是大补。”

上界太大，三千州族类过多，总有些种族是特别奇异，正是因为如此，有些族类才显得与众不同。

除却猿魔这种诞生于死地的生灵外，真正能法力免疫的种族只有三五种。

“限于体质，人族不能服食吗？我不信，试试看。”石昊自语。他当年为了提升实力，连号称不能直接服用的太一真水都吞咽了数斤。

“你可别乱来，也有人想得到猿魔那种法力免疫的能力，直接吞食血魂草，结果都死了。”云曦警告道。

“无妨，我试试看。”石昊不信邪。

云曦焦急道：“不可，有很多天才跟你一样，不服输，想拥有那种能力，结果强行尝试后都死掉了，从来没有人成功过。”

“那些人都死了？”石昊神色凝重道。

“几乎都死了，当中甚至有几位初代，在服食数百株后，最终不幸殒命。”云曦无比严肃，认真告诫。

“那就没问题了。”石昊笑道。这里才数十株而已，距离传说中的上限还很远，他不用担心什么。

血魂草香气浓郁，红得晶莹醉人。石昊盘坐在这里，直接采摘了一株，送进嘴里，几口就吞下去了。

“你不能这样！”云曦十分焦急，想要阻止他，这个少年太执拗了。

“我迫切需要实力，如果能够得到这种能力，对我有很大的好处。”石昊说道，而后笑了笑，道，“味道不错，酸酸甜甜，灵莓味。”

云曦闻言，差点崩溃，他就这样吃下去了，还在琢磨滋味，这神经得有多大条啊。

很快，石昊身上发出了红光，红光在他的体表流转，像是要将他点燃一般。他仔细内视，发现有一种古怪的秘力在流淌。

接着，他又服食下了第二株、第三株……

“快停下来，那几名初代虽然服食了上百株，却是在很多天内分食的，你这样太快了。”云曦一阵心惊肉跳。

她有点难以理解，这个少年太胆大了，这样做真的等于在自杀。

石昊一口气服下了二十株，果然感觉到了异常，体表形成了诡异的秘力，仿佛要将他撕裂一般。

并且，这种秘力由体表向血肉、骨头中渗透而去，令他仿佛要炸开。

“禁锢！”

石昊盘坐，撑开唯一洞天，将自己笼罩，禁锢自己的躯体，阻止肉身解体，并且再次开始吞食血魂草。

“天啊，你在做什么，不能吃这么多！”云曦急了，毕竟这个少年是她的救命恩人，怎能眼睁睁地看着他送死。

“不用担心，我觉得有效果。”石昊轻语，一口气又吞下了十几株。

“你……”云曦震惊了。她想闯过去阻止，结果刚触及唯一洞天，便一下子被束缚了，难以破开。

这是什么，难道是洞天？

她心头震撼，近距离观察，而后又几次触碰，她怀疑这真的很有可能是洞天！

只是，它怎么会如此特别？

这简直像是所有洞天炸开、而后又融合所形成的一口巨大的洞天，气息恐怖，神威惊人。

云曦想到了下界的石昊，还记得，他的洞天也很特别，格外巨大，并且十口洞天能连接在一起，化成神盘。

而眼前这个人则更加特别，居然修成可怕而神秘的唯一洞天，有点近乎梦幻。

她想测试这究竟是否为真实的，于是通过不同的方法，动用秘宝、撑开自己洞天等去验证，结果令她震颤。

“这真的是……一口洞天？！”

几次进入这口洞天范围内，她被束缚与禁锢，被打回原形，露出了真正容貌。

一刹那间，发光的紫发披散而下，柔顺无比。云曦露出绝世仙颜，她额头饱满莹白，睫毛轻颤，大眼充满灵性，如同画卷中走出的绝代佳人。

石昊睁开了眼睛，将洞天收起，束缚之力随之消失。

云曦一下子冲了过来，道：“快停止服用血魂草。”她一把抓住了石昊的肩头，用力摇动他，真担心他突然暴毙。

她紫莹莹的发丝很光滑，披散下来，垂落在石昊的身上，有一股清香。

石昊看着近在咫尺、肌肤洁白晶莹的女子，想到了在百断山的经历，当年两人可是满地打滚摔跤。

他抬手示意自己没事，手掌滑过她紫色的秀发，不经意间碰到了对方晶莹的耳垂。

“你！”云曦一惊，快速倒退几步，盯着石昊。耳垂被碰到，让她一震，一下子想到了过去的很多事。

第437章 战场造化

WANMEI SHIJIE

“你是谁？”云曦向后退去。

此时，她想到了太多，她记起昔日下界那个少年，心中漾起波澜，那个人死得太可惜了。

“我是魔曦。”石昊回应道。他有很多顾虑，若是告诉对方自己是谁，那么天人族也会知道，有可能会生出变故。

不知道为何，云曦看着眼前的人，总觉得似曾相识，同样雪白的牙齿、灿烂的笑容，还有那满不在乎的神色，太像了。

只是，她知道，那个人不可能再出现了，他已经殒命一两年，葬在了下界大荒中。

“你与我认识的一个人很像。”云曦轻语。紫色的秀发，莹白的瓜子脸，黛眉弯弯，灵气十足的大眼以及鲜红的樱唇，让她看起来美到极点。

“还有这样一个人，他来自哪一族，跟我真的很像吗？”石昊问道。

“他曾经是我的仇敌，后来恩怨化解，还救过我，这个人非常惊艳，可惜啊。”云曦摇了摇头，思及过去，心神一阵恍惚。

“嗷……”

远古战场深处，传来可怕的咆哮声，打断了她的思绪，也让石昊警醒，这里可不是什么安全之地。

“我们不能久留。”石昊道。无论是从这片魔土的危险性来考虑，还是为了躲避后方的追兵，他们都得离开。

“你先走吧，我不想连累你。”云曦表达谢意。石昊救了她，若是继续一路同行，多半会因此而惹上大祸。

石昊摇头，道：“现在离开已经晚了。那些追兵已见到我与你同行，不会放过我的，现在首要的任务是离开这片红色平原，避开他们。”

他没有暴露身份，却想帮云曦渡过这次难关，不忍看她被人追到而夺走天命石，最终香消玉殒。

石昊将剩余的二十株血魂草采摘下来，而后跟云曦一同上路，横穿这片古战场，一路向南而行。

“你还在服食这种奇草？”云曦吃惊道。在路上她发现石昊撑开洞天，浑身符文闪烁，运转神秘骨文，在那里炼化血魂草。

“味道真不错，酸酸甜甜，很爽口。”石昊一副很放松的样子，若是外人在这里，一定会目瞪口呆。

这是致命的死亡之草，常人服用会魂血燃烧，死无葬身之地！

云曦真的很焦急。对方太执拗了，再这样下去，可能要不了多久他就要殒命了，这是她的救命恩人，她怎能放任不管。

“你如果需要实力，等到了天人族，让我族中的天神助你一臂之力，千万不能这样以自身的性命尝试了。”她好心劝解道。

“你看我是那么冒失的人吗，以我之天资，傲视三千州，怎么会愚蠢得去自杀呢。”石昊脸皮很厚，边说边向嘴里又塞了一株。

云曦无言，这还不冒失？而且，她越看越觉得，这个少年与下界那个人很像，连行事风格都一样“可恨”，并且十分自恋。

他们总共在那座石崖下发现了五十几株血魂草，株株如同红色玉石般，晶莹灿灿，这一路上都被石昊吃光了。

此时，他感觉到了不适，肉身疼痛，血液仿佛要点燃，连神魂都灼热无比，要化成一团火光。

“药性真霸道！”石昊自语，心中凛然。他知道，如果是一般的尊者必然会肉身崩开了，魂与血都会燃烧。

但是，他压制住了。早先他不是因为自负，确有这种底气与实力，以洞天禁锢己身，用超越极境的实力镇守本心。

曾经有人服食百株血魂草才殒命，他相信自己炼化五十几株绝对没问题。

一路上，石昊都在运转《原始真解》中的骨文，通体莹莹发光。滚滚血气在体内冲击，使他的体魄坚固无比。

“就是这种秘力吗？”石昊自语。一股神秘的力量在血肉中弥漫，还有些渗透进骨骼中，这是法力免疫的根本原因所在吗？

云曦越发吃惊，这个少年太过可怕，天赋惊人，连食五十几株血魂草，居然毫发无损地炼化了那可怕的药性。

“最好能活捉一头猿魔，仔细探究它们的体质，才能进一步了解情况。”

石昊觉得很遗憾，他虽然击毙了六头，也曾仔细研究，却无法窥探这一族的真正秘密，他认为需要活捉一头。

“嗷吼……”

突然，可怕的咆哮声震耳欲聋，一股惨烈的气息铺天盖地地从战场深处传来，相距不是很远了。

“不好，那三头猿魔引来了这片古战场之主，我们得赶紧逃。”云曦了解得很多，看着远方雾霭中飞快冲来的身影，她一阵心惊肉跳。

石昊暗中持重瞳观看，除却发现那三头猿魔外，还看到了更远处的一具洁白骨架，缭绕着炽盛的神焰，手持骨剑，飞快攻来。

长啸正是它发出的，震得战场战栗，这是灵魂咆哮，并非真正意义上的吼声。

“真神！”石昊大吃一惊，这是超越神火境的生灵，也就是真一境。

神火境，通常被许多人称为“伪神”，因为神火境才触碰到神道领域而已，不过是刚入门，地位不是很高。

相对来说，神火境之上的真一境，因为带了一个“真”字，且实力强大，故此被人称作“真神”。

其实，真一境只是在神道领域多迈出了一大步而已。

雪白的骷髅被炽盛的白色神焰笼罩，如同一轮大日横空，没有死亡气息，有的只是灼热，要将天地点燃了。

这是真一境的强者，根本不可能力敌，如石昊般的强者也得避退，他带着云曦施展缩地成寸的大神通，疾速奔行而去。

“哧啦！”

与此同时，石昊也动用了雷道神通，背后浮现一对光暗之翼，闪电缭绕，两人加速而行。

“我认识的那个人也学有雷电宝术。”云曦说道。她有点怀疑，但最终摇了摇头，那种想法很不现实。

“我精通雷天雀的宝术。”石昊说道。

这是一场大逃亡，石昊带着云曦远遁上万里，穿行过这片战场，离开了此地。

很快，那位真神止步，并没有离开那片遗迹，它透过雾霭望着外界，眼洞中有灵魂光焰在不停跳动。

“直接前往天州太危险，还是得选择一片古战场，穿行而过，不然的话在外面随时都会被发现。”石昊说道。

云曦点头，她告诉石昊，目前要做的是拖延时间，等待族中的古祖复苏。只要那个老天人活过来，一切都将改变。

“由人而天，真的这么可怕？”石昊轻语，看着这美丽的少女。

他已经知道，那个老天人曾经与另外五大强者亲手缔造了该族的辉煌，位列十大族内，号称上界皇族。

那样一个存在，从古活到现在，究竟有多么可怕，无人说得清。

“与天命石融合，可以让我天人族的进化发生本质上的蜕变，能达到极致，相当于成为了最强的初代！”云曦没有隐瞒，她相信石昊，如果对方心怀不轨，有的是机会，不会等到现在。

不久后，他们进入了另一片古战场，此处更为浩大，走进去很远后，他们甚至发现了一根天神骨！

两人倒吸一口凉气，可以想象，当年的战斗多么激烈，连天神都曾一样无助地在此殒命。

这里阴气极重，雾霭弥漫，战场中有很多遗骨，更有不少断裂的兵器与宝具，早已生锈或者腐烂。

“血魂草！”石昊惊喜道。进入这样的古战场，能发现这种宝草是最大的收获，这一次他们又见到六株。

这种灵物一旦出现，就不可能是一株，最少也有三株。

“你真的要注意了，不能再盲目炼化。”云曦提醒道。

“走吧，这是我的造化，也许我真能得到法力免疫这种神奇的能力！”石昊心头火热。

两日后，石昊惊喜地在一座光秃秃的石山下方见到一片刺目的红光，如同火焰在燃烧。

这是一片血魂草，晶莹璀璨，密密麻麻，非常鲜艳绚丽，周围还有赤霞环绕。

“足足有二百株以上！”云曦声音发颤，这是一笔巨大的财富，如果带到外界去，一定会引发轰动。

“你要吃吗，我们一人一半！”石昊说道。

云曦摇头，道：“我不吃，你也不要冒险了。”

“那我就不客气了。请相信，我一定能活下来，并且得到法力免疫那种能力，这是我的一场大造化！”石昊说道。

然而，事情并没有他想象的那么顺利，两头猿魔无声无息地出现，它们格外高大，黑色鳞甲间竟有淡淡银光。

“这两头生灵太强了，比那九头加起来都要厉害。”云曦惊觉，劝石昊离去，不要冒险。

“晚了，它们已经盯上我们了，不会放过我们的。”石昊神色严肃，异常凝重。他让云曦躲了起来。

“嗷……”两头猿魔嘶吼，它们浑身发光，体魄晶莹，宛如玉石般，身体舒展时，发出隆隆雷鸣声。

显然，这会是一场恶战，任何一头猿魔都能对石昊造成威胁。这样的两头猿魔绝对恐怖，它们的黑色鳞甲竟在向银白转化。

强大如石昊，每次挥拳也很难伤到它们，因为它们的护体鳞甲太坚硬了。

“轰！”

石昊爆发，勇斗两魔，这个时候他没有退路了。

“趁现在，你赶紧逃！”他暗中对云曦说道。因为他心中真的没底，不知道能否胜出。

“我不走！”云曦摇头，随时准备出手相助。

“你帮不上忙，它们境界太高，肉身恐怖，你伤不了它们。”石昊喝道，让她速速离开。

“嗡隆！”

天摇地动，两头猿魔发光，冲霄而上。它们浑身晶莹，一跺脚就能让附近的大地崩开、塌陷了。

尤其是在它们挥动手臂时，虚空扭曲，纯以肉身之力轰出一拳，就将一座山峰轰成齑粉！

石昊长啸，竭尽所能地与之大战。时间不长他就已经浑身是伤，披头散发，狼狈不堪，差点被灭掉。

“砰！”

当然，两头猿魔也没有占到便宜，其中一头被石昊的拳头击中，鳞片纷飞，差点被击倒。

战况太激烈了，双方竟大战了上千招。这绝对是石昊出道以来的一场恶战，千招以上的大战，总共也没有几次。

“噗！”

终于，石昊一拳击向一头猿魔的胸膛，而后右臂一震，将其坚如金刚的躯体震倒。

但这个时候，石昊也遭到了另一头猿魔的疯狂扑击，遭遇重创。

“砰！”

最后，石昊与这头猿魔两败俱伤，双双倒在地上大口喘气。

“结束吧！”石昊一声大喝。他强行提起一口气，右腿抡动起来，扫向这头猿魔。

到了这个地步，这头猿魔也害怕了，一声号叫，挣扎而起，躲避开这一击，而后头也不回地逃向远方。

“砰！”

云曦出手。她并没有走，一直躲在暗处。此时她祭出一面宝镜，砸在这头猿魔的身上，猿魔大口咯血，踉跄倒退，险些栽倒。

“灭！”石昊大喝一声，冲了过来，拼尽最后的力气，一掌削落下来，猿魔顿时死于非命。

而后，他直接就倒在了地上，这两头猿魔太强了，让他差点跟着殒命。

“还好都击灭了，不然若是逃走一只的话，可能会引来其他可怕的帮手，那将会是大麻烦。”云曦道。

石昊大笑，挣扎着坐起，看着远处那两百余株血魂草，他觉得很值，如果都服食下去，他多半能拥有那种惊世的能力了。

第438章 成功

WANMEI SHIJIE

石昊盘坐在成片的血魂草中，一株又一株地服下，他的肌体晶莹如血钻，鲜红的光芒流转，流动着一种秘力。

这一刻，他身体欲裂，血液发光，骨骼轰鸣，像是要燃烧起来了一般，肉身将要崩开。

这种奇草果然不适合其他种族，药性霸道，强行炼化的话，会破坏身体的生机与平衡，令人爆体而亡。

石昊忍着剧痛，压制这种变化，每一寸肌体都有原始骨文闪烁，阻挡自身解体的趋势。

云曦在旁守护他，现在说什么都晚了，而且对方非常倔强，不听劝告。

“好霸道的药性，真是厉害。”石昊咬牙自语。他的体表腾起一片赤霞，如同火光一般，这是血气在蒸腾，即将让他的魂魄燃烧起来了。

他依旧在压制，动用各种力量，镇压己身，保证肉身不坏。

“你能不能将药排出来？别这样勉强自己，太危险了。”云曦说道。

“无妨！”石昊咬牙道。到目前为止，加上早先的血魂草，他总共已经服食了一百五十株以上。

他的体表鲜红，一股神秘的力量要将他瓦解，伴着可怕的魔性力量，骨骼似乎都要断裂了。

“坚持！”他在坚持，努力适应这种变化。

据传，猿魔吞食血魂草后，也会感觉痛苦，但它们体质特殊，最终能完满地吸收药性，让自身蜕变。

石昊盘坐在那里，目光深邃，身子颤动，强大如他的肉身都有了这种反应，可以想象他承受了怎样的痛苦。

过去，曾有初代吞食了一百多株血魂草便开始咯血，最后神魂燃烧。

而现在，他将这种极限推向了一百五十株，足够惊人，令人震撼。

“啵！”

一声轻响，石昊的肩头出现伤口，很是凄艳。还好伤口不大，只有婴儿拳头那么大一块，算不得重伤。

不过这是一种非常不好的趋势，在这处伤口出现时，这条手臂也随之痉挛，而后不断出现伤口。

“镇压！”

石昊低吼。他将唯一洞天浓缩，压制到整条手臂，顿时符光灿烂，晶莹透亮，将伤势稳住。

“你真要效仿猿魔，承载全部药性，强行改变己身？要知道，你们的体质完全不同。”云曦越发担心了。

“我比猿魔的肉身还要强，为什么做不到，我一定可以。”石昊自语，不过嘴角有点扭曲，因为太疼了。

到了这一刻，他浑身都有爆开的危险，一些筋脉如龙蛇般突出在体表，将要崩断。

“咔嚓！”

就是他的骨骼也是如此，简直要折断了，“嘎嘣嘎嘣”响个不停，在体内绽放炽盛光辉。

一股秘力由体表到血肉，再到骨骼，不断冲击，让他越发觉得剧痛难忍。

“噗！”

他口中咯血，并且周身多处出现裂痕，情况很糟糕。

石昊低喝，体内神霞流转，符文密布，一只又一只小鼎出现，在血液中流淌，而后发出颤音，他自身都仿佛化成了一口大鼎。

这是他在化灵境领悟的法门，肉身可化道钟、鼎、神剑等，此刻化作鼎，最为稳固，守护己身。

并且，肉身为鼎，与体外洞天结合，形成一个不可撼动的整体，有效阻止了伤势的恶化。

即便如此，石昊也是浑身淌血。他在竭尽所能地对抗，以适应这种变化，从而获得那可怕的药效。

两天两夜过去，石昊挺了过来，那种剧痛开始减弱。他获得了神秘的药效，适应了这种熬炼。

“这……是一个奇迹！”云曦说道。

石昊总共服食了一百五十多株血魂草，超越过去几名初代创下的纪录，并且他无恙，最终活下来了。

他默默体悟，而后请云曦用符光攻击他，进行检验，发现的确有效果!

“攻击我的法力被削弱了！”

虽然不是免疫，却也很惊人，若是在大对决中，这无疑是此长彼消，能减弱对方的法力攻击，自己占据了很大的优势。

“火候还不够啊。”石昊轻语，看着前方成片的血魂草。此处最起码还有一百多株，只不过再服食的话真的很危险了。

但是，他决定继续进行，挑战自己的极限，看一看还能炼化多少株。

“一百五十六、一百五十七……”

石昊默默记下，再次开始吞食血魂草，借此挑战自身，希望自己可以法力免疫。

云曦面带忧色，她知道无法劝阻，只能默默看着，为这位救命恩人护法。

耗时一天一夜，石昊将这个数目增加到二百株，终于出现危险，神魂发光，要燃烧了。

他发出低沉的咆哮，将《原始真解》烙印心中，万灵图随之显化，他用真解中的骨文铸就万灵图，密布血肉中。

肉身龟裂了又愈合，这种药果真对猿魔族外的其他生灵伤害巨大，让人难以承受。

“咔嚓！”

石昊胸部的一根骨头折断，自血肉中支出，非常吓人。并且，淌出的血不是落在地上，而是在虚空中燃烧，温度炙热，可怕无比。

“不！”

云曦惊呼道。她手持宝镜，照射出一道神光，定住石昊的肉身，帮他阻止伤势恶化。

“真是可怕啊。”石昊自语。唯一洞天收缩，几乎压制到了体表上，堪堪将他包裹，保持肉身不会进一步崩坏。

同时，他将《原始真解》中的骨文构建的万灵图在体内显化，浮现而出，镇压己身。

就这样又过了一天一夜，石昊支撑了下来，终于一切都稳固了，沸腾的血平和下来，肉身也不再龟裂与发光。

“将极限推向到了二百株！”云曦不知道说什么好，这太惊人了，这是一个全新的可怕纪录。

这一次，石昊没有妄动，盘坐在那里调理身体，让自己恢复到最佳状态。

半日后，他开始检验成果，让云曦攻击。

“成了！”石昊大感振奋。第一轮攻击对他无效，他全部化解，他得到了法力免疫的能力。

然而，第二轮就不行了，肉身恢复到了正常的样子，法力侵入他的躯体内。

他盘坐在那里调息，休养了一段时间后，再次尝试。结果依旧如此，第一轮法力免疫，难破其防，自第二轮开始，就能侵入了。

“这……”云曦震惊道。竟然真的被他得到了这种能力，这实在太过逆天，一旦传出去，绝对要让各教大震动。

“只能如此，终究不是猿魔啊。”石昊自语。即便如此，也让他很满意了，仅凭第一轮法力对他无效，就能做很多事！

“再继续，接着服食，看一看还有什么效果。”石昊目光湛湛。

然而，自第两百零一株开始，血魂草仿佛对他无效了，居然没有伤其躯体，药性的霸道没有显化出来。

就这样，石昊不断服食，剩余的血魂草全部被采摘了，他前后加起来总共炼化了二百七十多株。

大量服食血魂草后，的确还是有些许效果，但效果非常不明显了。石昊进行最后的测试发现，依旧是对第一轮法力免疫，再难有新的突破。

“不可思议，你居然真的得到了这种能力！”云曦惊叹道，美目中射出神霞。

“马马虎虎吧，总算有了一定的成果。”石昊笑道。

随后，他们离开了这里，进入古战场深处，潜伏了起来。依照云曦的说法，现在拖延时间最重要，等待天人族古祖复苏。

不然的话，凭他们想要横渡到天州去，不太现实，整片红色平原都被封锁了，充满危机。

“来了，他们又追寻下来了。”

两日后，石昊与云曦抬头看到了天空中盘旋的一群凶禽，两人露出凝重之色，这些敌人总是摆脱不了。

依旧是百禽佣兵团的生灵，领军者还是那只金乌以及一只火云雀，它们盘旋在高空中，向这个方向飞来。

“这群魔禽太敏锐了，我们早晚会被发现。”石昊轻叹。

现在他们只能继续前进了，选一个大凶之地，最好能惊动出什么真神级生物，来对抗百禽佣兵团的生灵。

“咦，还有两个人。”

石昊发觉在金乌的背上盘坐着一个中年人，在火云雀的背上站着一个年轻人，两人正在俯视大地。

“这两个人形生灵属于哪一种族？”石昊发现，那两个生灵眉心有紫色符文印记，如同天眼般，像是可以睁开。

除此之外，他们与人族差不多。

“战族，是他们！”云曦目光冰冷。她知道，此次阻击天人族的道统中，战族绝对是主力，因为两族敌对，势同水火。

“战族很厉害吗？”石昊问道。

“太古年间，某一段岁月，他们曾位列十大种族内，被称作战帝族，极尽辉煌，天下共尊。”云曦道。

石昊一惊，在上界被称作帝族、皇族，那是无法想象的荣耀。当年天人族出了六位进化到极致的无敌天人，才有那种成就。

而战族当年又有什么底蕴呢？不管怎样说，绝对强大！

“坏了，发现我们了。”石昊蹙眉。百禽佣兵团不以战力闻名，但论追踪，绝对在魔州最前列。

这一路上，他们原本早已甩开身后的追兵了，可总是会被百禽佣兵团寻到。

“终于寻到了。”开口说话的，不是金乌与火云雀，而是那名盘坐在凶禽背上的战族中年人。

“天命石就在你的身上？”另一名年轻人也开口道。他黑发披散，器宇不凡，眼睛很亮，此时他盯住了云曦，不断点头。

“战族，你们在玩火自焚，等我族古祖复苏，你们吃不了兜着走！”云曦冷声说道。

“未来的事谁能说得清，便是那位老天人真能活过来，也会有人阻挡他的。”年轻的战族天才微笑，摇了摇头，而后又道，“你已经与天命石融合，若是强行提炼，那种奇石会威能锐减，真是让人头疼啊。”

他带着一股邪气，嘴角微翘，目光蕴含金芒，道：“不若你嫁入我战族如何？”

“做梦！”云曦只有这两个字。她身体婀娜，发丝柔顺，双眸灵动，整个人丰姿绝世，如同画卷中走出的神女，异常美丽，动人心旌。

“我觉得你不错，嫁入我战族，还算门当户对。”年轻人平淡地说道。

“擒下他们。”这个时候，金乌背上的中年人开口，威严无比。

“还好，没有真神。”石昊自语。但是这样也很可怕，若是硬撼，他必然会殒命，对方的高手太多了。

但是，他有一次出绝招的机会，想看一看所谓的法力免疫的效果究竟如何！

“想灭哪一个？”石昊很张扬，询问云曦，让她点指。

“不知死活！”天空中，一群凶禽还有两名战族高手全都冷笑不已。

“灭战族！”云曦说道，双方世代为敌。

“灭我们？”战族年轻人仰头大笑，摇了摇头，目光中带着冷酷，还有种敌意，道，“我不杀你，将你带回我族成婚，所谓的由人而天，就在我战族进行吧。”

中年战族强者点了点头，道：“一个融合了天命石的少女，嫁给我战族，想来天人族得悉时，脸上表情一定会很精彩。”

第439章 相似的无敌风采

WANMEI SHIJIE

“蟾蜍想吃凤凰肉，我看你哪凉快哪待着去吧。”石昊奚落道。他站在寸草不生的地面上，眼睛睨着空中的一群强者。

他身上有云曦的一枚耳坠，从某种意义上来说，他与云曦关系密切，因为那耳坠对天人族来说意义非凡。

战族的中年强者脸色不变，他不屑于争辩，因为该族曾经被尊为战帝族，是上界血统最尊贵的种族。

战族的年轻天才目光阴鸷，道：“你算什么东西，天人族、战族都曾威震三千州，号称帝族、皇族，天下共尊，凭你也配掺和当中？”

红色战场很荒凉，有各种残兵，还有很多遗骨，并缭绕着带状雾霭，看起来可怕而神秘。

石昊嘴角露出一缕冷笑，嘲讽道：“我不算什么，但你这个所谓的战帝族天才，在我眼中不过是土鸡瓦狗。”

战族年轻人闻言，双目神光暴涨，眉心的紫色纹路转化，熠熠生辉，转瞬间又变成红色，赤霞绽放，热气腾腾。

“强者心志如铁石，怎能因外物而生波澜，何需怒形于色，灭了他就是了。”战族的中年人无情地说道。

“是！”年轻人点头，恢复了平静。他再看向石昊时，目光里只有冷漠和敌意。

“大言不惭！我站在这里，等你来。”石昊说道，睥睨中年人，蔑视年轻的战族天才，故意挑衅。

“找死！”中年人吐出这样两个字，张开一只大手，那手闪动玉石般的光泽，向下抓来。

石昊与云曦同时横移，避过这一击。

“这就是你的心如铁石，不动如山？我看你也不过是逞口舌之快，真动起手来不过如此。”石昊奚落道。

随后，他又点指百禽佣兵团的强者，道：“你们这群鸟人，也一块过来吧。我一并将你们灭了！”

天空中，一群凶禽嘶鸣，它们羽翼亮丽，很多都缭绕着神灵火焰，非常强大，此时目中射出冰冷的光，向他望来。

“他是一个死人，不用理会了，一会儿就斩掉。”战族的中年强者说道，而后看向云曦。这才是最主要的目标，如果能生擒，使之嫁入战族最好不过，比斩掉更有意义。

年轻的战族天才会意，微笑开口，道：“天人族也曾君临天下，显赫一时。你嫁入我战族，到时候必会为你族的重要人物送去请柬，请他们参加，你看如何？”

两族有大仇，这样做对天人族来说将是一个沉重的打击，不仅毁灭了天人族复兴的希望，还能将天命石据为己有。

云曦俏脸转冷，心有怒意。在她看来，这等于是一种羞辱，更是抽了所有天人族一记响亮耳光，对方一再提及，她怎能忍受?

“帮我！”她轻声说道。

石昊点头，道：“放心！”

他虽然在尊者境，却流露出一种自信。他面带微笑，牙齿雪白，让云曦有种安全感，一下子就平静了下来。

“既然你们不敢出手，由我主动灭你们好了。”石昊说到这里，让云曦向后退去，他则一步一步踏在虚空中，登天而上。

“你嚣张过头了。”不要说战族的两名高手，就是百禽佣兵团也忍无可忍。

原本，他们会后退一些，让开一片战场，结果现在无一只神禽退后，全都冷漠地盯着他，随时打算出手。

石昊笑了，他临近众强，盯着战族的中年人，又看向百禽佣兵团的头领——金乌，这两大强者是他的目标。

而恰好他们又在一起，因为战族的中年人就在金乌的背上。

“哈哈……”他大笑，在这么近的距离内，可以出手了。下一刻，他浑身发光，炽盛符文澎湃，奋力向前冲去。

“不知死活的小狗。”战族中年人冷漠无比，当然也一直在防备，怕对方有什么非常手段。

但是，他相信实力决定一切，对方没有展现什么秘宝，而只是这样自杀似的冲来，下场可以预料。

“轰！”

他拍出一掌，符文若潮汐般澎湃，大手化成了一方小世界，要将石昊笼罩，而后镇压。

“咦！”

突然，他感觉不对劲。那璀璨的符文流转，竟没有伤害到这个少年，相反，对方笔直地冲来，跃进掌中世界后，畅行无阻。

神通无效！

他很快发现了不对劲，大手内的符文暗淡，掌中乾坤破灭，这个少年一拳轰击而至。

一瞬间而已，拳与掌撞在一起，人蹿起很高！

石昊竭尽所能的一拳，爆发出了他全身的力量，代表了巅峰一击！

这一拳，不仅有鲲鹏法，还有轮回宝术，更有雷帝神通，糅合在一起，神威惊世！

别人也许认不出，但是不代表这致命一击不可怕。战族强者大叫，他的大手龟裂，而后竟然寸寸断裂，一时间血雾弥漫。

谁都没有料到，结局会是这样，战族的神火境高手整条手臂没了，最后竟快速消失。

“啊……”

他仰天大叫，快速倒退，心中震惊无比。对方这一击当中竟有一股轮回之力在腐蚀他，破坏他的生机，让他体内的机能衰败。

他到底是神灵，防御力惊人，外表并未老化。

“不！”他大吼道。

一股雷电之力冲进他的脏腑中，疯狂破坏，这是第二种可怕的符文。

“你……”他震惊，因为第三种符文出现了，在他体内肆虐，竟是一头鲲鹏，让他难以置信。

一瞬间，他想到了很多，也曾听闻过，无上的鲲鹏法遗落在下界，被一个少年所得。

他想说出什么，却来不及了，因为最致命的一击到了。

石昊爆发，捏拳印，仿佛在推动诸天星辰而行，恐怖滔天。他满头发丝乱舞，眼眸如太阳。

肉身攻伐，这才是此时此刻最强横的攻击！

战族的中年强者毕竟是神灵，虽然他的法力对石昊无效，却也能在体内形成防御，以阻挡三大宝术。

境界高，决定一切。

然而，所有的平衡都被石昊的肉身破坏，他捏拳印，如盖世天帝般，猛烈攻伐，拳拳到肉。

战族强者的符文作用在石昊的肉身上都被化解了，根本不能抵挡他的攻击。

这是真正的肉身搏杀，没有别的选择！

此时，他震颤了，虽为神灵，但是肉身居然没有对方的强，一条手臂早先就被击断了，此时真的是“独臂难支”。

石昊一语不发，捏拳印，宛若一代神王，恐怖无匹。他一拳拳将战族强者打到双臂都断了。

“噗！”

最后，他一拳击倒战族强者，而后他猛烈一震，让其殒命！

这一切发生得太快了，都在电光石火间完成。

“击！”

一旁观战的那些凶禽大喝，全都出击，张口喷吐符文，击向石昊。

“师叔！”战族的年轻人更是震颤，大声惊叫。

“砰！”

这一瞬间而已，石昊凌空一脚，将战族强者踢飞。

太快了，谁能想到一位神灵居然在刹那间被一位尊者击灭，想救援都已来不及了。

百禽佣兵团的头领——金乌，振翅长啸，浑身都是金光炽盛的符文与火焰，将石昊包裹，要将他焚成灰烬。

因为，它背负着战族的强者，近在咫尺，故此发动的攻击在第一时间作用在石昊的身上。

然而，它失算了，符文对石昊无效，法力消散在虚空中。

其他凶禽的攻击也出现了类似的情况。

“得抓紧时间。”石昊心中焦急，他只能承受一轮攻击，时间短暂而有限，法力免疫马上就要无效了。

“轰！”

他用尽一身的力气一脚踏下，踩在金乌的背上，如同一座大山镇压下来。

“啊……”

这一刻，金乌惨叫，它的脊背上出现了一个大洞。

石昊也在咆哮，声音震动天地。他浑身精血燃烧，每一个毛孔都在喷气，他动用了极限力量，要速战速决。

“砰！”

他疾速冲到金乌面前，双臂抱住金乌的颈项，猛力一扭，只听得“咔嚓”一声，他竟动用惊世神力，将金乌的头颅扭断。

“噗！”

这个场面很震撼，所有凶禽都蒙了，金乌可是它们这支队伍的头领，点燃神火上百年了，居然就这样被人摘掉了头颅。

金乌，绝对是一个强横的种族，它们宝术惊人，法力称雄同阶中，如今居然这样被击灭。

他们想挽救金乌，但是晚了，石昊一指点在金乌的眉心，而后一跃而起，冲向身为副头领的火云雀。

火云雀很强大，通体赤色符文密布，火光腾腾，烧得虚空都模糊了。此时它无比震惊，金乌居然战死了！

见到石昊冲来，火云雀本能地生出一股惧意，这个少年简直像是个魔王，转眼间击毙了两大强者，它与之能对抗吗？

只是短暂地犹豫了一下而已，石昊就冲到了它跟前！

“啊，不！”火云雀背上的战族年轻人首先大叫，眼中写满惊恐。

石昊探出大手，一把拎住他的脖子，如同大鹏展翅般横空而过。他并未大战火云雀，因为法力免疫的时间到了。

他快速向大地俯冲，其间施展出雷帝神通，“噗”“噗”几声，将百禽佣兵团中的几名尊者击灭！

那几只神禽的眉心被击穿，顿时电弧闪烁，从天空中栽了下来。

云曦震惊了，这个少年英姿慑人，简直如天神降世般，居然在神灵中纵横冲击，击灭两大领军强者，让她目眩神迷。

第440章 你是谁

WANMEI SHIJIE

这一刻，让云曦情不自禁地想到了下界那个少年，二人神似，在乱军中取敌首级如探囊取物，可谓天纵之姿。她心中一颤，自语道：“天纵神武，原来真有气质相近的人，都这样不凡。”

当年，石昊曾在北海鲲鹏巢前叱咤风云，他伫立在道台上，大战八方强者，所向披靡，无人是其对手。

虽然都在化灵境，但他连尊者都照斩不误!

而眼前这个少年同样有这种气韵，当场强势灭神灵，神威凛凛，有种无敌的气概，让人无比惊艳。

“走！”

石昊提着战族的年轻天才，俯冲而来，奔向云曦，带着她飞快遁走。

天空中，火云雀惊疑不定，这个少年能击灭它们的头领，还能斩掉战族那名高手，绝对强横可怕，可是他怎么逃了?

其他凶禽也都被镇住了，刚才那少年的表现堪称恐怖，简直就是一个魔头。他大开大合，转瞬击毙了强大的金乌。

并且，他还顺带将数只凶禽斩灭，令它们惊悚。

“追！”

火云雀等神禽毕竟非同一般，刹那醒悟——对方不敢恋战，肯定是自知不敌。

很快，他们便想明白了，对方有手段，却不能长时间施展，现在无法逞凶了，这正是除掉他的好机会。

“我不介意再灭一些人，挡我者死！”石昊喝道。

他的话语拥有非凡的威慑性，一些猛禽当场顿住，没敢俯冲过去。

不过，火云雀等不在此列，依旧向他扑过去。

石昊将战族的年轻天才封印，扔进鼎中，而后在奔行的路途上又将挡在前方的金乌尸体也收了起来。

对他来说，这是大药!

“你……”百禽佣兵团的众强大怒。对方击灭了金乌头领，还将尸体抢走了，这对它们来说是一种耻辱。

“嗖！”

只见石昊拉着云曦，施展缩地成寸的大神通，冲出去不远后，没入了大地，深入土层中，消失不见。

一群凶禽振动翅膀，全都张口喷吐符文，向古战场的地面发动最猛烈的攻击。更有一些猛禽挥动神翅，将大地割裂。

但是，这根本无用。虽然它们破坏了这片土层，但是并未找到石昊。

缩地成寸，这是人族的大神通，号称“世间疾速”，一旦掌控，天上地下都可去。练到极致的话，更是能出入日月，遨游宇宙。

甚至能上九天，可下九幽，出入不同天地间。

这样的宝术，自然可以入地进行所谓的土遁，不过石昊才将土遁术领悟透彻，第一次在此施展。

百禽佣兵团震怒，但也没有办法。石昊与天人族少女没入土层，就此消失不见，而它们为飞禽，不适合土遁。

“下次带上土行秘宝！”火云雀恨声说道。这次损失太大了，它们难以向团长交代。

过了很长一段时间，石昊与云曦才从地下冲出，伴着土黄色的雾霭，两人出现在地面上。

“红色平原被禁锢封锁了，连地下都受到了影响。”云曦蹙眉，他们只钻了八百里，就感觉吃力了。

这片远古战场方圆足有五万里，他们继续向深处进发。

现在所要做的不是前往天州，而是拖延时间，等待救援。一旦天人族那位曾经亲手缔造太古辉煌的古祖复苏，一切都将改变。

老天人气吞山河，昔日威震三千州，战力惊上界！

这片远古战场有很多鬼物，更有幽灵出没，需要防备。

特别是进入较深处后，更有诸多魔灵，很危险。石昊他们避过了数处凶地，与几位真神错开，小心而谨慎。

在一座石山下，他们驻足停了下来。这个地方寸草不生，寂静无声。

“休息一下吧。”石昊说道。

逃命的过程本应很枯燥，更让人心惊胆战，但有石昊在，完全不是那么一回事。

他精力旺盛，对古战场充满了探索的欲望，而现在更是心情极佳，在收拾那只金乌。

云曦在旁看得一阵无语，这个家伙神经也太大条了吧？被追击到这等地步了，随时会有真神赶来，他还顾得上吃呢。

很快，他就将金乌处理干净，架了起来。

“你……”

当战族的年轻天才被放出来时，见到这一幕，当场就吓毛了。这是怎样一个情景！

战族的年轻天才焉怎能不蒙！

“说吧，这次你们出动了多少强者，请来了几位天神，有多少位真神，还有哪些佣兵团会出现？”石昊一边坐着，一边漫不经心地审问，想要得到一些有价值的信息。

“我……不知道。”战族的年轻人声音微颤。

“嘴巴这么严实，难道你也不想活了？”石昊嗤笑道。他目光一扫，形成一股无形的压力。

战族的年轻人心里发毛，这家伙也太另类了。

当然，他更多的是觉得恐惧，眼前这个人万一将他也斩了，咋办？想到这一可能，他从头凉到脚，顿感毛骨悚然。

“我真的不知道。族中大人商议后作出的决断，我只是一个天资还算不错的后辈，怎能了解？我跟着一位师叔出来，只是为了历练。”

他脸色发白，非常忐忑，谨慎而小心地回应，生怕触怒眼前这个魔王。

同不久前的意气风发、指点江山相比，此刻他心中充满了恐惧。连他的师叔都被轻易击灭了，他怎会是对手。

“那要你何用，什么都不知，灭了算了。”石昊自语。

“不要！”战族这名年轻人吓得发抖，拼命挣扎，奈何被封印了，根本无法逃走。

“战族年轻一代有哪些厉害人物？”石昊问道。他不认为眼前这个所谓的天才就代表了该族最强一列的年轻人。

“我族年轻一代中有三大战王，强到无法揣测，任何一个走出去，都会成为风云人物。”

石昊点了点头。这才合理，堂堂战族，为昔日帝族之一，怎么会没有真正的年轻翘楚？眼前这个人差远了。

“本为战族，号称三大战王，想必很不凡，怎么没敢封为战帝？”石昊调侃道。

“这……传说中可能存在。”眼前这个年轻人面色发白，稍作迟疑后，这样回答道。

“什么？”石昊一惊，无意间的询问，竟套出这样一则消息。

“我不知道是否存在，但族中一直有传闻，我战族这一世，有年轻人可能得到了战帝的封号。”

这个封号代表了什么？不言而喻。

石昊向他询问，详细了解情况。

战族中，唯有最优秀的子弟，超越了历代前贤，才可以有战帝封号。

自古至今，战族内获得战帝封号的奇才只有几人而已，一只手就可以数得过来。

并且，那几人差不多都集中在太古时期，止是他们开创了无上辉煌，使该族曾被尊为战帝族。

这一世，又出现了战帝?!

石昊回头看向云曦，发现她心不在焉，没有关注他的问话，而是一直在出神。

他顿时笑了，道：“因为喜欢美食，我经常被人奚落，今天终于遇到知音了，哈哈！”

有人理解他，让他很开心，笑起来阳光灿烂。

云曦一头紫发光亮而柔顺，大眼如宝石般，闪着灵性的光辉，琼鼻挺翘，红唇秀美而鲜艳，有一种令人窒息的美。

她听到石昊的话，一阵无言，她可不是什么知音，从来就没有过这种嗜好，修者哪有这样的。

她方才出神，是因为想到了一些往事。曾经有个少年，在进百断山时，背了一个超级大包裹，里面竟是锅碗瓢盆与各种作料，在入口那里引得众人笑话。

后来的事实证明那家伙就是一个吃货，什么都吃，从天上飞的到地上跑的，包括太一真水。

思绪回归现实，云曦越发觉得此时这个场景很熟悉，似乎曾经见过。

云曦拢了拢秀发，灵动的美眸看着眼前的少年，心想为何他也有这种习性——钟情美味，并随身携带各种调料，与那个人简直太像了！

并且，两个人都很自信，阳光灿烂，大战敌手时，无所畏惧，有一种无敌的风采。

太像了！

云曦心颤，神情有点恍惚，盯着眼前这个少年。难道是……同一个人？她不敢相信，那个人应该葬在了下界大荒中。

可是，她心有疑惑，不甘心地想要试探，于是她抬起纤纤玉手，拂向石昊满头乌黑的发丝。

在这一刻，云曦做了一个非常大胆的举动，竟以洁白的玉手揪住了石昊的一只耳朵，稍微用力扯了扯。

“你是谁？”她轻声问道，嗓音略带磁性。她盯着石昊的双眼，想要看透他的灵魂。

第441章 认错人了

WANMEI SHIJIE

石昊愕然，这个体态婀娜、姿容靓丽、太古神山年轻一代心中的神女，居然主动扯他的耳朵？

云曦一头亮丽的紫发如瀑般垂下，长长的睫毛轻颤，大眼灵动，莹白的俏脸生出红晕，因为她刚才的这个举动过于大胆。

石昊很快给出回应，相当自然地探出一只手臂，揽住云曦的肩膀，将她拥到近前。

他动作流畅，抱着绝代佳人，与她对视，一副很专注的样子。

云曦的脸腾地一下子就红了，绝代风华中带着羞恼。她觉得这个家伙怎么看都像是一副要捉弄人的神情。

石昊看着云曦，一副故作深沉与成熟的样子，道："感谢上苍让你我相遇，这是一场天定的缘分。"

云曦当时就晕了，这都什么跟什么啊！

她觉得，误会大了，自己太过异想天开，他并不是那个人，这家伙太嘚瑟了，而且笑得有点不正经。

这家伙动作这么娴熟，一看就不像是什么好人，她顿时后悔不已。

"啪！"

云曦快速拍了石昊一巴掌，她可不想被人捉弄。这种动作太过亲密，越过了界线。

即便这个人救过她的性命，也不能乱来。

"不要怀疑，你我能在红色平原相遇，绝对是上天的安排。"石昊还在继续自说自话，完全是一副"死猪不怕开水烫"的样子。

"我认错人了！"云曦羞恼，猛力挣扎，拍打那只手臂。

她极其美丽，披散的紫色发丝光滑如绸缎，大眼如秋水般明亮。她此时皱着鼻子，这种懊恼的样子别有一番风情，让人看得发呆。

石昊并未松手，两只手一起伸进她的面前，轻轻地捏了一下她的脸。

云曦大惊，这家伙动作又快又嚣张，居然这么大胆，她赶紧躲避。

虽然一开始是她怀疑下界那个人也许未死，但冲动之下这样试探，效果真的很糟糕。

“你……”云曦向后退避，可身体却是一颤，近乎痉挛。

因为，这浑蛋居然捏住了她脸上的肉，拇指与食指轻轻捻动，而后扯了扯。她震惊得满脸羞愤。

“轰！”

云曦实在忍不住了，他虽然是自己的救命恩人，但也绝对不允许他这样乱来。她浑身爆发符文，想将石昊震退出去。

然而，强大的宝术、璀璨的符文，撞在石昊身上根本没起到应有的作用，全部消弥在无形中。

云曦愕然，而后醒悟，这该死的……法力免疫！

在这种关头，对方所获得的奇异能力自动展现，瓦解了她的符文与法力，法力免疫这个时候发威，真是让人哭笑不得。

她觉得有些荒谬，同时尴尬到极点。

“放手！”她脸色通红，低声呵斥。

石昊不解，问道：“为什么？”

云曦抓狂，他还问为什么，他绝对是故意的。

“你误会了！”她仙肌玉骨，此时身体绽放霞光，洁白而晶莹，圣洁出尘，像极了落入凡尘的神女。

石昊笑容灿烂，有种感染力。他扯了扯她脸上的肉，最后放手，道：“好吧，美丽的误会，愿下次更加绚烂。”

什么下次？云曦有股要磨牙的冲动，想要咬他！

“我认错人了，你跟我的一位故人很像。”云曦解释道，让自己的心绪平静下来。

她拢了拢秀发，向后退出去十几步。

“他在哪儿？让他放马过来，我绝对一只手将他拍翻！”石昊嘚瑟。

云曦无言，最初相遇时，这个少年给她的印象很好，慢慢接触才发觉，这家伙“熊”得真是够可以的！

“他已经死在了下界。”

“这是一件让人悲伤的事。不过你不觉得我们相逢，一路同行，更为多姿多彩吗？”石昊笑着说道。

云曦转身，若非他是她的救命恩人，她绝对会给他点颜色看。

“我觉得我们……”石昊刚说到这里，直接被云曦打断了，她贝齿轻磨，愤愤不已，道：“我们该上路了！”

“唉，真是让人忧伤。”石昊摇头。

“喂，你看也看够了，是不是想说点什么？”这时，石昊注意到一边看着他们的战族的年轻强者。

“我……”战族的年轻人张了张嘴，不知道说什么好。

石昊拍开一坛酒的泥封，向云曦示意，请她喝酒。

“我不喝。”云曦摇头。

“真是让人忧伤啊！”石昊说道。

很快，他的身体爆发出刺目的光。

这是先天之精太浓郁的体现，他盘坐下来进行炼化，疗治早先留下的一些伤，让自己迅速恢复到巅峰状态。

他神态庄严，每一寸肌体都在喷吐神霞，晶莹如琉璃仙金，他肉身无瑕，强大到极点。

“走了。”再次站起来时，石昊恢复了平静，招呼云曦上路。

“对不起，我刚才真的认错人了。”云曦解释道。

“你不觉得这次相逢很灿烂吗？走过，路过，不要错过。”石昊认真地对云曦说道。

“你……真是没正经！”云曦懊恼道。

“好吧。我们上路！”石昊说到这里，从容转身，大步向战场深处走去。

这一刻，他不再轻佻，恢复了果决，有种雄姿霸气。

云曦一怔，总觉得这个人有点古怪，她仿佛听到了一声有些遗憾的叹息。

石昊大步向前走，思绪万千，他想了又想，终究没有道出身份与云曦相认，唯有暗自一叹。

因为他知道，云曦而今身份非同小可，她与天命石融合，日后将会进化到极致，真正由人而天！

她一旦回归天人族，必有天神教导，甚至那位一手缔造了该族太古辉煌的老天人都会亲自传授她各种秘法。

这样一个女子，整个天人族都要宠溺她，不允许出现一点意外，她必会被严密守护起来。

石昊若是道出身份，云曦知道后就绝对无法隐瞒，他将没有什么秘密，因为那位老天人瞬息可以洞悉所有。

甚至，只要与天神相处，就能被感知。那些人的神识太强大了，教她修行，帮她炼神时，云曦怎能守住秘密？

石昊经历了太多的事，虽无害人之心，但是他知道人性复杂，便是他救了云曦，如果让人知道他的真身，也会有变故。

他身上有无上禁忌宝术，任何一族都会眼红。

为了给自己留下后路，也为了避免云曦到时候陷入两难境地，他没有道出身份，决定留待日后再与云曦相认。

“终究是我实力不够强啊，如果能成为天神，也不会忌惮了，我可以纵横天下，何需考虑那么多?!”石昊道。

云曦听他这样莫名轻叹，心中有些不解，这不正经的家伙怎么会突然有此自语？

“云曦，天人族招女婿有什么条件？”石昊收起了庄重的一面，又开始笑嘻嘻。

云曦发呆，这家伙到底在想什么，态度转变得太快了，让她有点摸不清、看不透。

“你想说什么？”她后退了几步问道。

“你觉得我去天人族提亲的话会不会被招赘啊，一般情况下来说，我真不想入赘。”石昊嘿嘿笑道。

“你乱说什么！”云曦脸色绯红，狠狠地瞪了他一眼。这家伙真是让人无奈，口无遮拦。

“云曦，跟我去游历天下吧，回天人族多没意思，坐关苦修太枯燥，真正的强者需要会遍天下各族，是战出来的。”石昊撺掇她。

云曦直接摇头，觉得这家伙太不靠谱，这真是要讨好她吗？

“唉，古往今来第一高手就在你面前，你不请教，会后悔的。”石昊故意这般说道。

云曦一听就笑了，道：“你愿加入我天人族吗？以你之资，能拜入一位天神门下，未来的成就不可限量。”

“天神算什么。”石昊撇了撇嘴，道，“我怕去了以后，整个天人族都会炸窝，到时候全部为难我。”

“你真自恋。”云曦受不了，给了他一个大大的白眼。

“所谓上界十大种族，不过是昔日的辉煌，在你眼前的男人未来注定要崛起。一个人就可以是帝族，一个人就为皇族，一个人被尊为天帝。你可千万不要错过！”石昊调侃道。

第442章 金菩果

WANMEI SHIJIE

云曦觉得这家伙太自恋了，而且脸皮特别厚，她在上界从来没遇到过这样的人。

“你虽然救了我的性命，但是我们之间是不可能的。”她谨慎措辞，将意思表达了出来，婉拒石昊。

“真是让人忧伤啊，如果就此错过，再相见时也许已是岁月变迁，沧海桑田。”石昊摇头。

“你在乱说什么，赶紧走，追兵要到了。”云曦说道。她可不想再谈论下去了，这个少年强者百无禁忌，口无遮拦。

远古战场非常广袤，缭绕着一缕又一缕赤色雾霭。

地面干硬，寸草不生，能见到各种遗骨，有金色的、白色的、黑色的，历经数万年，依旧有光泽。

两人前行途中发现了非常惊人的生灵，最起码是真神，只能不断改变路线，绕过了他们的领地。

“好香！”石昊鼻翼翕动，他五感敏锐，神觉超凡，第一时间闻到一股如兰似麝的芬芳。

很快，云曦也闻到了，不禁动心。凭着感觉她知道，这可能是天材地宝要成熟了。

两人对视一眼，而后收敛气息，小心向前接近，很快就来到一片石林中，眼前的景象让他们都露出惊异之色。

透过雾霭，可以看到在那石林最深处有金色的光彩绽放，如同黄金火焰在跳动，让迷雾都散开了。

到了这里，香气越发浓郁，沁人心脾，让人为之陶醉。

“那是什么东西？”石昊心中一动，在这枯寂的战场中有这样的药香，绝对非同小可。

他与云曦都闭合毛孔，让自身如同寂灭般没有一点生机散发，悄无声息地穿过石林，逼近那里。

一座山横亘在眼前，被雾霭笼罩，散发煞气，让人汗毛直竖。

“这是……一座骨山?!”云曦暗自心惊，脊背生出一股凉意。

石昊眯起眼睛，亦心头一跳。这个地方果然非同一般，石林前方坐落着一座骨山，它高足有数千丈，缭绕着带状黑云，煞气逼人。

无形间有一股磅礴之势，压得人透不过气来。

骨山由各种骨骼组成，有黄金巨人的遗骨，有蛟的骸骨，还有人族的骨架，密密麻麻，堆积在一起。

这绝非什么善地，刚一走到这里，就让人毛骨悚然。

而香气正是从骨山一侧传来的，那里金黄一片，光焰跳动。浓烈的香气钻进口鼻间，让人迷醉。

两人面面相觑，更加谨慎了。这地方很妖邪，万一撞见一个真神，那就麻烦大了。

从石林一边走出，远远绕过骨山，来到这个地方后，他们见到了一株小树，全都心头一跳。

这株小树有半米多高，分生三个枝杈，长满了金色的叶片，不过光芒有些暗淡，树体快枯萎了。

在枝叶间有一枚金色的果实，有拳头那么大，正在散发浓香。它很炽烈，散发的黄金光如同火焰在跳动。

天材地宝!

这绝对是一枚了不得的果实，只看一眼，就能得出这样的结论，因为它太不一般了。

“这是什么奇药？”石昊琢磨。

“我想我知道，这可能是传说中的金菩果。”云曦这般说道。

果实成熟，而小树则快干枯了，因为它耗尽了精气，浓缩了所有的精华，全都供给了那颗金菩果。

“金菩果，就是那种比血魂草还要珍贵无数倍的圣物？”石昊吃了一惊。

“没错，应该就是它。”云曦点头。

在这片红色平原上，有几种特别的药草珍稀无比，血魂草就不用说了，是探险者的最爱，若是带出去几株，可卖到很高的价格。

至于金菩果，则可遇不可求，太过稀少，而且也很难采摘，因为它都生长在最危险的地带，有强大的生灵守护。

据传，这种东西药性太过浓烈，不能单独服食，不能会爆体而亡，比血魂草更危险。

“你曾说，猿魔可以走上极致炼体路，主要是因为吃了血魂草与金菩果，就是这种东西？”石昊问道。

“一般的猿魔只吃过血魂草，很难吃到金菩果，后者比前者珍贵无数倍，一旦吞下去可以让猿魔进化为金刚魔，会成为另一种生灵。”云曦道。

“还有这种说法？”石昊惊讶道。

云曦认真点头，露出凝重之色。

按照她的说法，这种果实举世稀有，为真正的天材地宝，外界无数人想花天价求购，却难以实现愿望。

它与其他灵药熬在一起，经过提炼，所留下的精华物质可壮大人的魂魄，比血魂草强太多了。

当然，它更能让法力免疫进一步增强巩固！

同样，它也最危险不过，强行吞食的话，肉身会直接炸开，神魂亦会化成灰烬，什么都剩不下。

“稀世宝药！”石昊舔了舔嘴唇，双目霞光湛湛。

云曦吓了一跳，认真告诫他，这种果实绝不能胡乱服食，不然必死无疑，除却少数几个种族外，其他族难以获得那种药效。

两人默默观察，寻找生灵，他们觉得这种天材地宝的旁边肯定有恐怖生物坐镇守护。

“好像没有。”云曦讶异。

“不对，你看那里。”石昊指了指骨山脚下。

“一个骷髅。”云曦心头一动。

若非仔细观察，根本不会注意，会误以为它是骨山的一部分，因为那里都是骨头。

这具骷髅通体雪白，没有一点波动，无声无息地盘坐在那里，让人感受不到生命的气息。若非它的膝盖上横放着一把骨刀，绝对会被忽略。

石昊暗中打量凝视，而后心头一惊，他觉得那寂灭的头骨内蛰伏着一团火，一旦爆发，会天崩地裂。

“这是一个真神！”他得出了这样的结论。

云曦顿时色变。这等强大的生灵，他们根本惹不起，绝不是对手。

“可惜了，这样一枚果实若是能带出去，足以能交换到一种非常强大的神通。”云曦再次说出了它的价值。

“看来它的价值的确超出了我的想象。”石昊说道。

“熬炼得法的话，血魂草能滋养人的魂魄，而这种金菩果的药效则更为超凡，可让人的神识力直接提升一截，你可以想象它的惊人药效！”

石昊倒吸了一口凉气，让神魂真正强大一截！那绝对是无价的神圣大药。他的眼神越发火热了，这枚金菩果他志在必得。

“得想办法。”他轻声自语。

“值得庆幸的是，这是一个骨神，而非猿魔，金菩果并不适合它服食，它应该不太在意这枚果实。”云曦说道。

“那太好了！”石昊大为振奋。

“奇怪，仅一个骨神而已，不见得能守住金菩果，那株小树怎会生长到现在？”云曦有些疑惑。

“一个真神都不足以守护金菩果？”石昊心惊。

“是的。金菩果太珍贵了，一旦被外界得知消息，将会引发连天大战。”云曦郑重说道。

石昊仔细观察，并未见到第二个生灵。他心有疑惑，直到再次抬头，打量整座骨山，他才心中一震。

“不对！云曦你看，这座骨山的形状是不是很特别？”

“这是……一座大坟！”云曦悚然。

仔细辨别，这座数千丈高的骨质山体与坟的形状太像了，令人不寒而栗。

而那具雪白的骷髅很像是一个守墓人，横刀于双膝上，在那里守护。

“大凶之地！”

两人相视一眼，无声无息地退走了，石昊法力免疫，也是有极限的，面对境界超过他太多的真神，他肯定会发生危险。

“也许，得到金菩果，能让我的这种能力进一步增强。”他很期待。

他们没有妄动，而是选择向外后退，准备去拉些垫背的人，最好能等到后面的追兵，把他们引到骨山去。

然而，真正需要追兵上门的时候，却始终等不到，他们晃荡了大半日，布置下诸多法阵，也没有迎来敌手。

直到两日后，敌人才现。

空中，密密麻麻地飞来数十只猛禽，颇为壮观。当中有很多猛禽点燃了神火，而其中一头的神火更是异常炽盛。

“火云雀的背上盘坐着一个人，他……是一位真神！”石昊眯缝起眼睛，感觉大事不妙。

“他是龙雀所化，为百禽佣兵团的团长。”云曦猜测出他的身份。

不仅如此，在后方的凶禽背上还有一男一女，他们气息恐怖，神焰腾腾，眉心都有紫色符文印记，是战族的两大真神。

石昊倒吸了一口凉气，三大真神齐至，如何抵挡，真要被他们发现，自己必死无疑！

还好，他们布置了很多法阵，而今隐藏在当中，没有被觉察到。

“走！”

绝不能藏在这里，必须得立刻退走，不然的话，他们会死无葬身之地。

石昊拉着云曦，施展缩地成寸的大神通，没入地下，躲了起来。

因为，该布置的都布置好了，他们将自己的踪迹以及各种线索指向那座骨山，引领一群强者前往。

只要到了那里，即便那些强者没有见到两人，也必然要出手了。因为发现一枚金菩果后，任何生灵都难以平静。

纵然知道有危险，他们也要尝试夺取，人性如此，因为金菩果价值太高了，可让人的神识力提高一截，这等力量何其逆天。

从某种意义上来说，神魂比肉身更神秘，如果有机会让它变强，等于让自身实现了一次质的飞跃，谁会不动心？

“这……居然见到了这种传说中的神圣果实！”很快，百禽佣兵团就到了，并发现了金色果实。

三大真神全都动心，神识仔细扫过这片大地，虽然觉察到了古怪，但依旧果断出手，各自探出一只大手，向着地面抓去。

第443章 岁月镜

WANMEI SHIJIE

骨山数千丈，山脚下金菩果发光。

半空中，三只大手同时探下，各不相让。面对这种天材地宝，举世罕见的神圣果实，三大真神莫不想据为己有。

并且，在这个过程中，三只手掌间秘力流转，发出刺目的符文，彼此间在较量！

“咔嚓！”

虚空生电，真神秩序呈现，如一条条锁链交织在虚空中，秩序神链光泽闪动，任何一条都足以截断山峰，切割大地。

“嗖！”

突然，一道白光横空，斩断所有秩序神链，逼近三只大手。

这是一把骨刀，洁白如玉，锋锐无比，竟让三大真神悸动，迅速撤退。其中一人稍微慢了一些，掌上有血珠洒落。

一刀横空！

“三位闯入我的领地，想攫取金菩果，就没有一句话语吗？”骨山下，那具雪白的骷髅复苏，它依旧盘坐，但是眼洞中有光焰喷出。

“轰！”

下一刻，它的头骨发光，一股磅礴的魂光释放，如同汪洋一般，席卷这片古战场。

这是一个强大的生灵，虽然没有血肉，但是早已达到真神领域很多年，登峰造极。

天空中，三神眯起眼睛，他们预感到这是一个强大的对手，极难对付。

火云雀等一群太古凶禽全部倒退几步，它们感受到了莫大的压力，真神威压让它们战栗，有种要窒息的感觉。

“道友有何要求？这金菩果对你来说并无大用处。”百禽佣兵团的团长开口道。他是一只龙雀，但此时化成了人身。他披散着一头红发，面容俊美，双眉入鬓，眼睛炯炯有神，整个人有种锋芒毕露的感觉！

“虽然对我无用，但我可以用它去交换神圣宝物。”骨神说道。它非猿魔，并不能直接服食金菩果。并且，它也不懂得炼药，无法向其他大族那般，熬炼出部分精华。

战族的一男一女彼此对视后，男子开口，道：“我等来自战族，族中不缺秘宝。道友想要什么，可与我等相说。”

到了这个等阶，能不开战就不开战，毕竟彼此都是真神，万一拼命，谁都说不好会发生什么不测之事。

“我想要一株渡劫神莲。”骨神平静地说道。

三人顿时色变。对方狮子大开口，他们难以满足，要知道渡劫神莲是传说中的神圣古药，凭他们怎么可能得到。

渡劫神莲可以让人涅槃，血肉再生，还能让人突破瓶颈，进入下一个大境界。

那种东西，别说是他们，就是天神都得不到。一是数量稀有，举世罕见；二是价值太高了。

谁不想更上一层楼？只要得到它，便能突破关卡，还能重塑血肉，臻至完美。

显然，这具雪白的骷髅想重塑肉身，并突破现在的境界，一举涅槃，浴火重生为一位新的神。

“道兄，你这是强人所难，金菩果没有那么大的价值。”战族的女子说道。她云鬓高绾，上插金步摇，虽然已近中年，但肌肤雪白，目光清澈，整个人气质出众，雍容华贵。

“那就算了，我别无所求。”骨神平淡地说道，一副无欲则刚的样子。

三大真神没有立刻说话，都在沉默，此地的气氛一下子压抑了起来。

“道兄，与人方便就是与己方便，这金菩果对你无用，何不交予我等，我们可以用秘宝、神兵等作为补偿。”龙雀说道。

“不需要，一刀在手足矣。”骷髅眼窝中，魂火跳动，非常盛烈，整颗头骨都被映照得晶莹如玉。

“道友何必固执，你我都是修行人，和气才能长久，纷争皆是灾祸与劫难。”战族的中年男子劝解道。

“你们是在威胁我吗？”骨神盘坐在那里，膝盖上的骨刀颤动，铿锵作响，顿时有一股凛冽怒意扩散。

场面一下子僵了，骨神很强硬，而三大真神也不可能退缩，对那金菩果志在必得，因为这枚果实对他们来讲用处太大了。

“道兄，可看到一男一女两个年轻人在此出没？”战族的中年女子开口，想缓和气氛。

“似有所感，不曾理会。”骨神说道，话语简洁。

三大强者彼此凝视了一眼，而后身体发光，各自祭出一道灵身，施展秘法，在这片古地搜索。

“你们离去吧，没有渡劫神莲，我不会交换金菩果。”骨神瞥了他们一眼。

“那就得罪了！”三大真神一起动了，化成三道电光扑了下去。

“在我的领地撒野，你们试试看！”骨神开口道。“锵”的一声，它扬起那把洁白的骨刀，斩向三大强者。

大战爆发！

真神激战，能量浩荡，符文密布每一寸空间，造成的破坏力令人心惊肉跳。

远处，火云雀等百禽佣兵团的成员心中发毛，再次倒退，远离这片战场。它们根本参与不进去，彼此实力相差太大了。

远处还有三道身影，展开身法，在快速移动，他们分处一方，最后消失在地平线，正是三大真神的灵身。

其中战族的女子祭出一件秘宝，为一面生锈的铜镜。她张嘴喷出一口精气，此镜发光，居然映现出不久前的事，在镜中她看到了石昊与云曦的身影。

“岁月镜果然是无上至宝，即便是一件仿品，也能有此奇效。”她轻声自语。

她身形一晃，没入地下，一路追了下去，因为她已经知道那两人逃向何方。

“轰”的一声，法阵在地层深处炸开，大地崩塌，形成一场大地震。

“不好，有人发现了我们的踪迹，追了下来。”石昊吃惊道。他在路途上所布置的一座法阵被人破坏掉了。

“真神！”云曦色变，这个级数的强者他们绝对无法应对。

“换个方位。”石昊快速作出决断。

“这是去那座骨山下方吗？”云曦立时明白了他的意图——要置之死地而后生。

现在真神出现了，他们两人不是对手，但那座骨坟下必有古怪，也许可以帮他们阻敌。

石昊一路施展土遁术，快速来到骨山下方，刚一接近就看到了一片乌光在腾腾跳动。

那里神秘无比，有一团浓重的雾霭，还有黑色的光焰跳动，居然无法望穿，不知道里面有什么。

石昊暗中用重瞳观察，心头一震，里面竟是一个巨大的池子，方圆数十里，有水喷涌，如同浪涛般。

见到这一幕，他头皮发麻，心想这绝非什么善地。

他再以重瞳凝视，发现那池中有一头庞然大物，散发的那种气息让人心悸，灵魂都发颤。

“好恐怖，大坟下有池子，当中孕育着一个生灵。而一位真神却甘当守墓人。”他快速止步，与云曦一点一点接近黑色光焰。

“云曦，你先躲起来。”他让云曦躲进紫色骨鼎中。

而后，他自己小心尝试，一步一步走进乌光中，发现并未伤到身体，才就此隐藏了起来。

战族的中年女子一路追寻，手持岁月镜到了这里，脸上带着冷酷的敌意。很快她露出惊容，因为岁月镜照向乌光与雾霭时竟失灵了！

石昊在暗中看得清楚，不禁吃了一惊，原来对方手上有这种秘宝，故此能一路寻到此地。

“你们两人都能走进此地，我还不能吗？”中年女子手持岁月镜，进行防御，而后没入乌光中，接近池子。

石昊有点紧张，倒不是因为中年女子接近这里，而是因为他接下来想胆大包天一回，攻击池子！

这样做会有一系列可怕后果，不仅此地可能会成为劫土，还会干扰地面上的大战，金菩果究竟落在谁的手中，多半也要有结果了。

看到池子，战族的中年女子呆住了，她虽然是一位真神，但是看到这方池子，还是吃了一惊，悚然自语：“天神涅槃？”

“轰！”

就在这时，石昊动了，他释放出几道巨大的雷霆，全部劈落进池中。而后，他头也不回地遁走了，用缩地成寸大神通，疾速离开此地。

顿时波浪滔天，一股恐怖的波动爆发，磅礴场域瞬间席卷地下，池内赤霞澎湃，如同在开天辟地。

战族的中年女子惊悚，她刚一进来，就见到这一幕。她身前宝镜发光，阻挡场域冲击。与此同时，她快速倒退。

“咔嚓！”

岁月镜应声破碎，她整个人横飞了起来。而后她头也不回地逃走了，直冲地面而去。

一股狂暴的气息震动了整片大地，红色雾霭弥漫，震动苍穹，地上大战的几人都大吃一惊，而那位骨神则狂暴了。

“你们找死，竟敢惊扰大人！”

它怒了。虽然只是一人而已，但独对三大真神却不落下风，显然它的修为更高，即将超脱这一境界。

“哧！”

它手中那把骨刀锋锐无比，爆发无量符文，斩破虚空，“噗”的一声将龙雀的躯体划伤。

“不太对劲，我们速退。”

龙雀、天人族的两大强者都预感不妙。地下有一股强大的场域在扩散，让他们心悸，异常不安。

而地上这位骨神如此棘手，很难除掉。

“走！”

他们心中生惧。那场域太可怕了，可能会将他们禁锢，故此顾不上金菩果了，全部逃遁而去。

骨神目光冷厉，深深望了一眼他们，顾不上其他，直接冲入骨坟中！

而这个时候，石昊正在逼近地面，冲向金菩树，要采摘那枚果实。因为他已预料到，触动池子后必然会产生一系列变故，惊扰各方，他将有一次难得的机会！

第444章 夺金菩果

WANMEI SHIJIE

石昊从土层中出来，时机恰到好处，他伸手去摘取金菩果。

金光如火焰般弥漫开来，金菩果醉人的芬芳，沁到人的骨子里，一瞬间已让人神清气爽，宛若要羽化飞升。

“嗯？”他心头惊异——金菩果居然采摘不下来！

小树虽然快干枯了，但是结实无比，宛若神金铸成，那果实的柄也是如此，他第一次竟没有摘下来。

他曾听云曦说过，金菩树是难得的炼器材料，现在看来果然如此，强大如他的肉身，不尽全力也不能折断。

“下来吧。”他稍微用力，连着果实的柄折断。

然而，就在这时，惊变发生。石昊感到浑身汗毛倒竖，一股巨大的力量从地下涌来，将他震得横飞。

若非法力免疫这一能力起到作用，他肯定被击毙了！那是一片盛烈的符文，轰在了他的身上。

战族中年女子从土层中冲出，她云鬓高绾，插着一支发光的金步摇，扬起玉手，当场夺走散发浓烈香气的金菩果。

石昊大恨，在这最后关头居然被人截走神果，实在让他愤懑。

这是战族女子的灵身，她深入地下去追击石昊，虽然在池中被击伤，但并无大碍，也一路潜行到了这里。

可以说，她与石昊目的一样，算准地面将发生变故，于是前来采药，并且做了螳螂捕蝉她在后的黄雀。

“你……”石昊差点吐血。原本在算计别人，结果自己却也成为猎物，白忙活了一场。

突然，“嗡”的一声，天地摇动，一种可怕的场能散发出来，席卷这片古地。

石昊色变，虽然极其不甘，但还是立刻施展缩地成寸大神通逃向了远方。因为骨山下的池中孕育的存在似乎在复苏。

现在逃命最要紧，顾不上其他。

“想走？没那么容易，留下性命。”战族中年女子一路追击，想要将他灭掉。

石昊神色难看，所谓的法力免疫也是有极限的，显然以他目前尊者的境界无论如何也对抗不了真神。

这次他吃了大亏，自己负伤事小，丢掉金菩果则损失太大了。

“轰！”

大地崩裂，一把骨刀横空，白光盛烈。手持骨刀的那位骨神冲了上来，发出一声咆哮，道：“想盗我神果，留下性命！”

“哧”的一声，骨刀刀芒如虹，长达千丈，斩向战族的中年女子，顿时气势滔天！

三大真神在不远处驻足，他们并未走远，眺望那片古地，见到了这一幕都不禁吃惊，而后又露出喜色。

“金菩果到手了，速去支援！”战族女子的真身大喜，绕过骨山，疾速追了下去。她非常激动，因为她的灵身建了大功。

事实上，他们压根就没有想离去，金菩果太诱人了，即便知道此地危险，也想视情况而动。

“锵！”

战场中，骨刀如虹，将战族中年女子灵身的一件法器斩断，向前逼迫。白茫茫的刀芒如同汪洋般肆虐，非常慑人。

“休得张狂！”后方，三大高手到了，一场大战就此爆发。

石昊脱离战场，这个大亏让他胸腔发闷。居然被人跟在后面偷袭并夺走了宝药，这口恶气难以咽下。

显然，在三大真神眼中，金菩果比他重要多了，没有一人追下来，全都在那里大战骨神。

令人惊讶的是，不远处的骨山摇动片刻后又平静了下来，自地下深处涌上来的场域已消失。

“天神涅槃吗？”石昊轻语。他隐去身形，自此地消失，不想等大战结束后成为被追击的猎物。

“天神法刀，请发威！”

就在这时，骨神开口喝道，并吟诵出一段咒语。骨山顿时发光，一时神芒大作。

三神同时色变，第一时间转身就逃。

身后有一股冷厉的怒气逼来，让他们战栗。

“哧！”

只见刀芒冲霄，一把骨刀如大日横空般，从骨山中冲起，疾速斩来。

“噗！”

龙雀一声惨叫，化成了本体。它的一只翅膀被斩落下来，重创之下它惶恐遁走。

“哪里走！”

骨神大喝，一掌拍了过去，“砰”的一声，龙雀被击中，顿时翎羽飘散，又是一声哀鸣，横飞了出去。

与此同时，天神法刀光芒迫人，上面缭绕着绚烂的符文，无坚不摧，一刀斩过，将战族女子的灵身灭掉。

战族中年男子还有女子的真身见状，心头骇然，但终究是舍不下金菩果，向下俯冲，去抓那金色的果实。

“斩！”骨神大喝。那把天神法刀如彗星般拖着刺目的尾光，划过苍宇，爆发无与伦比的波动。

“噗！”

这两人都中了刀。

但是，中年女子终究是抓住了金菩果，她忍着剧痛，冲天而起。

“再斩！”

骨神喝道。那把天神法器飞起，可惜光泽暗淡了，这次威力骤减。

这是天神的兵器，骨神仅是靠一段咒语在催动，可惜时间到了，这次并未能伤敌，并且他自己消耗巨大。

“嗖！”

战族的这对男女见状，无心恋战，转身就逃，现在只要能带走金菩果比什么都重要。

“我的东西，你们也想拿，留下！”骨神手持自己的骨刀追了下去，爆发滔天气势。

远处，遭受重创的龙雀奋力冲起，跟着战族的两大强者一块逃离，显然是为了抱团取暖，怕落单后被击灭。

骨神冷笑，他只差一线就超脱了这个境界，比这三个更强，无惧他们联手。

这是一场混战，一路追击，不断拼斗，三神在天神法器那里吃了大亏，战力已经锐减，难敌骨神。

拼到后来，三人骨断筋折，不仅中刀，还挨了许多掌，身体多处龟裂，都快解体了。

龙雀最为凄惨。它化出本体后，两只翅膀都被削掉，而身体更是布满伤口，即将殒命。

最终，它逃脱了，摇摇欲坠地飞向远方。

至于龙雀的部下——那群凶禽，早就逃走了。真神大战让它们悚然，全都逃离了这片古地。

骨神也遭受重创，胸部几根骨头折断。他看了一眼龙雀，虽然有点不甘，但终究没有分出灵身追下去，而是集中精力继续大战两名战族强者。

“拼了！”战族的中年男子大喝，召唤所有灵身参战，并且燃烧法器，大战骨神。

结果还是不敌，灵身接二连三地被灭掉。他一个跟头栽落到大地，倒在地上。

“就剩你了。”骨神说道，盯着女子。

“哧！”

这一刻，战族的中年女子唯有逃亡，她燃烧精血，疯狂冲向远方。此时她失去了一条腿，全靠法力支撑。

此刻，地面上倒在血泊中的战族中年人脸色阴沉地爬了起来，略作犹豫后，风驰电掣般逃离战场。

显然，他虽然有伤，但绝没有想象中的那么严重，为了活下来，他不惜屈辱地假装不支，倒在地上。

不得不说，战族女子速度超凡，骨神虽然一路追击，不时出手，但始终难以真正将她截住。

随着时间推移，骨神不安了，因为它已经距离骨山太远了。它有职责在身，不能擅自离开太远。

所谓的金菩果对它并无大用，它只是不想白白送人而已。时间流逝，它坚持不住了，必须得返回了。

“吼……”

它进行最后的尝试，发出一声灵魂咆哮，整颗头骨都在发光，爆发出一道灵魂波动，而后冲向前去。

“啊……”战族的中年女子惨叫，捂着头，终究是没有坠落下去。她加速逃遁，离开了这片区域。

骨神阴沉着脸，提着洁白的长刀，往骨山赶去，这一战就此落下了帷幕。

大地上，一道身影浮现，朝着战族女子逃离的方向追去，他浑身缭绕着璀璨符文，背上一对鲲鹏翅，双脚绽放霞光。

这一瞬间而已，石昊动用了鲲鹏法与缩地成寸这两种大神通，如同一缕浮光般掠过大地。

他一直在暗中观看大战，只不过隔着很远，没有轻易临近。直到骨神远去，他才爆发，追逐那个女子的踪迹。

战族女子降落在一座石山上，她浑身是伤，骨断筋折，遭受了难以想象的重创，强提着一口气飞到这里。

她实在坚持不住了，降落下来，立刻开始服食灵丹，在此打坐休息。

石昊无声无息地接近，整个人都仿佛融入了虚空中。他脸色冷漠，目光无情，在登临石山的刹那，他突然加速。

“谁？”

战族女子很警觉，发现了异常，但是睁开眼眸的刹那，一个少年已经攻到了近前。

这在平日是不可想象的事，身为真神，居然人到近前才发觉。主要是她伤得太重了，险些殒命。

“轰！”

石昊出手，他浑身爆发符文，将轮回神通完好无损地展现，笼罩前方那具满身是伤的躯体。

“嗯，这是什么宝术？”战族女子大吃了一惊。她遭受重创，生命精气严重缺失，此时情况进一步恶化。

她感觉生命力在飞快流逝。她快速反击，浑身爆发符文，想将这个少年活活震死!

石昊相当吃惊，一击命中，轮回符文作用在对方的身上，若是换作其他人，必将老化，快速衰竭。

这个女子为真神，经过此前一战，虽然重伤垂死，但此时依旧扛住了，没有被一击灭掉。

“纳命来！”石昊大喝，向前扑去，要斩掉此敌，夺回金菩果。

第445章 古祖

WANMEI SHIJIE

并非轮回符文不够强，而是真神境界太高，而石昊才在尊者境，故此没能镇压她。

“你还敢来追我，去死！”战族女子大喝。她通体发光，法力澎湃，不过肉身经受不住这种冲击，在快速龟裂。

并且，让她心惊的事发生了，虽然她法力深厚，将各种符文压落在石昊的身上，但是这次并未能有效重创对方。

石昊大口咯血，但成功抵住了攻击，他有法力免疫这种能力，不过对方为真神，他不可能将符文全部免疫。

石昊长啸，冲到战族女子近前，捏拳印轰击。他两只拳头发光，爆发无与伦比的神力，这样的肉身之力足以将一座大山震成齑粉。

战族女子心惊肉跳，她的法力被化解，自己早已是重伤垂死，空有高深境界却难发威。

她的肉身虚弱，因为刚才妄动法力，这个时候危险到了极点。

“砰！”

她以手阻挡，结果被一枚拳印震得掌指发麻。对方的肉身十分强大，根本不像是一个尊者。

仅这一击而已，战族中年女子身体摇动，马上就要没命了。

因为她身上的伤口太多了，多处骨断筋折，遭此一震，自然恶化到了最糟糕的境地。

“蝼蚁般的存在，今日骑到了我的头上，你找死！”战族女子怒斥。她眉心发光，化作符文，就要烙印石昊的身体。

然而，石昊拎出了丹炉，丹炉变大，向前镇压，阻挡住这片符文。

他第一击吃亏了，他没有想到对方这么强横，临死前还能让他受伤，故此他取出此宝，不想自身涉险。

“当！”

丹炉颤动，发出悠悠轰鸣。

石昊再捏拳印，进行攻击。

“轰！”

他双手展动，如推动日月星辰而行。他身体周围都是光彩，超然而神圣，一时神勇无敌。

战族女子闷哼，她虽然用臂膀挡住了攻击，但还是受伤了。

“灭！”

石昊大喝。他双腿如龙蛇并起，狠狠地抽了过去，这是他从元天秘境中得到的宝术，同缩地成寸一样，同为收录在那块青色骨书上的大神通。

现在法力无用，石昊只是取其势而已，将法力化作最为凶猛的肉身攻击，双腿若龙蛇摆动，劈在了对方的身上。

“噗！”

终于，战族女子支撑不住了。

“我不甘！”

她仰头怒喝，若非骨神将她打残，怎会如此？身为真神，若是死在一个尊者手中，真的太憋屈了。

“不甘你也受着吧！”石昊冷声道，抓紧时间疯狂攻击，因为法力免疫失效时间要到了。

“轰！”

这一次，石昊一拳轰出，打在战族女子右肩，她的胳膊脱臼。

“砰！”

接着，石昊旋转，一脚扫出，战族女子终于支撑不住，大叫一声，她殒命了。

“你也去死吧！”

战族女子殒命前的刹那，眉心发光，神火燃烧。她想点燃自己，拉上石昊，带着他一起“上路”。

石昊吓了一跳，骨神最后的一次灵魂咆哮分明重创了她的神魂，她居然还有如此威力！

“哧！”

他右掌如刀，斩在其头上，将其震开，而后快速开启丹炉，将她一脚踢了进去，“哐当”一声压上盖子。

丹炉中电芒闪烁，诅咒汹涌，过了一会儿里面的怒吼声才停息。

石昊震动丹炉，对方彻底消失。

至于石山上的遗物，早已被石昊以先天道火点燃，在火光中燃烧了起来。

这一次，他干净利落地击毙了一位真神。在他的手中，一枚金色的果实正在发光，浓郁的香气让人毛孔舒张，浑身舒泰。

“你将她击灭了？”

当云曦从鼎中出来时，得知结果，见到残迹，她异常震惊。这可不是神火境的高手，这是真一境的大人物，居然被石昊斩灭!

也曾有传闻，尊者大圆满的初代斩掉过神火高手，却从未听闻过有人能杀真一境的超级强者。

并且，眼前这个少年应该还没有达到尊者圆满境。

这让人难以置信!

云曦张口结舌，她虽风华绝代，此刻也失态了，像是看怪物般盯着他，一副活见鬼的样子。

“都说了，我是不败的神话，怎么样，跟我去浪迹天涯吧，以后我教导你。”石昊调笑道。

云曦鼓着腮帮子，莹白俏脸上表情复杂，鲜艳红唇张了又张，最后化成一声惊叹，道：“你到底是怎么做到的？”

“她已经快被骨神灭了，我追了上来，直接将她击毙。”石昊轻描淡写地说道，并未提这一战其实很惊险。

若是晚一步，法力免疫时间过去，那么死的就是他了。

“好吧。”云曦点头，内心无比佩服。不管怎样说，一个少年击灭了一位真神，这是一场神话，如果传出去，必会轰动各大古教。

石昊也很有成就感，他才十七岁，这是他所斩灭的最强大的一个敌手，值得欣喜。

“走了。”石昊招呼云曦。

“要离开这片古战场了吗？”云曦蹙眉问道。发生了这样的大事，一位真神被击灭，战族一定会动怒。

“去打猎，先灭一只龙雀，我们再离开。”石昊说道。说罢拉着她，风驰电掣地向一片山脉冲去。

“你还要出手？”云曦愕然。

这是一片山地，石昊曾亲眼看到龙雀逃进这片区域。他觉得它跑不远，因为它双翅被斩，满身都是伤，都快死掉了。

到了这片山脉后，石昊发现了一些血迹。他双目发光，似乎一副无比振奋的样子。

石昊一路追寻，线索最终竟断了，这只龙雀在某一片山脉消失，没有了任何气息。

“追丢了。”云曦遗憾道。

“不可能，凭我多年打猎的经验，它绝对逃脱不了。它这样突兀地消失，说明它心中惶恐，多半是用了某种秘法，瞬息远去，又怕骨神追来，蛰伏了下来。”石昊一副经验老到的样子。

“你就这么确定？”

“当然，我是一个好猎手。它骗得了骨神，却骗不过我。”石昊自幼在大荒中长大，狩猎经验丰富。

果然，两个时辰后，他们发现了蛛丝马迹，追进一片山地中，最终发现了重伤垂死的龙雀。

龙雀伤得太重了，比战族的女子更甚，近乎殒命。此时它吞了不少丹药，在这里疗伤。

它双翅被斩，完全是凭着一口气，动用最后的法力飞到这里。

“你们……自寻死路！”它很警觉，当即就惊醒了。看到两人临近，龙雀目中神芒闪烁。

“别唬人了，就你这样的，我已经宰了一个，这是特意为寻你而来。”石昊平淡地说道。

龙雀目光冰寒，它身体发光，符文密布，虽然失去了翅膀，但已借助法力飞上了高天。它不想过于被动，做好了大战与退走的准备。

“你们想对付我，要付出生命的代价！”

石昊闻言，冷笑道：“你们百禽佣兵团一路追击我，现在是时候还账了，斩了你这个团长，最应该不过。”

随后，他让云曦躲进鼎中，开始大战！

即便对方生命垂危，这一战依旧很激烈，也很惊险，毕竟龙雀是一位真神。

最后，石昊没有掌控好，龙雀一头扎进了丹炉中，被诅咒侵蚀，被闪电劈得焦黑。

他处理完龙雀的尸体，将云曦放出，哭丧着脸，无比沮丧。

云曦有抓狂的冲动，这分明是震惊天下、傲视同代的战绩，结果这个家伙胜利后却是这副表情，让人无语。

这一次，两人迅速远遁而去，离开这片战场。

因为他们知道，不久后这里必将沸腾。两大真神殒命，金菩果出世，那些势力岂会善罢甘休？

尤其是骨山下竟有天神涅槃，这个消息必会引发大波澜，也许有惊天大战爆发也说不定。

两人疾速前进，竭尽所能地远遁，想离开这片旋涡。

数日后，石昊与云曦进入了红色平原最大的古战场，它方圆足有二十万里，占据了这片平原三分之一的疆域。

这里阴气极重，是一处最为可怕的凶地，相传曾有禁忌人物在此殒命，将这里化成魔土，与外界隔绝气息，很多秘宝在此地都会失效。

正是因为如此，两人才觉得，躲进这里才能有几许生机，也许能逃过一劫。

这片浩瀚战场诡异而可怕，一路上他们见到了很多险地，每一处都有白骨真神坐镇，犹如来到了冥界。

“轰！”

两日后，一股浩大的波动如同星空崩塌一般席卷了整片红色平原，震动天上地下，无远弗届！

“这是什么？”

石昊心惊。这种力量太惊人了，天空中绽放璀璨的符文，映照诸天，仿佛有三千大世界在开启！

一瞬间而已，无数神魔浮现，围绕着一个璀璨的身影盘坐，他们在虚空中诵经，将正中的生灵衬托得如同至高神！

“古祖……复活了！”云曦声音发颤，而后无比惊喜。她知道解脱日到了，她终于等到了这一刻。

“别妄动！”石昊一把拉住了她，神色严肃无比，盯着远空。

在那遥远的天际，也出现了一个庞大的身影，他盘坐在那里，头顶苍穹，俯视众生。

“那是什么？”云曦心颤。

那个生灵仅盘坐而已，就挤满了天地，仿佛众神之祖降世，要在那里讲道。

一颗又一颗大星浮现在他的发丝间、他的指端、他的体表，而后全都围绕着他旋转。

他很模糊，透发出万古沧桑气息，像是活在过去，正在从太古归来！

“战帝，竟然还有一位战帝活在世间！”云曦终于明白了。她忍不住战栗起来，这是缔造战族无上神话的禁忌存在！

第446章 战帝

WANMEI SHIJIE

“一念生，百世枯寂。眸光转，沧海桑田。”

天地尽头，那模糊而庞大的身影开口说道。他盘坐在那里，如同活在过去的岁月中，俯瞰上界三千州。

这是一位战帝！

他在太古称雄，缔造神话，开创了帝族传说，是一位无上的古老存在。

谁也没有想到，他还活着。按照骨书记载，他早已在时间长河中坐化，成为尘与土，怎能又出现？

这是不可思议的一幕，让人难以相信！

战帝，君临天下，曾经征战三千州，傲视九天十地，是与无数巨头拼斗而奠定无敌威名的至高存在。

昔日种种辉煌，但要提及，各族莫不战栗。这是一个活着的禁忌与传奇，一旦出世，谁与争锋？

都言他死了，早已成为定论，可是今日他却又再现上界，让诸神心惊胆战！

“大梦百万秋，平生谁先知？”

这一边，漫天都是璀璨符文，老天人盘坐在虚空中，映现诸天。三千大界随他而转动，无数神魔浮现，围绕着他诵经，将他衬托得如同至高神。

这亦是一个禁忌，由人而天，缔造上界皇族，征伐诸天，沐浴众神之光，开创太古辉煌！

两者形成鲜明的对比，一个模糊暗淡，一个照耀古今未来。

两人一见面，还算平和，并未立刻激烈大战，而是如两口出土的太古铜钟，抖落岁月的尘埃，发出道音。

“你的路偏了，忘记了怎样修行。”老天人开口，语意沧桑，声音却非常洪大。整片红色平原，方圆数十万里都在回荡他的声音。

仅一瞬间而已，这天地间无数强大的存在被惊动，尤其是魔州方向，许多人惊悚，甚至有天神脊背生寒。

“老天人复活了。”有教主轻语，神色凝重，带着颤音。魔州大地都仿佛战栗了。

瞬间，红色平原上的老天人身影仿佛跨越时空，被各方感知。无数的目光投向这里，众人莫不心惊胆战。

“人生与修行，就是不断纠正自己的错误，谈什么忘与偏。”战帝开口道，模糊的虚影更加磅礴了。这身影宏伟而巨大，占满天地。

他的声音很平淡，却如闪电击穿天地，横跨广袤山川，震动了苍茫大地，让众生皆瑟瑟发抖。

战帝再现！他还并未进入红色平原，那模糊的身影只是法相，他的真身还在魔州，这样开口自然更加震世。

魔州无数古教都听到了，所有生灵都心中发毛。

“他……依旧活着！”

“战帝，还在世间！”

天神发出颤音，这样的话语足以道明了一切。战帝风姿，无与伦比，即便千百世不出，被认为早已死去，而今一显化，便立刻震慑天下。

“人之所以痛苦，只因追求了错误的东西。”老天人话语低沉。

“路有错，并非错。当你认为所踏过的路皆对，才是最可怜的。”战帝回应道。

“心中装满自己的看法与想法的人，永远听不到别的声音。”老天人说道。

两人针锋相对，道不同，路不同，心中所念更不同。

“轰！”

刹那间，乾坤战栗，带动红色平原震动。方圆数十里隆隆摇动，出现黑色的大裂缝，顿时山海齐动，日月都摇摇欲坠。

这是两人间的无形场域，透过时空交融在一起，发生了一次轻微的碰撞，却造成了这样可怕的结果。

此时，不要说石昊与云曦，就是远古战场中的白骨真神、金刚魔等都胆寒，全部蛰伏，大气都不敢出。

这是怎样的存在？一念间的场域波动，就造成这般可怕的场面，二人若是发威，谁能想象！

战帝，战者无敌，战中之帝，纵横一生，所向披靡！

老天人，缔造不败神话，纵贯古今，天下难逢对手。

这样的两个人相遇，这是一个时代的大战，是古来少有的巅峰对决，他们的一举一动都注定要载入上界古史中。

“自以为拥有道的人，其实是被道所拥有。”战帝开口道，他的声音如雷霆，震动莽荒，压迫天宇，让日月齐颤。

他已经动了，真身正在跨过魔州，接近红色平原。整片魔州疆域无穷无尽，广袤大地不知道有多少万里，此时却在轻颤。

压抑的气息笼罩所有人的心头，众生惊悚，许多生灵忍不住跪了下去，朝着天穹顶礼膜拜！

这就是战帝，出世后，形体一动，天地皆共鸣，魔州大地上数不尽的生灵对其叩首。

“你我都在寻道，谈何拥有。”老天人回敬道。

他浑身发光，一缕又一缕血气蒸腾而起，从毛孔中冲出，瞬息震动天上地下。

“天啊！”

众神胆战心惊，感觉到一股莫大的压力在红色平原汹涌，而后席卷魔州与天州，震动四海。

许多人难以置信，连一些巨头也倒吸凉气，神色僵硬，情不自禁地倒退，胸膛因恐惧剧烈起伏。

透过秘宝，通过巨大的通天法阵，他们见到了那一幕，全都感到了一种源自灵魂的悸动。

在那红色平原上空，老天人透出的一缕又一缕真气扭曲了空间，割裂了苍穹，让时空都仿佛紊乱了。

可以清晰地看到，以他为中心，出现了一道又一道虚空大裂缝。他仿佛不是存在这一世中，而是在千百世前，撕开虚空，降临在此。

那种景象太过恐怖，恍惚间，人们仿佛看到一条时间长河贯穿虚空大裂缝，而他盘坐在河畔。

他……究竟在哪里？是复活了，还是在古代显化神威，作用到了这一世？

这是不少人心头的疑问。众人感觉双耳轰鸣，嗡嗡作响，大道之音传入脑海中，让他们不由自主地恐惧发抖。

天威，这是真正的至高天威！

由人而天，不是说说而已，而是确有其威。

“怎会如此？太可怕了，谁能抗衡？”

“这就是天人族无上禁忌的存在吗？果然恐怖，难怪在太古年间可纵横三千州，人间争霸难遇对手。”

不说其他人，就是一些教主见到这一幕都感到凛然，神魂都在悸动。老天人也许达到了人道绝巅。

或许再进一步，就是另一种生灵，将不属于上界！

那些真气自老天人的毛孔中溢出，一缕又一缕，造成无数的空间大裂缝，裂缝蔓延出去数十万里，笼罩了整片红色平原。

这个景象，让众生皆惧。

“战帝，来吧，与我一战！”老天人开口，声如洪钟，响彻天上地下。声音震得这片虚空不再稳固，仿佛要炸开了。

一瞬间，红色平原上的禁忌大阵在老天人一念之间破碎，密布每一寸大地之上的符文也全部灭了。

与此同时，主宰这片平原的十二座罪恶之城同一时间崩塌，十二位最强大的魔王第一时间殒灭。

“天啊，主上死了！”

“鳌苦魔王殒命了！”

“大威魔王形神俱灭！”

……

一刹那，红色平原上崩塌的十二座罪恶之城中传出太多的惊呼声，人们惶恐不已，这是何等的威势？

统御了这片大地无尽岁月的最强十二魔王全部死于非命，他们竟是被人一念间击灭，此人还一并破坏了昔日几教之主所布下的先天大阵。

这是盖世神威！

什么是无上强者，何为禁忌，此刻表现得淋漓尽致，老天人再现无敌神话！

“你若再动，我也出手，天人族在平原上的强者剩不下几人。”一道淡漠的声音开口，战帝来了！

他的真身穿过魔州，出现在红色平原上，这依旧是一个高大的身影，模糊一片，顶天立地。

随着他向前走来，虚空中的大裂缝慢慢愈合，消失了。他宛若至高的众神之祖，俯瞰山川，睥睨天下。

方圆数十万里的浩大的红色战场，有天人族的强者，有佣兵，也有战族的人马，错综复杂。

阴气笼罩的古地中，石昊凛然，他目光深邃，沉默不语。

云曦则张了张嘴，想要说什么，但又止住了。这样的威势，给她造成了极大的震撼，她心绪难以平静，这就是极致领域吗?

“古祖能发现我们吗？”她轻语。

“别多想，有战帝在，他不能妄动，不然也许会击沉这片平原，后果不堪设想。”石昊说道。

战帝的声音传来，如雷电轰鸣，乾坤似乎都要翻转了过来，天州与魔州两地轻微抖动，红色平原则发生了剧烈的大地震。

“沧海成尘百万秋，神路崎岖何处游。你我都这把年纪了，没有几年可活，就此一战，望有所悟！”

“天外一战！”老天人开口道。他身影一晃，从红色平原消失，原地只留下一道大裂缝。

“好！”战帝应道。一道闪电劈过，他也消失了。

红色平原恢复了宁静，像是什么也没有发生过，但是那种压抑的气息却久久不散。

短暂的沉寂之后，宁静被打破。一个银袍人犹若彗星横空出现在空中，他手持一杆战矛，凌空而起，站在苍穹上，遥指战场。

“天人族，来吧，与我一战，不然你们的人走不出去！”

接着，天空中光芒耀眼，天人族强者纷纷腾空，银袍天神封锁战场，不愿放走猎物。

“我天人族还怕尔等不成！”一位女子腾空，手里托着金色的骨钟，散发天神威压。

这一战，不可避免。

老天人对决战帝，其他级别的强者也要争锋，这是两族延续多年的恩怨。

此外，天州与魔州有一些顶级的佣兵团也卷入进来，比如轮回佣兵团、魔血佣兵团、天翼佣兵团，其中可能有天神统领，一时间场面极其可怕。

第447章 古地大乱

WANMEI SHIJIE

高空中，天神呼啸，妖艳的光辉普照大地。

无数强者在激战，他们没有后路，唯有向前。

“这是……天神大战！”有人悚然。整片红色平原都在抖动，仿佛重现了远古那一战，这里再次沦为流血之地。

这是两个大族的恩怨，更牵扯出了各种错综复杂的势力，战场中分外惨烈。

天神参战后，其他等阶的强者也先后出手，冲向大地深处，封锁各地要道，阻挡天人族带回天命石。

“冲啊……”

喊声震天，这一战远比预料中更为恐怖，卷入了太多的人，连各大佣兵团都得到了极大的好处，全部在参战。

可想而知，天人族与战族这两大势力会出动多少人马。千军万马在奔腾，在攻伐，如滚滚洪流冲过大地。

这是一个大世，辉煌到了顶点。这一战点燃了此世的疯狂，魔州出魔，天州出神，神魔乱舞，血战苍穹！

毋庸多想，这一战注定会被载入史册中，因为它影响深远，是打破上界宁静的一个导火索。

当然，老天人与战帝出世，这种盛况就更不用说了，无论他们做什么，都会被铭刻在骨书中。

“饕餮吞天！”

有蛮兽嘶吼。

“真犼啸月！”

一头巨大的凶兽出现，它比山岳还高，张口咆哮，将虚空中一片强者震死。

参战的种族太多了，有各大佣兵团的人，也有两大族请来的高手，各方势力拼到沸腾。

老天人与战帝都去天外决战了。两族岂能善了，都在拼斗，将各自的盟友请来，进行决斗。

这一战，关乎未来的族运！

“嗷……”神在嘶吼，魔在咆哮，声音震天动地。

除却神级强者在天空大战外，还有尊者，甚至还有列阵境的年轻人参与进来，众人在大地上奔跑，拼斗。

两族出动了太多的人马，此时全部进入红色平原。

因为封锁红色平原的大阵被老天人一念间生生毁掉，故此许多传送阵又可以用了。

当然，主宰这片平原十二位可怕的魔王也都殒命了。老天人怪他们相助战族，大怒之下透发出十二缕真气，将他们震得殒命。

大军还在源源不断地涌来，进入红色战场。

无论是天人族，还是战族，都曾位列上界十大种族内，是昔日的帝族、皇族，故此人口众多。

这一次，两族大战，来的都是精英，他们铁蹄震动天宇，坐骑的咆哮声响彻云霄。

可以清晰地见到，一群又一群铁甲骑士冲出传送阵，而后踩着虚空，飞向天际，冲入浩瀚战场。

大战分成了很多区域，以十二座崩塌的罪恶之城为中心，向外辐射，冲击进入诸多远古战场的遗迹中。

石昊与云曦心惊，这一战超出想象，不仅是为了天命石，还有族运之争，将会影响未来十万年。

显然，他们被波及了。

“我们出去吗？与族人相认。”云曦说道。

“不太妙，天人族处在下风，尤其是涌进这片战场的生灵几乎都是战族的，这样出去，你会成为活靶子。”石昊皱眉道。

“那是因为战族准备充分，图谋甚大，他们请来了几个非常有名的强族，联合围剿我族。”云曦十分担忧。

昔日，天人族有六大天人出世，开创辉煌。

而今，有四人得到天命石，意味着会造就出类似的四大高手，其他族怎能容忍，故此暗中联合了起来。

石昊与云曦所在的这片远古战场占地最广，方圆足有二十万里，也最为危险，内部雾霭浓重，与外界隔绝。

甚至，走进深处后，连一些秘宝都失效了，因为这里有诡异的规则影响所有的生灵。

相传这里曾经有位大圆满的至强者坐化，他的血，他的骨，他的道行，铭刻在了山川间，一直不曾消散。

而这也是石昊与云曦选择逃进此地的原因所在，他们是为了自保。

他们还不知，红色平原的大阵已被毁掉，连十二魔王都被老天人击毙，就是知道，他们也没有其他选择。

因为，整片大地都乱了，千军万马在冲击，攻伐不断，还不如躲进这里。

“轰隆！”

大地颤动，只见大旗猎猎，一群铁骑冲来，骑手全都弯弓搭箭，射击前方的一群溃兵。

“嗖！”

乱箭齐发，天空中光彩夺目，各种神虹带着长长的尾光划过，异常绚丽。

前方逃遁的十几人惨叫，被羽箭射中，“扑通”“扑通”倒在地上，其中最小的不过十几岁，还未成年。

“是我族的人马！”云曦又焦急又愤怒，想要救援，但是已经来不及。

红色平原上大战连天，战场分为很多区域，这片区域的天人族战败了，其中一小部分逃进这里，依旧难逃杀身之祸。

“救……救我。”其中一个面孔稚嫩的少年，显然看到了云曦与石昊，无力地伸出手。

可惜，一切都晚了，那少年眼神涣散，“扑通”一声，也如族人一般倒了下去。

“不！”云曦鼻子发酸。

战到这一步，的确已经偏离了原来的初衷，不是单纯为了截获天命石，而是为族运大战，以消灭宿敌为目的。

“还有两个，不错啊，运气很好。”铁骑中的一个头领说道。他看了一眼石昊，而后又盯住了云曦，感觉非常惊艳。

“这么美丽的女子，当真是天下罕见，给我拿下她，带回族中！”他一挥手，数十铁骑冲向前来，包围了石昊与云曦。

“将这个碍眼的小子拉出去斩了，不要在这里碍事。”铁骑头领说道。他为神火境高手，自不会在意一名尊者。

"是！"当即就有十几骑人马弯弓搭箭对准了石昊，羽剪射出，十几道神虹飞快冲来。

"咔嚓！"

石昊不怒而威，体外腾起一片闪电，闪电环绕着他，噼啪作响。闪电全部击在那些羽箭上，当场发出刺目的符文。

而后，响声不绝，十几根羽箭全部炸碎。

"大人，有点不太对劲，这两人与密报上的人物有点像，可能是我们要找的人。"有人低语。

"是吗？！"铁骑头领双目圆睁，放出光彩，顿时哈哈大笑了起来，连道"好运"。

"大人小心，听说这两人很不好对付。有神火境高手因他们而殒命了，我等需戒备。"有人暗中告诫。

"我知道，布阵，灭了他们。"铁骑头领一挥手，所有铁骑全都倒退，掷出大旗，想要封锁这里。

"灭！"云曦动了。刚才族人惨死，她十分悲怆。她祭出一面宝镜，宝镜照耀四方，洒落各种光彩，击灭敌人。

而石昊更快，瞬息突破了出去，横空而起，冲向那名头领。

"轰！"

两人对掌，顿时符光冲霄。

"去死吧！"突然，旁边有人出手。他神火炽盛，竟比头领还强大，以貔貅宝术向石昊轰击了过来。

"我才是真正的头领。"他狞笑。他的真身扮作亲兵，而铁骑上发号施令的头领居然只是他的灵身。

"轰！"

让他吃惊的是，符文轰在石昊身上后全部被灭了。

与此同时，他那道灵身则在惨叫。宝术无用，他的灵身被石昊接连出重拳轰击在半空中，连同蛮兽坐骑都被灭了。

"你纳命来！"石昊横空，他时间不多了，必须要快速解决这一战。

头领真身变色，向后倒退，但是根本无用。石昊掌指间发光，疾速冲来，爆发至强肉身神威。

这一战，有惊无险，石昊在法力免疫失效前将此人解决掉。此人死于非命。

石昊夺来一张大弓，连续开弓，惨叫此起彼伏。想逃走的那些人跌倒在血泊中，更有一些人连同坐骑一起被石昊射中。

征战一向如此，从来不会平和，而是充满危险。将这队人马全灭，然而石昊却难有什么喜悦的心情，他预感到不妙，大军冲击，他早晚会被发现。

“走！”

他带着云曦快速离开这里，向着古战场深处进发。

果然，那一队人马被击灭后，有后续铁骑搜索，发现了他们的蛛丝马迹，一路追击了过来。

自此之后，石昊两人一路大战，斩灭了十几支队伍，艰难前行。

“不行的话，你放下我，自己逃走吧。”云曦说道。

最危险的一次，来了一位真神，若非被石昊引进一头金刚魔的巢穴，他们多半危矣。

“没事，他们还追寻不到。”石昊自语。

“咦，这两人是被通缉的人吗？”不久后，他们又遇到了一支队伍，其中一个年轻人一眼看到了云曦，用一面宝镜照个不停，观看其真身容貌。

“是他们，给我包围！”他大喜，喝令手下数十高手上前。

“小王爷，请小心。”一位老仆人开口道。

年轻人是战族一位王者的后代，不过他自身并未被封王，一直耿耿于怀，道：“我们这一代有三大战王，其中一人就在附近，我要先他拿下此女。”

云曦吃惊，三大战王可是战族年轻一代中威名赫赫的年轻至尊，居然有一人就在附近。她看向石昊，露出忧色。

战族内，一旦被封为战王，就意味着天资超绝，压盖前贤，有真正傲视同代的实力。这等人物的身边必然会跟着一些厉害人物，随他们出征，进行守护，确保他们不会被人暗害。

“我倒是很期待，所谓的战王到底多么厉害?!”石昊自语，眸子发光。

要知道，这可是太古十大种族中的战帝族，他们的战王，数十代都难以封一个!

这一代有三人，实属例外。

第448章 一个人

WANMEI SHIJIE

“出手，全部拿下。”年轻人发号施令。

刚一交手，石昊便大意了，他觉得自己会法力免疫，可以瞬间解决掉那名老仆人，并将这个王族后代捉到。

未承想，年轻人悄悄出手，他有一件古怪的法器，是一个洁白的玉净瓶，宝瓶竟要将他收进去，他的法力免疫无效！

石昊的肉身快速缩小，从正常高矮变成两寸高，向着那个宝瓶飞去，已经到了瓶口位置。

那老仆人相助，两人共同催动此瓶。

这个宝瓶温润如玉，洁白透亮，上面有一些很特别的符文，可以收走高山大河，极其超凡可怕。

“你们将那女子捉到，我来镇压他。”年轻人得意扬扬。这是他第一次催动此瓶，竟一下子建功。

“开！”

石昊大喝。这一刻顾不上其他了，他浑身爆发符文，释放丹炉中的一块黄泥，打向前方。

“这是什么东西？”年轻人怪叫。

这块黄泥糊住了瓶嘴，堵在了那里，紧接着腐蚀宝瓶上的纹路，瓶子迅速暗淡，失去了光泽。

此时石昊都已经距离瓶嘴不远了，不过数尺之遥，差点被收进去，险而又险，他借此机会，终于脱困。

“不可能，这件宝具为稀世秘宝，都快化为天神法器了，怎么会失效？！”年轻人抓狂。

战族一位老祖非常喜爱他，赐下这件法器，让他进入红色平原试炼，按理说当无物不破才对，结果它居然被腐蚀了。

石昊快速变大，迎风一展，从两寸高化成正常人高矮，落在地上。而后他猛烈出手，轰向那名神火境的老仆人。

在他看来，此时这个人最危险，只要除掉，大局便定了。

“轰！”

此时，法力免疫还未消退，还有最后一点时间。两者交手，老仆人双臂折断，横飞而起。

“你……”他大惊。

“给我收！”旁边的年轻人大喝，依旧在催动玉净瓶，可惜无用。他以其他法器去触碰黄泥，结果那些法器立刻毁掉了。

这黄泥来历不凡，出自广袤的无人禁区，当然并非真正意义上的黄泥，而是它浸湿的那块黄土化成的。

便是如此，这黄泥也让一件秘宝失效了。

“噗！”

老仆人不敌，被石昊灭掉。

围攻云曦的那群人大惊，想要遁走。可惜晚了，石昊果断出手，将他们一一击毙，无人走脱。

“轮到你了。”石昊向前逼去，对年轻人出手。

此战无悬念，这名年轻的战族虽然不凡，但最后也只是在石昊面前坚持了数十招而已，就被斩掉。

事实上，在同代人中，能抵挡石昊数十招的人已经不是很多了，他已算非常难得，少有人及。

石昊收起黄泥，仔细端详羊脂玉净瓶，有点无言。这是一个好宝贝，但是现在符文破损了不少。

“太可惜了。”他十分心疼。

“你居然挡住了一件神器。”云曦吃惊道。

通过这一役，石昊警醒了，法力免疫并不是无敌的，遇到真神他只能退走，而遇上极高层次的法器也难起作用。

两人快速离去，再次上路。

“我们是不是被人锁定了，我躲在你的鼎中，为什么也总是会被人寻到？”云曦面露忧色。

因为，在接下来的路途中，石昊几次遭遇险情，云曦躲在鼎中，能感受到他在外面大战时战况何等激烈。

藏身数次后，她脱困而出，发现石昊脸色苍白，浑身是伤。

“不是被锁定了，而是战族很多队人马被我们解决后，他们下了死命令——只要不是战族人，见到就地灭掉。”石昊脸色很不好看，接连大战，他情况不妙。

他靠在一块岩石上，脸上毫无血色。不久前他居然遇上了战王，该族的绝世奇才，不过未容交手，在战王身畔走出一位真神，一路追击他，让他差点殒命。

大逃亡后，石昊远遁十万里，进入了这片战场最深处。

后半夜，他再次遭受重创，险些被战王身边那位真神击毙，骨头断了十几根，满身是伤。

石昊伤得非常严重，已伤了本源，若非缩地成寸大神通了得，他可以施展土遁术，进入战场最深处，那他就死掉了。

云曦挣脱骨鼎，出现在他面前。见到这一幕，云曦非常难过，她眼中含泪，道：“对不起，是我连累了你。”她要求石昊独自上路，不要管她了。

“不用自责，我即便是一个人离开，也走脱不了，战族不会罢手。”石昊说道。

云曦轻叹，这份恩情太大了，石昊护送她远走数十万里，若非有这个少年在，她早就被捉到或者死掉了。

“谢谢你。”她不知道说什么好。

“你们走脱不了。”忽然，冰冷的话语传来，远处一行人向他们逼近。

其中一个年轻人二十岁左右，他长眉入鬓，凤目有神，肌肤如白玉一般闪动晶莹光彩，有一种特别的神韵。

战王！

他赶到了，开口的正是他。

“你可敢与我单独一战？”石昊浑身是伤，站了起来，不怒而威。

“原本我还有出手的欲望，可惜你现在不配，伤这么重，随便一个尊者就能灭了你。”战王冷漠无情地说道。

他有这种底气，更有这种无敌的气魄。战族曾号令天下，为帝族，这样恐怖的古老族群数十世才出一个战王，怎会是凡俗？

此世，三王并存，只是特殊情况而已。

“废话少说，纳命来！”石昊喝道。

“我怕污了我的手。”战王负手而立。他凤目冷厉，肌体如玉石般洁白，连发丝都根根晶莹发光，整个人气质超尘。

这是一种羞辱，他看不起此时这个状态的石昊，觉得眼前这个人不配让他出手。

“给我灭了他。”他转身，不屑一顾。

一些尊者接到命令后，向前扑去。

暗中，那位真神也动了，疾速接近石昊。

石昊一叹，转身遁走，再次没入土层深处，真神在后追击！

天空中三轮血月透过古战场的雾霭，洒落下凄艳的红光。当石昊再次出现在地表时，他脸色苍白。

他伤得太重了，断了十几根骨头，若非有法力支撑，他早已伏在地上。

并且，无论是元神还是肉身，都伤得异常严重，损了本源，照这样下去，他可能会本源干涸而亡。

“你……怎样了？”云曦焦虑，取出一些灵泉让他饮下去，绝色容颜上写满了忧色。

“让我休息一下。”石昊非常疲惫，刚才又远远地挨了真神一击，他差点肉身崩开，元神溃散。

他呼吸不稳，胸口剧烈起伏。他一路打斗，大战到这一步，严重透支了身体，伤势吓人，很难再站起来了。

“没事的，你会好起来的。”云曦像是想起了什么，带着哭腔，快速取出一枚丹药，让他服食下去。

“这是什么？”石昊吃惊道。这枚丹药有龙眼大，紫光缭绕，符文缠裹，宛若有生命般，在玉罐中砰砰撞击，想要遁走。

“这是天人丹，为绝世宝药，无论你负了多么严重的伤，都可以在第一时间复原。”云曦解释道。

石昊吃惊，这丹药果然无价，同补天丹一般，能救人一命。

在下界时，他曾在月婵那里夺来一枚补天丹，不过在七神下界、最后一战后，他被族人逼着吞了下去。

他能死而复生，也许不光是因为那些圣药、涅槃池以及他强大的求生意志，与补天丹说不定也有些关联。

“快服下去，不要耽搁。”云曦亲自将天人丹送到他的嘴边。

石昊点了点头，没有矫情，因为他的伤势太重了，支撑不下去了。他能从真神手里逃命，已经很逆天。

如果不立刻复原，追兵一到，他与云曦必死无疑。

紫色宝丹入口，化成浆液，绽放符文，瞬间冲入他的四肢百骸，滋养他的肉身与元神，这天人丹的效果果然很逆天！

才半个时辰，石昊便生龙活虎般站了起来，周身血气滚滚，断骨也已长好，他精力充沛，恢复到了巅峰。

“效果这么明显?!”尽管有心理准备，他还是很吃惊。

“你没事就好。”云曦敛去忧容，终于露出笑颜，她肌肤雪白，美目眨动，一笑百媚生。

显然，这种稀世宝丹异常珍贵，由于她身份很特殊，才能拥有一粒。

“他们又来了！”石昊拉起云曦的玉手，转身就走。

行进很长时间后，他们才在一处密地止住身形，石昊寒声道：“想逼我除掉他们的战王吗?!”

他怒了，战王一行人不断追击他，始终难以摆脱，他决定冒险行事！

“别乱来。”云曦说道，很担忧。

“那位真神每次追击我，都会离开战王一段时间，我有机会出手，能将他击毙！”石昊说道，目光如虹。

云曦发现这个少年有一种难以言喻的美感，那是一种无敌的风采，自信而坚毅，使他整个人都笼罩着一层神圣光辉。

自信的人最有气魄，此时的石昊，信念坚定，双目熠熠生辉，他要去攻击战王！

这是何等的气魄？要知道，这可是昔日上界十大种族之一——最强横的战帝族，他们的战王绝对逆天。

云曦看着他，略微一怔，有些出神，而后很快又醒转过来，脸色略带红晕。

“不要冒险！”她担心石昊的安危，出言劝阻。

“我是谁，天纵神武，何惧区区一个战王，必然斩他！”石昊神采飞扬。

云曦一呆，觉得他自信而又有些自恋，这让她又有些熟悉的感觉，不过她摇了摇头，而后依旧进行劝阻。

“不用怕，看我如何斩他。”石昊决定犯险。他化出一道灵身，让此灵身带着云曦遁走，并引开真神。

“他是真神，很快就能发现虚假，会掉头去杀你的。”云曦焦急地说道。

“无妨，我只需要一点时间就够了，另外，在必要时，让他见一下金菩果，他肯定要迟疑，会再追上一段时间。”石昊将金菩果塞给了灵身。

而后，他转身毅然踏上回路，要去灭战王！

三轮月亮悬挂天空，远古战场深处不时传来神魔嘶吼。但眼前这片土地很宁静，地面干硬，踩上去如踏在铁石上。

“嗒、嗒、嗒……”

脚步声在空寂的大地上回响，红色月光洒落，将一个人衬托得格外神武，他孤身直面一群人。

石昊回来了，寻到了战王一行人！

“你胆子真是不小，还敢来见我。”战王超凡脱俗。他长眉入鬓，凤目有神，肌体如玉石，整个人都有一种灿烂的光彩，让人感觉异常强大可怕。

“你算什么？回来灭你！”石昊轻语，却有一种不容置疑的威严。他一步一步向前走来，在月光的照耀下，他身姿挺拔，目光璀璨。

随着他的脚步声，这片大地都颤动了起来，与他共鸣，随他而脉动，刺目的圣辉在他身上绽放，如同大帝降世。

“我是谁，我为战帝族此代无敌的战王，你又算什么！”战王目光冷而无情。

“我不算什么，但有朝一日，也许我一个人就是帝族，一个人就为皇族，我不需要靠祖先余荫，我自己就为帝！”石昊平静地说道。

第449章 九天劫光

WANMEI SHIJIE

战天歌仰天大笑，飞扬的浓密的发丝根根晶莹，如同他的人一般，尽显不凡与张扬。

他是这一代的战王，天资绝世，若非族中降生一对双胞胎“战子”，打破平衡，他将是数十世来唯一的王。

他原本就诞于战帝族中，并从数以亿计的人中崛起，脱颖而出，超越数十世前贤，他怎能不强？

“你的笑话一点也不好听。”他有气吞山河之姿。二十岁以来，他走遍几州，不曾遇到对手！

若非顾忌祖训，他必然要挑战族中的战双子战王，将他们击败，成就唯一无上的王。

“笑话也好，事实也罢，你只要知道，今晚我是来灭你的就行了。”石昊平静地说道，一步一步逼近。

他沉稳而镇定，并没有因为赶时间而贸然出手，他在积聚力量，让自己的气势攀升达到绝巅。

他从不会轻视对手，哪怕心有无敌气概，也会全力出手，这是他一路高歌、能走到今日的一个重要原因。

“早先我不与你战，是因为你不配，怕污了我的手。现在看你自信满满，恢复到巅峰，那我就成全你。”战天歌说道。

他身材颀长，发丝飘舞，凤目长而有神，浑身晶莹，如同玉石琢刻而成，有一种难以言表的气韵。

此刻他的气势暴涨，如史前凶兽般，压迫得人要窒息。

在其周围，那些部众身体竟在瑟瑟发抖，完全承受不住这种威压，即便尊者也都血气翻腾，踉跄而退，险些咯血。

这是战者之威！他身为一族之王，虽然还年轻，但已初露锋芒，他的绝世之姿，常人难以力敌！

三轮月亮高悬天空，透过战场上的雾霭，凄艳的月光洒落下来，照在干硬而冰冷的土地上。

“言语是虚妄的，灭了你天地寂静。”石昊说道。他步履有力，每一步的距离、所用的时间等，不曾有丝毫变化，脚步踩在地表，形成一种韵律。

到了后来，这种可怕的节奏不仅让天地随着共鸣，还让附近的战族强者脸色苍白，摇摇欲坠。

这是怎么了？便是尊者也神色凝重。

石昊的脚步宛若在当世响起的古天庭的神鼓，咚咚有力，让人的心脏随之共鸣，跟着共同跳动。

“咚，咚，咚……”

这是可怕的神音，节奏枯燥而单调，却震得人血气翻涌，有些人受不了，觉得自己要没命了。

“噗！”

最后，有人撑不住，艰难摆脱了这种可怕的韵律，快速向远方退去，不然的话，简直要入魔了，自身都将爆开。

“轰！”

战天歌迈步，一步落下，大地抖动，裂缝蔓延数里远。他一脚踩在地上，强行影响这种节奏，干扰了韵律。

“噗！”

一些人大口咯血，借此机会让自己破掉神音，冲破束缚，向远处逃去。

所有人都心头大惧，这是怎样一个少年，仅凭着这种脚步节奏，就让他们着了道，险些莫名地殒命。

战天歌出手，他一步百丈，刹那冲到近前。

瞬间，他完全不一样了，变得如同一座不可超越的太古大岳，震开云雾，显化当世，震慑人心。

层层神秘符文闪耀，烙印在他的肌体上，他披着圣辉，宛若银色烈焰遮体，显得超凡入圣！

他双手捏印，这正是战族赫赫有名的一种战印，顷刻间身前竟凝结出一道符文组成的金属碑，发出古老的神音。

“轰！”

战碑如山，虽不高大，却有大岳般的气势，将石昊压在下方，紧接着一片最为绚烂的纹路密布在战碑上。

石昊无惧，他浑身发光，大步而行。他拥有法力免疫这种能力，根本无惧这第一击，他的身体竟穿越此碑，轰向战天歌。

“轰！”

他掌指发光，有一种惊人的光泽，击向战王时，如同一轮熊熊燃烧的太阳，发出恐怖的光辉，刺目无比。

“当！”

一根金骨锏横空，与石昊的手掌撞在一起，两者间迸发千缕霞光，发出清冽的声音，如同两块铜磨盘碰撞。

战天歌早已了解到，石昊最初阶段法力免疫，所以他已有防备，右手持兵器在等候他这一击，并挡住了。

与此同时，他左手捏印，连续拍动，虚空中出现一面又一面战碑，闪动金属光泽，刻满可怕符文。

这些神碑成排成片，自四方降落，压向石昊。战碑全都流动秘力，散发出强大的波动，释放战者神威。

这是战天歌的手段——战碑印！

一瞬间，数十座古碑排列四周，封锁八方，造成恐怖威压，破解石昊法力免疫的能力。

石昊目光清澈，而心头却是一凛。对方了解他的手段，用攻击抵住他第一轮的肉身搏斗，等待法力免疫时间过去。

显然，这招奏效了，战天歌在远处以神碑消耗，在近处则以金骨锏对抗，顿时铿锵有声，火星四溅。

这是一个强大的对手！

“你连与我近身一战都不敢吗？”石昊说道。

“我虽修成不坏宝体，可为什么要成全你，在你最擅长的领域决战？意气用事非英雄，那是愚蠢。”战天歌很平淡，并不受激。

“轰！”

神碑隆隆，全面爆发，虚空中符文密布，向下压落，因为石昊法力免疫的时间到了。

“该我出手了！”战天歌喝道。他凤目中光芒大盛，如一道惊天长虹。他俯冲而来，抡动金骨锏的同时，张口喷出一挂银芒。

战剑气！

这是一口先天真气，凝聚着一枚特别的符文，喷薄而出，斩向石昊的眉心，顿时锋芒毕露。

与此同时，他手中的金骨锏宛若一座巨山压落，带着滔天的黄金符文，拥有惊世神威。

“哧！”

石昊眉心发光，剑意绽放，铿锵有声，从他的每一寸毛孔中喷薄而出。

交战处剑气纵横，一片璀璨，虚空仿佛被击穿了！

两人动作太快了，瞬间就是上百回合过去，剑气变幻激荡得风云浩荡，远远望去，一道又一道剑芒横空，五彩缤纷，绚丽夺目。

“轰！”

金骨锏是一件大法器，压得虚空扭曲，每次抡动下来，战天歌满头发丝都在跟着飞舞，他确是神力无匹。

石昊结印对抗这件宝具，碰撞处当当作响，震耳欲聋，敌手的强大超出了他的预料。

“不灭战意！”战天歌低语。他的眉心出现紫色的印记，那是一个神秘的图案，此时显化，熠熠生辉。

“哧！”

一刹那，他眉心的紫色符文一缕又一缕地冲出，像是复杂的古字的笔画，被拆解开来，显化在虚空中。

在石昊周围，一缕又一缕紫色的秩序链条形成，连在一起，构建成一方小千世界，将他困住。

“轰！”

石昊浑身发光，以璀璨符文击向这些纹路。他意外发现，这些纹路溃灭后又再生，并且在拉扯他的元神。

这是有形的精神空间，是一座神念牢笼，所谓的不灭战意，竟是如此。

石昊安静下来，他的眉心发光，散发一缕又一缕神霞，一种特别的法显化出来，这是雷帝宝术中的元神法——神念化雷。

“轰！”

元神凝聚，一个小人盘坐其眉心，手持一柄金锤，猛力砸下，周围的精神牢笼顿时龟裂，一条又一条秩序链条崩断。

石昊瞬间脱困，身体散发宝辉。

战天歌吃了一惊，不灭战意演化的精神牢笼，无往不利，依照族人的说法可以灭初代元神，为撒手锏。

此时竟然失效，让他皱眉。

“战王身！”

战天歌一声大吼，浑身光彩喷薄，若神焰般。他的天灵盖中冲出一股又一股先天本源精气，精气在虚空中凝聚，化成九个与他一模一样的人。

这简直与真身没有什么区别！

一群战王向前冲来，或捏印，或手持金骨锏，或挥动神拳，或带着滔天符文，个个神威惊天。

石昊大吃一惊，这种宝术诡异难测，居然一下子出现这么多战王，叠加在一起，那股神威不可想象。

“嗡”的一声，他的唯一洞天中，一道又一道身影冲出，他也催动灵身，参与大战！

战天歌冷笑，他催动灵身，对上石昊的灵身，而以先天本源精气凝聚成的战王身依旧向前猛冲。

这是一场激烈的打斗，石昊腾空而起。对方的这种法门诡异，若是自己被包围在当中，情况会很不妙。

虚空中，他动用雷帝秘术，神雷化成汹涌的蓝色汪洋，占满天空，无差别落下，镇压所有战王身。

“轰！”

伴着天崩地裂的巨响，这个地方符文燃烧，人影纵横。

“哧！”

很快，石昊脚下又出现土黄色的气体，天雷化作大地，地面上有各种闪电化成的植物。

接着，他的身体外火焰汹涌，与周围的蓝色汪洋交融在一起。

与此同时，他的手中一杆战矛成形，金属气与雷霆共同释放，锋锐惊世。

五行化成，雷霆凝聚成一方小世界，轰向下方的战王身，石昊也随之俯冲了下去。

天崩地裂，光芒迸发，闪电交织，震散九大战王身，露出战天歌的本体。

事实上，战王身这种秘术不可能持久，也只能发动一击而已，不然的话，那就无敌了，相当于多了九个自己。

战天歌露出凝重之色，对方以雷霆演化一方小世界，自身立在当中，颇有一种先天不败的威势。

“灭！”

他一声大喝，要打破这种平衡。他浑身发光，手持金骨锏向前冲去。

激烈的打斗转眼间竟过去了三百回合，两人动作快到极点，纠缠在一起，分不清彼此。

战天歌预感到不妙，他心头沉重，压力越来越大了，因为对方的气势不断攀升，施展的宝术在演化、构建一界。

石昊的脚下，土黄色的大地上绿意葱茏，各种植物生根发芽，湛蓝湖泊滋养草木，还有天火降下，控制兴衰。

甚至，这方世界中还出现了各种生灵，它们在林地中出没，湖泊中还有大鱼跃出湖面。

金属气交织，化成一柄又一柄神兵，在虚空中成形，镇守这方小界。

所有这些，都是雷霆所化！

石昊伫立当中，掌控所有。

“你是闪电子？”战天歌沉声问道。

他感觉对方的小世界越来越真实，爆发的威力越来越强大，走向了危险的极致，再这样下去，情况很不妙。

“不是！”石昊平静回应，而后挟一方雷霆世界镇压。

“轰！”

战天歌咯血，这一次他吃了个大亏，浑身电芒喷薄。

“战帝手！”他咆哮道。这是禁忌宝术，当年族中的战帝也是参悟这种绝学，才最终成就无敌身，号称战帝。

一瞬间而已，战天歌捏印，虚空中出现一只金色的大手，大手由符文组成，快速成形，恐怖无比。

“轰！”

这只发光的大手无坚不摧，竟拍进石昊的雷霆世界中，打得大地崩开，湖泊干涸，森林消失，火焰熄灭。

“锵！”

小世界中，金属气冲起，演化十万神兵，一同斩落，劈在这只大手上。一时间神光刺目，金属颤音不绝于耳。

火星四溅，战气冲霄，可战帝手竟然未灭。

这种神术来历神秘莫测，战族因它而兴，它蕴含天地造化，恐怖绝伦。

这是一场可怕的拼斗，两人交手超过四百回合，战天歌非常了得，能与石昊战到这一步，绝对惊人无比。

尤其是，战帝手一出，竟有一往无前、天下唯我独尊之势！

金色的大手碾压一切，在雷霆小世界中破坏万物，让人难以抵挡。

“九天劫光！”

石昊低语。不知在何时，与他身前的小世界对应，上苍出现九重天虚影，朦胧而恐怖，气息惊世。

“轰！”

这一刻，九重天交融，笼罩方圆百里，劈落下一道如同仙光般的雷霆！

战天歌一惊，感到毛骨悚然，他霍地仰头，这才发觉，一道绚丽如飞仙般的光束成形，从天宇深处降落下来。

“轰隆！”

天地也为之发抖。那种光太过可怕，破坏力惊人。

战到这一步，战天歌早已疲累，那战帝手都不稳固了。此时他心中大震，脸上露出焦急与惧色，竭尽所能与石昊对抗。

光芒将这里淹没，他发出一声惨叫。

石昊从天而降，道：“我说了，今夜为斩你而来！”

“你是……荒？”战天歌说道。最近天下都在传少年魔王荒的名，他以雷霆大战闪电子，并击败各路翘楚，此时战天歌猜出了他的身份。

周围的那些尊者震撼了，竟然是——荒，他来了！

“哧！”

石昊手中出现一把雷霆刀，斩过虚空。

第450章 荒，再现

WANMEI SHIJIE

战天歌一声闷哼，即便动用了神术，还是被灭了。

他脸色苍白，没有一点血色，他没想到自己居然会这样大败！

石昊无情地手持雷霆战刀向前走去，带动着雷霆小世界，此时里面草木清新、湖泊湛蓝，非常真实。

而在半空中，又有一道如飞仙般的光辉降下，战王想逃，但是躲避不了。

“噗！”

他的半截躯体被光束击穿，一身战力耗去七成，更加不堪了，被击落在地上。

“雷帝秘术！”他咬牙说道。族中的古祖战帝，早就猜测到元天至尊拥有雷帝传承。

眼下，他亲身经历，已然证实，荒在秘境中得到了雷帝宝术。

九天劫光就是雷帝禁忌秘术的有形体现，与石昊所构建的雷霆小世界对应，烙印在虚空中，可如仙光般劈落。

“战王！”

周围的人大叫，一起向前冲去。如果战天歌死在此地，那么他们也不用活了。

“咔嚓！”

石昊向前迈步，所到之处都是闪电，闪电在第一时间将四位尊者击中，他们仰头栽倒在地上。

“跟他拼了！”这是战族的死士，他们无惧生死，眼冒凶光，一同向前扑去。

“锵！”

石昊所构建的雷霆小世界中，一柄又一柄兵器冲起，化作一片虹芒，冲向前去。

“噗、噗”声不绝于耳，转眼间，十几人被击灭，他们难以阻挡他的脚步。

“这就是你的自负？不过如此。”石昊看着战天歌，语气平淡，高高扬起手中的战刀，战刀闪烁着惊心动魄的刀芒。

战天歌脸色雪白，因为受创严重，他的战力进一步锐减，无法与之对抗。

“住手！”

“灭！”

周围，战天歌的那些部众还有随从大喝，悍不畏死，向前逼近。因为一旦守护的人死掉，他们也没有好下场。

“轰！”

石昊迈步，这一刻他身心空灵，晋升到一种奇妙的境地，感悟雷帝宝术，参悟当中的造化，有了进一步的理解。

他如最开始时那般迈步，与天地相合，伴着雷光，一步一步前行，脚步声如鼓声在轰鸣。

“啊……”有人惨叫，陷入这一节奏中，浑身血液跟着起伏，随他的脚步而战栗。

“噗！”

十几名列阵境的修士脸色苍白，在这种特别的韵律中，他们随着脚步而共振。最后他们心脏炸开，接着整个人浑身喷血，仰头栽倒在地上。

石昊在这一刻心境平和，他与这方世界凝结为一体，浑身符文流转，秘力涌现。

最后，他的体内“轰”的一声剧震，整个人喷薄无量法力，修为再上一个台阶，由尊者初期晋升到中期。

他浑身宝光流转，雷电缠绕，大战的疲惫一扫而光，并且神采奕奕，血气充沛了起来。

他陷入奇妙武境中，在此顿悟。一朝破桎梏，再上一层楼，这并不是刻意为之，而是水到渠成。

周围众人跟见了鬼一般，这个人何其可怕，脚步如追魂鼓，震得一些高手当场殒命，而自身竟进阶了。

这是与天地凝结、得到大道共鸣、进而洗礼的结果。

当年，石昊在下界时，为了迎战七神而匆匆服下小涅槃丹，成为尊者。他一直觉得不够稳妥，因为那样冲关，道基不扎实。

来到上界后，他补全自身法则的同时，也一直在压制己身，为的是凝练昔日的“浮华”，让自身道基完美无瑕。

不然的话，这么长时间过去，他早就该有所突破了。

直至近来，根基夯实，变得彻底完美，再也无法压制，而今陷入奇妙的悟法境中，自然而然就突破了。

从此以后，他无须担心，一切都将接近圆满，可以放心地修行了。

此时，他与天地交融，雷霆弥漫，闪电缠身，那个雷霆小世界更加逼真！

随着他的迈步，这种韵律越发可怕，一些尊者都着道了，手抚心口，大口咯血。

“锵！”

最为关键的时刻，石昊弹指，手中的雷霆战刀因此而鸣颤，其音震耳，终结了这富有韵律的脚步声。

然而，这也是可怕的，数位尊者瞬间毙命！

刀鸣声如同最后的催命符，斩灭那些被带入这一节奏中的尊者的生机，将他们镇压。

此地伏尸一片，到处都是血迹。石昊如同魔王出现，所过之处，这些人败亡，成片倒下。

“不！”

只有最后几人还活着，但也遭受重创，发出不甘的大叫声。

“噗！”

石昊扬刀，横扫千军，接着“锵”的一声，他们的元神亦被斩。

“吼……”

远方，怒吼声震动天地。那位真神在向回赶，他太快了，如同一道朝霞射出，从地平线快速赶来。

“追击我这么久，你来晚了！”石昊遥望，从容举刀，而后斩落下去。

“噗！”

战天歌不甘，仰天大叫，但他的表情就此凝固了。

石昊将闪电全部收敛于体内，消散雷霆，他展开缩地成寸大神通，将其与闪电术结合，从此地消失。

真神怒啸，转瞬即至，一把将战天歌的躯体抱了起来。他面容狰狞，目光赤红，满头发丝竖立，天地间秩序神链交织，如雷霆炸开。

“怎会如此?!”他狂暴了。

这可是他守护的一代战王，居然英年早逝，即便他是真神，回到族中也会受到严厉处罚。

这才多长时间，战族一代翘楚就这样被击毙，死得如此惨烈，而对方同样不过是一个少年而已。

“我们是战帝族啊！”他仰天大叫，面容无比狰狞。

若非石昊动用雷帝宝术，雷云笼罩方圆百里，惊动了他，他还不知道发生了这等惨烈大战呢。

“你究竟是谁?!”

在当世，年轻一代中可以这样击灭战天歌的人，寻不出几人来，除非有年轻战帝之姿!

突然，他盯住地面，看到地上有一个模糊的血字“荒”。

“荒！”真神怒吼，满头发丝暴涨，倒冲向天。他狂暴了。

……

石昊与云曦会合，他的那道灵身有点惨，被真神追击了这么长时间，受伤颇重，险些被击毙。

“你回来了！”云曦惊喜道。

石昊点头，将灵身收归体内。他运转骨文，散发滚滚热气，让自己慢慢重归巅峰状态。

天人丹的药效还在，并没有彻底散尽呢。

“你……斩灭了战王?!”当云曦得知他的战绩，鲜红的小嘴张成“O”形，异常震惊。

“我是谁，说去灭他自然要成功，难道要白走一趟吗？”石昊说道。

“你什么都好，就是……有点自恋。”云曦咕哝。

这一战绩真的惊到她了。一代战王号称年轻至尊，出自战帝族，就这样被眼前这个少年斩掉了。

无须多想，这注定是一场轩然大波，会震动两大族。不仅战族要愤怒，痛惜不已，就是天人族也要吃惊，未来的潜在大敌就这样被人除掉了一个，值得庆贺。

这一战，石昊收获很大，不仅突破原有境界，还通过这一战了解到了战族的骨文、宝术等，价值巨大。

“天人族有什么特别的宝术？”在接下来的路上，石昊向云曦请教。不仅如此，他还厚着脸皮学了天人族一些小神通。

“由人而天，到底怎么回事？”他想了解天人族的奥秘。

“所谓天人，人才是起始阶段，想成为真正的盖世高手，就要进化到极致领域——天，天为更高的生命层次。”

云曦对他没有设防，将由人而天跟他细说，透露出不少秘密，令石昊收获颇丰。

“你与天命石融合，回去后能顺利涅槃吗？”石昊问道。

“有一个危险期，需要人守护。”云曦答道。

两人边走边聊，石昊了解了很多，甚至知道，在那危险期，天命石是可以被剥夺出体外的。

显然，后方那位真神狂暴了，一路追击，想要寻到荒，为战王复仇。

但是，石昊刚突破，速度有所提升，对方更加难以追上了，他带着云曦进入了这片古战场的中心地。

相传，这片最大的古战场，曾有一位绝世高手坐化，他的血、他的骨头、他的符文等烙印在此，导致这里很可怕。

当两人接近这片区域后，发现虚空中流光溢彩，竟是断裂的秩序神链无规则地排列着，周围各种霞光绽放，混乱不堪。

中心禁地难以临近，因为稍有不慎，就可能被那些秩序神链击中身体，所以只能远观。

“那里有植物！”他们惊讶道。只见禁地中郁郁葱葱，有些绿莹莹的植物发出光辉，还有藤萝与花朵，姹紫嫣红，缭绕着霞光。

石昊暗中动用重瞳，想看个究竟。

他突然一震，因为他看到了一个身影，她一袭雪衣，静静站在禁地中，是如此超然！

这是一个女子，她已发现石昊，她浅浅一笑露出晶莹的贝齿，她风姿绰约，清艳绝丽，一时间竟让石昊有些恍惚。

这是他从未有过的感觉，那女子太特别了。

一个人站在白骨遍地、花草溢霞的中心禁地，她雪衣展动，神韵超然，真正是绝世而独立。

突然，天穹上一声巨响，大道如瀑，规则如海，几乎要让红色平原倾覆。

战帝与老天人一战结束！

第451章 最古之人

WANMEI SHIJIE

红色战场中心禁地，白骨堆积，鲜花盛放，雪衣丽人独立其中，这是一幅很妖异的画面，彼此难交融，又尽显神秘。

突然间天地剧震，石昊从恍惚中回神，收回目光，看向苍穹。

一战落幕，两大禁忌存在分出胜负了吗？

究竟谁赢、谁败，短暂的寂静，让方圆数十万里的红色平原压抑到极点，所有的战斗都停止了，人们仰望天空。

月亮当空悬挂，阴雾迷蒙，天地朦胧而殷红，让人心绪紧张到了极点。

因为，这一战关乎甚大，真正可以影响族运，败了的话，那么所谓的帝族、皇族很有可能就要烟消云散。

曾经的辉煌，不朽的道统，将在这一战中灰飞烟灭，成为过去。

天地无声，万籁俱寂，没有一丝的响动，人们陷入了可怕的死寂中。

红色平原，方才还征伐不断，天人族、战族铁骑驰骋，而现在时间仿佛静止了。

所有人都在等待，都想知道最终的结果。

轮回佣兵团、天神佣兵团等最为赫赫有名的外部势力也都止戈，等待结果。

“呜……”

突然，夔牛号角响起，苍莽而雄浑，沉闷而恢宏，激荡数十万里，这是战族在召唤族人，要求大撤退。

“怎么是我们，战帝失败了吗？！”

号角响起的刹那，对战族来说，如同世界末日来临，所有人都脸色雪白，遭受了巨大的打击。

这是在召唤他们无条件撤退，而且要在第一时间离开，不得再动武。这意味着什么？

“怎会如此，我们是战帝族，以战为生，为战而狂，纵横三千州，古祖战帝怎会败给他人？”有人大叫，难以接受这个结果。

远方，夔牛号角沉闷的声音如同从地底传来，震得大地都在抖动。这是要求所有战族人马必须立即退走。

这是一个重大的打击！

战族大军如潮水般退走，带着不甘，带着仓皇，还有一种恐惧。大军失去了士气。

一些小佣兵团见此情形个个身体发颤，脸色惨白。他们害怕了，担心天人族会对他们清算，这一次是投机，结果却是这样一个局面。

“我们胜了？”天人族怔住，而后欢呼。红色平原上传出一片啸音，此起彼伏，庆贺这一结果。

原本他们很担心，毕竟老天人刚复苏，他艰难地活过来，怕不是战帝的对手，未承想会是如此令人欣喜的结果。

“我们该反击了，今日覆灭了战族，让他们成为过去，再也不能为患！”有人高喝。

喊声冲天，连成一片，天人族士气高涨，全都祭出宝具，准备反攻，一举攻克世敌。

然而，令人惊愕的事发生了。

“呜呜……”

犀角号响起，带着一股苍凉，仿佛在远古吹响，号角声破入这个时空，有种沧桑古意。

这是天人族的宝具，并非进攻号角，而是要求撤退，召唤所有族人离开红色平原，就此回归天州。

怎么会这样？很多人都蒙了。

天人族也要求撤兵，并不乘胜追击，老天人与战帝这一役结果究竟如何？

许多人不解地仰望夜空。

“就知道会是这样一个结果。”轮回佣兵团之主轻语，而后一挥手，他的强大手下无声无息地向远方而去。

不远处，天神佣兵团也于寂静中离开，所有人都没有说话。

事实上，战族、天人族的高层——那些天神一直都没有开口，因为他们早已知道结果。

两大至强者的确交手了，但并未死战到底，到了他们那一境地，彼此太清楚了，甚至比亲人还了解对方。

若是征战到底，也许有一人会被击灭，但另一人也早已血气干枯，会被拖入绝境，要不了多久也终究会离世。

故此，天外一战虽也激烈，但还不至于有你无我，拼斗到最后。

不然的话，只会白白便宜其他族，而两族将就此元气大伤，没有十万年休想恢复过来，甚至会一蹶不振，就此没落。

而作为两族的高层的几位天神显然知晓其中缘由，故此在两位无上强者对决时，他们立刻率领大军互相猛攻，想争出个结果。

这是一种默契，是唯一可以放手一搏的机会，也是两大古祖默许的，他们可以在这个范围内拼斗，分个输赢。

因为这种战斗还可控，若是老天人与战帝拼，那么结果将是灾难性的，难以预料两族未来的走向与族运。

他们拼不起，不敢孤注一掷。

“结束了。”云曦欣喜道。逃亡这么多天，横穿数十万里，所有这些终于要落幕了。

她没有发现禁地中那个雪衣女子，只是眼望天际，非常激动，因为这意味着她可以回族中了，结束这场大逃亡。

“你在看什么？”她惊讶道。她发觉石昊有些出神，正在盯着禁地深处，目光闪烁。

“没什么，你先离开这里。”石昊对她低语。

云曦一怔，很快醒悟，与石昊配合默契，知道情况不对。她没有矫情，知道留下的话可能会成为累赘，因为她还没有开始由人而天。

石昊凝神注视，虚空中流光溢彩，布满断裂的秩序神链，这样的白骨禁地上有一个女子，怎不让人戒备？

“不久前的雷霆是你发出的？”雪衣女子一边传来神音，一边饶有兴味地看着他，明眸中光彩点点。

石昊心头一动，他与真神大战，难道曾被这个女子发现？雷帝宝术声势浩大，的确容易引人注意。

光一转，从禁地深处浮现一座白玉桥，桥出现在他的脚下，造就出一条通道，避开了那些混乱的秩序链条。

石昊略作迟疑，迈步走了上去，径直来到禁地中。此地地面呈红色，白骨成片，犹若地狱，偏偏还生有花草，而对面立着一位倾世女子。

石昊目光扫及地面，心头剧震。他看到了一个破碎的茧在发光，周围有一些遗蜕残迹，顿时毛骨发寒。

这女子……难道是刚从茧中出来？

他心中涌起滔天巨浪，被这种想法吓了一跳。远古时曾有一位绝世高手殒命于此，难道是她？

石昊盯着茧，确信它才破裂没有多久，他心中打鼓。眼前的一幕令他心惊胆战，比之战帝与老天人对决还让他震惊。

他面色不变，保持镇定，故作深沉与老成，道："悠悠十万载，沧海桑田，恭贺道友涅槃重生。"

"雷帝，你也转世了？"女子微笑，给人无比惊艳的感觉。

石昊当即就愣住了，在那里发呆，他原本还想忽悠呢，结果却被惊了个外焦里嫩，她什么来头，简直要吓死人！

"遥想当年，你拜在我座下时，何等的青春年少，志向远大，而今怎么痴痴傻傻，呆呆愣愣，目中无神，可怜。"女子声音如天籁般，在那里摇头叹息。

石昊蒙了，这是一个老怪物？怎么听起来像是雷帝的师尊，这得是多么久远的人物，估计比太古还远。

这……恐怕是当今最古之人了吧！

"仙古一梦，纪元幻灭，还不快过来拜见为师？"女子严肃地说道，"我帮你开启宿慧，忆及轮回。"

石昊发傻，这是怎么了，自己是雷帝转世？他有点昏天暗地的感觉。

"你能……认出我？"石昊硬着头皮问道。

"万物在说法，看你如何着眼，洞悉根源。"雪衣女子美眸深邃，一副悲天悯人的样子，俯视石昊。

"你……知过去，能悟前世？"石昊很乱，他遇上了一个禁忌存在吗？懂得往生？

"转个身就是前世，抬眼望就是来生，存个念就是当世。"女子神态庄严，无比美丽圣洁，她看着石昊，出言教诲。

石昊头皮发麻，被女子镇住了。他有点摸不着头脑，她到底是怎样一个通天的存在，竟能有如此手段吗？

"徒儿，还不叩拜为师？"女子说道。

石昊迟疑，拜一个前辈高人，倒也不算是吃亏，不过他心头很乱，怎么莫名其妙就遇上了一个无上存在。

忽然，他看到女子洁白的牙齿闪动光泽，嘴角微翘，眼中闪过一丝狡黠，脑中顿时闪过一道光，不太对劲！

那种掩去的神情，怎么可能属于一个老古董，分明是一个机灵的少女。他很快明白了，自己……被反过来忽悠了！

他顿时睥睨，不满之情溢于言表，这个女子太不厚道了。

显然，少女发现他醒悟了，当即浅笑，道："小屁孩，还想忽悠我，你就是魔血鬼神树说的那个吃货吧？"

石昊晕了，这少女转变得太快了，刚才还很深沉呢，现在却又变得俏皮了，而且直接道出了元天秘境中的那株老树。

"魔血鬼神树去了哪里？"他问道。

"回老家了。"少女轻飘飘地答道。

"你……来自广袤的无人区深处？"石昊心头剧震。

"倒也不算笨，本仙才走出故乡。看在老树的分上，我就不揍你了，换作他人，必须吊打！"这个少女很霸气地说道。

她表情很丰富，静时绝世而孤立，动时狡黠而灵动，吹牛时又这般霸气……

石昊一听，脸色就垮了，不再相信她来自无人区。

（本册完）

诸神学园招募令

《完美世界》书友会会员卡

东方幻想世界第一学园

——**诸神学园**现面向全球各位忠实读者招新啦！

只要你喜欢看幻想小说，

只要你对辰东大神创造的世界深深着迷，

只要你手中拥有一本《完美世界》，

加入我们的《完美世界》书友会吧！

你就能进入最酷炫的诸神学园，

成为与诸神比肩的至尊学员哟！

万族林立，诸神争霸。你我共创，完美世界！

诸神学园（《完美世界》书友会）福利

辰东资讯抢先知，新书消息第一时间知晓；有机会参加辰东的读者见面会，与大神二十四小时亲密接触，互动无极限；接收书友会定期开展活动的通知，活动不停，奖励不断，辰东签名新书、《神漫》大礼包、购书优惠券……更多好礼等你来拿！

加入《完美世界》读者群，了解最新资讯。QQ群号：575918996。

加入天使文化购书群，有购书问题均可咨询。QQ群号：450067323。

诸神学园档案表

姓名：

性别：

年龄：

生日：

星座：

血型：

照片

兴趣爱好：

QQ：　　微信：

地址：

诸神学园新生入学小测验

《完美世界》男主角的名字是什么？

辰东的小说，你还看过哪些？

石村的祭灵是什么？

你想对辰东大神说什么？

与柳神一起从天外落下的骨书的名字是什么？

在下一部《完美世界》中想得到什么赠品？

你最喜欢《完美世界》里的哪个角色？为什么？

你希望《完美世界》书友会举办一些什么样的活动？

报名方式：认真填写上面的档案表，完成新生入学小测验，寄到湖南省长沙市第169号信箱《完美世界》活动组（邮编：410013），就能即刻成为我们《完美世界》书友会的一员，成为我们正在寻找的诸神学园的至尊学员！

前20名报名者即可获得《天火大道8》图书和《神漫》最新一期杂志！快来报名吧！